紫月星空◎著

老公，看你的

LAO GONG, KAN NI DE

重庆出版集团 重庆出版社

图书在版编目(CIP)数据

老公，看你的 / 紫月星空著.—重庆：重庆出版社，2012.6
ISBN 978-7-229-04991-1

Ⅰ.①老…　Ⅱ.①紫…　Ⅲ.①都市小说—中国—当代
Ⅳ.I247.5

中国版本图书馆 CIP 数据核字(2012)第 027860 号

老公，看你的
LAOGONG，KAN NIDE
紫月星空　著

出 版 人：罗小卫
责任编辑：钟丽娟
责任校对：胡　琳
封面设计：八　牛

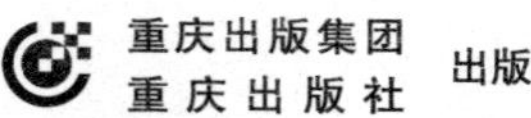

出版

重庆长江二路 205 号　邮政编码：400016　http://www.cqph.com
自贡兴华印务有限公司印刷
重庆出版集团图书发行有限公司发行
E-MAIL:fxchu@cqph.com　邮购电话：023-68809452
全国新华书店经销

开本：720mm×1 000 mm　1/16　印张：18.5　字数：278 千字
2012 年 6 月第 1 版　2012 年 6 月第 1 次印刷
ISBN 978-7-229-04991-1
定价：29.00 元

如有印装质量问题，请向本集团图书发行有限公司调换：023-68706683

目录 Contents

[第 一 章]
相亲撞上破桃花

一直觉得自己的运气不好，相亲不下100次了，还是没有找到登对的。这不，今天是第101次相亲了，那位大哥也不知道哪根筋搭错了，穿着一双拖鞋就跑出来相亲了。

虽然是夏天，到处都是牛逼烘烘地热，但是，那位大哥你起码也得注意一下自己的形象。要知道你是来相亲，不是来抽风的。

被相亲失败后，我耷拉着一颗垂头丧气的脑袋，朝公共汽车站台走去。他大爷的，我是不是做会计账算多了，这次竟然给一双破拖鞋算计了？

回来的路上，正是晚八点，南京的夜生活高峰才开始。3路公交车来了，我像木瓜一样上车、刷卡、找座位，呆头呆脑地坐了几站车后，准备下车走人。

这闭着眼睛才坐六站车，车上就满员了。我拼了老命朝车门边挤，好不容易抓住了一根扶手杠。人刚刚站稳，后面的人群又来了一拨，一个年轻男子奋力挤到我的面前，用双肩护住我的身体。

我定睛一看，是大学高我一届的"帅锅"沈嘉铭："沈嘉铭，你怎么也在车上？"

沈嘉铭戴着一副墨镜，露出一嘴的白牙："我刚下班，突然看见你在，就跟过来了。车上人多，小心钱包。"

我感激地看了看他："谢谢你，我今天出门只带了一个手机，已经套脖子上了，还有手里的一张乘车卡，里面只有几块钱了。"

沈嘉铭笑着点点头："这么晚了，你去哪儿？"

我能去哪儿？我回家啊！我相亲被二百五甩了一把，我能说出来吗？沈"帅锅"你也一定相过亲吧，那位大哥穿着一双大拖鞋就出门来见我了，我跑几里地去赶约会，换了你，会这样做吗？

我支支吾吾，觉得还是撒个谎比较合适："我今天晚上在单位加班，到月底了，财务账比较多。"

沈嘉铭将身体朝我这里靠了靠："这么晚了，男朋友没来接你？"

男朋友？别提了，相亲撞上破桃花，提了就想打呼噜睡觉："没有啊。"

这时，车到站了，车后门打开后，沈嘉铭用身体护着我，让我先下车。我抬起一只脚，朝踏板重重踩去。这一脚踩下去，就觉得半边身体沉了下去。

我低头一看，8 厘米高的高跟鞋细鞋跟儿，死死地卡进踏板缝隙里去了，我试着提起脚拔了两次，怎么拔也拔不出来。沈嘉铭眼疾手快，用身体抵住后面跟着下车的人群："大家慢点下，有人鞋卡住了。杜晓轩，你先下车，我替你拔鞋子。"

我连忙抽出光脚丫，站到路边。沈嘉铭转身拨开人群，把鞋子抽了出来，套在我的脚上。

我有点尴尬，红着脸对沈嘉铭说："真是太不好意思了，今天幸亏遇到你，不然我的鞋子要丢车上了。"

沈嘉铭淡然笑了笑："以后加班不要穿高跟鞋了，坐汽车不方便的。"

我点了点头："谢谢你，下次打死我也不穿了。"

沈嘉铭"嗯"了一声，看了看我的脚。说实话，我感觉自己的鞋子似乎有点不对劲儿，好像鞋跟出问题了，走路有点跛足。

这双鞋是昨天才买的，特意为相亲准备的，早知道那位大哥这么犀利，穿着一双拖鞋就来打发我了，我也穿双破凉鞋来了。

我并不心疼钱，我是恨白白浪费了自己的感情。

我吃力地走着，真担心鞋跟什么时候就"咔嚓"一下子断了。沈嘉铭看着我，似乎猜到了我的心事："你的鞋行不行？还能不能走？如果不行就打车回去吧！"

我连忙拒绝："别，没有关系，我家还有十分钟就到了，我坚持一下，实在不行，我赤脚回家。"

沈嘉铭看我坚持，也不再说什么，默默地陪着我走。我有点过意不去，叫他回去,我马上就到家了。

沈嘉铭一边走,一边看着夜景,突然问:“你怎么还不把自己嫁出去?”

嫁出去?你怎么知道我不想把自己嫁出去?我现在天天做梦都想把自己嫁出去。我在大学读书的时候,一直想找一个青年才俊般的白马王子,我这不是没有遇到,还在努力加油碰上那个人吗?

我的家本来就是一个普通人家,平民百姓以食为天,整天算计的就是几个过日子的小钱。我虽然天生丽质,出落得亭亭玉立,身边也不乏追求者,但是,我遇到了一个守财奴的爸爸和一个见钱眼开的妈妈,还有一个拜金拜到了五体投地的大姨和一个脾气古怪、一天一个主意的小姨,过不了这四关,想嫁出去都难。

我也没有什么特别的要求,就是想趁年轻,还剩下半个花容月貌什么的,找个家境富裕点的,赶紧嫁出去,以后能自食其力就行了。

说到优势,我就是占个“漂亮”两字。我原来也是学医的,在医科大学读了五年本科,和沈嘉铭一样,是拿手术刀给人破膛开肚的。

在工作的第三年,因为一次次地受到相亲失败的打击,情绪也就不大好,忽冷忽热的。一次,在手术台上误切了一个患者的脾脏,医院被拖累,院长把我狠狠地训了一顿,我拉不下面子,干脆辞职不干了。

后来,我自考了会计上岗证,参加了会计职称考试,接着,顺利应聘了南京贾世丽商贸有限股份公司,做了一个专业会计。

其实,我已经不年轻了,过完年就27岁了。这个年龄已经没有装嫩的资本了,无论如何,我要在三十岁前把自己嫁出去。

我叹了一口气,望着天,梦呓般地说:“嫁出去?有那么容易?上哪儿找去?20岁的小伙子毛,不敢碰;30岁的年轻人嫩,不敢要;40岁的壮年人花,不敢惹;50岁的中年人色,不敢看。”

沈嘉铭抬起脚,踢飞一块碎石,哈哈大笑:“我是80后,划在30岁年龄层里,是不是属于不敢要的那一类?”

我未置可否,跟着无可奈何地笑了起来,接着惊诧地问道:“沈嘉铭,你不会还是单身吧?”

沈嘉铭点了点头:“嗯,单身,怎么了?”

突然,我的脚跟一歪,鞋跟扭断了:“没什么,哎呦,我的鞋跟掉了……”

沈嘉铭一把扶住我:“脚扭痛了没有,赶紧坐下,这里有个石凳。”

沈嘉铭说完,先把我扶到石凳边,回头把地上的鞋跟拿了过来,看了看。8厘米高的细鞋跟底,露出了上面的几根铁钉子,很扎眼的。

我看了看前面的小区大楼,还有三百米就到家了:“沈嘉铭,你回去吧,我还有几步路就到小区门口了,我穿着断跟的鞋子也可以走回家,真的。”

沈嘉铭按住我的肩膀,脱下自己的鞋子:“一高一矮的鞋子怎么走路?万一钉子扎到自己的脚,不是又遭罪了?你穿我的鞋子回去,换一双自己的鞋子过来,我在这里等你。”

哈哈,有这样的吗?一个女孩子穿着一双男人的大鞋子,啪嗒啪嗒地像个大鹅掌,在黑暗的夜里走着,不吓死人才怪。

我摇头,长这么大,除了小时候不懂事穿着我老爸的大皮鞋在雨地里踩水玩儿,我还没有穿过任何男人的大皮鞋。

今天叫我穿个大男人的鞋子满小区走,给看门的看见了,不偷偷笑掉两颗大门牙才怪呢,我才不干。

沈嘉铭看我不从,把我的鞋子全部拿下,把他的两只鞋子套在我的脚上,然后推着我朝小区走,我赖不过他,闭着眼睛跑进了小区。

回到家,我老妈走过来,看了看我:“晓轩,相亲回来了?怎么才见面就你我不分了,把你男朋友的鞋子也穿回来了,你自己的新鞋呢?”

我看了看老妈,没有时间说话,在鞋柜里找出一双平底凉鞋穿上,拿着沈嘉铭的皮鞋,带上门就走。

出了小区门,一眼看见沈嘉铭打着赤脚,坐在石凳上。他看见我来了,憨厚地笑了笑:“来了?”

我用力点点头:“来了,谢谢你,快把鞋穿上。”

沈嘉铭穿上鞋,把断跟的鞋子还给我:“以后上班不要穿高跟鞋了,太危险了。”

我心里一阵温暖和感动:“嗯,以后不穿了。”

沈嘉铭是我大学学长,人高马大的,喜欢戴墨镜,显得比较文气。因为他高我一届,彼此只是面熟,从来没有说过一句话。

读大学的时候,我一直想在学校找对象,因为自己家底比较薄,总想找个经济条件好点的,将来能够靠得住的,日子过起来不是很拮据的。

5 年过去了，我没有如愿。这一摞摊子，大学毕业 4 年了，我已经 27 岁了。除了工作比较满意之外，相亲的车搭了一班又一班，硬是一个没有相成。

晚风清凉，我和沈嘉铭坐在小区门口不远的地方，有一搭没一搭地聊着。聊了大约半个钟头，他妈的一个电话把沈嘉铭喊了回去。

临走前，沈嘉铭要了我的手机号码，丢下一句“多联系”，就走了。我拿着断跟的新鞋回到家，老妈好奇地问：“今天相亲到底怎么回事儿？疯疯癫癫地来回跑什么？”

我把破鞋朝地上一扔：“鬼知道啊，介绍人弄个穿拖鞋的破男人来约会，恶心死了。他以为自己是大美女，秀脚指甲盖来了。”

老妈跑过来，把破鞋从地上拿起来，左看右看：“这是什么介绍人啊？认识的人就这么没素质？穿一双拖鞋就出来约会了？晓轩，你好好的新鞋，鞋跟怎么断了？将近五百块钱的东西，就这么不经穿？”

我打开冰箱，喝了一口冰水：“回来的时候，这公交车上不是人多吗，下车的时候，我一脚踩进踏板缝里去了，拔出来就这样了。改天抽个时间去商场，这鞋才穿半天，怎么着也得给我换一双新的。”

老妈把鞋子放进鞋盒，装进包装袋：“明天我给你换去，商场有规定，新鞋因为质量问题，七天包退，十五天包换，你月底单位那么忙，哪有时间去，况且换鞋子不吵架是换不到手的。”

老妈脾气不好，喜欢和人抬杠，我担心她为了一双鞋子和人闹起来。我想了一下说：“妈，还是我自己去吧。”

老妈摇了摇头：“就你那脾气像软柿子似的，给人一捏就拉稀了。我退休在家，闲着也无聊，还是我去。”

我连忙摇头：“我单位离商场近，明天下班我直接去换。我有买鞋的发票和三包卡，手续完备，谁敢不换？”

老妈想想也是，丢下鞋子去客厅看电视了。我们家里只有三个人，老爸在汽车厂做技术员，工薪阶层，一支香烟恨不得掰成两半抽。老妈退休，在家闲得慌，喜欢朝大姨和小姨家跑，一天不说话嘴巴就憋得难受。

三个人，两个工作，一个退休，家里没有吃闲饭的，生活条件不算好也不算坏，也就是普通的工薪阶层，过日子的人家。

老妈一边看电视，一边看了我一眼：“晓轩，过完这个夏天，年底你就 27

岁了，找对象的事情妈也不催你，但是，你自己也要抓紧，嫁人要趁早。女孩子一旦过了30岁，恋爱的黄金期也就过了，你会在不知不觉中成为一碗剩饭。”

我白了老妈一眼：“妈，好烦啊，天天提，日日喊，你想泼水也不要当女儿的面泼啊，给我留点底线好不好？”

郁闷，好烦人啊！相亲这个方式或许真的不适合我，生活为什么不来点浪漫的元素？比如，我正在路上走着，突然从天而降一个大白马王子，站在我的面前，拉着我的手，飞越万顷良田，来到了一个美丽如画的大庄园……

你看，生活中的男人就是这么猥琐，随意到令人发指的地步。今天见的是一个穿双破拖鞋的，上周见的是一个说话还不到三分钟，就把T恤衫脱了，上来直接就给你打赤膊的，说是天气热得实在吃不消了。

现在的男人，怎么就那点耐心？上来就给你一个大本色原装货，也不管你的眼睛受得了还是受不了。

老爸靠在沙发上抽烟，一边抽，一边漫不经心地对我说：“晓轩，不要听你妈的，家里有吃的有住的，你现在正是无忧无虑的时候，别急着把自己嫁出去！你才二十几岁，还怕嫁不出去啊？自古剩男不剩女，别怕！”

老爸说完，一直看着我笑。我回头望着他，跟着傻笑：“爸说的话我爱听，以后你多说点啊。”

老妈从茶几上拿起水杯，喝了一口，冲着老爸说：“杜生平，晓轩不是你女儿啊？她做老姑娘你得瑟得开心啊？你看你像个做爸的人吗？晓轩一年年长大了，可以炫耀的资本越来越少，你去看看外面的大款，有几个愿意找老姑娘做老婆的？”

老爸吐了一口烟圈：“晓轩又不是找款爷，管他老姑娘不老姑娘的，晓轩，听老爸的，30岁再嫁也不迟。”

老妈听不下去了：“你有病啊，我家经济条件不好，你在汽车厂做技术员，一辈子守着几台破机器，拆了装，装了拆，也没见工资涨几个，到现在一个月才拿两千块。晓轩，你听着，没有房子没有钱的，你趁早别嫁！”

我盯着老妈，看了两眼说：“嫁、嫁、嫁，你就知道嫁！妈，除了嫁还能说点其他的吗？新婚姻法都出来了，你看见了吗？还房子、房子的天天叫，也不怕人笑话？”

老妈声调提高了六度："笑话？看什么笑话？新法旧法都离不开结婚二字，管它新的旧的，给结婚就行！你看你大姨家的女儿黄丽婷，人家就比你大一岁，早两年结婚，男方买了一套180平方米的大房子，公婆二话不说，在房产证上写上了丽婷的名字。婆家爽气，不仅给了女方10万彩礼，还送了黄、白两色金子，酒席办了38桌，全都是男方家出的钱。"

我冲着老妈瞪大了眼睛："妈，你还好意思说，丽婷姐的那些东西，全部是我大姨向男方家要来的，又不是人家主动给的。如果换到现在，新婚姻法颁布了，看我大姨保定连一个平方米也要不来！"

老妈"咳"了一声，看着我："抬头嫁女儿，低头娶媳妇，这话你懂不懂啊？不要和我谈法律，你也不比丽婷差，看你的个子比她高，身材比她好，学历也比她强，她有的，你为什么不能有啊？"

老爸哈哈大笑："晓轩，你妈神经比较大条，想通过婚姻直奔小康，世上没这么多不劳而获的事情。新婚姻法整治的就是你妈这号人，别理她。你大姨伶牙俐齿的，又是开服装店的，你丽婷姐是门当户对。我们是小老百姓人家，不求富贵，只求夫妻平平安安过日子，是不是？"

我对着老爸点了点头："爸，是这个理。"

老妈站起来，冲到老爸面前："谁神经大条了？瞧你那一肚子没文化的样子，一辈子就是一个扶不起来的阿斗。抽的是二等烟，喝的是低价酒，穿的是廉价衣服，你还有脸了你？嫁给你，我倒血霉了。晓轩还年轻，要是找了个像你这样的男人，不如直接跳粪坑算了。"

老爸听老妈一数落，跳起来了："你就知道钱、房子，钱能买到感情吗？房子能买到爱情吗？钱能买到踏实的婚姻吗？房子能买到爱你的老公吗？这结婚就是过日子，你有多少钱，就办多少事儿，丽婷有丽婷的命，晓轩有晓轩的福，你瞎操心个鸟！没文化真可怕，回头晓轩把新婚姻法给你妈念一念！"

老妈不服气，横了老爸一眼："我不要听！我的女儿我不操心谁操心？年轻人没经验，一恋爱就相信什么情啊爱的，到了结婚的时候才发现，情是孙悟空，会玩72变，转眼就变没了。爱是飞毛腿，会长腿飞了，转眼就跑了。所以，只有房子和钱才是你大妈，跑不了。你不懂就不要装懂，我们那年代，你家一分钱没花就把我娶回家了，是一去不复返了。"

眼看老爸指着老妈的鼻子，两个人就要打起来了，我赶紧站在他们中

间：“爸，妈，你们以后少问我的事情，我自己的婚姻，还是自己解决吧。”

老爸老妈两个人的战争总算结束了，我回到自己的房间，打开手机，准备听音乐。突然，手机里蹦出来一条信息：“到家了吧？脚没问题吧？”

信息是沈嘉铭发来的，我心里一阵温暖，坐在床边开始回复：“我早到家了，刚才和我爸我妈在客厅看电视。脚还好，没问题，一会儿贴张虎皮膏药就行了。”

我没有说老爸老妈斗嘴的事情，家丑不外扬，这点面子我还是要的。不一会儿，沈嘉铭的信息又到了：“如果不行，明天去医院看看，拍个片子。”

哈哈，这个男人挺心细的，我就高跟鞋扭了下脚，还要去医院？我是医学院毕业的，至少也拿过刀，这点扭伤算什么？

次日下班后，我提着鞋盒走出办公室，直奔商场鞋柜去了。到了卖鞋专柜，前天当班的营业员在班，我走过去，露出招牌式的笑脸：“你好，小姐。”

营业员看了看我，热情地说：“你好，买鞋吗？你穿多大码？今天新到一款高跟鞋，刚上柜就打五折，我给你看看。”

我连忙阻止营业员，把鞋盒递了上去：“不好意思，我前天在你们这里买的新鞋，才穿半天，鞋跟就断了。”

营业员的脸色顿时挂了下来：“有购物发票吗？”

我立即点头，从钱包里拿出发票：“有啊，上面有日期，前天买的。”

营业员“哦”了一声，看了看发票，接着把断跟的高跟鞋拿了起来，左看看右看看：“你这个鞋跟不像质量问题，像人为的。”

我头大：“什么人为的？鞋子不穿脚上，怎么知道质量有没有问题？我就穿了几个小时，跟就断了。”

营业员漫不经心地拨弄着鞋跟，从鞋盒里拿出三包卡：“你再看看，这鞋子显然是人为穿着不当造成断跟的。鞋跟上面的皮已经磨破了，正常穿着不应该磨损到这个位置，一定是鞋跟陷入坑里了。三包规定你看下，有下列情形之一者，本公司恕不实行三包：因消费者穿着或保管不当造成损坏的。”

我的笑脸顿时消失了：“你说什么呢？我前天买鞋的时候，你说什么了？我问你，如果鞋跟断了，你说不管是什么原因断的，你拿来，立即给你换新的，或者直接退货。现在，你怎么改口了？”

营业员把鞋跟朝地上一扔：“我改口什么了？我什么时候对顾客这样承

诺过？行规你懂吗？国家三包规定写在这儿了，自己看看去！”

营业员说完，不再理我了，把我晾在一边，自己忙着去招呼其他顾客了。我有点恼火，从地上拿起鞋跟，望着营业员：“你什么意思啊？我这鞋子500多块买的，你得给个说法啊！”

营业员把头一歪，斜着眼睛对我说：“按照三包规定，包修，不包换、不包退！”

我举着鞋跟，正要说话，突然，鞋跟被一只手迅速拿了下来，接着，鞋跟重重地拍在柜台上：“国家鞋类三包规定你好好看看，包退换范围：在三包期内出现断底、断面等质量之一者，可以退换。断底并没有特别约定是人为的，还是非人为的。废话少说，你现在就给我退掉！”

营业员眼睛一斜，看了看气势汹汹的来人：“请问你是谁？”

来人手里提着一个女士新皮包，指了指我：“我是她男朋友，怎么了？你快开单子，立即退货。”

我调转头，看着来人，一脸惊诧：“沈嘉铭……”

营业员看着沈嘉铭，不敢怠慢：“你稍等一下，我就去开。”

沈嘉铭走过来，笑了笑，一只手搭在我的肩膀上，没有说话。营业员开好退货单后，将单子递给了我，我和沈嘉铭一起朝收银台走去。退完鞋款，拿到钱，我忍不住笑了起来：“你今天怎么到商场来了？”

沈嘉铭把皮包朝我面前亮了亮：“明天我妈过50岁生日，我今天特地来给她买包的，路过鞋柜的时候，没想到看见了你。”

我点了点头：“你妈过50岁？你给你妈买皮包？你真孝顺啊！”

沈嘉铭把皮包重新夹进腋窝下：“我妈开面包店的，平时难得出门，也用不到皮包。过生日也不知道送什么好，想来想去，包是女人的脸，就买了一个包。”

我看了看沈嘉铭，觉得两个人在两天时间里，因为一双鞋两次相遇，确实有点不可思议：“今天幸亏遇到你，不然鞋子肯定是退不掉了，谢谢你。”

沈嘉铭摆了摆手：“谢什么，多说一句话的事情，我最看不得弱肉强食。对了，明天你有空吗？来参加我妈的生日宴会，行吗？”

我参加你妈的生日宴会？沈嘉铭你搞错没有？我一不是你妈的女儿，二不是你家的亲戚，三不是你的女朋友，我和你非亲非故，突然去参加你妈的

生日宴会，这样合适吗？

我用手倒指着自己的鼻子："我？"

沈嘉铭点了点头："嗯，怎么了，不愿意？"

说"愿意"有点突兀，说"不愿意"有点不礼貌，毕竟沈嘉铭主动邀请我了，他这是看得起我。

我想了想，连忙答应："我愿意。"

三个字"我愿意"，一瞬间把我卷入到了沈嘉铭的生活中。我没有想到，我的出现在沈嘉铭的家引起了这么大的风波，甚至可以用"震惊"两个字来形容。

第一眼见到沈嘉铭的母亲司沁宁，是在南京龙蟠里五星级大酒店。这个女人给我的印象很深刻，一眼看起来就是高高在上的女人，不大容易相处的那种。

当沈嘉铭把我带到司沁宁面前做介绍的时候，我本来想笑的，看见她一脸傲气的样子，突然本能而紧张地抓住了沈嘉铭的手。

沈嘉铭反应也快，一把握住我的手，对司沁宁说："妈，这是杜晓轩。"

司沁宁盯着我的手看了半天，忽然说："嘉铭，你又换女朋友了？"

沈嘉铭顺水推舟："怎么了，妈？杜晓轩不好吗？"

靠，我什么时候成你沈嘉铭的女朋友了？你老妈50岁大寿，我就是临时做个顺毛驴，来赶个热闹，给你老妈增加一点生日的喜气，怎么瞬间就换了个身份，成了沈家的准儿媳了？

司沁宁用老于世故的眼光，上下打量着我："杜晓轩？在什么单位工作？是南京人吗？"

我点了点头，笑了笑，手心直冒冷汗："阿姨，我是南京人，和嘉铭是大学同学，比他低一届，现在贾世丽商贸有限股份公司做会计。"

司沁宁继续说："哦？医科大学的毕业生，不做医生，做会计？是不是医患关系紧张，想到改行了啊？"

我的脸色一阵红，一阵白，立即递上贺寿红包："阿姨，外科医生太血腥了，我晕血，经常给病人动刀就晕倒，还是做会计好。今天您大寿，我给你贺寿来了。"

司沁宁用眼角瞟了瞟红包："嘉铭，把红包拿着，好了，我先去招呼客人了。”

沈嘉铭接过我手里的红包，放进口袋里。司沁宁消失后，沈嘉铭转身对我说：“晓轩，你今天真给我面子，红包我先代我妈收下了，谢谢你。”

谢谢我？沈嘉铭你说得好轻松！你今天叫我来，就是为了让我冒充你的女朋友？你这是成心让我丢脸？还是让你妈开心？

我白了沈嘉铭一眼，压低声音说：“我什么时候成了你的女朋友了？”

沈嘉铭拍了拍我的肩膀：“以后和你慢慢解释，你先去座位上待着，我去招呼一下客人，乖，照顾好自己啊。”

乖？越来越不靠谱了，乖是你沈嘉铭叫的吗？你是叫前女友叫顺口了，还是把我当做你的女朋友了？

沈嘉铭说完，朝司沁宁的方向走了过去。前来贺寿的客人很多，看样子酒店的底层全部给包下了，大概有三十几桌。

我环顾四周，大厅几百号人，没有一个是我认识的。我感觉自己有点像灰姑娘，一脸的灰色，一脸的土气，和周围的环境格格不入。

这时，门口一阵骚动，所有的目光都聚焦而去。接着，我看见一个打扮时髦的中年女人，挎着一个精致的手提包，朝司沁宁款款走去。

中年女人边走边冲司沁宁喊道：“我弟妹今天过生日，大喜了，祝你生日快乐！”

司沁宁正在和客人说话，一回头看见中年女人，立刻满脸堆笑：“哎呦，他大姑，你这么忙，今天还真的来了？”

“他大姑”是沈嘉铭的大姑，叫沈飞丽，今年52岁，无儿无女，一直把沈嘉铭当做自己的亲生儿子看待。沈飞丽快步如箭，走上前亲热地抱了抱司沁宁：“弟妹50大寿，我再忙，这个礼数还是要做到的。”

沈飞丽说完，从手提包里拿出一个厚厚的红包，递给司沁宁。司沁宁微笑着接过来，递给身边的沈嘉铭：“他大姑，你人过来就行了，还带什么厚礼啊？嘉铭，快叫大姑，你女朋友呢，赶紧叫她过来，认认大姑……”

沈嘉铭接过红包收好，喊了一声：“大姑。”

沈飞丽看着沈嘉铭，摸了摸他的头：“嘉铭越来越帅了。”

沈嘉铭笑了笑，转身来到我的身边，一把拉住我的手，将我带到司沁宁的面前。我看着一个个陌生的面孔，仿佛坠入了云层里，一头雾水。

司沁宁拉了拉我的手，对我说：“晓轩，这是你大姑，一直把嘉铭当亲儿子待，快叫大姑。”

我“嗯”了一声，不得已又做了一回顺毛驴：“大姑。”

沈飞丽看了看我，立即打开手提包，拿出一个大红包，递给我：“嘉铭换女朋友了？这么大的事情也不告诉我？幸亏我今天带了两份红包，不然我这个做大姑的就太缺礼数了。初次见面，来，晓轩拿着，不要嫌少啊。”

我背着双手，没有接红包：“大姑，这个……”

司沁宁赶紧对沈嘉铭使了一个眼色：“嘉铭，晓轩今天还不好意思了，你先替她收下吧，回头给她买几件新衣服，看她穿的，怎么像地摊货啊？”

靠，还真把我当做他家媳妇儿了。我看了看自己的衣服，和她们相比，确实不够光鲜。我一个做会计的，和饭店的后场差不多，也不需要抛头露面，穿得一般就差不多了。

我红着脸，看着司沁宁：“阿姨，我家里衣服满满一柜子，够穿几年的，不用买，红包留着沈嘉铭以后结婚用。”

沈飞丽哈哈大笑：“弟妹，你好福气啊，儿媳妇还没有进门，就会算计着过日子了。晓轩，嘉铭结婚的费用不用你愁，我想过了，结婚那天，给你们一份厚礼。”

司沁宁听见厚礼，眼睛亮晶晶的，就差泪光闪闪了：“晓轩，还不快谢谢你大姑！”

我连连点头：“谢谢大姑。”

他大哥的，我今天出的是哪门子风头？沈飞丽给的是沈嘉铭的结婚厚礼，关我屁事啊？我又不是你沈嘉铭家的儿媳妇，我谢个毛啊，真是瞎扯淡！

我心里堵得慌，但是，为了给沈嘉铭面子，一直强颜欢笑着。我对沈嘉铭整个人并不感冒，不管怎么说，前两天在公交车上他帮助过我，让我摆脱了丢鞋的尴尬。

不过，假如一定要让我以牺牲自己的颜面作为感谢代价的话，我还真的有点抓狂了。早知道今天是来顶窝做假媳妇的，我还真不来了。

你沈嘉铭本来就和我没有什么关系，最多只能算一个校友。让我今天在大庭广众之下露脸，是不是有点过分了？

司沁宁看着我一副乖巧的样子，拍了拍我的肩膀：“嗯，让嘉铭先带你去位子上坐着，我和你大姑说几句话。”

沈嘉铭反应很快，一把拉着我的手，回到了原来的位子上。我反手拉住沈嘉铭：“嘉铭，我这样合适吗？”

沈嘉铭按住我的肩膀，我一下子坐在了椅子上：“听话，不要动，坐在这里，一会儿我过来陪你。”

我看着沈嘉铭，有点摸不着头脑：“你陪我？”

沈嘉铭点了点头：“嗯，我陪你，怎么了，有什么不好？”

我的内心突然涌出一种无名的感动，完全是莫名其妙的，没有任何理由。我慢慢放开沈嘉铭的手，看着他的高大身影从我的面前快速地消失。

生日宴会开始后，沈嘉铭真的坐在了我的身边陪着我。我们这桌的人，都是年轻字辈的，全部是成双成对的，只有我和沈嘉铭是真单身伪恋人。

坐了大约十分钟，司沁宁和沈嘉铭的父亲沈飞歌端着酒杯，开始绕桌敬酒答谢客人。我们这桌算直系亲属，司沁宁答谢完长辈和平辈后，就开始往我们这里走过来。

不知道为什么，我的心脏“怦怦”乱跳，看见司沁宁过来就紧张。沈嘉铭拿起酒杯，一把拉住我：“一会儿端起酒杯，和我一起给我妈敬酒。”

我的大老爷，沈嘉铭，你还能让我安静点不？从今天进了这个酒店的大门起，我就一直被你们沈家的人折腾来折腾去的，我今天是来吃饭的，不是来认亲的。

沈嘉铭的手很有力，劲道很大，我想拒绝，但是，我抽不出自己的手。我只能端起酒杯，跟着他一起站了起来。

司沁宁过来后，举着酒杯，沈嘉铭立即迎了上去：“妈，今天是你50大寿，我和晓轩先敬你一杯，祝你幸福长寿，健康快乐！”

我跟着沈嘉铭举起酒杯：“阿姨，生日快乐！”

司沁宁满面红光，满意地抿了一口干红：“嘉铭，好好照顾晓轩，一会儿回去我有话问你。”

司沁宁说完，意味深长地看了我一眼，然后，举杯向其他人一一答谢。我心里暗暗发笑，看什么看，问什么问？我也不是你家儿媳妇，过了今晚，我哪里来还是哪里去，自然会消失得无影无踪，让你连看一眼、问一句的必要都没有。

[第 二 章]
好事之秋

当天晚上十点，沈嘉铭位于清凉门的家。

司沁宁坐在客厅沙发上，手里拿着一个红包，在掌心里颠过来颠过去的。沈嘉铭在卫生间洗澡，出来后用毛巾擦了擦头。

司沁宁看见儿子出来，把红包朝茶几上一扔：“嘉铭，这个红包明天给杜晓轩送去，你大姑送她的见面礼，叫你接过来，不是叫你转手给我的。”

沈嘉铭看了看红包，没有动：“妈，晚上我给她了，她不要，你自己留着吧。”

司沁宁看着儿子，忍不住说道：“一码归一码，不管怎么说，这个红包我不能拿，你明天就给我送过去。让杜晓轩买身衣服打扮一下，以后再出席这样的重要场合，不要再像今天一样，穿得像个叫花子一样，丢我们沈家的脸！”

沈嘉铭笑了笑，拿起红包看了看，摇了摇头：“恭敬不如从命，妈，我代晓轩收下了。”

司沁宁接着说：“嘉铭，问你个事情。”

沈嘉铭继续擦头：“妈，什么事儿，你说。”

司沁宁指了指沙发，让儿子坐下：“你和范雅兰是怎么回事，怎么又吹了？”

沈嘉铭站着没动，“嗯”了一声。

司沁宁抬头望着儿子：“范雅兰哪里不好了？”

沈嘉铭一边朝自己的房间走去，一边说：“没什么地方不好，就是没感觉了，谈了四年了，我不想谈了。"

司沁宁打了一个喷嚏，跟在儿子后面："嘉铭，你换女朋友的速度比换季还要快，你今年28岁了，不是小年轻了，青春耗不起。妈希望你定下心来，好好谈一个对象就结婚。"

沈嘉铭没有回答，对着镜子照了照，做了一个鬼脸。

司沁宁继续追问："晓轩是你女朋友？"

沈嘉铭点了点头："嗯，是啊，怎么了？"

司沁宁摇了摇头："晓轩哪点比雅兰好了？就是人长得漂亮点，笑起来甜蜜点，看起来文静点。不过，她的穿衣打扮我的确不敢恭维，这样的女孩子是不是出身有问题？或者审美观有差错？"

沈嘉铭"哦"了一声，未置可否。他不知道自己应该说什么，杜晓轩今天充其量就是来做炮灰的，替他沈嘉铭名誉上换女朋友打圆场的，他早就烦范雅兰了，只是找不到机会为自己开脱。

沈嘉铭沉默不语，司沁宁一直跟到房间门口，一个劲儿地追问："嘉铭，你怎么不说话？"

沈嘉铭转身面对母亲，笑了笑，把她的身体朝门外轻轻推去："妈，你不要问那么多了。时间不早了，今天你大寿，叫我爸放水给你洗澡，早点休息吧。爸，给我妈倒洗澡水了。"

司沁宁给沈嘉铭一路推送到浴室门口，沈飞歌听见儿子喊，赶紧从卧室走了出来："来了，来了，今天你妈过大寿，我来放水了。"

沈飞歌说完，和司沁宁一起走进卫生间。沈嘉铭迅速回到自己的屋子，看了看床头柜上的红包，想了想，立即拿起手机，拨通了一个号码。

那个号码是我的，我正在客厅看电视，听见手机响了，随手接了起来："喂，是沈嘉铭啊？"

沈嘉铭"嗯"了一声："杜晓轩，是我，明天下班有事吗？我想见你！"

靠，沈嘉铭！我就吃了你家一顿酒席，叫了一声伯母，喊了几声你大姑，你小子就以假乱真，还真的把我当做你的女朋友使唤了？

我故作镇静地问："见我？有什么事？"

沈嘉铭一本正经地说："我大姑给你的红包在我这里，明天送给你。"

我本能地捂住嘴巴："送给我？我不是说过不要了吗？我又不是你的女

朋友，送给我干吗？得得得，我不能要，你还是还给你妈吧！”

沈嘉铭声音高高的：“不行啊，是我妈说给你的，你必须拿着。”

你妈说给我的？沈嘉铭你自己会不会动脑筋想一想，你妈她是不知道情况，假如她知道我今天只是客串了一下她的儿媳妇这个角色，她还舍得把这个红包给我吗？

这个沈嘉铭真是木鱼脑袋，你妈她不知情，难道你也跟着装糊涂？现在这个社会这么势利，人人认钱唯亲，你家如果真的是红包多得没地方用了，好，我给你接过来，花光用光，身体健康。

我忍不住哈哈大笑：“你妈说给我的？那我不客气了？真的拿了？”

沈嘉铭郑重其事地说：“真的，君子一言，驷马难追。明天你几点下班，我去接你？”

接我？嘿嘿，这个主意倒不错，本姑娘已经很久没有男孩子接送上下班了，沈嘉铭你愿意做一个免费的护花使者，我没有意见。你会让我做一个假媳妇，我就会让你做一个假男友。

我不客气了：“好啊，明天下午五点，你在我单位门口接我，贾世丽商贸有限股份公司，这个地方你认识吧？”

沈嘉铭连连点头：“我认识，靠近我医院，右拐十分钟就到，明天下班你等我啊。”

我“嗯”了一声，挂断电话。老爸在一边抽烟，听得真切，瞪大眼睛看着我：“晓轩，你和谁打电话，怎么回事儿？”

老妈正在削梨子，转脸盯着我：“晓轩，明天谁见你？要送什么东西给你？”

我身子一歪，“扑通”一下子倒在沙发上：“爸、妈，看你们激动的，有人愿意送我红包，不拿是不是没礼貌啊？”

老妈立即说：“这年头非亲非故的，谁这么大方会白送你红包？晓轩，你是不是谈恋爱了？”

我摇头：“谁谈恋爱了？”

老妈削好梨子，一口咬了下去：“真是好玩了，你不和人家谈恋爱，人家会好心给你送红包？钱放在人家口袋里，难道会生霉？你做梦去吧，你！”

老爸接过来唠叨一句：“晓轩，你不和人家谈恋爱，就不要拿人家的红包,那钱不是钱,是毒药。”

我从老妈手里抢过梨子,咬了一大口,把剩下的梨子还给她:“爸,什么毒药啊?是人家愿意送给我的,又不是我死皮赖脸要来的。”

这时,老爸不乐意了:“不管是不是人家给你的,不是你的东西,就是不能要。你又不是人家女朋友,拿人家红包做什么?现在好拿,以后难吐!”

我把梨子咽下肚:“爸,如果人家要和我谈恋爱呢?”

老爸把烟头朝烟缸里丢去:“谈恋爱是另外一回事,你哪怕是每天接一个红包回来,我也没有意见。”

每天接一个,老爸你当我是感情骗子了?再有钱的人家,也不会天天给儿媳妇发红包的。除非我一个月换一个男朋友,那样还差不多。好了,这个问题就此打住,这个红包我是拿定了!

我瞥了老爸老妈一眼,兴冲冲地朝自己房间走去。说实话,如果我知道这个红包带给我的,将是未来无数个日子里的无数个烦恼,那么,我肯定不会伸手去接它了。

次日,当我从沈嘉铭的手里接过红包的刹那间,我就预感到我的未来已经不属于自己了。这个红包是一枚红色炸弹,把我的未来彻底引爆了。

拿到沈嘉铭他大姑的红包后,我前前后后只得意了三分钟。三分钟后,沈嘉铭突然伏在我的耳朵边,鬼鬼地说:“我妈让你用红包里的钱,买一身新衣服穿。”

买新衣服?我天天坐办公室,有两套职业装换着穿就够了,还买那么多衣服干吗?我又不是你家的进门媳妇,你妈操这个心干吗?

你沈嘉铭别以为这个红包好拿,其实我就是先放在自己的口袋里,等你哪天结婚了,我在上面再加点钱,随个份子还是还给你。

我一把推开沈嘉铭:“嘉铭,你妈还真的拿我当她的儿媳妇了?”

沈嘉铭的脸红了一下:“怎么了,你不喜欢我妈?”

我哈哈大笑:“什么喜欢不喜欢啊,我又不是你的女朋友,也不是你妈的儿媳妇,和喜欢似乎没有关系吧?”

沈嘉铭一直看着我,足足停顿了三秒钟:“如果我让你做我的女朋友呢?”

沈嘉铭加重了“我让你”三个字的口音,我回望着他,心里“怦怦”直跳。

我看见过费尽心机跪地求婚的，就是没有看见过这样莫名其妙地要求做恋人的。

我“嗯嗯啊啊”了半天，没有直接回复可以，还是不可以。说实话，我对沈嘉铭的印象不错，对他的职业也比较满意，毕竟和我原来的专业爱好一致，有共同语言，两个人交流起来比较容易。

如果做沈嘉铭的女朋友，倒是一个不错的选择，不过，现在接受他的话，是不是太唐突了？会不会让人觉得我是因为他大姑的红包，才接受他的？

沈嘉铭继续看着我，一本正经地说：“晓轩，我是认真的。”

沈嘉铭的一句话“我是认真的”，让我瞬间做出了一个惊人的决定：做沈嘉铭的女朋友。

[第 三 章]

当爱情遭遇房子

一周后，我穿着一身新买的衣服，被沈嘉铭再次带到了司沁宁的面前。我站在客厅里，叫了一声“阿姨”，然后就被司沁宁上上下下、前前后后地打量了一遍。

司沁宁一边看，一边说：“哦，今天晓轩穿得不错，比我过生日那天穿得像回事多了。以后在正式场合，一定要穿得漂亮点，这既是尊重别人，也是尊重自己的表现。”

我第一次像猴子一样前后左右地被人看过来看过去，浑身不自在。出于礼貌，我笑了笑：“谢谢阿姨。”

司沁宁对我指了指沙发：“坐。”

我拉着沈嘉铭坐了下来，他的屁股还没有落下，就被司沁宁支了起来：“嘉铭，冰箱里有椰子汁，拿几听出来。”

沈嘉铭走到冰箱边，打开冰箱门，取了三听椰子汁，一一打开。我坐在沙发上东张西望，一直回避着司沁宁的眼睛。

沈家的房子比较大，看样子最少 100 平方米以上，在南京市区拥有这样的房子，不是富裕家庭，也算中产阶级了。

司沁宁看起来比实际年龄年轻好几岁，她穿着一条真丝碎花连衣裙，说话中气很足。对我来说，这个年龄的女人眼睛都是带毒的，仿佛能看穿别人的心思。我故意东张西望，不敢拿正眼看她。

司沁宁对我很好奇，一会儿问我爸做什么工作，一会儿问我妈退休没有，每个月家庭总收入多少。我也不和她兜圈子，全部如实回答。

我的本性比较真实，有什么说什么，司沁宁一边问一边点头。沈飞歌坐在一旁抽烟，用胳膊肘捅了捅沈母："晓轩第一次来，你少问点，人口普查也没有像你这样细到骨头缝里的，什么都问！"

司沁宁立即反驳过来："你懂个屁，现在不问清楚，难道要等到结婚后再问吗？"

沈飞歌气得把半截长香烟扔进烟灰缸："我看你是更年期到了，儿媳妇还没有进门，就乱操心。"

沈飞歌说完，转身进了卧室，"砰"的一声带上了门。

司沁宁立即从沙发上跳了起来："沈飞歌，你是办公室坐久了，还是怎么了？说话会带官腔了，了不起了？儿媳妇没进门，我就不能操心了？"

沈飞歌在屋里大声说："能、能、能，你就慢慢操心好了。"

沈嘉铭和我面面相觑，不知道说什么才好。第二次见面，司沁宁给我留下了非常强势的印象，这个家，阴盛阳衰，一切由司沁宁说了算，沈飞歌就是想说话，也只能是躲在屋里一个人说。

沈嘉铭看见他父母当着我的面斗嘴，一脸的无奈。说实话，我有点惧怕司沁宁，这样的婆婆如果婚后和我在一起过，恐怕受罪的就是我了，而沈嘉铭弄不好就要做一块货真价实的肉夹馍了。

从沈嘉铭的家出来后，一路上我一句话也没有说。沈嘉铭不断安慰我："晓轩，我妈就是那脾气，你不要介意。"

我点了点头："嗯，我不介意。"

我嘴上说不介意，心里还是直发毛。我对沈嘉铭的好感已经越来越深，有一种深深的留恋，一天看不见他，就像缺胳膊少腿似的，整个人都觉得不完整。

要说司沁宁，也没有什么错，天下母子连心，她总不能弄个一问三不知的儿媳妇回家，给自己的家庭添乱。

沈嘉铭一边走，一边搂着我的细腰。我靠在他的肩膀上，突然问："嘉铭，你那天答应我的事情，你忘了？"

沈嘉铭反问："什么事情？我答应过你什么吗？"

我提醒沈嘉铭："那天你妈过寿，我问什么时候成了你的女朋友了，你说以后和我慢慢解释，现在，你可以说清楚吗？"

沈嘉铭反身一把抱住我："不要问那么多，女人越傻越好。"

沈嘉铭说完，身体压了过来，嘴唇一下子贴在了我的嘴唇上。我咽下一肚子的话，闭着眼睛仰头对着天，吻上了他的唇，大脑一片空白。

男人对付女人最好的武器，不是语言，而是行动。在沈嘉铭的温情拥抱中，我做了一个糊里糊涂的幸福女人。

这个夜晚，注定是不平静的，我一方面在感情上接受着沈嘉铭，一方面在理智上抗拒着司沁宁。一头是我爱的男人，一头是我恐惧的女人，我站在他们两个人中间，任由他们左右着我的命运，也由他们左右着我的幸福。恋爱是一杯加了蜜的糖开水，内容大同小异。三个月后，我和沈嘉铭的婚事提到了议事日程上。

婚讯传出来后，沈家还没有慌，我家先乱了。第一个沉不住气的是我老妈，她听说沈家准备来提亲，一个电话摇到了我大姨家。

电话接通后，老妈叫了起来："姐，我家晓轩谈对象了，亲家要上门提亲，你说怎么办？"

大姨在电话里听见老妈一惊一乍的，哈哈大笑："急什么急的？你还怕晓轩嫁不出去？你家嫁女儿，他家娶媳妇，你说，哪家急？"

老妈愣了半天，想了想："两家都急。"

大姨吼了起来："你脑袋给门缝夹了？还是给驴踢漏了？你家急个鬼啊？现在男女比例失调，男性过剩，你家是女儿，急什么？要急也是男孩子家急！"

老妈"哦"了一声，有点摸不着头脑："我家晓轩今年27了，再不嫁出去就要做老姑娘了。"

大姨在电话里咳嗽了一声："你笨猪啊，就是急也是心里急，不能露在表面，知道吗？你家女儿是等轿子来抬的，要有耐心，你这样急吼吼的，人家以为你家女儿是淘来的便宜货，嫁过门婆家也不会拿她吃劲。"

老妈一个劲地点头："嗯，不急，我不急。"

大姨语气明显缓和下来："就是，皇帝不急太监急什么？我问你，晓轩有婚房吗？是产权房，还是贷款房？"

老妈"嗯"了一声："有啊，听晓轩说，男孩的大姑送了一套婚房给他们，大概有180平米左右，三室二厅二厨二卫，靠近市中心长江路附近。是产权房，他大姑买下来的。"

大姨继续问:“产权证上写的是谁的名字?”

老妈寒了一下:“不清楚,晓轩没有对我说过,我也没有问。”

大姨惊诧地喊了起来:“不清楚?等晓轩回来了,你先问问她,房产证上有没有她的名字?如果没有她的名字,叫男孩子给加上!新婚姻法已经生效了,现在不加名,等到什么时候加名?”

老妈“嗯”了一声,小心翼翼地说:“晓轩太老实,没有心眼儿,男方家不一定会在房产证上加她名字的,那是男方的婚前财产,还是他大姑出钱买的,应该算个人财产。”

大姨嗤之以鼻:“什么婚前财产婚后财产,结婚了就不分你我,你这样嫁女儿要吃亏的。男孩子如果不肯在房产证上加晓轩的名字,直接叫她罢婚!”

老妈左右为难,一头是做医生的准女婿,一头是待嫁的女儿:“那我等晓轩下班回来和她谈谈。” 大姨笑了笑:“嗯,海琴,我们都是过来人,爱情会老,情感会变,只有房子是女人一辈子不变的依靠。”

老妈连连点头:“姐,我明白。”

大姨还是不放心:“晓轩那头如果你说不通,我去和她说。”

老妈继续点头,两个人在电话里唠叨了半个钟头,直到我推门回家,才挂断电话。

一家人吃完晚饭,老妈匆忙洗完碗,拉着我朝沙发上一坐,劈头盖脸地抛过来一句:“晓轩,沈嘉铭他大姑给你们的婚房,房产证上写的是谁的名字?”

我看着老妈:“妈,问这个干吗?新婚姻法都公布了,谁家买的房子归谁,你还提房子?”

老妈继续追问:“亲家就要上门提亲了,你不能这样稀里糊涂地嫁过去。就算新婚姻法公布了,男方在房产证上加个名字应该不难吧?”

我莫名其妙:“怎么叫稀里糊涂了?加个名字就不是稀里糊涂了?妈,这是什么逻辑啊?”

老妈一本正经地扳起手指,数落着:“晓轩,结婚是大事,看一个男人是不是爱你,就要看他的房产证上有没有你的名字,如果房产证上连你的名字都没有,这个男人还是趁早不要。”

靠，第一次听说房子和爱情有关系，老妈还真能忽悠。我看着老妈，像看一个陌生人，心里寒碜得直发毛。

自从和沈嘉铭谈恋爱后，我基本上忘记了自己是谁，每天脑袋里就是他的影子，和他结婚是我今生最大的愿望，我嫁的是人，又不是房子，我管他房产证上写的是谁的名字。

这时，老爸忍不住插话了，冲着老妈说："赵海琴，不是我要说你，你是卖女儿，还是嫁女儿？现在，晓轩还没有正式嫁入婆家门，你就算计着霸占人家的财产了？我问你，人家的房子，房产证上写谁的名字，关你屁事？"

老妈听见老爸的话，脸色立马黑了下来："怎么不关我事了？杜生平，什么叫算计，你给我说清楚了！女儿嫁人，是不是应该有一处自己的房子？一个女孩子和一个男孩子结婚，首要因素是不是应该有一个自己的小窝？燕子过冬也知道在树杈上做窝，何况人了！"

老爸头一昂："不就一个鸟窝吗？结婚了拼一起住就行了，要那么多形式的东西干吗？房子能当饭吃吗？真是的！"

老妈接着黑脸："是什么是？房子是不能当饭吃，没错，但是，男方家起码得给我女儿一个安全感。你有没有看见，现在满世界一张眼，离婚率那么高，你能保证晓轩的婚姻一万年不变？你就是保证自己的女儿不变，也不能保证未来女婿不变，万一有个好歹，你让女儿连个哭的地方都没有。"

老爸脖子一歪，白了老妈一眼："你想得倒是挺远的，连离婚后的生活都给女儿设计好了，真行！新婚姻法确立了个人财产权利的保护，男方家他大姑给侄子买的房子，凭哪门子写上我们家晓轩的名字？"

老妈的脸彻底挂了："杜生平，你话不要说得这么难听。年代不同了，婚姻的内容也起变化了，连新华字典都升级改造了，晓轩没有经验，我们不能不给她把关。就算房子是男方的婚前个人财产，加上晓轩的名字至少也是一种态度啊！"

老爸声音提高了八度："把关？婚姻还是以爱情为前提的，你不要把晓轩物质化了。"

老妈激动得一下子站了起来："你说话越来越难听了，什么叫物质化了？现在哪样东西不是被打上价格标签的？爱情？爱情能卖几个钱？晓轩，你听着，如果沈嘉铭的房产证上不写你的名字，这个婚就不要结了！"

我坐在沙发上，看着老爸老妈，越来越听不懂他们的话了。我的思维线条比较单一，不喜欢斜线思维，也复杂不了。

我反问老妈："结婚和房产证上的姓名有什么关系？我和嘉铭过日子，也不和房子过！"

老妈一蹦三尺高："你大脑少根筋啊，房子都不是你的，你和鬼过日子啊！"

和鬼过日子，什么老妈啊，就把未来的女婿说成这样？不就是一个房产证吗，明天我就去问沈嘉铭，房产证上能不能加上我的名字！

我弱弱地说："妈，你不要叫了，我明天去问嘉铭好了，行了吧。" 说完，我进了自己的屋子，我需要安静一下。刚进屋不久，口袋里的手机响了，我打开滑盖，看了看来电显示，是表姐黄丽婷的。黄丽婷声音很细、很尖："晓轩，我妈说你准备结婚了，是不是真的？"

我笑了笑："怎么了？你都是过来人了，还这么大惊小怪的。"

黄丽婷接着说："不是大惊小怪，就是觉得快了点，有点闪婚的味道，什么时候做了简单方便女啊？"

简单方便女？这词够狠，不如直接说我简单随便女好了！我心里有点不爽，不过因为是表姐，也就不计较了。

我哈哈大笑："少来了，我再不简单方便点，就嫁不出去了。婚姻的一半是缘分，一半是爱情，有时候三个月和三年本质上没有什么区别，目的都是为了结婚。"

黄丽婷揶揄了一句："哎哟，你成婚姻'砖家'了，会谈婚论爱了，是不是做剩女得出的经验？晓轩，问你个正经事，正面回答我：男方家的房产证写了你的名字吗？"

我操，又是房产证加名！你们一个个牛逼"筒子"，没有房子这个名词难道就不会说话了？你们瞎替别人操心，累不累啊？

我直接回答三个字："不知道！"

我的确不知道，沈嘉铭和我结婚没假，只要他不让我住到马路上去就行。他大姑终生未婚，无儿无女，她给嘉铭买的房子不会差，有嘉铭的就有我的，我白操心为个啥呢？

多一事不如少一事，该我烦的我烦，不该我烦的我不会烦。只要沈嘉铭爱我，我就满足了。

黄丽婷叫了两声："你真傻还是假傻？房产证比结婚证还要重要，你可以没有结婚证，但是，一定得有房产证。没有房产证，你的婚姻用什么来保障？"

我当然相信爱情了："有嘉铭爱我难道还不够？"

黄丽婷冷笑起来："爱情？爱情值多少钱？爱情有标价签吗？我问你：爱情几斤几两？你做剩女这么多年，不会就认识'爱情'两个字吧？晓轩，我不和你玩脑筋急转弯，如果说婚姻是坟墓，那么，爱情就是堆砌坟墓的砖，等你一转身跳进去了，才发现里面的黑暗。"

靠，超级郁闷，黄丽婷你是过来人，结婚两年了，男方家对你百依百顺，要什么有什么，你竟然把婚姻看得和下水道一样潮湿灰暗，操你奶奶的。

我沉默了一会儿，反问道："表姐，你是不是受到了什么刺激？婚姻在你眼里怎么突然成了灰色阴沟盖了？是不是表姐夫对你不好，还是你的老婆婆……"

我的话还没有说完，一下子给黄丽婷打断了："什么你老婆婆，我老婆婆的？不说了，说多了没意思，过日子就是上下牙磕碰摩擦，自己咬破舌头的时候也是正常的，忍一忍就过去了。我是为你好，不要弄到最后连个放枕头睡觉的地方都没有。"

哈哈，黄丽婷真有意思，竟然操心到我的枕头上去了，比我老妈还要牛逼。我真的想不通，自己的婚姻什么时候就被房子强力绑架了。

狂笑过后，我就想哭了："表姐，你说点好听的，行吗？"

黄丽婷沉默了一会儿："算了，现在说好听的，都是骗你的。说难听的，你又接受不了。现在流行房产证加名潮，哪天有时间，你亲自去房产登记中心看看就知道了。"

我笑了笑："想给房产证加名字的人，是对男方的不信任，或者说，是对婚姻的不信任。我和嘉铭之间不存在这个问题，我不想看！"

黄丽婷"哦"了一声："你剩得真可爱，只剩下可怜的爱情梦了，以后等你结婚了，就知道爱情是最不靠谱的东西了！"

爱情不靠谱？那什么东西靠谱？我和黄丽婷虽然是表姊妹关系，彼此的妈妈都是一个外婆生的，我们的观点怎么就这么不一致呢？

我摇了摇头:“只要婚姻靠谱就行,我也不和爱情过一辈子。”

黄丽婷“哈哈”大笑了一声:“让婚姻见鬼去吧!”接着挂断电话。

屋子开始安静下来,我拿着手机,左中右来回看,忍不住想打电话给沈嘉铭,犹豫了半天,还是没有拨出去。

我相信沈嘉铭对我的感情,他爱我,如我爱他。虽然我们恋爱的时间不长,但是,我相信我们的爱情是能经得起时间考验的。

想到这里,我放下了手机,放心地打开电脑。每天上网看新闻已经成为我的习惯,偶尔再看看高清电影,简单而快乐。

我的QQ处于隐身状态,好友全部是同学、同事和亲戚,大家有事说事,无事就互相远远地望着,也不聊天。他在线为他,我隐身为我,互不干扰,各得其所。

我看了看沈嘉铭的头像,是灰色的,他经常不在线。他不喜欢隐身,只要在线头像都是亮着的,和江苏卫视相亲节目“非诚勿扰”舞台上的灯光一样,通体透亮。

我点开沈嘉铭的头像,打开对话框:“想你了……”

突然,沈嘉铭的头像晃了起来,接着飞过来一句:“我刚到家,今天医院外科来了一个临时急诊病人,一直加班到现在,我放下手术刀就回来了。”

我没有想到沈嘉铭会在线,本来只想悄悄留言的,现在意外发现他在线,我的内心一阵狂喜。

我开始噼里啪啦地敲键盘:“吃过饭了吗?”

沈嘉铭回复:“在外面吃过才回家的,有点不放心你,上来看看。”

不放心我?呵呵,谈恋爱的女孩就是幸福,有男孩无微不至的牵挂。你看我,坐在家里,有心上人主动关心我,要多幸福,就多幸福。

幸福是什么?幸福是你在东他在西,他还不忘时时问候你。幸福是夜晚的灯光,一直照到你的心坎里去。幸福是一种态度,一种远望,一种遐想……

我继续击打键盘:“嘉铭,幸福是什么?”

沈嘉铭随手抛过来一句:“幸福是你看着我,我看着你,却永远看不够。”

我发了个点头的表情:“嘉铭,你爱我吗?”

沈嘉铭回复:“傻丫头,我不爱你,爱谁?”

我继续敲字:“那我问你一句话,你一定要回答我。”

沈嘉铭回复:“好的,你问吧。”

我开始兜圈子编词了:“爱一个人是不是要付出?”

沈嘉铭回复:“当然要付出,不付出谈什么感情和婚姻啊?”

我一个转身切入正题:“嘉铭,你大姑给我们的婚房,房产证上写的是谁的名字?”

对方突然沉默,过了大约三分钟,我已经等得不耐烦了,才看见沈嘉铭的回复:“晓轩,这个问题我要去问我妈,我自己也不大清楚。”

我打了一个“哦”字,离开电脑,站到窗口猛吸了一口气。窗外繁星闪烁,远处的街道灯火通明,渣土车来回穿梭着,把大地震得轰天响。

实话实说,我有点不忍心这样做。我不想为了房产证上的一个破名字把沈嘉铭逼疯,接着再把自己逼残。

可是,我的身后有一个势利眼的老妈,还有一个伶牙俐齿的大姨,另外,还有一个把钱看得重于泰山的表姐。

不管怎么样,我要走过场,给老妈一个面子,给大姨一个交代,给表姐一个说法,也给自己找一个台阶。

我站在窗口,眼睛望着窗外发呆。我的大脑一片空白,有点像抽水马桶堵塞,一时找不到出口的那种感觉。

此刻,沈嘉铭的家已经闹翻天了。司沁宁一只手叉腰,一只手指指点点,对着儿子大声喊道:“怎么了,我们沈家的房子,他杜家又没有出一厘一毫,竟然来问我们房产证上写了谁的名字?是不是有点异想天开了?”

沈嘉铭尴尬地站着,声音压得很低:“妈,人家也就是问问,我总要给晓轩一个答复吧?”

司沁宁点了点头:“不错,你是要给晓轩一个答复,不然她会天天纠缠你,一直不放手,搅得你心烦意乱。你现在就去告诉她,房产证上写的是我司沁宁的名字。另外,再告诉她,沈家的事情不要劳驾她杜晓轩操心,她进我家门后好好做她的媳妇就行了。”

沈嘉铭看着母亲,站在原地没动。他的大脑像块石头,忽然不灵光了:“妈,你别生气,我就是过来问一下,没有别的意思。”

司沁宁用手指了指沈嘉铭的屋子:“去吧,去吧,把我的话转告给杜晓

轩。”

沈嘉铭“哦”了一声，转身回了屋。司沁宁气哼哼地回到屋里，朝床上猛地一坐。沈飞歌正在看电视，连看也没有看她：“怎么了，气性这么大?谁惹你了？”

司沁宁没好气地说：“还没进门，就查我的家底了，心倒不小！”

沈飞歌看了司沁宁一眼：“说谁呢，你？”

司沁宁继续磨叽：“谁？除了杜晓轩，还能有谁？都是你儿子干的好事儿，放着范雅兰这么好的女孩不要，弄个什么杜晓轩回来，她自己一家子没能耐不说，还大言不惭地问我，他大姑给嘉铭的婚房写的是谁的名字？真想翻天了！”

沈飞歌听了半天，总算听明白了：“就为这点小事，你也气上半天？人家姑娘嫁人，是一辈子大事，凡事问个明白也没有错，总不能不明不白地嫁过来了事吧！”

司沁宁终于沉不住气了，暴跳如雷：“沈飞歌，你脑袋给屎壳郎罩住了？怎么闭着眼睛替别人说话？你也不想想，杜晓轩嫁给我家儿子，是前世修来的福气。她家有什么？她爸杜生平在汽车厂做技术员，工薪阶层，月收入两千。她妈赵海琴退休，月收入一千五。她自己做会计，月收入四千。范雅兰是内科主治医师，一个月工资就拿六千了，外加病人塞的红包，加起来最少一万，比她一大家子的收入都多。”

沈飞歌不高兴了：“又来了，范雅兰已经和我们家没有任何关系了，你怎么还念念不忘的？我儿子现在看中的是杜晓轩，范雅兰一个月就是拿十万，你也是干瞪眼。”

沈飞歌说完，哈哈大笑。司沁宁拿起枕头，一个猛子砸向沈飞歌：“我叫你笑，叫你再笑……”

沈飞歌躲过枕头，闪到电视机旁边，继续笑。司沁宁打了几下，手臂酸了，一屁股坐在床上，自己和自己生气。

沈飞歌走过来，轻轻抱住司沁宁的头：“好了，好了，都一大把岁数的人了，还撒小孩子脾气。我让你一辈子了，媳妇进门就不一定也和我一样处处让着你了，你是长辈，要做出长辈的样子来啊！”

司沁宁的气还没有解完：“这个家我说了算，媳妇进门还是这样，除非我死了，你们想翻天，一个字：难！”

沈飞歌不做声，走过去把电视声音放大，司沁宁一个人唠唠叨叨的，看没有人理她，躺在床上跟着沈飞歌看电视了。

外屋，沈嘉铭坐在电脑前正在发呆，他点燃一支烟，坐在转椅上闷声不响地抽着。香烟抽到一半，他一把按灭烟头，丢进烟灰缸，点开对话窗口。

沈嘉铭拼命敲字：“还在吗？我来了，晓轩……”

我站在窗口，眼睛不时看着电脑，注意着聊天窗口的对话框。对话框一闪一闪的，引诱着我。我忍不住走过去，拿起鼠标点开沈嘉铭的头像，一条条信息飞速闪开。

沈嘉铭：“我刚才问我妈了，我妈说，房产证上写的是她的名字。”

沈嘉铭：“在吗？人呢？回话！”

后面的信息全部是一个个问号，连续打了几十个。我看着问号，像一个个铁钩子，一下子笑得前俯后仰。

我的笑声刚落，屋子的门突然被推开了，老妈站在门口，眼睛盯着我：“怎么了，晓轩，一个人在疯笑什么？”

我捂住嘴，拍了拍胸口，看着老妈：“妈，你怎么进来了，吓我一跳！”

老妈赶紧走过来，拍了拍我：“哎呦，我的天，家里也没有别人，怎么我一句话就吓到你了？是不是你做了什么亏心事，还是怎么的？”

老妈一边说，一边精明地将眼睛瞟向电脑，我立即将聊天窗口缩小，电脑立刻显示一片蓝屏。

我看着老妈，用手轻轻推了她一下：“妈，你能不能去外屋陪我爸？我这里暂时不需要人……”

老妈使劲白了我一眼：“哎呦，还神秘叨叨的，我走行了吧？”

老妈说完，一扭屁股走出去了。我心里大叫“阿弥陀佛”，立即闪开聊天窗口，看沈嘉铭还在不在。

沈嘉铭的头像已经灰下去了，我的心沉了一下，立即敲出三个字：“还在吗？”

沈嘉铭的头像又亮了：“在，你在忙什么？一直等你回话呢。”

我对着沈嘉铭的头像笑了笑：“我妈来了，在和她说话呢。”

沈嘉铭发了个点头微笑的表情：“这样啊？刚才的留言看见了吗？”

我简单发了几个字:“嗯,知道了!”

其实,这样的结果我早就预料到了,房子本来就是沈嘉铭他大姑买的,司沁宁写的是自己的名字,连自己儿子的名字都没有写,她自然有自己的考虑,我能说什么呢?

换了我家父母,如果我是儿子,难不成我爸我妈也会留一手,毕竟房子是原始股,捂到最后就成了黑马股了。

这个结果是在情理之中的,我唯一感到意外的是,司沁宁没有写上儿子沈嘉铭的名字。按理说,他大姑是送给我们的婚房,不写我的名字我能够理解,不写沈嘉铭的名字就令人费解了。

沈嘉铭看我半天没有回复,敲过来一句:“你和你妈在说什么?”

我飞过去一句:“没说什么,我妈去客厅了,我在听音乐。”

鬼才听音乐,我没有音乐细胞,最不喜欢的就是流行音乐。我在纳闷儿,思想有点乱,不想说话。

沈嘉铭发了一个亲吻的表情:“晓轩,今天你怎么想起来问房产证上的姓名来了?现在流行房产证加名,你不会也在赶潮流吧?或者,有人暗示你问的?”

靠,没有人暗示我,我就不能问吗?沈嘉铭你什么人啊,小肚鸡肠!我想了想,直接回复:“是我自己想问的,我就是想问个明白,你不要误会了。”

沈嘉铭好脾气地回复:“那就好,我没有误会,我只是觉得奇怪,你一直给我感觉很精神化的,今天突然问我这么个物质化的问题,我还真的有点不习惯。”

什么乱七八糟的,我就问个房产证姓名,你沈嘉铭就到处扣帽子了。再精神化的女孩,一旦进入到婚姻里,还是会物质化的。

世界是物质组成的,精神是依赖于物质的,“形存则神存,形谢则神灭”。沈嘉铭你读了一辈子的书,不会不明白这个道理。

所以说,不管是我自己问的,还是别人暗示我问的,都符合世界的构成:物质。算了,谈哲学太形而上了,我还是让沈嘉铭先习惯一下吧。

我发了一个惊讶的表情:“不习惯?也许以后慢慢就习惯了,纯粹的精神和不食人间烟火差不多,和恐龙一样,该绝迹了。”

沈嘉铭发了一连串:“哈哈哈哈……”

我也跟着哈哈哈哈……两个人哈哈哈哈过来，又哈哈哈哈过去，来回刷屏闹了足足有三分钟。

三分钟过后，两个人笑够了，开始安静下来。我突然发现沈嘉铭十分可爱，尤其是打哈哈的时候，和他的年龄一点不相符。我真的难以想象，他举着手术刀走向病人病灶的时候，是怎么冷静下来的。

沈嘉铭换了一个话题："晓轩，明天我奶奶从苏州过来，说要见你，你来我家吗？"

你奶奶要见我？那是你家八辈子老祖宗，也是我的八辈子老祖宗，不能不见！我想也没想，直接送出一个字："来。"

沈嘉铭发了一个点头的表情："我明天调休一天，上午十点去火车站接我奶奶，晚上你下班直接来我家？我就不去接你了。"

我敲出几个字："嗯，好的。"

我还没有见过沈嘉铭的奶奶，只在他家的客厅里看见过奶奶的照片。那照片已经有些年代了，是一张全家福，奶奶怀里抱着的沈嘉铭刚刚百天。

听沈嘉铭说，奶奶最近半年一直在苏州的大伯家养病，前些日子听说嘉铭要结婚了，才准备回南京，看看孙媳妇，顺便参加孙子的婚礼。

次日上午十点，沈嘉铭驾驶着自己的私家车，奔驰在通往火车站的路上。今天，他穿了一套短袖休闲装，脚上穿了一双牛皮凉鞋，模样清新而帅气。

奶奶已经半年没有住南京了，沈嘉铭很想她，他是奶奶一手带大的。奶奶今年 76 岁了，喜欢吃奶油面包。

奶奶的腿不大利索，在苏州大伯家住了半年，就是为了找医生治病。沈嘉铭给奶奶在苏州找了一个老中医，服用了半年的中药，听奶奶说，现在走路腿已经不疼了，正常了。

这次奶奶回来后，就不准备走了，年龄大了，长久在外地生活也不习惯，何况奶奶从小就在南京生活，除了和儿媳妇有点犯冲，其他方面感觉还不错。

人老了，也没有什么想法，就图个叶落归根，奶奶也一样。爷爷早几年才走，奶奶有点孤单，一直把孙子当个宝。

沈嘉铭和奶奶在一起，是无话不说。一些话，他不和爸爸妈妈说，但是，

一定会和奶奶说。

沈嘉铭一边开车，一边听着音乐，心里乐滋滋的。又要见到奶奶了，他的心里无比亢奋。

一个小时后，车到了火车站。沈嘉铭将车停靠在收费车位，转身进入旅客出口接待处。

等了大约二十分钟，奶奶背着一大包行李出来了。沈嘉铭急忙赶上去，拿下奶奶肩膀上的大包："奶奶，回家了还背这么大的包啊？快，包给我。"

奶奶笑呵呵的："嘉铭，奶奶就知道你来接我，想死奶奶了。"

沈嘉铭提着大包："我今天调休一天，特意过来接奶奶的，奶奶，我也好想你的。"

奶奶连连点头："嘉铭，这大包里全部是奶奶带给你吃的好东西，苏州特产大麻饼是你最喜欢吃的，在南京买不到，我叫你大伯昨天买了好多，够你吃一个月的了。"

晕死，吃一个月大麻饼，那人不长成麻饼样了？沈嘉铭知道奶奶心疼他，没有多说，搀着她慢慢走："谢谢奶奶。"

奶奶回头看了看，似乎在找什么："嘉铭，你媳妇呢？怎么没有来啊？"

沈嘉铭笑了笑："奶奶，晓轩在上班，单位不好请假，她晚上过来看你。"

奶奶连连点头："嗯，就好，就好，奶奶给你媳妇准备了一个小礼物，晚上她来了再给她。"

沈嘉铭搀扶着奶奶，走到自己的停车位，将奶奶安置好，车像离弦的箭一样冲了出去。

两个人坐在车上，奶奶朝窗外东张西望，像个孩子。沈嘉铭吃了一个红灯，望着奶奶："奶奶，你是先去我妈的面包房，还是先回家？"

奶奶听见"面包房"三个字，口水立即流了出来："去面包房吧，我半年没有吃到你妈做的面包了，馋死了。"

沈嘉铭"嗯"了一声，车打了一个弯，朝路北开去。正是中午，路上的车不是很多，大部分驾驶员都停车吃饭休息去了，马路上有点晒，行人也不见多少，估计都在吃饭了。

沈记精品面包房，司沁宁正在包装烤好的面包。面包房包括司沁宁在内一共三个员工，两个员工是雇来的合同工，一男一女，年龄都不大。

面包房不大，只有 18 平方米左右。正是中午，面包房很清静，顾客是来一个走一个，只有面包机在嗡嗡作响。

当沈嘉铭带着奶奶推开面包房的时候，司沁宁丢下手里的面包，立即站了起来："哎哟，嘉铭，天气这么热，你还把奶奶带到面包房来？妈，快坐下。"

奶奶坐下后，笑眯眯地看着面包货架，伸手就去拿面包："沁宁，是我要来的，不要怪嘉铭。苏州的面包我吃不来，一下火车我就叫嘉铭带我直奔这里来了。"

司沁宁"哦"了一声："妈，我是担心你旅途劳累，面包本来就不值钱，你想吃多少就吃多少。嘉铭，去烘房拿热面包给你奶奶吃，带奶油味的。"

奶奶看着嘉铭，等着热面包："嘉铭，拿一个就够了，多了奶奶吃不了。"

司沁宁在外间大叫："多拿几个，一会儿带回家给奶奶吃。"

沈嘉铭拿出热面包，奶奶接过来狼吞虎咽起来，吃着吃着，一下子噎住了。奶奶用手指着水杯："水……"

沈嘉铭立即把水杯递给奶奶："慢点，慢点吃，奶奶。"

司沁宁笑了笑："妈，没有人和你抢，慢点吃啊！"

奶奶喝了一口水，一口气把面包咽了下去："沁宁，你是说我土，没有吃过面包是不是？我和谁抢了？"

司沁宁憋回笑脸："妈，我什么时候说你土了？我意思是叫你慢慢吃，大热天的，你吃噎住了，气憋上去了，下不来了，上个医院疏通一下呼吸事小，万一要是一口气上不来的话……"

奶奶手里攥着没有吃完的热面包，一气之下扔到桌子上："你诅咒我死？不就吃你一个烂面包，用得着这样说我吗？不吃了，嘉铭，开车带我回家。"

司沁宁看着扔出去的面包，阴阳怪气地说："哎哟，妈你还真生气了？我不就是好心多句嘴吗？你还当真了？"

奶奶生气地朝门外走去："什么当真当假的？吃你的面包比喝水还要塞牙，走了。"

司沁宁望了一眼店门口："嘉铭，带奶奶慢慢走啊，回家后让你奶奶在沙发上休息，小房间席子等我回来再铺，我今天早点回来。"

沈嘉铭答应了一声:“知道了,妈。”

转眼间,奶奶跟着沈嘉铭上了车。上车后,奶奶的气还没有消,坐在后座自言自语:“我就知道你妈没安好心,我每次吃她两个破面包,就是这个态度!生怕我把她吃穷了。”

沈嘉铭从后视镜上看着奶奶:“奶奶,我妈就是这样的脾气,你和她在一起生活一辈子了,应该知道她是什么样的人。”

奶奶忍不住说道:“你妈那不是脾气,是德性!人家都是婆婆吃倒媳妇,我家是媳妇吃倒婆婆,我看孙媳妇进门了,谁吃倒谁去!”

沈嘉铭手握方向盘,劝慰着奶奶:“奶奶,我妈是刀子嘴豆腐心,你不要介意!”

奶奶“哼”了一声:“什么刀子嘴豆腐心,分明是明枪暗箭,嘉铭,你不知道,我这个婆婆做得实在太窝囊啦!”

沈嘉铭没有接奶奶的话,他知道奶奶正在气头上。奶奶和母亲的矛盾由来已久,打从他小时候起,她们两个人就冲锋不息,战斗不止。

很多时候,沈嘉铭的情感是偏向奶奶一边的,可是,因为母亲的强势,他又不得不在多数情况下,采取中立的态度。

沉默,是沈嘉铭惯用的杀手锏。奶奶和母亲的战争,造成了沈嘉铭喜欢逃避现实的倾向。

一路上,奶奶继续唠叨着,说了半天也不见沈嘉铭反应,加上旅途劳累,一会儿就靠在车上睡着了。

车到达清凉门小区门口的时候,沈嘉铭叫了一声奶奶,奶奶醒了。她睁大眼睛看了看外面:“到家了?”

沈嘉铭点点头:“到家了,奶奶。”

奶奶脸上笑嘻嘻的:“嗯,还是自己的家好,你大伯家的饭再香,床再好,也没有自己家的好。到家咯,哈哈。”

回到家后,奶奶径直去了自己的小房间。小房间还和她离开家的时候一样,床上铺着厚厚的棉被,一点变化也没有。

奶奶看着自己的房间,笑脸立即变成浮云,挂了下来:“嘉铭,你妈天天在家忙什么?这个房间我走的时候什么样,回来的时候还是什么样!连冬天的棉被都没有拿下来,难道我今天要回来,她都不知道?”

沈嘉铭跟在奶奶身后，拉着她朝外屋走去：“奶奶，你先在我房间里休息，我给你换席子。”

奶奶叹了一口气：“这个儿媳妇真混蛋，想把婆婆热死在炕上啊！”

沈嘉铭把奶奶安顿在自己的房间，开始打扫奶奶的房间。等到沈嘉铭笨手笨脚地收拾好奶奶的小房间，手机响了。

沈嘉铭立即打开手机接听：“喂，你好，是沈医生吗？”

沈嘉铭连忙应答：“嗯，我是，请说。”

对方继续说：“沈医生，门诊部来了一个重伤病人，需要立即做开颅手术，你现在在哪儿？”

沈嘉铭“哦”了一声说：“我在家，刚刚把奶奶从火车站接回来。这样吧，我马上过来，你们先准备，等我一刻钟就到。”

对方连连答应：“好，沈医生，我们等你。”

沈嘉铭放下手机，回到自己的房间。奶奶靠在床头，眯着眼睛养神，听见脚步声，一下子睁开了眼睛：“小房间弄好了？”

沈嘉铭点了点头：“奶奶，弄好了，你可以进去休息了。”

奶奶立即爬起来，朝自己的小房间走去：“嗯，还是嘉铭懂我。奶奶认床，换张床要有三天睡不着，我去自己房间了。”

沈嘉铭跟在奶奶后面：“奶奶，你先休息，刚才医院来电话，有个重伤病人，马上要动手术，我去去就来。”

奶奶看着沈嘉铭：“怎么又有病人了，你今天不是调休陪奶奶的吗？能不能不去啊？”

沈嘉铭摇了摇头：“不行，手术室不能等人，我去去就来。”

奶奶摊开双手：“好吧，救人要紧，你去吧，车开慢点啊。”

沈嘉铭一边开门，一边和奶奶再见。走出门后，突然间想起了什么，反身推开门，对奶奶说了一句：“一会儿杜晓轩下班了会过来，如果我还没有回来的话，你给她留个门。”

奶奶站在门口，连声回答：“好的，我知道了。”

沈嘉铭走后，家里只剩下奶奶一个人，她要给孙媳妇留门，也不敢睡觉了，索性把大包打开，把东西一一拿了出来。

包里除了自己的几件换洗衣服，全部是带给沈嘉铭的吃的东西。一些

麻饼，一些肉松，一些银鱼，另外，还有一条真丝围巾。

真丝围巾是准备给孙媳妇的，在苏州的专卖店买的，本来想买两条的，给儿媳妇也带一条。付款的时候，突然想到儿媳妇那张破脸，索性只买一条了。

真丝围巾是奶黄色的，色彩很绚丽。奶奶拿着围巾，对着镜子在自己的脖子上比画着，一脸的幸福。

一个钟头后，奶奶忙清了，开始去卫生间洗手。刚刚洗完手，门铃响了。奶奶急忙跑到客厅，从猫眼里看了看："一定是孙媳妇来了，嘿嘿。"

奶奶打开门后，我站在外面，望着奶奶笑了笑。奶奶的照片我看过，我随口叫了声："奶奶。"

奶奶笑眯眯的，将我迎了进去："是晓轩吧，快进来。"

我今天下班早，下午去了一趟银行，给公司对了一下账单，回家后换了一件茶色连衣裙，打了车就过来了。

半路上，我接到了沈嘉铭的一个电话，说他奶奶一个人在家，让我先去陪奶奶。到沈嘉铭家的时候，才四点钟。

进屋后，奶奶看着我，那种眼神和我奶奶的一样，慈祥而温和。我看着奶奶，点了点头："奶奶，我是晓轩。"

奶奶一把拉住我，朝她的小房间走去："来，快跟奶奶来，奶奶从苏州给你带了一条真丝围巾，很漂亮的。"

我跟着奶奶走到小房间，奶奶将真丝围巾从包装袋里拿了出来，给我围上。九月的天，我的身上汗淋淋的："奶奶，真漂亮。"

奶奶乐呵呵的，看着我的斜肩包："喜欢就收进包里，到冬天就可以戴了。"

奶奶说完，把围巾扯了下来，放进我的包里。奶奶转身走到客厅，打开冰箱，拿了一听果汁出来，递给我。

我接过果汁，喝了起来。大热天，我的嗓子早就给太阳晒冒烟了，奶奶的果汁像雨露，像甘泉，瞬间滋润了我。

喝完果汁，奶奶和我坐在沙发上，问我："晓轩，家在哪里啊？"

老调重弹，我不得不礼貌地回答："南湖。"

奶奶"哦"了一声："南湖不远，那你在什么地方工作啊？"

我耐着性子回答:“在公司做会计。”

奶奶又“哦”了一声:“是做账的啊,公司生意好吗?”

我点了点头:“还不错。”

奶奶满意地点了点头:“晓轩,嘉铭从小是我带大的,这个孩子没有什么脾气,耐性也比较强,懂事让人。听人说婚姻这事儿是一个萝卜填一个坑,一个好的搭一个坏的,如果两个人都好的话,一定要出大事的,肯定是丢命先走一个。”

我睁大眼睛,看着奶奶:“奶奶,我和嘉铭感情很好,你不要吓我啊!”

奶奶继续说:“我没有吓你,我的意思是不要你和嘉铭好得像一个人似的,偶尔吵架拌嘴没有关系,不过,千万不要欺负他就好。”

我恍然大悟,原来奶奶是怕我对沈嘉铭不好:“奶奶,我不会的。”

和奶奶在一起,不知不觉嗑了一个多小时,眼看太阳快落山了,家里一个人还没回来,我有点抓瞎了,拿起手机给沈嘉铭打了一个电话。

号码拨了半天,没有人接听,奶奶仿佛猜透了我的心思:“你在给嘉铭打电话吧?他去医院了,估计这会儿还在手术台上呢。”

我“哦”了一声:“奶奶,我先去厨房淘米做饭,然后下楼买点卤菜,一会儿阿姨和叔叔回来要吃饭。”

奶奶拦住我:“不用出去了,一会儿你阿姨带菜回来,你去淘米,插上电饭煲插头就行了。”

我点了点头,没有出去,淘完米,插好电源,司沁宁提着一袋子菜回来了,后面跟着沈飞歌。我在厨房,叫了声:“叔叔、阿姨。”

司沁宁放下菜,点了点头:“晓轩,把菜拎到厨房去。肉排先拿出来,用热水洗一洗,我马上来做肉排冬瓜海带汤。”

我“嗯”了一声,走出厨房,拎起菜袋子,又回到厨房里。做家务不是我的强项,在家里,我基本上是不进厨房的,就是进了厨房,老妈也不给我做任何事。

和沈嘉铭谈恋爱后,我学会了用电饭锅做饭,学会了洗菜,学会了做西红柿鸡蛋汤。爱情是个好东西,让你学会很多东西。

奶奶站在客厅,沈飞歌走过来,叫了一声:“妈,你到家了?嘉铭呢,怎么不在家?”

奶奶点点头:“到家了,嘉铭把我接回来后,又去医院了,来了一个重伤病人,要做手术。”

沈飞歌摇了摇头:“休息天也这样?医院人手不够,可以招人啊,天天这样折腾不是事啊!”

一个钟头后,一家人坐在饭桌上开始吃饭。沈嘉铭还没有回来,我一个人坐在一群长辈堆里,感觉很孤单。

我低着头,默默地吃着饭,心里也不知道在想什么。奶奶很好客,一个劲地给我夹菜,我的碗里全部是菜,白米饭已经被菜淹没了。

这时,司沁宁突然发话了:“杜晓轩,问你个事情。”

我“嗯”了一声:“阿姨,你说。”

司沁宁把筷子从嘴里慢慢抽了出来:“听嘉铭说,你那天问他房产证上名字的事情,我想问你,是你自己想问的,还是你爸爸妈妈要你来问的?”

靠,阿姨你带这样不给人面子揭人短的吗?不管是我自己想问的,还是我老爸老妈要我来问的,现在是吃饭时间,不要糟蹋了上帝给你吃饭的享受权。

我脑袋里迅速闪过两个答案,一个是我自己要问的,一个是老爸老妈要我来问的。哪个答案是司沁宁需要的,我无法分辨。

我随便答道:“我自己要问的,阿姨。”

司沁宁把筷子朝桌子上重重一放:“我说呢,人小鬼大的,还没有过门,心机倒不少。”

我的脸色刷地白了:“阿姨……”

司沁宁继续说:“我告诉你杜晓轩,嘉铭他大姑给你们的婚房,是看在我们老一辈面子上给的,既不是给嘉铭的,更不是给你的。不过,话说回来,就算是给嘉铭的,也是嘉铭的婚前财产,你们不是还没有领证吗?况且,新婚姻法出台了,你不会连这么重要的法也没有看吧?”

操,阿姨,你还让不让人吃饭了?如果不想让人吃饭,直接下逐客令就行了,何苦在这里挖苦人?一个破房子,不就是避个风雨吗,干吗小题大做,什么名字不名字的,你稀罕,我还不稀罕了!至于法不法的,我更没有兴趣,再怎么变还不是三个字:婚姻法!

说实话,钱财都是身外之物,当爱情遭遇房子,我宁愿要爱情,也不会要房子上的虚名。我看中的只是嘉铭,嘉铭就是我的一切。

我的脸憋得通红,我没有想到司沁宁毒嘴毒舌得这么厉害。客厅安静极了，我仿佛看见很多只眼睛盯着我，让我恨不得找个地洞直接钻下去算了。

司沁宁话音刚落,奶奶发话了:“沁宁,有你这么和儿媳妇说话的吗？人家女孩子也是人,也是娘肚子里生下来的宝贝,是用来疼的。房产证上名字的事情我虽然老糊涂不清楚了,但是,就冲你和晓轩说话的这个态度,我就有意见。”

司沁宁看了一眼奶奶:“妈,你不知道情况,不要随便插嘴。”

奶奶头一昂:“什么叫插嘴,沁宁你做了我一辈子的儿媳妇,我有没有对你这样说过话？看你把人家姑娘吓的,吃个饭也闲不住嘴！”

沈飞歌看饭桌上大家争吵起来了,把筷子朝桌子上一拍:“一个也不要说了,吃饭！”

司沁宁不服气地站了起来:“为什么不说？婚前不说清楚,婚后就说不清楚了。我们单位有一对新婚小夫妻，婚前男方将女方的姓名加上了房产证,好了,现在结婚才半年,女方提出离婚,闹到法院,法院判决,房产一家一半,女方家空手套白狼,弄了一半财产过去。”

他奶奶的,阿姨,你走火入魔了,你单位同事关我鸟事啊？他们是他们,我是我。难道在你的眼睛里,我就那么世俗,那么不堪一击？

沈飞歌越来越听不下去了:“什么乱七八糟的东西，你去翻翻新婚姻法,才出炉的,和你面包房里的面包一样鲜活,旧婚姻法可以这样判,新婚姻法想这样判,没门儿!你不要把你儿媳妇说成这样,还没有结婚,就说什么离婚长离婚短的,真不吉利！妈,你们吃,我去看电视了。”

沈飞歌说完,回到里屋去了。饭桌上剩下老中青三代女的,阴盛阳衰。我和奶奶坐在一排,司沁宁坐在我们的对面。

这顿饭吃得味如嚼蜡,一点味道也没有。本来天热食欲就不好,再来那么一场争斗,气氛就更尴尬了。

我从心里感激奶奶,我没有想到她会站在我的一边。在这个家里,我是独立的一份子,只要嘉铭不在家,我就是六神无主,无依无靠的。

潜意识里,我有恐沈母症,我怕面对她。只要司沁宁在家,我坐哪里都

不踏实，干什么都不舒服。现在，奶奶来了，我像找到了救世主，奶奶是我的速效救心丸。

晚饭刚吃完，客厅的门铃响了起来，司沁宁坐着没动，叫了一声："谁啊，那么晚了，还来串门啊？"

我站起身，朝客厅大门走去，门开后，洛洛一头冲了进来，直接朝沈母怀里跑去："婆婆，我奶奶不让我做花童，呜……"

洛洛说完，大声哭了起来。洛洛是沈嘉铭的侄女，也是他妹妹沈嘉雨的女儿，今年5岁，经常出入婚礼场合，给新娘新郎做花童。

司沁宁看见洛洛冲过来，立即来了精神，马上站了起来，一把抱住外孙女，格外心疼："怎么了，你奶奶怎么你了?洛洛做花童不是好好儿的吗?怎么说不给做，就不给做了?不哭，洛洛，婆婆给你做主，明天我去你家，跟你奶奶说说去，看谁敢不让洛洛做花童了。"

沈嘉雨提着一个小拎包，跟着进了门："妈，洛洛一直做花童，做了一年多了，也没有人反对过。昨天洛洛她奶奶从老家来南京，一听说洛洛明天要去做花童，死活也不同意。她奶奶是不是有神经病，也不知道哪根筋搭错了，洛洛做花童碍她什么事儿了？"

沈飞歌在里屋听见声音，打开门走了出来："嘉雨，怎么又说你老婆婆坏话了？洛洛回来了？快来，让公公亲亲。"

洛洛紧紧抱住司沁宁，一扭脸，哭得更厉害了："不要公公亲，胡子扎洛洛的小脸。"

沈飞歌一边笑，一边走过来抱洛洛。司沁宁护着洛洛："干什么呢，你?洛洛哭了，你还笑，走走走，婆婆帮洛洛打公公。"

司沁宁说完，假意打了沈飞歌几下。我看着一家子，有哭的，有笑的，一时不知道说什么是好。

司沁宁站起身，也走了过去："洛洛，谁欺负你了？" 洛洛像个小公主，被一家人亲着，宠着，哭声渐渐小了。洛洛朝司沁宁的怀里钻去，一直被她哄着，一会儿就不哭了。

司沁宁丢开洛洛后，看着女儿沈嘉雨一脸疲惫的样子，很心疼。她的眼泡还是肿的，显然是在家里刚吵过，甚至还哭过："嘉雨，洛洛她奶奶到底是怎么说的，她不同意洛洛做花童，总要有一个理由吧。"

沈嘉雨提起自己的老婆婆，气就不打一处来："她奶奶说洛洛大了，已经懂事了，经常赶场做花童，每次拿人家的出场费，容易过早沾上铜臭味，不利成长。"

司沁宁想了想："洛洛自己从小会挣钱很好啊，为什么要说沾上铜臭呢？赶场做花童，一来可以培养洛洛的自信和锻炼应变能力，又能从小养成理财的好习惯，怎么就叫不好了？"

沈嘉雨点了点头："我也是这个意思嘛，洛洛客串做花童也没有什么不好的。我并不是看重钱，主要是想让洛洛见见世面，以后长大了，识人、识社会有经验。洛洛走到今天也不容易，成为职业花童纯属意外，她开始只是参加同事和朋友的婚礼，人家给个小红包什么的，最多意思一下。后来被专业婚庆公司的人看上了，托人找到我，以后有大型婚礼时，也请洛洛出场。你看，就这么一个好事，她奶奶还竭力阻挠洛洛。"

司沁宁边听边生气："嘉雨，要不我明天去见见亲家，他们从老家来一趟也不容易，顺便我提提洛洛的事情，让他们做点让步。"

沈嘉雨摇了摇头："哎哟，妈，来不及了，洛洛现在就闹着明天去做花童了，人家婚庆公司已经提前预约了我家洛洛，违约要付毁约金的。"

司沁宁火冒三丈，腾地冲向座机："洛洛她奶奶就这么不顾大局？我马上给她电话！"

"嘟嘟嘟……"电话拨出去三声响，传来一个男人的声音："喂，请问是谁？"

司沁宁听见是女婿甄传辉的声音，立即吼了起来："甄传辉，你还是个大男人啊？是大男人怎么让老婆带着孩子哭啼啼地回娘家，你一个人在家守着你老妈，图耳根清静享清福啊？"

甄传辉连忙回答："妈，我今天晚上加班，才回到家，发生什么事情了？嘉雨和洛洛怎么回家了？"

司沁宁用一只手捂住话筒，转身问沈嘉雨："甄传辉今天晚上是不是加班？"沈嘉雨点点头"嗯"了一声，司沁宁回头继续对着话筒说："你加班不知道就算了，叫亲家过来接电话。"

甄传辉听出丈母娘的声音气冲冲的，感觉一定发生了什么事情，接着问："妈，什么事情，你告诉我，你要喊我妈还是喊我爸啊？"

司沁宁声音越来越高:“和你说没用,喊你妈!”

电话那头很快换了甄母:“亲家母啊,找我什么事情啊,我今天刚到南京,准备过两天给你送老家土特产的,这不,你的电话先到了。”

土特产?谁稀罕你的土特产?南京超市多如牛毛,东西南北中的土特产什么没有?还要你从盐城那个小地方带来?亲家母你有这个劲儿,还不如放你孙女儿洛洛一马,让她做个幸福的小花童,没事儿不要筑路打坝我就谢天谢地了。

司沁宁的声音不卑不亢:“土特产就算了,洛洛今天怎么回事儿?哭着和她妈回我这里来了。我一向不主张女儿动不动就回娘家,有什么事情婆媳可以坐下来谈,要知道,儿媳妇哭着回娘家会损婆家面子的!”

甄母在盐城那个小地方是做教师的,一向为人师表,她的学生一抓一大把。甄母听出亲家母话里有话,急忙解释:“亲家母,洛洛的事情我正要明天和你说呢,原来你已经知道了。洛洛才五岁,经常赶场去做花童,是不是不大合适啊?”

司沁宁在电话里咳嗽了一声:“有什么不合适的?做花童有什么不好?现在的孩子都是温室里的花朵,让洛洛出去见见世面有什么不好?”

甄母语气尽量缓和:“亲家母,不是我不让洛洛出去见世面,她小小的年纪,做一次花童拿一次出场费,经常和铜臭打交道,这样恐怕对洛洛的成长不好吧?”

司沁宁毫不客气地说:“我不管你做奶奶的怎么想,我问你,这个事情你和洛洛商量过吗?私下里征求过洛洛的意见吗?洛洛一直跟父母在一起住,你们做爷爷奶奶的又没有和她在一起生活过,现在,突然冲出来干涉她的私人生活,是不是很不合适啊?”

甄母忍不住打了一个嗝:“亲家母,我说句不见外的话,你不要生气啊。我们家是书香门第,打从传辉他祖父起,就没有一个做生意的,从来没有做过坑骗拐卖的勾当……”

甄母的话还没有说完,就给司沁宁打断了:“坑骗拐卖?你意思是说我们家是做生意的,就专门做那种坑骗拐卖的事情了?洛洛是我外孙女,她和我们一样,也在做坑骗拐卖的事情?”

甄母知道自己的话跑偏了,赶紧改口:“没有,没有,我不是那意思,你误会了,亲家。”

司沁宁冲着电话一阵咆哮:“我误会?你是知识分子,我知道,我们没文化,我们沈家除了儿子是医科大学毕业的,从小多喝了几口臭墨水,我女儿和我一样没文化,你儿子有本事不要找我家女儿,去找女教授好了,这样不是世世代代都是知识分子吗?装清高,谁不会啊!”

沈嘉雨听口气,母亲和老婆婆在电话里吵起来了,赶紧夺过话筒,“啪”的一下,挂断了:“妈,别和她说了,知识分子就那臭样,味道酸透了,我真后悔嫁到这样的人家去了。”

沈嘉雨话音刚落,口袋里的手机响了起来,打开一看,是甄传辉的:“喂,什么事儿?”

甄传辉话音急促:“你妈和我妈怎么回事儿?在电话里说几句就吵起来了,你有什么事情在家里不能解决,非要跑回娘家去干吗?你眼里还有我这个丈夫吗?”

沈嘉雨没好气地说:“我怎么眼里没有你了?你问问你妈,今天在家对我和洛洛是什么态度?我早就说过了,他们来了,是成事不足败事有余!”

甄传辉声音硬了起来:“你不要动气好吗?我妈说得不对,你可以等我下班回来一起商量啊,为什么动不动就跑回娘家去呢?这样能解决问题吗?你现在就带着洛洛回来!”

沈嘉雨声音也提高了八度:“我回来?除非你妈让步,让洛洛明天出场!”

甄传辉犹豫了一下:“你先回来,其他事情好商量,我今天加班很累了,就不过来接你们了,你带洛洛打车回来,我在家等你们。”

沈嘉雨态度坚决地说:“你妈不表态,我和洛洛今天就不回去。”

甄传辉无计可施:“你究竟要让我妈表什么态?这个事情也不是一个人说了算的事情,大家坐下来一起商量不好吗?怎么结婚了还和孩子一样,就知道由着自己的性子!”

沈嘉雨没好气地说:“商量?你妈和洛洛商量了吗?她就是想反对,也要问下孩子的意见吧?洛洛也有自己的思想,你妈不问青红皂白一棍子把孩子打死,这是教书育人的人做的事情吗?”

甄传辉一时给沈嘉雨的话戗住了,不知道说什么好,憋了半天,说道:

“我妈不就是说几句话吗？奶奶说孙女难道不应该吗？”

沈嘉雨和甄传辉话不投机，终于冲着对方叫了起来：“我什么时候说过奶奶不能说孙女了，我是说你妈不能注意一下方式方法吗？她做了一辈子的老师，她对学生什么态度我不管，对我女儿就不能像对待学生那样！”

甄传辉跟着咆哮了一句：“你这个女人真三八，好话歹话说尽了，就是死猪脑袋一个。好吧，我随便你，今天不回来，这个家你就不要回了！”

沈嘉雨反过来一句：“不回就不回！今天的话是你说的，你不要后悔！找你个愚孝男人做老公，真是霉到家了，连我都要受你妈的管！”

沈嘉雨说完，把手机狠狠地挂断了。沈飞歌在一边听着，感觉事情闹大了：“嘉雨，夫妻之间有什么问题，可以坐下来谈，不要说伤感情的话。”

沈嘉雨没好气地说：“什么感情不感情？谁跟他谈感情了，什么人啊，他以为我离了他就过不了啊？洛洛，过来，从今天开始，我们不回家了，看谁熬得过谁！”

司沁宁看见女儿气得鼻青脸肿的，为女儿打气：“这个狗崽子甄传辉！我早就说了，我们家没有多少文化，你找了知识分子家庭以后和老婆婆在一起摩擦大，肯定要出问题的。他们教育孩子的方式和我们不一样，我们大老粗是放养，他们文化人是圈养，怎么样，现在应验了吧？你不回去也没有关系，娘家有地方给你住，你就冷冷他，晚上你和洛洛睡你原来的房间，我看你在家住上个十天半月的，他们家人着急不着急！”

沈飞歌白了司沁宁一眼：“谁说我们家没文化了，我是公务员，嘉铭是医生，你是面包房老板，嘉雨是乐家超市前台主管，我们家不是做官的，就是做老板的，哪点没文化了？”

司沁宁看着沈飞歌：“你瞎掺和什么，我这不是给他家人面子吗？省得他家人不知道别人说他们不是知识分子，轻看了他们。”

沈飞歌不说话了，开始独自抽烟。奶奶在一边憋不住了，对嘉雨说：“嘉雨，不是奶奶说你，小夫妻过日子，哪有没有矛盾的，遇到矛盾都这样，横竖朝娘家一躺，你还有没有自立能力了？”

沈嘉雨说了一声：“奶奶，你不知道情况。”然后，带着洛洛去了自己原来的房间。她有点累了，想休息了。

沈嘉雨回屋后不久，奶奶也回屋休息了。当天晚上十点，沈嘉铭终于拖着疲惫的身子回来了，司沁宁看见儿子回来，问长问短，将我一个人晾在一边。

我第一次感觉到，沈嘉铭不是属于我的，而是属于司沁宁和我两个人的。我看时间不早了，继续停留了几分钟，便告辞了。

回到家，老爸老妈还没有睡觉，正在客厅看电视。老妈看见我，第一句话就是："晓轩，房产证上的名字问了吗？"

我淡淡地说："问了。"

老妈继续追问："那上面写的是谁的名字？"

我依然淡淡地说："沈嘉铭他妈的名字！"

老妈大吃一惊："就他妈一个人的名字？"

我"嗯"了一声。

老妈穷追不舍："没有你的名字？"

我又"嗯"了一声。

老妈不敢相信："连沈嘉铭的名字也没有？"

我回答："是的，没有！"

老妈终于站了起来："这家人是什么意思？不相信儿媳妇就算了，连自己的儿子也防着？沈嘉铭他大姑给侄子的婚房，不写侄子名字，倒写他妈的名字，这个婚到底是谁结啊？"

老爸哈哈大笑："这有什么奇怪的，我早就说了，人家的房子人家做主，轮不到你为人家瞎操心。人家如果想写晓轩的名字，不要你说也会写上去的，现在，人家分明就没有这个意思！新婚姻法明确了财产归属，婚前婚后父母为子女买的房子属个人财产，谁家买的房子产权归谁家的子女，你就少白日做梦了！"

老妈有点气不过，鼻子"哼哼"着："沈嘉铭他大姑也不会做人，如果会做人的话，把房子直接给侄子，让侄子在房产证上写上自己的名字不就得了！给外人看起来既会做人，说起来又好听！我看这一家子人根本就没有诚意，晓轩，房产证上没有你的名字，结婚证暂时不要领了！"

我干瞪着眼，看着老妈。老妈像突然想起什么似的，拍着脑袋对我大叫了一声："对了，晓轩，明天周末，你大姨和小姨要过来，正好听听她们的意见！"

次日中午 11 点，大姨和小姨同时推开了我家的门。

老妈在厨房切冷盘，我在客厅偷菜吃，听见门铃声，老妈叫了声：“来了，晓轩快去开门，我手上有油，挪不开。”

我嘴里咬着一块干切牛肉，边吃边跑到门口，打开门：“大姨、小姨。”

大姨和小姨点点头，分别拎着两个柚子和两个榴莲进了客厅，一番客气后，大家坐下，大姨冲着厨房喊：“海琴，不要忙了，随便吃吃就行了，自己家人客气什么，还弄那么多菜干吗？”老妈擦了擦油腻的手，端着一盘干切肘花和一盘烤肉排走了出来：“哪里，也没做什么菜，就是家常便饭随便吃了。晓轩他爸今天有应酬，我们就不等他回来了，来，姐、海蓉，一起上桌坐。”

大姨和小姨坐上桌后，我们四个人先吃了起来。今天我休息，和沈嘉铭没有约会，按照老妈的意思，在家陪大姨和小姨了。大姨叫赵海云，今年 52 岁，喜欢打扮穿流行服装，看起来比实际年龄年轻点，自营云聚服装店，自称老板。月收入最低 5 千，根据经营情况有所变动，高的时候可以达到 2 万。

小姨叫赵海蓉，今年 48 岁，南京羚羊医药有限公司生产车间主任。离婚后一直单住在单位的一套福利房里。

开吃不到三分钟，老妈不知道怎么把话题引到了我的身上，大姨接上去就问：“海琴，嘉铭的婚房准备得怎么样了?房产证写上晓轩的名字了吗?”

老妈一脸不高兴：“哪里啊，不能提了，房产证上写的是沈嘉铭他妈一个人的名字。”

大姨眼睛瞪得圆溜溜的：“那怎么行？房子是嘉铭他大姑买给两个孩子做婚房的，算赠与的财产，应该加名公正一下，写他妈的名字算哪出啊？晓轩，这个事情不能马虎，嘉铭他家过几天不是要来提亲吗？”

我点点头：“嘉铭说了，他们后天来提亲。”

大姨继续说：“他们来提亲的时候，你直接摆出你的要求，让他妈在房产证上加上你的名字，然后去公证处公证，不然拒绝领证！”

小姨跟着起劲儿：“是的，不加名字不领证。”

大姨接着说：“晓轩啊，所谓的爱，其实是一种物质性的东西，你说嘉铭爱你，那他拿什么来爱你？这个爱的物质是什么？说到底就是房子！你可以拿房子来考验他对你的爱到底有多深。如果一个男人连这点承诺都不能给你的话，这样的爱就太靠不住了。”

我张大嘴巴，做了一个大大的“O”字型：“大姨，现在已经不流行爱情考验了啊。”

小姨哈哈大笑：“既然不流行爱情考验，那就来点实际的，爱我，就在房产证上写上我的姓名！对不对啊，晓轩？”

老妈趁热打铁：“晓轩，大姨和小姨说的你都听见了吗？爱情是过去时，婚姻才是现在时，你在婚前不主动，婚后就什么也别想了，最后吃苦的还是你，到那时你求爷爷告奶奶也没有用！”

吃苦？我吃什么苦？难道房产证上的一个名字就能决定我一辈子的幸福？我想笑，但是，又笑不出来，完全是一种说不出来的酸涩感觉。

我把筷子横在嘴里，说：“大姨，小姨，妈，你们说的这些道理，我都知道，不过，我对嘉铭实在是开不了这个口。房子是用来住的，嘉铭他大姑愿意给我们一个住的地方，我已经很满足了。”

大姨脸色立即变了：“晓轩，你怎么这么天真啊？现在80后离婚率多高啊，闪婚、闪恋、闪离，个个像闪电似的……将来有多长？未来有多远？你想过吗？如果哪天嘉铭倦了，累了，厌了，飞起一脚把你踢了，和你离了，房产证上又没有你的名字，那你只能净身出门。如果婚前在房产证上加上你的名字，以后就是有变故，也有一半房产给你慰藉，给你流泪的地方。当然，我们说的是万一，万一不留神，会要了你小命的。”

我想了想，大姨说得似乎有点道理：“结婚怎么这么麻烦？”

小姨啃着猪排，吃相张牙舞爪的，对我说：“你现在这样还不算麻烦的，麻烦的是婚前不清楚，婚后扯不清。我们单位的一个女同事就是这样，婚前恩啊爱的，两个人好得像一头驴，女方家买了房子，写了男方和女方两个人的名字，结婚不到一年，女方怀孕了，发现男的玩婚外情，一气之下协议离婚，按照法律规定，房产一人一半，女方白白给了男方半套产权。你看，够窝囊的了！”

我靠，越说越离谱了，我相信自己的眼力，嘉铭不会是那样的人。就算他是那样的人，也怪我自己的命不好，睡不着觉总不能怪床歪吧！

老妈看见我一副无所谓的样子，有点心急：“晓轩，别不开窍了。你大姨今天放着服装店一天都没开门，特意跑过来点拨你，你小姨连双休日单位加班都没有去，她们都是为你好，你自己掂量清楚了，婚前不清楚，婚后真的是

扯不清的。”

我若有所思，大脑开始不自主地复制不倒翁了。古话说：不听老人言，吃亏在眼前。我再觉得无所谓，耳朵根子给大姨小姨这么一烧包，还是火辣辣的，有点把握不住自己了。

我终于点了点头：“妈，我知道，问题是我怎么向他家里人开口啊？”

大姨立即说：“这事儿好办！等他们家过两天来提亲了，直接把这个问题放桌面上来说，看他们家是什么态度。在适当的时候，你的态度要强硬点！”

我摇了摇头：“大姨，这样不太好吧？如果大家到时候说不拢，不是要开战了？”

大姨把眉毛一扬：“这个你放心，当初我家丽婷结婚的时候，我就和我亲家侧面提了一下，说我们家丽婷不在乎钱，就要一份踏实的婚姻。亲家母是明白人，立马在房产证上加上了丽婷的名字，一点马虎眼也没有打，确实爽快。”

此亲家非彼亲家，嘉铭他妈不是一个好说话的人，昨天饭桌上，她已经为了房产证上的破名字，毫不客气地奚落过我了。

我郁闷得发紧，横竖拿不定主意。大姨小姨为我好，我知道，老妈跟随潮流，也没有错。问题是，这个房产证上的名字真的比婚姻还重要吗？

我哭笑不得，默默无言地吃完饭，然后收拾碗筷，老妈在厨房里洗碗，大姨和小姨继续在客厅给我上课。说到最后，我答应在提亲前去试一试，即便这样，大姨还是不放心，临走的时候告诫我：“晓轩，房产证上不写你的名字，就说明嘉铭对你的爱有所保留！这个婚姻宁愿不要，也不能勉强自己。反正已经剩下了，也不怕多剩几天了！”

我“嗯嗯”连连点头，弓着身子把她们送出门外，回到客厅坐下发呆。我的脑袋里塞得满满的，里面全部是大姨和小姨的对话，理都理不清。

我回到屋里，躺在床上，望着风铃样的吊灯发憷。老妈洗好碗，拿了几块榴莲过来，一阵臭味跟着进了我的屋子：“晓轩，吃榴莲。”

我捂住鼻子：“妈，榴莲怎么那么臭啊？我不要，快拿出去！”

老妈看着我：“榴莲是好东西啊，养颜的，我好不容易才剥开的，硬刺扎手得很，吃一点吧。”

我连忙起来，打开窗户："不要，我不吃，我很年轻，不需要养颜。"

老妈哈哈大笑，拿起一块榴莲丢进嘴里，转身出了屋："这东西可贵了，超市里十几块钱就买指甲盖那一丁点儿。"

我一个人待在屋里，郁闷得要发疯。如果说爱情是两个人的事情，那么，婚姻就是两个家庭之间的事情了。我第一次感觉到婚姻是一对男女搭台的戏班子，主角只有两个，成员却有许多。

我头疼，离提亲的日子只有两天了，我不知道怎么对嘉铭开口。如果我对嘉铭说，让他妈在房产证上加上我的名字，他会怎么想？他妈不疯了才怪！

说实话，我真的开不了这个口。我和嘉铭属于自由恋爱，没有媒人介绍，一切基于缘分。嘉铭是成年人，房产证上加不加我的名字，有他自己的考虑。

问题是这个房子和我无关，是嘉铭的婚前财产。我没有发言权，最多在婚后有居住使用权。如果嘉铭一辈子不变心，我可以安心居住一辈子。

在我的世界里，嘉铭是我的一切，拥有他才是最重要的。然而，大姨和小姨也是为我好，她们设身处地为我考虑，并在我头脑最热的时候，给我浇一盆冷水，让我看清楚前面的路再走。

我左右为难，心里烦躁极了。从理论上来讲，大姨和小姨没有错，世界上没有一个长辈不希望自己的后辈有一个幸福稳定的婚姻，而世界上也没有一个女孩子不希望拥有一个自己的家，并且在这个家里放心地住上一辈子。

这时，床头的手机响了，我看了看来电显示，是沈嘉铭的："晓轩，吃了吗？"

我打开手机接听："刚吃过。"

沈嘉铭惊讶的声音："现在都快下午两点了，怎么才吃？"

我看了看挂钟，是下午两点了："我大姨和小姨今天来了，陪她们吃饭的。"

沈嘉铭"哦"了一声："她们来干吗？"

我随口说道："为房子来的。"

说完"房子"两个字，我一下子捂住了自己的嘴巴，感觉自己说漏嘴了。

沈嘉铭反应很快："什么房子？"

我知道隐瞒不下去了，干脆和盘托出：“就是我们的婚房啊。”

沈嘉铭越来越听不懂了：“我们的婚房怎么了？”

我大脑开始抽风了：“就是房产证上的名字啊！”

沈嘉铭不做声了，他是聪明人，应该知道再问下去，矛头将会剑指哪里了。我开始装呆不说话，原来装呆是如此简单如此得意的一件事啊！

沈嘉铭憋了半天，终于开口说话了：“这事不是问过我妈了吗？房产证上的名字是我妈的啊！”

沈嘉铭，你臭小子憋了半天就憋出这么一句人话来？你知道我今天想说什么吗？你既然这么怕提房子的事情，我干脆一不做二不休了。嘿嘿，抱歉了，我也是给大姨和小姨逼的。

我提高嗓门：“我知道你问过了，我想知道的是，我们的婚房为什么没有写上你和我的名字？”

沈嘉铭显然给问住了，又开始憋劲儿了，半天没有回应。我在心里发笑，一个破名字就把你憋成这样了？

手机那头传来咳嗽的声音，我知道沈嘉铭左右为难了。我不想勉强他，也不想为难他，他回答也好，不回答也好，我都不在意，我只在意他的态度。

沈嘉铭连续咳嗽了五声，接着说：“这个问题我要问我妈。”

哈哈，问你妈？问你妈没错！沈嘉铭，你个臭小子是一辈子离不开你妈了！我现在彻底不为难你了，我也是给我妈逼的，我们是同病相怜了。

我对着手机打哈哈：“问好了不要忘记告诉我啊！”

沈嘉铭“嗯嗯”答道：“我今天晚上下班回家就问，你等我电话。”

我笑了笑：“好的，等你电话。”

挂断电话后，我开始放声大笑，这么难的一个问题，竟然被我解决了。我终于把大姨和小姨给我的皮球踢出去了，我如释重负，打开手机smacktalk——免费下载的宠物学舌，一个劲地疯笑，宠物狗跟着我，学我的声音，也一个劲地“哈哈”大笑。

模仿声惊动了老妈，她进屋后，到处找声音：“晓轩，什么声音在叫？”

我“哈哈”大笑，手机里的宠物狗跟着“哈哈”大笑一声。

我说了一声：“没有声音啊！”宠物狗跟着说一声：“没有声音啊！”

老妈给模仿声叫得莫名其妙，循着声音慢慢找去，最后找到了我的手机上。她冲着手机叫了一声:“你这个龟蛋东西,原来一直躲在手机里啊!”

宠物狗跟着一声:“你这个龟蛋东西,原来一直躲在手机里啊!”

老妈忍不住“哈哈”大笑,笑得前俯后仰,连腰都直不起来了。我看着老妈,怕把她笑憋过去了,一按手机,宠物狗退了出去。

老妈继续笑:“晓轩,笑死我了,你怎么想起来弄个这样的东西跟人学说话?以后留着让它学外孙子的哭声,肯定能把外孙子逗笑的,哈哈哈……”

我的老妈啊,带这样疯的吗?注意点淑女形象了!要知道你已经50岁了,不再年轻了,怎么还和孩子一样疯呢?

[第 四 章]

花童风波

这日，南京喜滋滋婚庆公司里热闹非凡，在一个单独的化妆间里，洛洛正在化妆，化妆师正在盘发型。

洛洛是幼儿园大班的学生，喜欢跳舞唱歌，是幼儿园的文娱积极分子，梦想以后长大了当一个演员。

记得洛洛还在襁褓中，沈嘉雨就注意和洛洛的情感互动和平等交流，母女关系一直很融洽，气氛很好。

做职业花童，是经过洛洛同意的。起先，洛洛只是客串一下花童的角色，每每遇到沈嘉雨的单位有同事要结婚了，洛洛就和另外一个同事家的儿子去赶个场，混个热闹，纯粹是好玩，最多就是讨上两包喜烟或者一二十块的红包意思一下。

在一次婚礼上，扮相可爱、落落大方的洛洛一眼被南京喜滋滋婚庆公司经纪人看中，随即托新人找到沈嘉雨，商量以后有大型婚礼时，是不是也可以请洛洛出场，每次的出场费是 100 到 300 元。

关于出场这个事情，沈嘉雨专门和甄传辉商量过，甄传辉明确表态，只要不影响孩子的正常学习生活和休息，可以让孩子自由发展。

为此，沈嘉雨也征求过洛洛的意见，并和洛洛约法三章。第一，保证充足的睡眠；第二，保证幼儿园的数字和拼音学习时间；第三，保证游戏时间。洛洛很高兴地同意配合，在这样的情况下，沈嘉雨与经纪人签订了半年合同，期满后，又续签了一年合同。

现在，正在合同期间。每次出场费，沈嘉雨都给洛洛存起来了，作为洛洛的未来学习经费。沈嘉雨并不在乎婚庆公司的出场费多少,毕竟让洛洛频繁出入各种婚庆场合,不是她的唯一目的。

沈嘉雨看中的是各种社交机会,每次出场做花童,洛洛都可以认识不少小朋友,扩大了朋友圈子。幼儿园的老师经常反应,洛洛原来胆子很小,性格也比较内向,有点自闭倾向,看见老师都是绕着走的。现在洛洛很自信,经常主动和老师打招呼。

最让沈嘉雨高兴的一件事,就是洛洛每次带回喜糖,都要主动带到幼儿园里去,跟小朋友们一起分享。

半个钟头后,化妆师给洛洛盘完发型,领着洛洛去了换衣间,给洛洛换上了漂亮的连衣裙。

连衣裙是粉红色花纹的,圆领,配头饰花冠,活脱脱一个小公主的样子。换完服装,洛洛走了出来,一眼看见今天和她结对的男花童,立即迎了上去:“琪琪,你准备好了吗?你的衣服怎么还没有换?你的化妆师呢?”

琪琪看见洛洛,天真地跑了过来:“洛洛,你已经化好妆了啊,我今天上午去学书法,中午拖堂,来迟了,我马上跟我妈去化妆师那里。”

洛洛点点头:“我学的是钢琴,你看我的手,很多阿姨说我的手漂亮,适合弹钢琴。”

洛洛说完,把一双手伸给琪琪看。琪琪一边看,一边给妈妈拽走了:“你的手真漂亮,我爸叫我学书法,以后做个书法家。我去化妆了,等我啊。”

洛洛“嗯”了一声:“好的,我在大厅等你。”

琪琪走后,洛洛跟着沈嘉雨来到大厅,大厅很清静,只有几个工作人员来回穿梭着。洛洛提着裙子,一直站着。

沈嘉雨坐在沙发上,一把拉过洛洛,帮她提起裙子:“来,洛洛坐一会儿,等会儿晚上站的时候多着了,现在赶紧坐会儿休息下。”

洛洛提着裙子:“妈,我不坐,坐下裙子就不好看了,压得难看死了。”

沈嘉雨一把抱起洛洛,坐在自己的大腿上:“洛洛,妈妈问你,做花童有意思吗?”

洛洛点点头:“有意思啊,每次都有很多人夸我,说我很能干。其实,我对拿红包没兴趣,我喜欢每次见到不同的新娘子,美美地和她们合影,才是最开心的。”

沈嘉雨大跌眼镜,继续问:“除了合影,还有什么是最开心的?”

洛洛答道:“看新娘子最开心!”

童言无忌,沈嘉雨不想破坏洛洛的心情。两个人安静地等着,半个钟头后,琪琪穿着一身西式礼服走了出来:“洛洛,我来了。”

洛洛看见琪琪,立即从沈嘉雨的腿上跳了下来:“琪琪,你真帅呆了!”

两个小家伙很亲近,一会儿就玩到一起去了。琪琪和洛洛结对做过3次花童,彼此已经很熟悉了。

琪琪笑着说:“我帅吗?我帅你就做我的新娘子。”

洛洛摇摇头:“我才不做你的新娘子,我还要学钢琴,读书,念大学,以后做演员,帅哥多着呢,我才不要你呢。”

沈嘉雨坐在沙发上,听着两个孩子的对话,看着琪琪妈哈哈大笑:“你看,你家琪琪人小鬼大的,才6岁就想着找媳妇了,哈哈。”

琪琪妈跟着大笑:“琪琪和洛洛结对多了,看的新娘子也多了,估计是耳濡目染吧,其实,小小年纪的懂什么啊?就是说着好玩吧!”

沈嘉雨点了点头:“那是,话从孩子嘴里说出来,就不一样了,真有意思。”

琪琪妈“嗯”了一声:“我家琪琪最近忙着呢,自从给婚庆公司看上后,找他做花童的人越来越多,昨天晚上他爸还和我吵了一架,让我以后让琪琪少抛头露面的,让他在家安心学书法。”

沈嘉雨吃惊地看着对方:“怎么,你们昨天也吵架了?”

琪琪妈“唉”了一声:“就是啊,烦死人了,琪琪自己愿意出场,我有什么办法。现在的孩子本来就压力大,小小的年纪不是学这个,就是学那个,书法班就是他爸要报的,还要报什么英语班、童话班,我没有答应,我主张6岁前让孩子玩个够。怎么了,难不成你们也和我们一样,吵架了?”

沈嘉雨连连点头,感觉找到知音了:“我和洛洛她爸倒没有意见,本来洛洛做花童就征求过她爸的意见。我家是洛洛她奶奶不同意,她奶奶昨天刚从老家盐城来南京,一进门就把我训了一顿,说我见钱眼开,孩子才5岁就出来挣钱给父母花了。”

琪琪妈看着沈嘉雨:“不会吧,这奶奶怎么这么说话的?父母再缺钱,也不会打孩子的主意吧?我家琪琪的出场费全部存起来了,放在一个专用户头里，琪琪自己有支配权。今年很多地方闹水灾，琪琪还拿出了500块支援灾区。”

沈嘉雨接着说：“我家洛洛也有专门的账户，说起来是给她将来做教育经费的，只要洛洛有正当理由，我们还是给她自主权的。去年，幼儿园一个孩子得了白血病，洛洛就捐了100块。其实，我们这样做，也是培养孩子的自立能力和爱心。”

琪琪妈继续说：“就是啊，现在的孩子多娇气啊，我们这样做，起码是给孩子一个做人的机会。洛洛她奶奶是做什么的？”

沈嘉雨苦笑了一下：“做教师的。”

琪琪妈“哦”了一声：“做教师的更应该通情达理的，你们和孩子的奶奶好好谈谈，也许会好的。哎呀，不说了，其实沟通很难的，琪琪他爸现在就是反对琪琪赶场，我带琪琪出一次场，就要吵一次架，真累得慌，再这样下去，琪琪就不准备做了！”

沈嘉雨继续摇头：“我也是，因为洛洛她奶奶反对，昨天晚上我们就闹崩了，直接回娘家住了，洛洛她爸叫我们不要回家了。”

琪琪妈“啊”了一声，刚要接话，经纪人来了：“两位花童的妈妈，你们请过来一下，签个字。”

沈嘉雨和琪琪妈听见经纪人在喊，一起走了过去。到了经纪人面前后，经纪人将一份出场费清单递给她们，两个人先后在上面签字。

经纪人收好清单：“好了，你们回去注意银行账号，明天上午出场费准时到款。”说完，拍着手对两个孩子说：“喂，洛洛、琪琪一起过来，我们马上准备出发了。”

当天下午5点58分，南京彤德拉大酒店，洛洛和琪琪一人手提一只花篮，在欢庆的婚礼进行曲中，走向新娘和新郎。

两个人分别为新娘和新郎献上花篮和戒指，然后跟在新娘和新郎的后面，慢步朝婚礼大厅走去。

洛洛和琪琪一人一个角，提着新娘的白色长裙，一脸天真纯洁的样子。洛洛扎着两个垂直的小辫，刘海一条线，整整齐齐地扣在脑门上，她的小脸红彤彤的，像一枚红红的苹果。

琪琪理着一个小平头，看起来干净而利落。他的两只手捏着新娘子的

婚纱长裙的一角，眼睛看着新娘子。

婚纱的裙裾在地面上飘逸着，新娘子的双脚在红地毯上移动着，洛洛和琪琪仿佛两颗小星星，衬托着新娘和新郎的美丽与惊艳。

婚礼渐渐进入高潮中，一个小时后，洛洛被沈嘉雨接到后场，开始换衣服。洛洛的情绪还在亢奋中，她一只手里拿着一盒喜糖，高兴地说："今天又有喜糖了，妈妈，我回去不吃，明天带到幼儿园和小朋友一起吃。"

沈嘉雨点了点头："好的啊，洛洛和小朋友一起分着吃，只有两盒，分得过来吗？"

洛洛得意地笑："大班有 20 个人呢，一盒喜糖就四颗，我自己不吃，可以分 8 个人，嘿嘿，我还是给老师分吧，上次老师给的是听话的小朋友，不听话的小朋友没有。"

沈嘉雨一边给洛洛脱连衣裙，一边说："这个办法不错，洛洛真聪明，会处理大问题了。"

洛洛高兴地笑："妈妈，今天的新娘子真漂亮，我以后长大了，一定要和新娘子一样漂亮。"

沈嘉雨"嗯"了一声，洛洛"咯咯"直笑，换完衣服后，两个人离开了婚礼现场。

当天晚上 7 点半，沈嘉铭一家四口正在吃饭，甄父、甄母提着一些盐城家乡的土特产，按响了门铃。

沈嘉铭丢下饭碗，起身开门。甄父、甄母一边叫亲家，一边进了屋："哎呀，亲家才吃饭啊，我们没有打招呼就直接摸上门来了，实在抱歉。"

沈飞歌看见亲家来了，立即站了起来："亲家来了，哎呀，还带什么东西啊？来，坐坐，一起吃吧！"

司沁宁坐着没动，继续吃饭："哪阵风把你们刮来了？如果不嫌弃的话，就坐下一块儿吃吧！"

甄父连忙说："我们在家吃过了，你们慢用！"

甄母跟着客气："你们吃，你们吃吧，我们吃过来的。"

沈飞歌丢下筷子，将客人带到客厅的沙发上，让他们休息："亲家坐，我去沏茶。"

甄父客气地摆手："不用，不用了，你去吃饭，我们在这里坐坐就可以了。”

沈飞歌沏完茶，端上，回头继续吃饭，四个人吃饭的速度比平时快了三倍，每个人基本上都是扒着饭往嘴里送的，连菜也没有吃几口。

五分钟后，饭吃完了，沈飞歌开始收拾桌子，接着去厨房洗碗，司沁宁回到客厅，坐了下来，奶奶回到了自己的小屋里。

甄母东张西望，忍不住问：“亲家，洛洛呢？”

司沁宁眼睛瞟着土特产：“洛洛今天去出场了，你做奶奶的难道不知道？”

甄母心领神会，起身打开土特产包装袋：“知道，我知道，我意思是怎么到现在还没有回来？这是我们盐城老家的土特产，这个是阜宁大糕，已有2000多年历史，糕片白如雪，柔软如云，香甜上口，是用糯米粉精制而成的。我们上了年纪的人，特别喜欢吃这个。”

司沁宁接过阜宁大糕，乜斜着眼睛看了看：“和南京的雪片糕差不多吧？”

甄母继续拿东西，说：“南京的雪片糕我们盐城人吃不来，硬硬的，像米粉，下不了口。这里还有生炝条虾，这个条虾是盐城沿海地区的特产，吃法非常独特。要将生虾先加盐、曲酒杀菌去腥后，再加入腐乳汁、白酱油、白糖等辅料，才可以食用。这道菜尤其以清明前食用最佳，味道好极了。”

司沁宁“哦”了一声：“吃法还挺讲究的？”

甄母“嗯”了一声：“那当然，洛洛最喜欢吃生炝条虾了，每次春节回老家，都点名要这个菜。我这次来，带了不少。这里还有建湖藕粉圆子，已有百年历史。葛武嫩姜片，精选寒露前三天采收的鲜嫩生姜，经过13道工序制作而成的。”

司沁宁心里窃笑，嘴上还是一副酸溜溜的样子，好像甄家一百年前就欠她似的：“名堂还挺多的，原来盐城这个小地方还有名特产啊？”

甄母“那是，那是”连说了几声，东西拿完了，该言归正传了：“亲家，盐城地方是小，但是，麻雀虽小，五脏俱全，以后有机会去盐城玩。另外，和你谈个正事，我和洛洛她爷爷今天是来接洛洛回家的。”

司沁宁刚才还是笑脸，现在刷地一下变色了：“接洛洛回家？没那么容易吧？你儿子昨天在电话里怎么和嘉雨说的？叫她们母女俩不要回家！甄传

辉能说出这样的话，也太不像男人了。你们现在想来接她们回去，嘉雨能跟你们回去吗？”

甄母显然给问住了，有点尴尬：“亲家，这是我们甄家的事情，还是让我们甄家自己解决吧！我们甄家很爱面子的，出了这样的事情，毕竟也是不光彩的。我回去好好说说传辉，行吗？”

司沁宁把手里的阜宁大糕一下子扔在茶几上：“你家的事情我不管，不过，谁要是动了我家嘉雨的一根手指头，我可不会放过他的。我和嘉雨她爸结婚20多年了，他还没有敢对我说过‘不要回家’四个字！你们家是知识分子，按理说家教严格，甄传辉也是软件开发工程师，这个理到哪里也抹不直！”

甄父接过话茬：“传辉做得是不对，我们回去和他说。洛洛出场也是错，孩子太小，正是形成人生观的时候，现在就让她和金钱混在一起，以后长大了，不是更难管教吗？”

这时，沈飞歌从厨房走了出来：“洛洛出场有什么错？现在的孩子都是独生子女，从小娇生惯养，不知道什么是生活，让洛洛出去吃吃苦头，兴许可以锻炼她的娇生惯养的性格呢。”

司沁宁跟着阴阳怪气地说：“洛洛可是和婚庆公司签了合约的，合同期内毁约，要承担经济责任的。小小年纪，你们让她背上毁约的名声，对她的未来发展都是一个不小的心理障碍吧？”

甄母感觉话越来越说不下去了，再说必然就要面临争吵了，话锋一转：“亲家，这个事情我们还是等洛洛回来再讨论吧？如果真的是毁约赔钱，我们赔。”

甄母话音刚落，客厅的门铃响了起来，沈嘉铭走过去，刚把门打开，接着冲进来一个声音：“你们赔！孩子的精神赔偿你们付得起吗？你们为什么眼睛里就看见钱，看不到其他？你们征求过洛洛的意见吗？”

进门的是沈嘉雨，沈父看见女儿，立即走了过去：“嘉雨，怎么这么和公婆说话？谁教你的？”

沈嘉雨头一甩，谁也不看，独自去了卫生间。她今天来例假，在路上早就憋不住了。刚才在门外按铃，手刚抬起来，就听见老婆婆的说话声，进门就抛了一句，然后一扭头冲进卫生间。

甄母满脸尴尬，如坐针毡，转脸拉过洛洛："洛洛回来了？来，奶奶抱。"

洛洛叫了声："奶奶。"

洛洛说完，把包里的两盒喜糖拿了出来，打开来看了看，数了数。甄母拿起喜糖看了看，送到鼻子边上闻了闻。

洛洛一把拿过喜糖："别动，明天带到幼儿园给小朋友吃的。"

甄母脸上一阵红，一阵白："奶奶就是闻闻，也不是吃你的。"

洛洛白了甄母一眼："就不给奶奶吃，谁叫你不让我出场的。"

甄父一把拉过洛洛，吼了起来："洛洛，你才几岁，就学会跟奶奶顶嘴了？谁教你这样做的？"

甄父说完，一个巴掌拍在洛洛的屁股上，洛洛放声大哭。沈嘉雨从卫生间冲了出来，抱起洛洛摸了摸她的屁股："有什么冲我来好了，洛洛出场一天还没有休息，回来就挨打，什么意思啊？"

客厅里，一屋子的人全部愣住了，奶奶也从小屋子里慌慌张张地跑了出来。沈嘉雨抱着洛洛，提起自己的包，打开门扭头就走："惹不起，躲得起，洛洛，我们走！"

沈嘉雨和洛洛摔门离开后，甄父和甄母脸色顿时变了，他们急忙和亲家打了个招呼，立即跟了出去。

沈飞歌一个问号过来，直接问到沈嘉铭的脸上："要出大事了，赶紧去把你妹喊回来！"

司沁宁看了看沈嘉铭，心急如焚："嘉铭，快下楼去找你妹！"

奶奶站在一边也跟着催："嘉铭啊，天黑了，嘉雨抱着洛洛会去哪里啊？你快去找找吧。"

沈嘉铭站着没动："要找也是甄传辉去找，他是一家之主，事情都是他惹出来的，让他自己收拾去，我给他打电话！"

沈飞歌和司沁宁面面相觑，沈嘉铭掏出手机，拨通了妹夫的手机号码："喂，甄传辉吗？嘉雨和洛洛离家出走了，你出去找找。"

甄传辉正在单位加班，大惊失色："什么？嘉雨和洛洛出走了？什么时候出走的？大概去什么地方了？"

沈嘉铭简单回答："不知道，刚才走的，方向不清楚。"

甄传辉"哦"了一声："我马上去找。"

沈嘉铭挂断电话，冲着父母一阵诡笑："他惹的好事，让他自己擦屁股去！"

司沁宁推了儿子一把："嘉铭，你什么时候变得这么坏的，会使心眼儿了？嘉雨是你妹，你去找她也是应该的，不过，让甄传辉那小子尝尝找人的滋味也不错，嘉雨应该给他一点颜色看看！"

沈飞歌看着儿子，有点不敢相信："嘉铭，你哪天变得这么滑头滑脑了？"

沈嘉铭低头闷笑，客厅渐渐安静下来了，司沁宁一边收拾茶几上剩下的茶水杯子，一边问儿子："嘉铭，后天去杜晓轩家提亲的事情说了吗？"

沈嘉铭眉头皱了一下："妈，说了。"

司沁宁继续问："杜晓轩家的人什么态度？同意还是不同意双方父母见面？"

沈嘉铭眉头越锁越紧："我没和晓轩的父母说，就和晓轩提了一下。"

司沁宁眼睛瞪得老大："什么？你没有和她父母说？如果杜晓轩不告诉她父母的话，那我们就是二百五了，你叫我们后天去杜晓轩家吃闭门羹啊？"

沈嘉铭闪烁其词："妈，提亲的事急什么？"

司沁宁拿着脏茶杯，看着儿子："什么？不急？我问你，你今年多大了？28岁是不是？马上眼看就到国庆节了，国庆节一过，就是元旦，元旦再过去，好了，是春节，春节一到，你就29岁了。俗话说，三十而立，你一条腿勾着29，一条腿勾着30，三十岁不立业不成家，你要等到什么时候啊？"

沈嘉铭用手抓了抓头："妈，你以为我不想成家立业？每次看见洛洛，我做梦都想结婚，也想有个孩子每天围着我的脖子，叫我一声'爸爸'。"

沈飞歌在一旁煽风点火："想做爸爸还不容易？赶紧结婚啊！"

沈嘉铭哈哈大笑，然后摇了摇头，脸对着母亲："妈，问你个事！"

司沁宁疑惑地看着儿子："什么事，你问！"

沈嘉铭一本正经地说："大姑给我的婚房，房产证上为什么没有我的名字？"

司沁宁一脸惊诧："嘉铭，是不是杜晓轩叫你来问的？"

沈嘉铭摆了摆手："这件事和杜晓轩无关，你不要把她拖进来，OK？"

司沁宁走进厨房，将脏杯子扔进垃圾桶，洗了洗手，冷笑道："我就知道是杜晓轩叫你来问的，这个死丫头太有心计了，我早就知道你玩不过她的。房产证上写谁的名字，是我的主意，至于写不写你的名字，是我的考虑。”

沈嘉铭继续摆手：“妈，你不要激动，淡定，淡定！按理说，大姑给我的房子，写我的名字应该不算过分吧？”

司沁宁点了点头：“是的，你大姑给你的婚房，房产证上写你的名字没有错。现在的问题是，杜晓轩抱着什么样的心态和你结婚？第一，她不年轻了，没有选择男人的资本了；第二，她家的经济条件不好，父母都是工薪阶层，她家想找个有钱的女婿做靠山；第三，万一哪天离婚了……”

沈嘉铭一个劲儿地摆手：“妈，你暂停，暂停一下，不要说了。杜晓轩和我是自由恋爱，就是大姑不送我们婚房，她也会跟我结婚的，她的人品我知道，你不要把她想得太物质了。另外，我们不会离婚的，你放心，不要为我们设计离婚的细节！”

司沁宁继续说：“不是我把她看得太物质，是她自己太物质了。她才和你谈三个月恋爱，范雅兰和你谈了几年了，也没有问过我们家房产证的事情，换了她杜晓轩才和你认识几个月，你前后就问了我两次房产证的问题了。你自己就不长大脑想想吗？这样的女人以后就是和你结婚了，也不会把你放心上，一旦你满足不了她的物质要求，她就会立即离开你！”

沈嘉铭看着母亲，足足愣了半分钟，不知道说什么好。奶奶在一边一直看着，忍不住插话：“沁宁，他大姑给嘉铭的房子，写嘉铭的名字应该不过分吧？再说晓轩那姑娘也没有得罪你，儿媳妇还没有进门，你就把她看成那样，以后进门了，还怎么在一起生活啊？”

司沁宁白了婆婆一眼：“妈，你知道什么呀？现在的女孩子婚前都在算计着婚后的财产，如果我们现在不多长个心眼，把嘉铭的名字加上房产证，以后她再得寸进尺，要求嘉铭在房产证上加上她的名字，到时他们的婚姻一旦出了问题，财产就是一家一半了，那种白痴干的事情，我才不干。再说，现在的新婚姻法都在保护男方的房产权了，你还帮晓轩说话！”

奶奶很反感：“你怎么就把自己的儿媳妇想得那么龌龊啊？我帮谁说话了？我看晓轩根本就不像那样的人！”

沈母继续翻白眼：“杜晓轩像哪种人会写在脸上告诉你？人心隔肚皮，鬼知道啊！嘉铭，妈就你这一个儿子，以后的财产还不都是给你的，等你以后

生了孩子，我就把孙子的名字直接落到房产证上，将来你们就是有什么意外，房子还是烂在我们自己的家里。”

沈飞歌在一边听不下去了：“司沁宁，嘉铭还没有结婚，你就在意外、意外地叫个不停，你在咒自己的儿子啊？”

司沁宁一挥手：“去去去，你懂什么，一边睡觉去！”

沈嘉铭望着母亲，一筹莫展，独自回到自己的屋里。奶奶一路跟过来，抱着孙子的头，安慰道：“嘉铭，你妈就是那样的人，不要理她。明天奶奶给你想个办法，好不好啊？”

沈嘉铭望着奶奶：“奶奶，你能有什么办法？”

奶奶笑了笑：“这个你就不要管了，奶奶自然有自己的办法，你好好休息吧，明天还要起早上班，手术台上可不能马虎，你一马虎，挨刀的病人可要遭殃了。”

沈嘉铭点了点头，目送奶奶出了屋。他现在很头疼，看来母亲是不会在房产证上让步了，刚才那些话，他是无法复制给杜晓轩听的。

沈嘉铭无心上网，躺在床上，大脑一团乱麻。他是孝子，顶撞母亲不是他的性格。虽然自己小时候经常看见母亲顶撞奶奶，但是，他还是坚持做一个孝子。

一头是母亲，一头是恋人，沈嘉铭第一次发现自己成了一块肉夹馍，前面贴着娘的热脸，后面贴着媳妇的冷屁股，感觉一切的一切真他妈的难！

客厅墙壁上的挂钟摇摆着，叮叮当当敲了10下，已经是夜里10点了。窗外的风很紧，似乎要下雨了。

季节已是立秋过后，一场雨一场凉，沈嘉铭突然有点担心沈嘉雨和洛洛，不知道她们现在在什么地方，如果在外面落一场雨淋，遭罪的就不是沈嘉雨自己了，还有孩子。

想到这里，沈嘉铭拿起手机，快速翻到沈嘉雨的号码，拨了出去。手机那头是语音提示：“你拨打的号码目前无人接听，请稍后再拨。”

沈嘉铭连续打了几次，都是这个回复，他放下手机，走到窗口，朝外看了看。一个闪电突然划破夜空，砸进窗口。

沈嘉铭本能地朝后让了让，回到屋里。三分钟后，天空响雷一个接一个炸响，雷阵雨就要来临了。

此刻，清凉门古城墙上，洛洛躺在沈嘉雨的怀里，紧张地缩成一团：“妈妈，我怕，天黑黑的，我们回家吧？”

沈嘉雨摇了摇头：“不回去，你爸不要我们了，还回去干吗？”

洛洛不懂地看着妈妈：“爸爸为什么不要我们了？”

沈嘉雨还在气头上：“这事都是你奶奶搞的鬼，好好的不在盐城待着，跑南京来干吗？出场关她什么事？知识分子有什么了不起？我没文化还不是照样做官！”

洛洛听不懂妈妈在说什么：“妈妈，你在说什么？啊，妈妈，打雷了，我怕！”

沈嘉雨木然地看着天空，像是自言自语：“洛洛，妈妈在，不怕。”

洛洛开始大哭，哭声惊动了闪电。洛洛闭着眼睛，什么也不敢看。沈嘉雨一向胆大，荒山野岭一个人走夜路都敢。

沈嘉雨抱紧洛洛，“报复”两个字像一把从天而降的穿心箭，突然插在她的心口。她坐着不想动，想彻底报复一下甄家人，包括甄传辉这个臭男人。

这个臭男人和婚前大不一样，婚前还处处顺着她，婚后只要公婆一从盐城来南京，彼此之间三句话不合，他就对她蹬鼻子上脸的。

沈嘉雨恍恍惚惚的，眼前仿佛出现了六年前那个年轻的白马王子甄传辉。同样的城墙上，阳光灿烂地照在沈嘉雨的脸上。

树叶摇摇曳曳的，空气中弥漫着城墙砖的气味。甄传辉和沈嘉雨靠在一片断垣上，两个人搂抱在一起。

沈嘉雨仰着脸，娇气地说：“我脾气不好，火大，以后跟你结婚了，你会让着我吗？”

甄传辉微笑地点了点头：“我会处处让着你的，谁叫你是我的老婆呢？”

沈嘉雨继续说：“我不会做饭、做菜，你会做给我吃吗？”

甄传辉依然点头：“没有关系，我喜欢美食，我在大学宿舍里经常偷偷用微波炉做东西吃，同宿舍的同学都会过来和我抢食。”

沈嘉雨用食指点着甄传辉的鼻子：“看你臭美的，以后就是我跟你抢食了，等我们有了孩子，就是我和孩子两个人跟你抢食吃了。”

甄传辉还是点头：“我喜欢一大群孩子跟在我后面抢食吃。”

沈嘉雨给了甄传辉一个粉拳：“我又不是独生子女，你想得美啊，还要

一大群孩子呢！以后生一个给你玩玩得了，不要异想天开了！”

甄传辉哈哈大笑：“玩玩？孩子是玩具吗？你会生玩具吗？”

沈嘉雨雨点似的粉拳落在甄传辉的前胸，甄传辉也不还手，只是一个劲地坏笑。

一个响雷突然炸响，将沈嘉雨的思绪带回到现实中。她看了看怀里的洛洛，有点心疼，一下子抱紧了她，自言自语道：“神马都是浮云，全部都是骗人的鬼话，生一个都不想玩，还梦想生一大群呢！”

这时，城墙上的人越来越少，眼看只剩下沈嘉雨母女两个人了，洛洛的哭声越来越大。

不远处，一道手电光突然横扫过来，接着一个高大的身影冲了过来：“嘉雨，我就猜到你会在这里，天黑了，你带着孩子不回家，难道要在城墙上过夜吗？”

洛洛听见甄传辉的声音，立即叫了起来：“爸爸，我要回家。”

甄传辉一把抱过洛洛，用自己的外套裹住她的身体。沈嘉雨看也没看甄传辉，指着洛洛说：“洛洛，你要是跟你爸回去的话，以后出场不要找我！”

洛洛的哭声更大了：“妈妈，我要妈妈。”

洛洛叫的声音越大，甄传辉抱得越紧。沈嘉雨转脸对着甄传辉大喊道：“我在哪里过夜和你无关，我爱到哪里就到哪里去。”

沈嘉雨说完，一转身飞快地跑了。洛洛看见妈妈走了，几乎鬼哭狼嚎起来。甄传辉一个箭步冲上去，一把抓住沈嘉雨的后衣领，沈嘉雨像弹簧一样弹到他的怀里：“你给我过来！”

这时，雨点开始落了下来，宛如黄豆粒，沈嘉雨奋力一甩，甄传辉的手滑了下来：“少碰我！”

甄传辉放下洛洛，再次冲上去，一把抱紧了沈嘉雨：“跟我回家，不要闹了，吓着孩子！”

沈嘉雨动弹不得：“回家？你做梦去吧！放开我，从今天开始，你是你，我是我，彼此形同路人！”

甄传辉紧紧抱住沈嘉雨：“你安静点，当着孩子的面注意点形象！有话回家说，我已经和我妈说过了，我妈同意了，说洛洛做花童可以……”

沈嘉雨听见可以两个字，减低了反抗强度：“真可以，还是假可以？”

甄传辉肯定地说:“是真的可以,不过……”

沈嘉雨身体又硬了一下:“不过什么?”

甄传辉换了个口气说:“不过我妈说了,回去后,征求一下洛洛的意见,只要洛洛本人没有意见,以后做花童没有问题!”

沈嘉雨站直身体,用生硬的语调问:“这话是你妈说的,是不是?”

甄传辉点了点头:“是,我妈说的,你回去可以对证!”

沈嘉雨甩掉甄传辉的手:“行,我马上就回去对证,如果你说的有一句瞎话,我立即离家出走!”

沈嘉雨说完,抱起洛洛,朝回家的方向走去。这时,雨水像断线的珍珠一样倾盆而下,三分钟不到,三个人全部成了落汤鸡。

此时此刻,甄家父母在家里急得像热锅上的蚂蚁,甄母一会儿拿座机,一会儿跑到阳台上去看外面的动静:“辉他爸,嘉雨的手机怎么打不通啊?大雨天,她和洛洛去了什么地方?南京城这么大,我们去哪里找啊?人生地不熟的,急死人了!”

甄父正在看报纸,接过话茬:“打什么电话,不要打,我看嘉雨这么大人了,还想翻天不成?我就轻轻拍了一下洛洛的屁股,她就发这么大的脾气,我做爷爷的还不能打孙女了?”

甄母重新跑到座机边,拿起电话机听筒,拨了半天,一片忙音:“传辉的手机怎么也没有反应?加班不会不开手机吧?”

甄父翻阅着报纸,对着报纸自言自语地说:“你就是喜欢瞎操心,和你说了多少次了,我们难得从老家来一趟,平时也照顾不到他们,洛洛的教育是他们夫妻两个人的事情,你每次来,都要横插一杆子,现在好了,儿媳妇带着孩子跑了,你称心了吧?”

甄母一把夺过报纸:“你什么意思啊?像他们这样的教育方式,洛洛以后长大了,就认识一个字‘钱’,我现在不管,等过几年洛洛沾上铜臭了,想管也管不了!以后我来一次管一次,嘉雨想翻天,难!”

甄父抢回报纸:“好好好,你管,你管好了,我看我的报纸,两不插!”

这时,门铃响了,甄母丢下报纸,急忙去开门。开门后,三个水淋淋的人冲了进来。

甄母喜出望外:“哎呦,洛洛回来了,我的小心肝,快,进来,奶奶去卫生

间放热水，洗个澡暖下身子。”

沈嘉雨进门后，谁也没看，直接去了自己的屋子。甄传辉去厨房拿了一条干毛巾，擦了擦自己的头。

甄父依然坐着看报纸，像什么也没有发生一样。卫生间传来哗哗的水声，甄母一边给洛洛脱衣服，一边用手试水温：“好了，水温正好，奶奶给你洗澡，一会儿做姜汤给你喝，杀杀寒气。”

[第五章]
尴尬的提亲

次日下午，风和日丽，南京贾世丽商贸有限股份公司财务室。

正是月头，比较清闲，我坐在办公桌边，一边喝咖啡，一边在电脑上制工资表。工资表格子刚刚复制完，抽屉里的手机响了。

我拿出手机，看了看来电显示，是表姐黄丽婷的："喂，是表姐啊？"

黄丽婷嗓门很大："晓轩，在干吗？"

对面是财务科长，一个中年男人，身体发福，因为面对面，不知道他在电脑上忙什么。

我压低声音说："我在上班，什么事？"

黄丽婷继续说："出来，请你喝茶！"

我大脑立即急转弯了一下，今天是周五，理论上来讲我可以找个借口溜走，比如去银行对账，或者去地税局买发票等等。

我坏笑了一下："现在出来？"

黄丽婷"嗯"了一声："嗯，就现在，我三点钟在壹加壹茶社等你。"

我简单回复了一个字："好！"

黄丽婷挂断电话后，我退出了电脑系统。财务科长听见关机声，看了看我："杜晓轩，准备出去？"

我点了点头："嗯，科长，外协单位今天有账单过来，我去银行核对一下。"

科长"哦"了一声："不回来了？"

我继续点头："不回来了，到银行要三点多了，再回来的话就五点了，公

司要下班了。你有什么事吗？”

科长看着我，直摇头：“没事，我就是问一下，你要是办完事不回来的话，我下班就直接锁门走人了。”

纠结！我出去办事，要科长你给我留门干吗？你把财务科当成你自己的家了？我是科员，不是你的家庭成员，OK？

我笑了笑，站起来收拾资料，把该带的东西带上。准备工作完成后，我向科长打了一声招呼：“科长，我走了，有电话来，帮我接下。”科长点点头，目送我走了出去。走出办公室，我径直朝车位走去，骑上电动车就走。离开公司大门后，我在心里喊了一声：阿门！

做会计就是好，行动自由，不像在医院里，责任心大不说，如果出个医疗事故，还要把自己的一生幸福搭进去，担惊受怕的。

下午三点钟，我准时出现在壹加壹茶社。走进茶社大门，服务生立即躬身迎了上来：“你好，请问几位？”

我点点头：“两位，那位已经在里面等着我了。”

我一边说，一边朝里张望。黄丽婷估计早就看见我了，冲我喊道：“晓轩，这里。”

我朝声音发出的方向走去：“表姐，你已经到了？”

黄丽婷站了起来：“早就到了，我是地主，不能迟到的。”

黄丽婷今天穿了一件红色的连衣裙，外面是一件黑色的风衣，质地很好，脚上穿了一双黑色长筒靴，颜色庄重，看起来全部是名牌的那种。

我坐下后，一个男服务生拿着点餐簿过来了：“请问二位来点什么？”

黄丽婷把点餐簿递给我：“晓轩，你自己看，随便点，今天我埋单！”

我不习惯点餐，我比较老土，每次和沈嘉铭外出吃饭，都是他点什么我吃什么。看见好的东西，顺嘴就多吃点，不好的东西就少吃几口。

我看着点餐簿，一头雾水，半天拿不定主意：“表姐，还是你点吧。”

黄丽婷把点餐簿转到自己面前，翻了翻，对服务生说：“来一壶普洱红茶，加一个杯子，另外，来一份盐津腰果，一份松子仁，一份爆米花，就这样。”

服务生一边记，一边核对：“一壶普洱红茶，加一个杯子，一份盐津腰果，一份松子仁，一份爆米花，是这样的吧，请二位稍等！”

服务生走后，黄丽婷把风衣脱了下来，反手扣在身边：“其实，普洱红茶已经被市场炒烂，也被女人喝滥了。不过，这茶喝下去很暖胃，而且有一股茶气从人体内蒸发出来，对减肥有明显功效，据说对女人的肚腩很有杀伤力。”

我睁大眼睛，看着黄丽婷：“表姐什么时候对普洱茶有研究了？说起来一套一套的，不会是表姐夫精心栽培的结果吧？”

黄丽婷坏坏地笑：“这倒不至于，你表姐夫恨不得我的肚腩大起来，哪里会让我喝普洱茶？现在市场上很大一部分的普洱都是假的，尤其打着限量版旗号的普洱更是如此。所以，选购时必须认准了大厂子出来的普洱，当然年份越久就越贵。一盘的价格也是1000多元到3000多元不等，珍藏版就更不能估量了。自然，一个女人靠茶水是养不出美丽的，恋爱中的女人最美丽，所以谈男朋友是养颜的王道。女人一旦过了恋爱期，保养就靠自己日常调理了。”

我看了看黄丽婷的肚腩，和婚前一样，一点没变：“是不是表姐夫想做爸爸了？你准备什么时候生孩子？”

黄丽婷看着我：“三年内不要孩子，等到他们没有耐心了，我再弄点动静出来，让他们喜出望外。”

这时，服务生开始上茶，几份零食也上齐了。我抿了一口普洱茶，味道不错：“三年内？你意思就是说，假如我明年结婚，后年生孩子，你会和我同时怀孕，我们一起做妈妈？”

黄丽婷哈哈大笑：“这个也难说，如果我心情好，后年兴许会和你同步怀孕，同步生孩子，同步做妈妈，反正现在家里什么也不缺，就缺一个屎娃娃。唉，谈点正事，你那房产证上的名字怎么说了？”

纠结，又是房产证上的名字！我拿了一粒腰果，丢进嘴里：“别提了，一提就想睡大觉。大姨和小姨昨天来我们家了，合着我妈三个人一起挤对我，让我考验考验嘉铭对我的感情。”

黄丽婷“哦”了一声：“这么说房产证上没有你的名字？”

我“嗯”了一声：“哪有我啊！婚房是嘉铭他大姑送给他的，写谁的名字应该和我无关的啦，那是婚前财产，连文盲都知道写我的名字是没有道理的。”

黄丽婷不客气地点拨我：“话不能这么说，如果嘉铭真的爱你，会毫不犹豫地在房产证上加上你的名字。如果他心里根本就没有你，你就是打他一

百板，他也不一定给你加上去。”

我抓狂：“我昨天问嘉铭了，婚房为什么没有写上他和我的名字。”

黄丽婷拿了一把爆米花，一个个丢进嘴里：“他怎么说的？”

我郁闷地说道：“到现在还没有消息，他说问他妈的。”

黄丽婷想了想，突然说：“我知道问题出在什么地方了！”

我瞪大了眼睛：“什么意思？”

黄丽婷轻轻一拍桌子：“‘神马’都是浮云！沈嘉铭是大孝子，什么事情都是他妈做主，你以后嫁过去要遭罪了！”

我不相信，鬼才相信黄丽婷的疯话。我嫁过去是和嘉铭过日子，又不是和他妈过日子，我遭什么罪啊？

茶社空气不流通，有点热，我站起来，脱掉外套：“孝子没有什么不好，天底下没有哪个爸爸妈妈不喜欢孝顺的儿子和女儿，他能孝顺父母，对我自然也坏不到什么地方去。”

黄丽婷直摆手：“NO，NO，NO，现在竟然还有这么弱智的女人，他孝顺的是他的父母，又不是你的父母，更不是你，你的概念好混淆哦。”

我看着黄丽婷，有点看不懂她了：“表姐夫是什么样的人？是孝子吗？”

黄丽婷摇头：“你表姐夫才不是孝子，婚前我就把他整个人拿下了，婚后他更是听我的。我说三年内不要孩子，他还不是干瞪眼，他妈更是干着急了。”

我有点不相信：“不会吧？你说表姐夫听你的，我还相信一点，如果说老婆婆也听你的，我就不相信了。换了嘉铭他妈，你连嘉铭都搞不定的！”

黄丽婷嘲笑地看着我：“那是你自己搞不定，不是我，换了嘉铭他妈，我一样搞定她！不要说房产证上的名字了，就是他家的祖产，我也要划一半过来。”

靠，这个女人越说越离谱了，表姐夫天生就是独子，他家的祖产就是不划过来，最后还不是你黄丽婷的？说的都是废话！

我未置可否，眼睛看着茶水，吹了吹上面的水泡：“我怎么可以和你比？你遗传了大姨的优秀基因，各方面都比我强。在姨子辈里，就大姨最强势，我妈就是瞎闹闹，其实没有什么主见的。小姨离婚了，脾气也不好，顶多算个失败的女人。”

黄丽婷"哎哟"了一声:"哪里啊,纠结。我妈在姨子辈里是最残暴的,手段也最狠,你意思是我也是这样的人?那我成婚姻克星了?"

我大笑,笑得前俯后仰:"我什么时候说你是克星了?我小姨才是婚姻的克星,克星大凡是反其道而行之的,表姐你不懂就不要乱说。"

黄丽婷喝了一口水:"算了,不谈姨子辈了,'神马'都是浮云,小辈们过好自己的日子就 OK 了。明天嘉铭家的人上门提亲吧?我告诉你啊,明天是最好的机会,提亲的时候你把自己的要求全部说出来,兑现就谈,不兑现干脆拜拜。"

我的表姐哎,这个是要挟,不是谈恋爱,对吧?正常的恋爱关系应该是这样的,即所谓的你情我愿。物质虽然是必需的,但不是婚姻的唯一。

我连喝了几口普洱茶,差点呛到嗓子:"明天我上班,不一定在家的。"

黄丽婷"啊"了一声,惊叫道:"什么?男方提亲你上班?你是不是搞错了啊?嘉铭呢?明天也上班?你以为你们是娃娃亲啊,父母坐一起吃一顿饭就等着进洞房了?你也太拿自己不当回事儿了!"

我做出一脸无辜的样子:"嘉铭不上班,他明天和他父母一起来。我单位忙,明天正常上班。"

黄丽婷笑不出来了:"上什么班?你大脑给风箱夹了?提亲这么重要的事情,你还去上班?这是关系到你以后的家庭地位的大事情,单位就是一天按三天扣你的工资,也不能去!你也不想想,我二姨天天巴望着你出嫁,生怕你嫁不出去,如果嘉铭他妈一忽悠,二姨一松口,你们家什么好处也没有得到,就把婚期定下来了,你以后在婆家有得罪受了。"

靠,什么逻辑啊!我上班和家庭地位有什么关系?嫁汉嫁汉,穿衣吃饭,有吃的有穿的还不够?要那么多附加的东西干吗,累死人啊!

我撇了撇嘴:"表姐,过日子不用那么复杂吧?房产证上写谁的名字不重要的啦,有嘉铭的,就有我的啦!"

黄丽婷恨不得给我一巴掌:"谁告诉你,有他的就有你的?新婚姻法态度很明确,他的就是他的,你的就是你的,纵然哪天他化成灰,也不会成为你的。"

黄丽婷啊,黄丽婷,你怎么现在越来越像我大姨了,言语刻薄不说,连人生观也和大姨一样了。你拜金我没有意见,你可以在自己的生活范围内拜

金，不要期望我和你一样，OK？

我无动于衷："他的就是他的，我好歹一个月也拿4000块钱，吃不到他的，也用不到他的，我现在倒希望他大姑没有给他房子，那样的话，我就可以和他在外面租一套房子了，或者两个人自己首付买房，自然什么矛盾也没有了。"

黄丽婷恨铁不成钢："你的大脑真是给沈嘉铭洗干净了，我说了半天你还没有明白我的意思？我再次警告你，明天不要去上班，在家好好蹲着，如果你不方便开口说，我叫我妈明天过去说，怎么样？"

让大姨来我家？黄丽婷你是神经大条到家了！这是我的婚事，不是你的婚事，你激动个鬼啊！

我心里反对，嘴上还是很留情，顺便扯了一个谎："算了，明天我休息，不上班了，大姨要开店，现在临近国庆节，是服装销售的旺季，耽误了她做生意，我可不敢。"

黄丽婷听说我休息，一下子高兴起来："我说嘛，这才是我妹妹了。记住，原则只有一个，就是房产证不写你的名字不领证，你坚持自己的原则，任何时候都要装清高，知道吗？"

我点了点头，根本没有朝心里去。我的原则是爱，只要爱情不倒，我的婚姻就不会倒塌，让房产证见鬼去吧！

从壹加壹茶社出来的时候，天色已经黑透了，黄丽婷开着一辆黄色法拉利F430进口跑车，执意要把我送回家，我拒绝了，因为我是骑着电瓶车来的。

快到家的时候，我接到了沈嘉铭的电话："晓轩，记得明天提亲的事。"

我"嗯"了一声："知道了，明天你们几点过来？"

沈嘉铭回答："我们下午过来，大约五点半吧！"

我接着"哦"了一声："好吧，我和我爸我妈说一下，让他们准备一下。"

沈嘉铭连忙说："不要准备什么，就是走个形式，晚上我爸我妈请你们在黄山路酒家吃饭，你明天上班吗？"

我想了想："我下午和科长打个招呼，早点回来。"

沈嘉铭答道："好，我明天有两台手术，做完手术后回家接我爸我妈，然后直接开车过来。晓轩，有个事情想和你商量一下……"

我点点头,问:“什么事情,你说。”

沈嘉铭吞吞吐吐地说:“就是那个房产证加名的事情,昨天我和我妈之间闹了点不愉快,明天上门提亲的时候,你们能不能回避一下房产证这个话题?”

我笑了笑:“可以啊,不过,如果你妈明天自己提起房产证的事情,就怨不得我们了。”

说实话,明天我也拿不准,如果司沁宁控制不住自己,拿房产证说事,将家里的情绪带到我家里来,我也没办法了。

我可以控制自己,但是,左右不了别人。司沁宁的犀利我知道,那天她50岁生日我就领教过她的厉害。

沈嘉铭接过话茬:“这个你放心,我负责在家做好她的思想工作,明天什么都可以谈,就是不要谈房产证加名的事情,知道吗?”

得得得,还没有领证,就开始拿我当他媳妇了,说话也硬锵锵的了。我可以保证自己不提房产证,如果我妈要提呢,我也叫她闭嘴?

既然是提亲,就是提要求是吧?我是初婚,我也不知道提亲应该提什么,问什么,更不知道不能提什么,不能问什么。

我想来想去,还是把自己的顾虑说了出来:“嘉铭,明天我只能保证自己不提房产证加名的事情,如果我爸我妈要问个清楚,我就无能为力了。”

沈嘉铭停顿了五秒钟:“这个我不怪你,只要你不提,就好办!”

我笑了笑:“OK,我保证不提。”

在很多时候,人们尊重的不是人,而是背景。在这个现实的社会里,清高会带来什么?对于这个问题,我还没有思考过,我只是从大姨的嘴里、表姐黄丽婷的切身体会里,依稀感觉到清高绝对会是一种“杯具”。

我没有刻意地清高过,生活是一种低调行为,从我爸我妈的婚姻里,我看得见那种开门七件事的平淡无奇。

表姐黄丽婷所说的装清高,应该包含了一种低头的元素,为了达到自己的目的,关键的时候可以厚颜无耻。

我还没有到厚颜无耻的地步,80后的婚姻带着很大的不确定性,我相信缘分,相信命里注定。

我有可能爱沈嘉铭一天,也有可能一年,甚至十年、一百年,这完全取

决于缘分。缘分给我的机会越多，我就爱他越多。

事情就是这么简单，我不用沈嘉铭的任何承诺。很多人看重背景，我只看重人。

第二天，下午4点半，沈嘉铭穿着无菌衣，从手术台上走了下来。在助手的帮助下，他脱去了手术无菌衣，朝医生办公室走去。

沈嘉铭换上自己的衣服后，去重症病房看了看今天的手术病人，然后走到护士站，对女护士长说："注意观察今天的两台手术出来的病人，我下班了，有情况及时和我联系。"

女护士长点点头："知道了，沈医师。"

沈嘉铭径直下了电梯，走到车库，打开车门，上了车。到家的时候，司沁宁正在准备礼品，两瓶好酒，两条好烟，两个大礼盒，一共六样东西，图个六六大顺。

司沁宁一边把礼品往客厅门口拎，一边说："酒这样的就好了，烟这个牌子的也可以了，买得太好了，把嘉铭他老丈人的口味吊上来了，以后想改喝便宜的抽孬的，都不成了。碰到那个逢年过节的，都是我儿子去孝敬他，那得花多少钱啊！"

沈飞歌一边换出门衣服，一边跟过来看："我说了第一次上门提亲，买点好的，你这全是二等货，也有脸拎出去见人？"

司沁宁一脸不高兴："我怎么没脸了？我还看见拎了六个苹果和一串香蕉就上门提亲的，人家夫妻两个现在还不是过得很好嘛。"

沈飞歌鄙夷地看了司沁宁一眼："你那说的是哪个年代的事情啊？不会说的是我家父母当年到你家去提亲吧？我记得我爸我妈就是拎了几个苹果和几根香蕉去的。"

司沁宁哈哈大笑："哎哟，你的记性还真不错！我以为你早忘记了，比起当年你家送的那些苹果和香蕉，我们提亲的东西已经算高档的了，价格翻了十倍都不止了。"

这时，奶奶从小屋子走出来了，脸已经挂到膝盖上了："我家送的东西怎么了？苹果和香蕉在我们那个年代算好东西了，也不是家家户户都能送得起的！"

司沁宁脸色有点难堪："妈，我也不是那意思，我就是和沈飞歌随便那么一说，你又多想了？”

奶奶翻了个白眼：“你那话说出来，就是给人想的！我们家那时经济条件不好，飞歌是高攀你家，提亲送的苹果和香蕉，让你们家笑话了一辈子！”

沈飞歌拉了拉奶奶的衣袖：“好了，妈，不要忆苦思甜了。有东西送总比空手上门提亲好吧？哎，我听见嘉铭的脚步声了，那小子回来了。”

沈飞歌说完，司沁宁立即起身拉开门。沈嘉铭进门后，叫了声“爸、妈、奶奶，我回来了”。

司沁宁指了指礼品：“东西全部准备好了，嘉铭，我们什么时候走？”

沈嘉铭看了看礼品，向里屋走去：“我去换套衣服就来，马上就走，迟了路上堵，奶奶跟我们一起去吗？”

司沁宁回道：“奶奶不去，她一个人在家，我下午带了不少奶油面包回来，给她当晚饭吃。”

沈嘉铭在屋里边换衣服边说：“面包哪能当饭吃？妈，让奶奶和我们一起去吧？反正我们在酒店订餐了，也不多奶奶一张嘴。”

司沁宁返回屋里，对儿子轻声说：“我们是上门提亲，你奶奶去干吗？她要想吃的话，我明天在酒店专门为她摆一桌！”

沈嘉铭看了母亲一眼，没有说话。这时，沈飞歌在客厅叫了起来：“嘉铭，你奶奶和我们一起去，酒店不怕加她一双筷子！”

奶奶笑眯眯的，高兴地回屋换衣服：“奶奶也去咯，我去找件新衣服穿上……”

司沁宁听见沈飞歌在客厅叫，冲了出来：“沈飞歌，提亲要带上老祖宗吗？在我们南方好像没有这个规矩吧？你妈当年是带着你大姐，也就是嘉铭他大姑上门提亲的，已经破了规矩了。如果不是我爸那天硬拦着，我当你们的面就把苹果和香蕉扔出门外了。”

沈飞歌看见司沁宁冲过来，自觉理亏，干笑两声，不说话了。奶奶在小屋子里听见了，衣服穿到一半，跑了出来：“怎么了？不去就不去，扯那么多废话干吗？飞歌他爸不就是嘴巴笨，不会说话，提亲那天我就没带他去吗？有你这么说婆家坏话的吗？”

司沁宁转脸态度一百八十度大转弯：“妈，你看你又多心了，我这不是和飞歌有缘吗？如果没有缘分，婆家就是有万贯家财，我还不一定嫁过来了。

好了，嘉铭衣服换好了吗？妈，我们走了，桌子上有面包，一会儿你自己拿着吃，我带得多！”

奶奶鼻子“哼”了一声：“要吃你自己吃，楼下有克莉丝汀面包房，名牌的，味道好极了，一会儿我自己下楼买去。”

奶奶说完，扭头进了自己的屋子。沈飞歌望着奶奶的背影，说了句：“妈，我们走了。”

沈嘉铭跟着叫了声：“奶奶，拜拜。”

一家三口离开家后，奶奶在小屋子里越想越生气：“什么儿媳妇啊，苹果和香蕉是哪个年代的事情了，还全部翻出来抖给鬼看？嘉铭他大姑给的婚房，她也好意思写上自己的名字？不行，我现在就把房产证给找出来，非得加上嘉铭和晓轩的名字不可。”

奶奶说完，走出小屋子，去了儿媳妇的房间。她开始翻箱倒柜，先开大橱柜的门，里面挂了一排衣服，她挨个儿掏每件衣服的口袋。

口袋掏完了，奶奶的眼睛盯上了里面的抽屉，抽屉没有上锁，锁头挂着，她一把拉开抽屉。

抽屉里是一些证件，比如户口簿、出生证、学生证、身份证什么的，还有一些银行卡。奶奶对这些东西全部没有兴趣，她一边翻，一边自言自语：“去去去，怎么弄那么多证的，我要的是房产证，放哪里去了？”

找了半天，奶奶有点累了，坐在床上喘粗气。休息了大约十分钟，又开始翻了。她关闭抽屉，开始朝大橱柜的下面找，找到最底层，是一张牛皮纸，大大的，盖着整个底层。

奶奶很好奇，揭开牛皮纸，掀了上去。突然，她看见了一张紫红色的大证件，奶奶一字一句地读了起来：“中华人民共和国房屋所有权证。”

奶奶读完后，哈哈大笑：“找到了，终于找到了……”

奶奶翻开房产证，看了看上面的名字，果真是司沁宁。她盯着“司沁宁”三个字看了半天，然后骂了一句：“不要脸的东西，还真的写自己的名字，我大女儿给我孙子的婚房，她也好意思当成自己的私有财产！”

奶奶拿着房产证，看了半天，越看越来气。最后，索性把房产证扔回原处，走出了儿媳妇的房间。

出了屋子，奶奶的气还是无法消停，她在客厅转过来转过去，心里直发毛，转到沙发边，一眼看见座机，随即走了过去，拨通了大女儿沈飞丽的电话。

沈飞丽正在路上开车，听见手机铃声响了，立即接听："喂，请问是谁？"

奶奶大叫一声："飞丽，我是你妈！"

沈飞丽"啊"了一声："是妈啊，我最近忙昏了，你回南京几天了，我还没有接你过来小住，等过几天闲下来了，就把妈接过来，妈，好吗？"

奶奶又是一个大声："不住，我就住家里。看你天天忙的！你不要左口袋进，右口袋出就行了！"

沈飞丽有点听不明白："妈，怎么了，你情绪不好？是不是弟妹又让你不开心了？她就那脾气，你和她过一辈子了，还不知道她吗？对她这样的人，睁只眼闭只眼就可以了，动气划不来的。"

奶奶干笑了一声："我犯得着和她计较吗？她这辈子除了造个嘉铭出来，就没有做过一件好事！连你给嘉铭的婚房都不放过，还有什么好说的？"

沈飞丽笑了笑："妈，弟妹能造个嘉铭出来也不错了，我这辈子除了造钱，什么也没有造出来，到现在 50 出头了，还是孤身一人。妈，你说的婚房是什么意思？"

奶奶继续干笑："你造了一辈子的钱，我这个做妈的也没有享受到你的福气，到现在还和儿子儿媳窝住在一起，想一个人找个哭的地方都没有。你一甩手就给嘉铭买了一套 180 平方米的婚房，而且还在市中心，不是妈要说你，你给嘉铭我没有意见，我就这么一个孙子，你要给也要把房产证全部落实好了后再给他啊！"

沈飞丽猛地刹住车，停靠在慢车道上："妈，房产证有什么问题？我那天有点事忙，缴了现款就走了，其他事情是弟妹操办的。"

奶奶"哼哼"冷笑了两声："你就那么信得过她？连房产证这样的大事也给她一个人办？你真的是钱多得可以当冥币烧了？"

沈飞丽手握方向盘，把头低了下去："妈，到底是怎么回事？"

奶奶吼叫起来："我问你，房产证你看了吗？"

沈飞丽摇了摇头："没有看，给嘉铭的房子，我看房产证干吗？"

奶奶长叹一口气："那不就结了，房产证上不是嘉铭的名字！"

沈飞丽惊讶地抬起头："不是嘉铭的，那是谁的？"

奶奶激动地大叫："司沁宁！"

沈飞丽看了看窗外，欲哭无泪："妈，你看见房产证了？我那天特别交代弟妹的，叫她写嘉铭的名字，加上杜晓轩的也可以。"

奶奶气得七窍生烟："嘉铭他爸他妈今天去晓轩家提亲了，我一个人在家，越想越堵心，就去他们的屋子里翻，一下子翻到了房产证，上面果然是司沁宁的名字。我本来还有点不相信，觉得她还不至于自私到这个程度。现在，房子就是钱，钱就是房子，我看再傻的人，也没有你这么直接送钱的吧？我到现在，你爸走了那么多年，房产证上还是留的他的名字，我才不会轻易换谁的名字！"

沈飞丽大脑一片乱麻，也不知道是怎么挂的手机。等到她从一片纷乱的思绪中缓过神来，车窗突然被"咚、咚、咚"敲了几下。

沈飞丽抬头看了看，是一个身穿制服的男警察。男警察隔着车窗敬了一个礼："你好，你现在违章停车，请问你的驾驶执照？"

沈飞丽突然反应过来，立即摇下车窗玻璃，拿出驾驶执照："不好意思，我刚才靠路边接了一个电话，还没有来得及启动。"

警察接过驾驶执照，看了看沈飞丽手里的手机，将证件还给沈飞丽，又敬了一个礼："你好，下次请注意，你可以走了。"

沈飞丽感激地点点头，说了声"谢谢"，启动了油门。现在，她的大脑里只有一个想法，找个机会和司沁宁聊聊，顺便问问房产证的事情。

沈飞丽不在乎钱，她有一份理想的职业，有一家自己的公司，从事媒体宣传，积攒了一辈子的财富。钱这个东西，她看得很开，生不带来，死不带走，她无儿无女，一直视嘉铭为己出。她的最大愿望就是看着嘉铭在她买的婚房里，和晓轩幸福地生活。

关于司沁宁，沈飞丽原本没有多想，那天买房缴款的时候，因为突然接到一个客户订单，她要急着去见客户，就转身对司沁宁简单交代了几句。不过，她没有想到司沁宁没有按照她说的做，这点令她非常失望。

沈飞丽开着小车，很快回到了自己的公司。公司门头很大，看起来规模不小，员工全部穿着统一的制服，显得规范而有条理。

沈飞丽将车停靠在公司专用停车位，拿起文件夹，直接回到自己的办公室。坐下后，她直接摇通了秘书处的电话："蒋秘书，你过来一下。"

对方“嗯”了一声，很快挂断电话。

一分钟后，蒋秘书出现在沈飞丽的面前：“沈总，你好，请吩咐。”

沈飞丽从文件夹里抽出一份文件，递给蒋秘书：“这是一份广告文案，只有初步构思，你按照上面的文字交代和提示，策划一下，做一份详细策划书。记住，明天下午给我，这个客户要件比较急。”

蒋秘书点点头：“好的，我这就去做。”

蒋秘书是男的，今年28岁，一直崇拜沈飞丽，大学毕业后通过人才市场应聘，在她的手下做了5年。

蒋秘书说完，转身朝门口走去，走到一半，被沈飞丽叫住了：“蒋秘书，等等，这是国庆节的旅游套票，客户送的，你拿去，和你的女朋友节日出去玩玩。”

蒋秘书站住，回头说：“沈总，我没有女朋友，如果要去的话，我可以陪你一起去！”

沈飞丽送票的手停在半空中，慢慢缩了回来：“好了，你可以走了。”

蒋秘书点点头：“好的，我走了，沈总。”

蒋秘书走后，沈飞丽做出了一个歇斯底里的表情：“这个世界太疯狂了，28岁的男人还没有女朋友，竟然要和自己的女上司一起出去旅游！”

沈飞丽今年52岁，看起来比实际年龄年轻8岁，她的发髻很漂亮，头发在脑后随意盘了一个圈，刘海儿很少，斜斜的有一点，盖在左眉上，上面喷洒了一些定型发胶，有一股淡淡的香味。

沈飞丽很器重蒋秘书，5年前，这个南大的高材生被她挖到手后，她一直很器重他。公司里的主要文案策划，基本上都是交给他做。

最近几年，蒋秘书的进步很快，这个年轻人很努力。每次看见客户接稿后对他满意和赞不绝口的神情，沈飞丽对蒋秘书的能力就越发欣赏。

沈飞丽一直将蒋秘书定位在秘书的职位上，或许是出于私心的考虑。按理说，蒋秘书的职能范围属于文案策划部的，应该划归文案策划部。

文案策划部受制于媒体公司领导，策划文案由部长统一委派，如果这样的话，蒋秘书就不能随时为她提供一些临时的、高尖端客户的服务。

沈飞丽一直有心培养蒋秘书，在一些重大的客户联谊会上，都会带他去，让他除了专业技术，还接触一些必需的社交圈子，为以后升任公司副总

打下牢不可破的基础。

本来，沈飞丽有这样的考虑，将自己的公司作为家族遗产，传给侄子沈嘉铭，她也私下征求过他的意见。

然而，沈嘉铭的愿望是做医生，解除病人的疾苦，所以，沈飞丽没有强求他。对于蒋秘书，她自己也说不清道不明，5年前在人才市场第一眼看见他的个人资料，她的心就紧缩了一下。

蒋秘书籍贯是常州，那是一个边远的农村乡镇，这个地方沈飞丽一直想忘记，却又一直无法忘记，常州是她一生的痛。

蒋秘书是从这个边远的农村乡镇里走出来的，他的身上带着一股沈飞丽熟悉的味道，这样的味道通常和泥土联系在一起，掩埋着她的一段痛心的经历。

沈飞丽摇了摇头，不敢再想象下去了。她从抽屉里拿出一包烟，抽出一支，用打火机点燃。一股低焦油的香烟味道，很快在办公室里弥漫开来。

沈飞丽经常用抽烟的方式麻痹自己的神经。她闭起眼睛，仰头靠在椅背上，竭力忘却。

这时，座机响了，沈飞丽晃过神来，掐灭烟头，拿起听筒："喂，你好！我是贺飞丽广告传媒有限公司。"

对方是一个苍老的男声，声音土得掉渣："你好。"

沈飞丽继续说："我是总经理沈飞丽，请问你是哪里？"

对方哈哈大笑三声："不用自报家门，我找的就是你！"

沈飞丽莫名其妙，听声音很陌生，不像认识的人："找我？请问贵姓？"

对方继续大笑三声："我是麒麟镇的！"

沈飞丽反问道："常州麒麟镇？"

对方没有接话，所答非所问："蒋宸鸣在你公司？"

沈飞丽接着反问："蒋秘书？"

对方继续问："蒋宸鸣是秘书？"

沈飞丽肯定地说："我们这里的秘书叫蒋宸鸣。"

对方又是哈哈大笑三声，笑完挂断了电话。沈飞丽拿着听筒，看过来看过去，最后"啪"的一下，扣在座机上："什么意思？"

当天下午5点一刻，位于南湖一座普通的居民小区七层楼下，沈嘉铭的小车打了一个弯，停了下来。他的嘴里唱着含混不清的情歌，歌词一点也听不清楚。

沈嘉铭一边唱，一边打开后备箱，取出礼品。沈飞歌跟过来，把礼品接了过来。司沁宁看了看楼房："这里是老小区吗？住几楼？"

沈嘉铭回答："六楼。"

司沁宁还没上楼，腿肚子就开始打抖了："没有电梯？一直爬上去？要死人的！"

沈飞歌把东西递给儿子，伸出手来搀扶司沁宁："来，我背你？"

司沁宁一把拦回沈飞歌的手："好了，我还是自己慢慢爬吧，反正是娶媳妇，也不是嫁女儿，不然这楼非得把我爬残不可。"

沈飞歌没有理会司沁宁，继续去挽老婆的手："一会儿到亲家门口，可不能这么说啊，给亲家听见会犯忌的。"

司沁宁开始爬楼："亲家犯什么忌，犯毛我也不怕！"

沈嘉铭拎着东西走在前面："妈，快到了，少说两句行吗？不然你们自己上去，我在楼下等你们！"

司沁宁推了儿子一把："好好好，不说了，行了吧？"

半分钟后，沈嘉铭一家三口子被迎进了我的家。我今天提前半个钟头下班，沈嘉铭一家人敲门后，我刚刚回来十分钟。

两家人初次见面，进门一阵寒暄，老爸老妈客气地把客人请到了客厅。我家是老小区，客厅比较小，没有沙发，只有四张靠椅。

我从屋子里端出两张凳子，六个人满满地坐了下来。老爸在沏茶，我在拿果汁饮料。我的手有点抖，小紧张。

我把果汁递给司沁宁："阿姨，请喝饮料。"

司沁宁接过杯子，眼睛看着客厅，接着看着老爸老妈，皮笑肉不笑地说："亲家，你们家这房子有年头了吧？我刚才爬那六楼，气那个喘得啊！"

老妈一句话接过去："是啊，是啊，都是嘉铭和晓轩今生有缘，不然你也不会放着自家的电梯不坐，到我们这里爬六楼了。"

瞧，瞧，瞧，老妈，我怎么觉得你像拍马屁啊？人家还没有开口提亲，你就激动起来了，还拿什么缘分说事儿！如果你觉得我真的嫁不出去，也不要拿什么今生和来世比画啊！

沈飞歌笑了笑:“亲家,今天我们是为嘉铭上门提亲的,楼再高,也要爬,这是态度问题。”

老爸“嗯嗯”直打哈哈:“攀亲攀亲,拉帮结亲。以前人经常是父母替儿女做主,要是哪家公子看上某姑娘,就得叫父母去找媒人攀亲……”

老爸越说越不靠谱了,什么乱七八糟的!我抓狂,我郁闷,我纠结!这时,门铃响了,我立即站起来,朝门口走去。

我抬起脚,冲猫眼看了看外面:“大姨!”

靠,全部乱套了,大姨你来干吗?表姐没有说你今天要来啊!坏事了,一定是为了房产证加名来的!房产证啊,房产证,求求你了大姨,不要来添乱了!

我哗啦一下子拉开门,大姨冲进来第一句话就是:“哎哟,今天来得真不巧,家里来客人了!”

老妈看见大姨来了,立即迎了上去,拉着她给大家相互介绍了一下:“她大姨来了,快进来,都是家里人。来,介绍下,这二位是我亲家,今天上门提亲的。这位是晓轩她大姨。”

沈父沈母站了起来,彼此客套了一番。大姨把带来的水果篮丢了下来,走过来招呼大家:“哎哟,是亲家啊,来得早不如来得巧,这年头遇到这样的事,真是太难得了。”

大姨说完,不客气地坐了下来。一屋子的人,看起来很热闹,实际上气氛有点尴尬。大姨的到来,像一块石头砸入河中,溅起了水花。

司沁宁没有说话,看着大姨。我打开冰箱,看了看,问:“大姨,你喝点什么饮料?”

大姨回头看着我:“来点饮料或者果汁就可以了,不要带碳酸气体的。”

我点点头,拿出一盒椰子汁,递给大姨。大姨今天穿得不错,很有品位,一看就是有备而来的。

我自然心知肚明,没有戳穿,不过,我真的很担心今天他们为了房产证三句不合吵起来。要知道,老妈是急性子,巴不得明天就把我嫁出去,如果她突然提起房产证,和亲家意见不合,加上大姨再一掺和,不把家里的房顶闹翻天了才怪。

果然,大姨喝完椰子汁,开始发话了:“亲家,一家人今天坐一起,必是有缘人了，听说嘉铭他大姑给嘉铭和晓轩准备了一套婚房？”

司沁宁点了点头，语调有点高亢：“嗯，嘉铭他大姑就嘉铭一个侄子，给套婚房也在情理之中。他大姑自己开公司，生意不错，手头松。”

大姨连连点头：“那是，现在80后的小年轻能有一套现成的婚房，确实好办事，不过，光有房子并不能说明什么问题！”

司沁宁疑问道：“那说明什么？”

大姨捏着椰子汁空盒子：“只能说明他们小两口以后不要首付，也不要月供付贷款，更不要背债过日子。”

司沁宁“哦”了一声，脸色红一阵白一阵：“她大姨说得蛮有见地！”

我看着沈嘉铭，他的额头正在冒汗。很显然，下面的话题，已经不是我能控制得了的了。

大姨继续说：“按说现在都是独生子女，穷养儿子富养女，你家嘉铭和我家晓轩，都是父母的宝贝疙瘩，往后晓轩嫁到你家，你家就多了一个宝贝。两个宝贝，是不是要一样疼呢？”

沈飞歌在一旁插嘴：“当然一样疼了，一个女婿半个儿，一个媳妇也是半个女儿啦。”

司沁宁用胳膊肘捅了捅老公，满脸堆笑地说：“她大姨，说实话，我们两口子今天是来提亲的。嘉铭在家里是独生儿子，我们虽然也有一个女儿，但是，晓轩嫁过来后，我们还是两个女儿一样看待的。”

大姨立即接过话茬：“那太好了，一家人不说两家话，我是晓轩的娘家人，就不绕弯子直截了当地说了。结婚是大事，我们晓轩家境一般，也不是什么富贵人家，只想找个男孩子以后好好过日子，守着自己的窝，养两个孩子，一直过到老。所以，我想问下亲家，他大姑给嘉铭的房子，有什么说法？”

司沁宁坐直了身子，不紧不慢地说：“提到这个房子，自然是他大姑给嘉铭的婚房，主要用途是用于结婚。我想，有嘉铭住的，就有晓轩住的。”

大姨接过司沁宁的话：“亲家，这话说起来都是这么说的，不过，做起来就不是这么回事了。你说既然有嘉铭的，就少不了晓轩的，这话说得是不错，那么，容我多一句嘴，房产证上写的是谁的名字？”

沈嘉铭看了我一眼，做了个无可奈何的表情。司沁宁很冷静，看着大姨，反问一句：“房产证上的名字写谁的，真的有那么重要吗？”

大姨一字一句地说："不能说房产证上的名字真的重要不重要，我刚才说了，我们是普通人家，过日子图的是安稳。晓轩不是嫁不掉，也不是没人要，我们只希望晓轩有一份实实在在的婚姻，让她有一个属于自己的家。"

沈飞歌有点坐不住了："亲家，这个房产证的名字，我看这样吧……"

司沁宁打断沈飞歌的话："她大姨，我们今天不谈房产证姓名的问题，我们主要是来提亲的。现在，嘉铭和晓轩相处一段时间后，彼此都没有意见，我们做家长的尊重他们的选择，该结婚让他们结婚，该办喜事给他们办喜事，你们看呢？"

老妈"嗯、嗯"直点头："我们也没有什么意见，具体的操办，你们看着办吧。"

大姨"哎哟"了一声："亲家，急什么啊？结婚是人生大事，也不是赶鸭子上架，朝窝里一撵就完事了。婚事当然是你们操办了，不过，这个房产证的名字不解决，结婚证就不大好领吧？"

司沁宁刚刚回暖过来的心，被大姨的一句话从头浇到脚，凉透了。客厅的气氛有点紧张，老妈站起来，给客人的杯子里一一续水。

我坐在嘉铭的旁边，对他们的谈话内容越来越紧张。沈飞歌端起喝到三分之一的空杯子，递给老妈加水，对大家说："亲家，我们今天在黄山路酒家定了晚餐，这样吧，时间到了，我们先去酒店，大家边吃边聊？"

司沁宁立即站了起来，整了整衣服，朝门口走去。大姨无可奈何，跟着大家鱼贯而出，老妈留在最后锁门。

黄山路酒家离我家不远，在我们的居住地附近。一路上，沈嘉铭一直和司沁宁靠在一起，离我很远。

沈嘉铭的手搭在司沁宁的肩膀上，像一个乖乖仔。司沁宁脸色似乎不大好看，一直闷头走路，一句话也不说。沈飞歌走在司沁宁旁边，一直在抽烟。

我大姨故意落在后面，拉了我一下："晓轩，你这个老婆婆不好说话，你以后嫁过去的话，估计日子不会好过。嘉铭这个人到底怎么样？你能不能吃定他？"

我被大姨说得心里一点底也没有，都说生姜还是老的辣："大姨，我和嘉铭只谈了三个月，原来是校友，他的人品应该不错吧？"

大姨"咳"了一声:"过日子不是叫你看人品,我是说,他对你的感情究竟怎样? 听不听你的话?"

我脸红了一下:"感情应该不错吧,如果没有感情,他不会和我结婚的吧? 听话这个……"

大姨腰板子很直:"你以为结婚都是奔感情去的啊? 我告诉你啊,刚才在你家,我和司沁宁谈到房产证的事情,嘉铭一直坐在那里,一句话也不说,就冲这一点,他对你就没有多少感情。"

我哑巴了,干瞪眼看着大姨:"大姨,不会吧……"

大姨继续说:"晓轩,还是那句话,如果司沁宁在房产证上不让步,你千万不要领结婚证,先拖着再说。"

又来了,好烦人! 我谈对象的时候,没有一个人关心我,我一旦要结婚了,就一个个冲出来打坝了。

十分钟后,黄山路酒家到了。沈嘉铭对迎宾小姐报了预约姓名,我们一行人被安排在一个包间里。

司沁宁到底见过世面,刚才还是一张阴郁的脸,现在已经是红光满面了。她招呼大家坐:"来来来,亲家这里坐。"

老爸老妈被安排在上座,大姨靠着我老妈,我靠着大姨,对面是沈嘉铭一家三口。

我越看那座位越别扭,怎么看怎么像两派。席间,先上的菜是冷盘,沈嘉铭先给我老爸斟酒,然后给沈飞歌斟满,接着再给自己斟了一杯。

我拿着饮料瓶,先给司沁宁倒了一杯,然后给老妈,给大姨,给自己各倒了一杯。

司沁宁一脸的喜气洋洋,端起杯子,站了起来:"来,为我们即将成为相亲相爱的一家人干杯!"

所有的人一起举杯站了起来,七只杯子叮叮当当在空中碰响,像摇曳的风铃:"干杯!"

席间,司沁宁不停地使唤沈嘉铭给大家夹菜。和睦的气氛只维持了几分钟,不知道谁又把话题引到房子上面去了。

司沁宁手里举着筷子, 一本正经地说:"房子说到底是用来居住的,是一个物件,不带有任何感情色彩。说白了,他大姑送给嘉铭和晓轩的是婚房,

只要他们两个人婚后好好过日子,这个房子肯定是他们两个人的。”

大姨开玩笑地说:“亲家,晓轩这孩子没有心机,我们做长辈的,也就是给孩子把个关,最后的决定权还是取决于孩子。男娶媳妇,女嫁女儿,买套房子太正常不过了。他大姑有心成全嘉铭和晓轩,送上一套婚房,想必属于赠与行为。既然是赠与的,房产证上就应该写上他们两个人的名字,至少也要写上嘉铭的名字,我这样说不为过吧?”

司沁宁脸色非常难看:“她大姨,我说句不中听的话,你不要生气。婚房的产权证和土地证已经拿下来了,按理说,晓轩还没有和嘉铭领证,婚房应该是嘉铭的婚前财产,既然是男方的婚前财产,写谁的名字应该和女方家没有关系吧?还有,新婚姻法规定,谁家买的房子就算谁家的财产,这点你不会不知道吧?”

老妈在一边看着,心情很复杂,她现在担心的倒不是房产证上的姓名,而是担心司沁宁给大姨逼急了,撂筷子走人。这样的话,我就遭殃嫁不出去了。

老妈站起来,举着公筷给司沁宁夹菜:“亲家,不要只顾说话,来,吃菜。”

司沁宁递上碗,接过老妈的菜:“嗯,亲家,在吃了,谢谢。”

大姨换了一个口吻说:“亲家,我也说句不好听的话,房产证上写谁的名字,确实和女方家没有关系。我们杜家是嫁女儿,要的不是你们沈家的财产,而是你们的态度。如果你们觉得房子比婚姻更重要,比爱情更靠得住,我看,这个婚还是不结的好。”

沈飞歌一听不结婚,声音都跑偏了:“她大姨,你们有什么要求,尽管提出来,我们一定满足。婚房本来就是给小两口结婚用的,你们的意思是……”

大姨单刀直入:“我们没有别的要求,在房产证上加上杜晓轩的名字就行了,另外再做个加名公证,其他的事情你们看着办。”

司沁宁用筷子点了点自己的碗,面露难色:“她大姨,在房产证上加上杜晓轩的名字,是不是有点勉为其难了?80后的婚姻,说白了就是利益驱动下的婚姻,带有很大的冲动性。这一代人,看重的不再是所谓的爱情,而是物质。你能保证晓轩不是冲着他大姑的房子嫁给嘉铭的?”

大姨笑了笑:“亲家,我问你一句题外话,你家娶媳妇,是不是觉得媳妇就是冲着你家的房子去的？如果你觉得晓轩是冲着他大姑的房子嫁给嘉铭的，那么你可以把房子退给他大姑，看晓轩嫁不嫁给嘉铭！”

司沁宁的筷子不知道朝哪里放才好，她的心里窝着一肚子火。她看着大姨，越想越恼火。今天本来是来提亲的，没有想到半路上杀出个程咬金，将自己的计划搞得一团糟。

这时，老爸说话了：“亲家，说实话，我们嫁女儿，也不是图你家的财产，就是图个女儿嫁过去过日子踏实。房产证写谁的名字，确实不重要，空手套白狼的事情我们做不来。不过，话说回来，他大姑给嘉铭的婚房，就应该写上嘉铭的名字，有没有我女儿的名字，无所谓！”

司沁宁丢下筷子，看了看大家，然后，对老爸说：“房产证和结婚证是两码事儿，我就想不通，你们怎么会把两码事儿弄成一码事儿的？我们今天上门提亲，是谈结婚的事情，不是来谈房产证加名的。让一个未过门的儿媳妇，在我们家连户口还没有落上，就谈房产证上加名的事情，是不是太荒唐了？嘉铭是我儿子，房产证上写不写他的名字，是我们的家事，我们自己会处理的。”

老爸有点尴尬，我有点看不下去了：“阿姨，我想谈谈自己的看法，并表明一下自己的态度：第一，我不想要你家的财产；第二，我可以不在大姑给的婚房里结婚；第三，房产证上可以没有我的名字，但是，一定要有嘉铭的名字。”

我的话刚说完，嘉铭用右脚在餐桌底下狠狠踢了我一脚。我穿着高跟鞋，脚脖子突然受到外力，感觉生疼。

司沁宁看着我，一时不知道说什么好。她愣了足足有一分钟，才接过我的话：“杜晓轩，等你和嘉铭领了结婚证，再和我谈房产证上姓名的问题，现在为时过早。”

我正准备接话，又被嘉铭重重地踢了一脚。我有点生气，又不能直接挂在脸上，于是站起身，朝洗手间走去。

我刚走到洗手间门口，身后一只大手一把抓住我，我一个趔趄往后一倒，一下子倒在那人的怀里。我抬眼一看，是冤家沈嘉铭。

沈嘉铭一把抱住我：“晓轩，你刚才怎么用那个腔调和我妈说话？”

我白了沈嘉铭一眼：“我用什么腔调了？你妈对我爸说话用什么腔调

了,你怎么不说呢?”

沈嘉铭继续说:“我就一个妈。”

我继续翻白眼:“我也一个爸。”

我们两个人,站在卫生间水池边,一个说一个妈,一个说一个爸,说了好几遍。说完后,我们两个人,各自掉头冲进了男女洗手间。

等我出来的时候,沈嘉铭已经等在洗手间门外了。他看了看我,忍不住笑了起来。我一边洗手,一边问:“有什么好笑的?瞧你妈那霸道的样子,我还没有嫁到你家去,就凶巴巴地对我了。”

沈嘉铭一把抱住我:“我妈再凶,也是我妈,见多不怪,以后你天天看,看习惯就好了。”

我鼻子“哼唧”着:“我哪里敢看她啊,在你家,你妈是老大,你是老二,你爸是老三,奶奶是老四,以后我嫁过去,就是老五了。如果你妈再养一条狗,我估计要让位到老六了。”

沈嘉铭伸出食指,轻轻地刮我的鼻子:“老六怎么了?”

我委屈地说:“有句谚语,老大一撮毛,老二穿皮毛,老三猪头山,老四人人爱,老五老六死得快,老七老八……”

沈嘉铭一把捂住我的嘴:“乱说,掌嘴!”

我的嘴巴被沈嘉铭轻轻刮了几下,我哈哈大笑:“怎么,舍不得我死得快啊?”

沈嘉铭继续掌嘴:“再乱说,继续掌嘴!”

我停止大笑,突然抱住沈嘉铭,眼睛看着他:“嘉铭,答应我一件事。”

沈嘉铭盯着我的眼睛:“什么事,你说。”

我一字一顿地说:“让你妈在房产证上写上你的名字!”

沈嘉铭的眼神立即暗淡了下去,他抱紧我,两个人一起朝包间走去:“我妈的性格你是知道的,如果我坚持你的意见,无异于拿鸡蛋碰石头,最后的结果你比我还要清楚。其实,我们不要在意形式的东西,我妈就我一个儿子,也就你一个儿媳妇,将来也就一个孙子,你说,你现在把她从母后的位置上拉下来,对你有什么好处?”

哈哈,沈嘉铭真有你的,还母后呢!怕是你妈自己封后的吧?我倒不是很在意形式的东西,今天我大姨和我爸的态度已经放桌上了,我总得给自己家人一个面子吧？

我慢腾腾地走着："嘉铭，你妈怎么有点不讲道理啊，明明是你大姑给我们的婚房，为什么只写她一个人的名字，凭什么啊？"

沈嘉铭耸了耸肩："我妈也许有她自己的考虑，我们做小辈的，过好自己的日子就好。只要我们两个人的感情不出问题，我妈就是有再多的考虑，对我们来说，也等于零。"

我点了点头，沈嘉铭的这句话，我比较爱听。现在的问题，不是我和沈嘉铭的问题，而是两个家庭之间的问题。

我不能越俎代庖，婚姻不是两个人的事情，而是两个家庭之间的事情。长辈都是好面子的，所有的原则都是为面子服务的。

[第 六 章]

洛洛的决定

周日，沈嘉雨调休一天。下午五点，她带着洛洛从钢琴班学习回来，两个人坐在公共汽车上，因为要坐到终点站，不一会儿洛洛就打起呼噜来了。

沈嘉雨平时在单位都是站着工作，好不容易休息一天，还要带洛洛去少儿艺校去上钢琴课，所以，感觉特别累。

沈嘉雨抱着洛洛，坐在最后一排。公交车一路有节奏地颠簸着，很快将沈嘉雨送入梦乡。

半个钟头后，公交车到达总站，驾驶员从后视镜里看见熟睡的沈嘉雨和洛洛母女俩，突然大叫一声："到站了，下车！"

沈嘉雨听见声音，一下子惊醒了，她看了看窗外，真的到站了。她一把抱起洛洛，赶紧下了车。

公交车站离家还有一段距离，沈嘉雨不忍心叫醒洛洛，一直抱着她，直到家门口。甄母耳朵尖，听见沈嘉雨的走路声，就知道洛洛回来了。

甄母打开防盗门，从沈嘉雨手上接过洛洛，洛洛睁开眼睛，看了看四周说："妈，我们到家了啊？奶奶，我要下来。"

当天晚上，饭后，甄父、甄母、甄传辉、沈嘉雨和洛洛，五个人全部坐在客厅，大家围着一张大餐桌，在开家庭会议。

洛洛像小大人一样，坐在一个单独的位子上。甄母看了看大家，开口说："洛洛，我和你爷爷明天就要回盐城了，临走的时候，有几句话想交代一下。今天碰巧传辉不加班，嘉雨也调休，我们就开个家庭临时会吧。"

甄父接着说："今天的会，主要是关于洛洛的。说实话，我和洛洛她奶奶平时不在南京，照顾不到孙女，不过，洛洛的教育问题，我们还是要参与进去的。”

沈嘉雨一直坐着，保持沉默。甄传辉接过甄父的话茬：“爸、妈，有什么话你们就直接说，你们就一个孙女，洛洛的教育问题是我们家的大事，没有爷爷奶奶的意见肯定不行。”

沈嘉雨在心里“哼”了一声，什么没有爷爷奶奶不行？没有爷爷奶奶的照顾，洛洛还不是从娘肚子里出来了？还不是自己一泡屎一泡尿地拉扯大了？还不是做了一个成功的小花童？

洛洛怀里抱着毛绒玩具，似懂非懂地听着大人的对话。甄母清了清嗓子，继续说：“洛洛的问题，主要就是做花童的问题。马上国庆节就要到了，是新人扎堆结婚的高峰期，洛洛如果节日几天天天去赶场的话，是不是不大合适？”

沈嘉雨看了看甄母：“国庆节洛洛和婚庆公司有合同，要参加六场婚礼，每场下来劳务费 200 元，一共 1200 元，如果我们违约的话，要加倍赔偿。”

甄母双眼瞪得像金鱼眼睛：“嘉雨，你想钱想疯了？让五岁的孩子出去赚钱，至于吗？我们家也不缺钱，洛洛将来的教育费用我们付得起，你让孩子这么早就沾染铜臭味，是怎么教育孩子的？”

沈嘉雨笑了笑：“我是怎么教育孩子的？洛洛从生下来那天起，就是我妈和我在带她，传辉天天加班，你们远在盐城，谁能帮到我？”

客厅里鸦雀无声，沈嘉雨继续说：“现在，洛洛五岁了，是个人见人爱的小姑娘了，有了自己的爱好和自己的生活圈子。她过得很快乐，很幸福，在很多事情上都有了自己的个性和主张，可是，你们倒不高兴了，出来干预了。我并不是为了钱，如果为了钱，我可以直接把洛洛的存折撕了，把钱花掉就行了。”

甄母“嗯”了一声：“如果你不是为了钱，用得着国庆节让洛洛参加六场婚礼吗？孩子还小，精力就应该放在读书和学习上，这么早接触金钱，只会让她沉溺在收取红包的畸形快乐和满足中。”

沈嘉雨看了一眼洛洛，转脸对着甄母：“洛洛和婚庆公司有合同，我是洛洛的监护人，我要承担违约责任。再说，洛洛不是没有自己的爱好，她一直

在学钢琴，长大后想做一个钢琴师。洛洛才五岁，正是童年时期，读书是上学以后的事情，为什么要让一个五岁的孩子，在还没有进入读书的年龄，就把沉重的学习负担压在她的身上，剥夺孩子快乐的童年？做花童，也是一种学习，是对未来社交能力的学习，你们为什么只看见'钱'，而看不到其他呢？"

甄母脸色涨红了："不是我们只看见'钱'，而是洛洛经常接触'钱'，会让她觉得'钱'这个东西太容易了，只要打扮得可爱点漂亮点，就到手了，根本不需要劳动，这样，很容易影响洛洛将来的金钱观。"

甄传辉看见母亲脸色变了，接过话茬："妈，嘉雨的意思是让洛洛多接触社会，以后多长社会经验。"

甄母忍不住了，冲着儿子说："屁话，你说孩子天天近距离地看那些新人的亲热场面，都是什么情啊爱的，对洛洛这么大的孩子来说，妥当吗？"

甄传辉尴尬地看了看沈嘉雨，不说话了。沈嘉雨瞪了甄传辉一眼，然后对甄母说："妈，你说一个五岁的孩子眼里能装下什么？他们的思想有我们大人看见的那么复杂吗？在他们的眼里，无非就是新娘子要结婚了，自己又有喜糖吃了。换句话说，现在的电视剧和电影里也有很多亲热的场面，你能让孩子因为几个亲热镜头而不看电视吗？"

甄父若有所思："嘉雨，现在有个原则性的问题，就是洛洛适合不适合去做花童？合同究竟要不要违约？或者，直接降低洛洛出场的次数？"

沈嘉雨叹了一口气："这个问题，你们还是征求洛洛的意见，我也替代不了她。如果洛洛坚持的话，你们违背孩子的意愿，会适得其反的。"

甄母拍了拍洛洛怀里的毛绒玩具，问洛洛："洛洛，奶奶问你，喜欢做花童吗？"

洛洛天真地说："当然喜欢啊！"

甄母继续问："为什么喜欢呢？"

洛洛望着甄母："喜欢看新娘子。"

甄母"哦"了一声："新娘子有什么好看的？如果你喜欢看，奶奶给你买好多布娃娃新娘子，你天天在家看，好不好？"

洛洛撇了一下嘴："我不要，布娃娃新娘子是死的，我要看活的。等我以后长大了，也要和新娘子一样漂亮，穿好看的婚纱。"

甄母继续说："洛洛，奶奶和你商量一件事，你过年后就六岁了，再过一年就要上学读书了，要学写字了，还要学算数，这样的话，你学习的时间就要多起来了，做花童的次数是不是要相应地减少一些？”

洛洛不懂，问：“为什么要减少啊？国庆节我要出场六次呢，看好多好多新娘子，我不干。”

甄传辉接过洛洛的话茬：“洛洛，奶奶的意思是你马上要上学了，再做花童会影响学习，你考虑一下，适当减少一下出场的次数。”

洛洛抬起头：“爸爸，奶奶的意思是叫我以后不要做花童了，是吗？”

甄传辉摇了摇头：“奶奶也不是这个意思，就是想控制一下你出场的次数，这样的话，以后学习就不会耽误了。将来无论做什么事情，没有文化是不行的。”

沈嘉雨白了甄传辉一眼：“传辉，洛洛的事情，让洛洛自己决定。”

洛洛求救似地看着妈妈：“妈妈，爸爸说的控制出场次数是什么意思啊？”

沈嘉雨回答洛洛：“控制的意思就是节制，妈妈给你打个比方，假如原来每个月出场两次，现在就要改为一次了，明白吗？”

洛洛“哦”了一声，似乎明白了：“妈妈，奶奶的意思就是说，以后我看新娘子的机会就要少了，是不是啊？”

沈嘉雨点了点头：“是这样的。”

洛洛把眼珠一翻，不高兴了：“不好玩，我要看新娘子。”

洛洛一翻白眼，场面开始冷清了。沈嘉雨坐着不说话，也不参与讨论。甄传辉急得满头大汗，不知道说什么是好。

甄父一把抱起洛洛：“洛洛，爷爷和你说话，你听清楚了。做花童是看年龄的，就和空姐一样，是吃年龄饭的。你的未来，不会一直做花童，没有哪家婚庆公司要大姑娘做花童的，所以，你得看清潮流。爷爷奶奶也是为你好，你的精力不能全部放在做花童上面，你还有更重要的事情等着去做，比如学钢琴，学文化。你要有一技之长，未来社会竞争越来越大，文化是你的求生武器，你没有武器，拿什么去和别人竞争？就像战士上战场，连枪都没有，怎么和敌人打仗，不是白白去送死吗？”

洛洛把毛绒玩具朝桌子上一扔：“我不喜欢打仗，反正我要看新娘子。”

一个五岁的孩子，世界观还没有形成，对于大人的世界，很多还看不

懂。洛洛的眼睛里只有新娘子，只有漂亮的婚纱，其他什么也看不见。

家庭会议进入窒息期，场面越来越尴尬。甄母有点摸不着头脑，现在的孩子都怎么了，好话歹话全部说尽了，就是不见效果。

明天如果自己回盐城了，洛洛不是在南京翻天了？那还了得？看来，不治治这个小东西不行，现在不听大人话，将来吃苦的日子在后头了。

甄母想到这里，一下子站了起来："洛洛，大人的话，你不听是不是？花童有什么好的，三天两头在钱堆里打滚，一身铜臭气。你想想看，你现在做花童，天天忙着赶场，等到你过两年要读书了，连个1、2、3、4、5都不会写，自己的名字也不会写，人家小朋友已经学拼音了，你还在用火柴棒数1、2、3、4、5，这样行吗？"

洛洛天真地说："奶奶，我会写自己的名字，不信你看！"

洛洛说完，跑进小房间，拿出一个本子，上面写的全部是自己的名字：甄洛洛。洛洛把本子递给甄母，甄母哭笑不得。

甄母接过本子，看了看："洛洛你看，三点水都写横着像睡觉了，口字也没有封严，这样的字拿出去，老师只能给你不及格的。"

洛洛一把抢过本子："我妈妈说，我写的字比琪琪的好看多了，琪琪比我大一岁，连自己的小名都不会写，只会写1、2、3……"

甄母接着问："琪琪是谁？"

洛洛哈哈大笑："奶奶连琪琪都不知道，琪琪也是花童啊，和我结对的，明年上学。"

甄母"嗯"了一声："就是嘛，琪琪的字写得不好，连自己的小名都不会写，就是因为花童做多了，把心做野了，没有心思学习了。我们家洛洛懂事，从现在开始，就要比琪琪强。"

洛洛开心地笑："那当然了，洛洛要比琪琪强。"

甄母顺水推舟："那么，洛洛怎么才能比琪琪强呢？是不是减少出场的次数，增加一些学习的时间？你看，琪琪现在要上学了，才发现自己的时间不多了，错过了很多学习的机会。很多事情的影响力，是不久以后才产生的，洛洛，是不是啊？"

甄母换了一种口气，洛洛毕竟从小不是自己带大的，和自己的感情不是特别近，如果采取高压政策，注定会让自己下不了台，让自己在沈嘉雨面前大失长辈的面子。

洛洛似懂非懂:“是的,奶奶。”

甄母趁热打铁:“洛洛,那你现在答应奶奶,好好学习,以后每次出场的话,按照我们的约定去做,好不好?”

洛洛看了看沈嘉雨,眼泪水快要掉下来了:“妈妈,奶奶是不是不让我国庆节出场做花童啊?”

沈嘉雨摇了摇头:“你问你奶奶吧!”

甄母看着洛洛,洛洛的眼泪已经哗啦啦落了下来:“洛洛,奶奶话还没有说完,就哭鼻子了?国庆节六次出场,你照样去,国庆节以后,你和奶奶约定,一个月只出场两次,好不好?我们把精力花在学习上面?”

洛洛破涕为笑:“奶奶,我要问妈妈。”

洛洛说完,眼睛看着沈嘉雨。沈嘉雨用餐巾纸擦去洛洛的泪水:“洛洛,你自己的事情,自己决定。妈妈没有别的意思,只要你自己开心就好。”

洛洛转脸对着奶奶,想了想:“好吧,奶奶,我听你的。”

洛洛说完,跑到沙发上,拿起遥控器,打开电视机。电视机里面正在播动画片,洛洛一本正经地看着。

甄母看着洛洛,心里的石头总算落下了。洛洛到底给了她一个面子,让她和平解决了可能发生的争端。

与此同时,甄父站了起来,说了一句:“散会!”

沈嘉雨对这个结果,还是比较满意的。只要甄父甄母不干涉洛洛的生活,只要洛洛还在做花童,还在接触社会,她就默认了。

沈嘉雨对合同的条款记得很清楚,虽然合同里明确规定,洛洛得按照婚庆公司的安排,随时出场,不过,也没有限定每个月的出场次数,这个到时候还是可以和婚庆公司商量的。

沈嘉雨直接回到自己的屋子,甄传辉很快跟了进来,关上房门,一把抱起沈嘉雨。

沈嘉雨悬在半空,诧异地看着甄传辉:“好好的,你抱我干吗?”

甄传辉抱着沈嘉雨转圈:“谢谢你,嘉雨。”

沈嘉雨眼睛瞪得老大:“谢谢我?谢我什么?”

甄传辉继续转圈:“谢谢你同意洛洛出场次数减少啊?”

沈嘉雨被转得晕头转向:“得得得,快放我下来。谢我干吗,这个是洛洛自己的主意,和我一点关系也没有。”

甄传辉放下沈嘉雨:“少来了,表扬你还不乐意啊?”

甄传辉说完,就去吻沈嘉雨。沈嘉雨用胳膊肘挡了一下,接着闪了一下身,甄传辉的嘴巴直接落到沈嘉雨的后背上去了。

沈嘉雨哈哈大笑:“你今天刷牙没有?就知道到处乱亲……”

甄传辉一不做二不休:“我一天刷两次牙,上午的刷过了,晚上的还没有刷,先亲完了再去刷。”

沈嘉雨继续躲,刚刚躲到窗帘下,口袋里的手机响了。甄传辉趁机跑上去,抱着沈嘉雨就是一阵狂吻。

沈嘉雨挣扎着,从口袋里掏出手机,看了看。甄传辉一把夺过手机,把沈嘉雨扔在床上,自己的身体压了上去。

这时,门被推开了,露出了洛洛的小脸。洛洛看着爸爸,又看着妈妈,立即蒙上了自己的眼睛:“爸爸不乖,欺负妈妈,我去告诉奶奶。”

甄传辉立即从床上跳了下来,冲上去抓住洛洛:“不要去,爸爸在和妈妈玩游戏。”

洛洛头一昂:“爸爸,你和妈妈是不是在玩叠罗汉游戏?”

甄传辉“嗯嗯”直点头:“是的,是的,叠罗汉游戏!你看,爸爸现在轻轻朝你后面一站,贴着你的身体,我们两个人是不是在叠罗汉啊?”

沈嘉雨躺在床上,哈哈大笑:“甄传辉,你就是这样教育女儿的?”

甄传辉站在洛洛的身后,对着沈嘉雨做鬼脸。洛洛经常推着门进来,让他措手不及,只能撒谎蒙混过关。

到底是五岁的孩子,容易骗,撒谎对甄传辉来说屡试不爽。洛洛贴在甄传辉的前面,很开心,两个人贴完了叠罗汉,洛洛拽着甄传辉,朝沈嘉雨走去:“爸爸,和妈妈叠罗汉……”

甄传辉本来是蹲着的,看见洛洛玩上瘾了,立即站了起来,转身朝门口走去:“爸爸去卫生间,你和妈妈继续叠罗汉。”

甄传辉说完,一溜小跑,躲了出去。沈嘉雨从床上跳了下来,忍不住哈哈大笑。洛洛站在床边,看着沈嘉雨疯笑的样子,说了一句“妈妈疯了”,走了出去。

洛洛回到客厅，继续看电视。甄传辉从卫生间出来后，看了看洛洛，憋住笑，重新回到自己的屋子，反锁门，继续和沈嘉雨叠罗汉。

[第七章]

古董梳风波

这天晚上，沈嘉铭的家炸开了锅。司沁宁坐在客厅沙发上，眼睛盯着儿子：“嘉铭，杜晓轩她大姨的胃口不小，想一口吞了我们沈家的财产，我们昨天上门提亲，是和亲家谈，她又不是我们的亲家，在里面一个劲地瞎掺和什么啊！”

沈嘉铭坐在司沁宁的旁边，安慰道：“妈，别想那么多了，她大姨就是随便说说吧？”

司沁宁越想越来气：“随便说说？有这么随便说话的吗？她大姨也太过分了，到现在我们连结婚证的影子都还没见到，她就直接操心到我们家的房产证上去了，你说，他们家是不是穷疯了？”

沈飞歌在客厅用笔记本上网，他看了一眼司沁宁：“老婆，要我说，这个事情也不能全怪杜晓轩她大姨，如果你态度放明朗点，直接在他大姑给的婚房上写上嘉铭的名字，看他们还有什么话要说！你自己做得本来就不漂亮，这不是给人找碴吗？人家嫁女儿，总要嫁个明明白白吧！”

司沁宁恶狠狠地盯了沈飞歌一眼：“你知道个屁！他大姑买的房子，为什么要写嘉铭的名字？难道我们家的房子，要他们家做主？我爱写谁就写谁，这个婚她家想结就结，不想结我还不巴结呢！”

奶奶坐在另外一张沙发上，用不懂的眼神看着司沁宁：“怎么了，晓轩和嘉铭闹翻了？婚不结了？”

沈飞歌看着奶奶，说：“妈，不是那意思，晓轩和嘉铭好好的，没有闹。”

奶奶“哦”了一声：“那出了什么情况？”

沈飞歌接着说:“还不是给房产证上的名字给闹的!”

奶奶终于听明白了,冷冷地说:“中国有句古话,叫做:老不管少事!嘉铭他大姑给孩子的婚房,就应该属于孩子自己的,做父母的就没有必要干涉了!”

司沁宁白了奶奶一眼:“妈,你这话我听着怎么就觉得不顺耳呢?什么叫老不管少事?嘉铭是我的儿子,我不管谁管?”

奶奶哈哈大笑:“嘉铭马上就是30岁的人了,也快做爸了,该放手的时候就要放手了。他大姑给嘉铭的婚房,你抱着不丢干吗?年轻人有自己的生活,让嘉铭自己折腾去吧!”

司沁宁给奶奶笑得心里直冒火:“折腾什么?把沈家的财产全部折腾到他杜家去?左口袋倒右口袋?妈,你是不是越老越糊涂了?有你这样白送钱给人的吗?我和沈飞歌一辈子没有什么财产,老祖宗也没有给我们传下什么值钱的东西,我一辈子最大的财富就是嘉铭这个儿子,他大姑无儿无女,如果她有个一儿半女的,这个180平方米的婚房也轮不到我家嘉铭了!”

奶奶立即止住笑,瞪着眼睛:“我老糊涂?我就想不通我怎么白送钱给人家了?嘉铭是娶媳妇,家里将来是添丁的,孙子也跟我们沈家姓,这怎么就叫白送钱了?送来送去还不是落自家口袋里去了?”

司沁宁鼻子“哼”了一声,站了起来,朝卫生间走去:“算了,不说了,我糊涂好了吧!”

司沁宁去卫生间后,开始刷牙,客厅顿时安静下来了,沈嘉铭回到了自己的屋子里。奶奶也回到小屋,她在枕头底下摸来摸去,最后,摸出一个厚厚的牛皮纸袋。

奶奶摸出牛皮袋后,抽出里面的房产证,偷偷一笑。这时,小屋子的门突然被推开了,奶奶吓了一跳,立即把房产证塞进枕头底下。

推门的是司沁宁,奶奶紧张地背对着枕头,看着儿媳妇:“我要睡觉了,进来有什么事?”

司沁宁的眼睛在四周打量了一下,自言自语:“妈,卫生间的那把象牙梳子呢?早几天还在的,怎么长腿飞了?”

奶奶莫名其妙:“不知道,我没有看见什么象牙梳子,你去问飞歌。”

司沁宁“哦”了一声,转身走了出去,在客厅喊道:“沈飞歌,卫生间的那

把民国象牙梳子你看见了吗？就是少一根齿的那把？”

沈飞歌摇了摇头：“没有看见，我从来不用梳子，问嘉铭吧！”

司沁宁接着过去推了推儿子的屋门：“嘉铭……”

沈嘉铭打开屋门：“什么事，妈？”

司沁宁站在门口问：“家里那把象牙梳子呢，你看见了吗？”

沈嘉铭点了点头：“看见了，怎么了？”

司沁宁走进屋子：“在哪儿？我在卫生间找了半天了，没有找到。”

沈嘉铭吞吞吐吐地说：“晚上快睡觉了，要梳子干吗？”

司沁宁大大咧咧地说：“面包房的两个小徒弟想看，我明天带过去，给他们看看，这个是民国的象牙梳子，老古董，市面上值1000块。”

沈嘉铭本能地“哦”了一声，然后不做声了。司沁宁进屋后，眼睛到处张望，沈嘉铭隐瞒不下去了，不得不说真话：“妈，不要找了，我送人了！”

司沁宁惊诧地看着儿子：“什么？送人了？送谁了？”

沈嘉铭苦笑了一下：“杜晓轩。”

司沁宁暴跳如雷：“又是杜晓轩，嘉铭，你鬼迷心窍了啊？家里的老古董也敢随便送人了，连问也不问我一声？”

沈嘉铭摊开两手：“我就当平时的梳子了，也不知道是民国的象牙梳子，你也没有说过这梳子是老古董。”

司沁宁气得牙齿直打抖：“卫生间梳子多了，杜晓轩哪一把不能拿，偏偏要拿最值钱的那把？嘉铭，我问你，是不是杜晓轩自己拿走的？”

沈嘉铭摇了摇头：“不是的，妈。那天晓轩来我家，头发给雨水淋湿了，在我们家洗了一把澡，梳头的时候不在意抽到那把梳子。然后，她说，这把梳子蛮特别的，我说，喜欢就拿去吧！”

司沁宁狠狠地“嗯”了一声：“杜晓轩的眼睛真毒，卫生间有四把梳子，最贵的1000块，最便宜的10块，她怎么就不盯那10块的，专门盯那1000块的？这样的儿媳妇以后进门了，不是要把我们沈家的家产全部搬光了？”

沈嘉铭叫了一声：“妈，晓轩没有要，是我给她的。”

司沁宁气呼呼地叫道：“什么要不要给不给的？那东西现在在杜晓轩的手里是真的，你这个败家子，媳妇还没有进门，就开始往外搬东西了！”

司沁宁的声音越来越大，惊动了沈飞歌。沈飞歌离开电脑，走了过来：

“一把破梳子，少了一根齿，还当宝贝一样供着，送就送了，以后晓轩嫁过来，还不是我们沈家的。”

司沁宁“嚯”了一声：“性质不同，从一把梳子，可以看出这个鬼丫头的德行。连一把梳子都不愿意放过的人，以后还会放过什么？”

沈嘉铭有点听不下去了：“妈，晓轩没有你想象的那么坏，一把梳子也没有复杂到那个程度，明天我叫晓轩过来，把梳子带来，行了吧？”

司沁宁听到这里，心里偷偷乐了一下：“行啊，明天就叫她给我送来。另外，以后家里的东西，不要随便送人，好东西都带着气场，你送人了，就把家里好的气场都带走了，知道吗？我们是做生意的人家，气场对我们很重要！”

沈嘉铭看着母亲，“哦”了一声。司沁宁转脸回到客厅，得意地看着沈飞歌：“趁这个丫头还没有进门，现在就要治一治她，等到以后进门了，还不引入家贼了。”

沈飞歌看了看司沁宁：“更年期综合征，无可救药了。”

司沁宁刚要发作，座机响了，她顺手抄起话筒：“喂，哎呀，是他大姑啊！”

沈飞丽“嗯”了一声：“是弟妹啊，叫我弟接个电话。”

司沁宁把话筒递给沈飞歌，沈飞歌对着话筒说道：“飞丽，什么事？”

沈飞丽继续说：“再过几天要到国庆节了，我们公司组织中层干部和优秀员工去香港旅游，你不是一直嚷嚷着要去香港玩吗？”

沈飞歌一听“香港”两个字，立即来了精神：“是啊，你们公司真的去香港？那我这次可以美梦成真了？”

沈飞丽连连点头：“可以啊，那你问下弟妹去不去？如果去的话，我顺便加上她。”

沈飞歌掩住话筒，对司沁宁说：“他大姑公司带团去香港旅游，你去不去？”

司沁宁摇了摇头：“我不去，家里不放心。”

沈飞歌松开话筒，对沈飞丽说：“姐，她不去，你就加我一个人吧，谢谢了啊！”

沈飞丽“嗯”了一声：“那好，我明天让秘书安排一下，我挂了啊，等我消息。”

沈飞歌乐呵呵的:“好的,拜拜。”

沈飞歌放下话筒,高兴地站了起来:“哈哈,要去香港了,这么好的地方,一生只有一次机会,司沁宁,你为什么不去啊,哈哈?”

司沁宁鼻子“哼”了一声:“我去?我去了,家里老的小的怎么办?还有杜晓轩那个鬼丫头,等我们从香港回来了,还不把我家里值钱的东西都搬空了?”

沈飞歌哈哈大笑:“一天到晚搬搬搬的,你家有多少值钱的东西给人搬?好了,不说了,你就守着自己的老窝在家吧。你想要什么东西,我去香港给你带回来!”

司沁宁想了想:“现在金价节节高升,给我带块金表吧,有收藏价值。”

沈飞歌点了点头:“嗯嗯,就给你带一块金表,让你代代相传,一代一代传下去,整一个老财迷!”

司沁宁坏坏地笑:“谁老财迷了,瞧你这副德行,把我说成什么样了?我有那么财迷吗?”

[第 八 章]

身世之谜

贺飞丽广告传媒有限公司秘书办公室，蒋宸鸣正在办公室做文字策划。突然，座机响了起来，他随手拿起话筒，习惯性地说："喂，你好。"

对方哈哈大笑："什么你好我好的，我是你爸！"

蒋宸鸣"哦"了一声："爸，什么事儿？"

养父继续说："宸鸣，消息确定了！"

蒋宸鸣莫名其妙："什么消息确定了？"

养父接着说："小子，我们苦尽甘来了，我找到你生母了！"

蒋宸鸣"呃"了一声："爸，你不是疯了吧？我生母在我半岁的时候就离开我了，怎么可能找到她？"

养父得意地说："怎么不可能？万事万物就一个字：缘！你生母能丢下你，我就能找到她！"

蒋宸鸣疑惑地说："我生母在什么地方？"

养父"嘿嘿"怪笑："在一个你根本就想不到的地方！"

蒋宸鸣哈哈大笑："爸，你少做梦了，这句话你已经对我说了不下一百次了。我天生就不是我妈的儿子，你不要再费心找她了，这辈子有你就足够了。"

养父"喂"了一声，电话突然中断了。蒋宸鸣对着话筒继续叫了几声"喂、喂"，没有反应，于是挂断了电话。

蒋宸鸣挠了挠头，自言自语道："好好的，怎么就挂了？"

这时，沈飞丽推开了秘书办公室的门。蒋宸鸣看见沈飞丽，立即站了起

来:“沈总!”

沈飞丽径直走到办公桌:“蒋秘书,国庆节去香港的名单加一个家属,姓名资料在这里,一会儿你把资料集中一下,汇总报财务科预算经费。”

蒋宸鸣点了点头,接过资料:“好的,沈总,我马上就办。”

沈飞丽“嗯”了一声:“蒋秘书,国庆节这么好的机会,你为什么不去香港?公司安排的,有你的名额!”

蒋宸鸣笑了笑:“我想趁放假回去看看,我已经一年没有回去了,陪爸爸住几天。”

沈飞丽点点头,随意地问:“你爸退休了吗?务工务农啊?”

蒋宸鸣答道:“我爸一生务农,没有走出过麒麟镇。”

沈飞丽“哦”了一声:“跟你打听个事情,麒麟镇有没有一户人家,姓吴的?”

蒋宸鸣心里“咯噔”了一下,姓吴的?听养父说,自己的父亲就是姓吴的,后来给养父抱走后,就从了蒋姓。

蒋宸鸣“哈”了一声:“姓吴的有好多家了,不知道沈总要打听的是哪家?”

沈飞丽想了想,艰难地吐出三个字:“吴世奇!”

与此同时,座机响了。蒋宸鸣看了看沈飞丽:“抱歉沈总,我接个电话。”

沈飞丽“嗯”了一声:“你忙,我先回办公室了。”

电话是养父打来的:“喂,小子你还在啊,刚才村里的邻居来串门,说咱们镇上的人要发财了,哈哈……”

蒋宸鸣给养父笑得一头雾水:“发什么财?”

养父在电话里笑得合不拢嘴:“发大财了,说是我们镇要划归市里了,这样的话,我们就算市里人了。”

蒋宸鸣冷静地说:“算市里人也叫发大财啊,爸,你想钱想疯了?”

养父“哎哟”叫了一声:“小子,你不懂哦!这次是征地升市,我们这里要拆迁了,以后上户口就是城里人了。”

蒋宸鸣“嘿嘿”笑道:“爸,你一辈子就想成为城里人,现在终于要实现这个梦想了。”

养父在电话里直点头:“那是,那是。不过,我今生最大的愿望是找到你的生母,将你完璧归赵!”

蒋宸鸣摇了摇头:“爸,你一辈子辛辛苦苦把我拉扯大,连老婆也没有娶上,现在,我们也要成为城里人了,就安心过自己的小日子吧?生母找不找已经无所谓了,过两年我再娶个媳妇回家,不是很好吗?”

养父直摇头:“不好,不好,小子你不要操那么多心了,你说哪天想认母,我立马带你去见你生母!”

蒋宸鸣忍不住笑了起来:“爸,我早就说过了,我妈对我只有生育之恩,她能在我半岁的时候扔下我,一定有她的理由。按理说,她要是心里还有我,应该主动来找我。28 年过去了,我妈都没有来我们镇上找过我,这样的妈就是找回来了,也没有什么意义了。”

养父呵斥道:“小子,你听着,你生父已经死了,你对他就没有什么义务了,可是,你的生母还在,你还有孝敬的义务。我是你养父,今年 70 岁了,不能陪你一辈子的。现在,你生母就在你看得见的地方,改天我就把你送还给她!”

蒋宸鸣听养父说得有鼻子有眼的,心里猜测生母大致有下落了。这一辈子,养父没有少疼他,从 42 岁抱养他之后,家里有好的,都是给他吃,有暖的,也是先给他穿。

不过,关于自己的生母,养父没有透露更多的消息。蒋宸鸣只知道父亲叫吴世奇,已经死了,生母在他半岁的时候离开了他,其他情况一概不知道。

养父执意要找到他的生母,也许真的有自己的考虑。潜意识里,蒋宸鸣也幻想过生母的样子,有时甚至梦见她。

生母的那些影像是很模糊的,很多时候,只是一个迷糊清淡的影子。实际上,半岁的孩子是没有多少记忆力的,蒋宸鸣只能凭空想象,去勾画自己的生母形象。

28 年过去了,生母的离去让蒋宸鸣对中年女性充满了一种依恋。他对中年女性有一种说不出来的感觉,那种恋母情结仿佛植根在他的灵魂里,让他对年轻的女性再也无法产生正常的恋情。

确切地说,蒋宸鸣还没有真正恋爱过。虽然公司里追求他的女孩子很多,有的女孩子公开对他示好,但是,都被他无情冷落了。

蒋宸鸣比较喜欢成熟的女性,尤其是中年女性,比如类似公司沈总这

样的女人。沈总的个性、脾气、气质，都在一定程度上吸引着蒋宸鸣的视线，尤其是她抽烟的时候，浑身爆发出的那种冷静和睿智。

蒋宸鸣一直在等待一个像沈总那样的女人，公司里的女孩子比较年轻，阅历不过关，性格霸道，穿着打扮方面都流于俗气，他实在难以接受。

蒋宸鸣想到这里，也没有多说什么，养父一辈子不容易，这点他比谁都清楚。养父供养他读书，自己虽然工作五年了，因为在南京，却一直都照顾不到他。

至今，养父还一个人留在老家。除了逢年过节，蒋宸鸣回去陪陪养父，唯一能做的事情，就是寄钱给他。

看着养父越来越老的背影，蒋宸鸣觉得很愧疚。养父的心思他懂，一个是找回他的生母，一个是娶儿媳妇。

蒋宸鸣对着话筒："爸，我知道了。"

养父"嗯嗯"直点头："好的，你忙吧，我去外面看看，邻居都在那里扎堆儿谈拆迁的事情了。"

蒋宸鸣挂断电话后，开始整理香港旅游团名单。忙完后，径直去了财务科，将资料交给财务科长，然后回到秘书室。

沈飞丽回到办公室后，一个人坐在办公桌边发呆。她闭着眼睛，思绪飞到了遥远的28年前。

28年前，常州麒麟镇一户农民家，年仅22岁的沈飞丽年轻漂亮。她的手里抱着一个年仅半岁的男孩子。

男孩子睁着一双大眼睛，看着她。身边的年轻男子最多20出头，他是男孩子的父亲，叫吴世奇。此刻，正无可奈何地看着沈飞丽："你真的要丢下儿子，自己一个人走？"

沈飞丽眼睛里噙满了泪水："知青大返城，我不走的话，以后就没有机会走了。儿子是私生子，我不能带走了。"

吴世奇一把抱紧沈飞丽："你走了，我和儿子怎么过？"

沈飞丽抱紧儿子，眼泪哗啦啦的："等我先在南京安定下来，以后有机会再来接儿子。"

吴世奇猛烈地摇头："那我怎么办？我一个人留在麒麟镇怎么办？"

沈飞丽泪流满面："我不知道，你不要逼我了。"

吴世奇很伤心，一直抱着沈飞丽："你让我带着儿子怎么活啊？"

当天下午，沈飞丽趁吴世奇不在家，轻轻放下怀里熟睡的儿子，悄悄掩上门，走了出去。

想到这里，沈飞丽忍不住泪流满面。她用餐巾纸擦了擦脸，站了起来，朝窗口走去，深深吸了一口气。

28 年前的痛，像一根锥子，一头扎在沈飞丽的心底。这个秘密没有人知道，包括自己的母亲。

28 年过去了，沈飞丽的灵魂没有一天安静过，她不想回忆，不想被往事纠缠。她打开窗户，重重地舒了一口气。

每个人都有隐私，当隐私成为秘密，就是一种难以释放的负担。沈飞丽看着窗外来来往往的车流，心情舒缓了许多。

生活，每天都在继续，日子，没有一天停顿。地球绕着太阳转，转完一圈是一年，现在，28 圈转过去了，沈飞丽仿佛又回到了生命的起点。

大街上，人来人往，众生百态，全部暴露在灰尘中。空气中已经能闻到淡淡的桂花香了，沈飞丽点燃一支香烟，悠悠然地抽了起来。

抽烟，已经成为一种沉默的语言。无论在什么地方，抽烟都是一种情绪的矫正。沈飞丽习惯了这样的语言交流，孤独也好，寂寞也罢，有烟就好。

对面是高楼，鳞次栉比。今年的中秋节和国庆节离得很近，每逢佳节倍思亲，沈飞丽思念的人，只有 28 年前的那个私生子了。

不知不觉已经到了下班的时候，沈飞丽的眼睛看着对面的高楼，突然想起了自己给侄子买的婚房。

想起这套婚房，沈飞丽就头疼。这套婚房，司沁宁处理得实在不漂亮，给她留下了隐患。不仅母亲不理解她，连侄子也没有得到实惠。

想到这里，沈飞丽回到办公桌边，一个电话摇到了面包房。电话响了半天，没有人接。

[第 九 章]
面包房纠纷

此刻，面包房里正吵得一塌糊涂。司沁宁一边叫员工打 110，一边和一个年轻女人纠缠着："你儿子在家里吃了什么脏东西，自己拉肚子挂水了，总不能叫我们给他埋单吧？"

年轻女人手里拿着病历："我儿子昨天什么脏东西都没有吃，就吃了你家的面包，吃完半个钟头就拉肚了，去医院挂急诊看了 400 多，你不报销谁报销啊？"

司沁宁叫嚷道："算了，你儿子成仙了，一天什么东西也没有吃，连白开水也没有喝，就吃了我家的面包？我告诉你，喝生水拉肚子的多了去了，我家面包房开了几年了，乡里乡亲的在我这里买面包，还没有一个说是吃了面包拉肚子的。"

年轻女人据理力争："病历上记录了，你睁大眼睛看看：肠道细菌感染。你们的面包不卫生，我马上打电话叫卫生局的人来下你家的营业执照。"

司沁宁手指着门外："你去打，真是天大的笑话，谁能证明你儿子是吃了我家面包拉肚子的？说话要有证据！我家的面包全部是当天生产的，隔日全部喂狗！"

年轻女人的脸都气白了："你说我儿子是狗？我儿子吃的就是你家的隔日面包，正常面包保质期 3 天，为什么隔日就不能吃了？"

司沁宁得理不饶人，手指着面包小包装袋："你看清楚了，我们每个面包的包装袋上都注明了：为了您的健康，请在当日使用！我们是小作坊，所有的面包没有添加防腐剂，保质期 1 天。隔日面包我们是下架处理的，再说，你儿子到底吃了什么脏东西，谁也说不清，你这是空口无凭。”

年轻女人声音越来越高：“你讲理不讲理？我儿子本来就是在你家买的面包，吃完后拉肚子的，你不相信的话，去我家看包装袋，昨天垃圾还没有来得及倒。”

司沁宁乜斜了年轻女人一眼：“我去你家？我大脑抽风了？你如果能找出理由证明你儿子是吃了我家面包拉肚子的，我马上就陪他去医院看！真是笑话，我们一天卖几百个面包出去，那么多人吃，一个也没有问题，唯独你家儿子肠道出问题？”

年轻女人有点歇斯底里了：“反正我不管，在你家吃坏了肚子，就得你家赔！不然，我就砸你家的烘箱！”

司沁宁用手指着年轻女人：“你胆子倒不小，我今天借你10个胆，你给我砸砸看！”

年轻女人说到做到，扬起手，气势汹汹地冲进烘房：“我马上就砸给你看！”

司沁宁站着没有动，示意两个员工开门给她砸。一个员工在店堂里不断拨打110，另外一个用身体顶住烘房，阻止年轻女人进去。

正在乱纷纷的纠缠之间，警察到了。两个警察手里拿着警棍，一前一后走了进来。其中一个年纪大点的警察看了看在场的人，问道：“什么事情，谁是店主，请出来一下。”

司沁宁立即朝前站了两步：“我就是！”

大龄男警察继续说：“什么情况？是不是你家报警的？”

司沁宁点了点头：“是的，我叫员工报警的。一个顾客的儿子拉肚子，去医院挂水看了400块，她没有任何证据证明是吃了我们家的面包拉肚子的，现在硬要我们赔偿医药费。”

大龄男警察点点头：“顾客人呢？”

司沁宁用手指了指年轻女人：“她在那儿，准备冲进去砸烘箱了。”

年轻女人转过脸，看着警察：“我儿子在这家面包房买了面包，昨天吃完就拉肚子，医生说了，是食物感染，你们说，他们不赔钱，谁赔？我还没有要精神损失费呢。”

大龄男警察伸出手：“病历给我看看。”

年轻女人递上病历，大龄男警察开始翻阅病历记录："昨天去医院挂水的？病历记录食物中毒，你儿子昨天除了吃面包，还吃了什么？"

年轻女人激动地说："我儿子昨天就吃了两个奶油面包，面包是前天买的，吃完后半个钟头就拉肚了，不是面包的问题，难道是我儿子肠道的问题？"

大龄男警察把病历合上："医生怎么说的？是不是肯定面包出的问题？"

年轻女人大声说："医生问了，我们也如实回答了，孩子昨天也没有吃其他脏东西，秃子头上明摆的事实，不是面包的问题也是面包的问题了。"

大龄男警察对年轻女人摆了摆手："你不要激动，先等两分钟。"

大龄男警察说完，转身看着司沁宁，把她招呼到一边："现在问题有点扯不清了，医生说的，我们谁也听不到，为了区区400块钱去医院对证，也没有多大意义。你是做生意的，讲究的是和气生财，现在店里顾客很多，让她在这里停留的时间越长，对你的生意越不利。我有个建议，要不要听听？"

司沁宁点了点头："你说吧！"

大龄男警察继续说："现在，说孩子是面包吃坏肚子的，她的理由并不充分，如果说不是吃面包引起的，你的理由也不充分。她是冲钱来的，现在医药费也不高，只有400块，如果你们双方都互相让步一下，一方承担200块，怎么样？"

司沁宁想了想："也好，我也不想和她多纠缠，给她200块立即叫她走人！"

大龄男警察回转头，对年轻女人招了招手："孩子现在挂水后，身体好了没有？"

年轻女人点了点头："好了，已经不拉肚子了。"

大龄男警察"嗯"了一声："就是说，现在的医药费全部产生了400块？"

年轻女人依然点头："是的，就400块。"

大龄男警察继续说："我刚才和店主商量了一下，本着和平共处的原则，这个事情我希望这样处理，你看看能不能接受。医药费400块，一家承担一半，你同意吗？"

年轻女人沉默了大约一分钟，仿佛下了一个重大的决心："那好吧，看在你们警察的份儿上，我同意。"

看在警察的份儿上？司沁宁轻蔑地看了一眼年轻女人，吩咐店堂里的员工从收银台钱柜里取出200块钱，转身递给警察。

大龄男警察接过钱，转脸递给年轻女人："这件事到此为止了，好了，散了吧！"

年轻女人拿着钱，转身走了出去，临走还有点不服气，回头丢下一句话："这样的店，开了害人，早点关门吧！"

司沁宁气不过，朝年轻女人的背影"呸"了一口："关你奶奶的头！"

年轻男警察回头看了看司沁宁："好了，到此为止，一人省一句，再闹起来的话，我们可不管了！"

年轻女人和两个警察走出店堂后，司沁宁气呼呼地叫嚷道："拉鬼啊拉？老娘现在就吃给你看！"

司沁宁大大咧咧地骂完，拿起一块面包塞进嘴里。吃到一大半，店门被推开了。我一头冲了进去，叫了一声："阿姨。"

司沁宁看见我，把最后一口面包塞进嘴里，咽了下去："杜晓轩，你终于来了！"

我重复叫了一声："阿姨，我来了。"

司沁宁看了我一眼："象牙梳子带来了吗？"

我点点头，立即从包里拿出象牙梳子，递给司沁宁："带来了，阿姨，完璧归赵！"

司沁宁一把接过梳子，像捏着命根子："好了，这里没有你的事儿了，你可以回去了。另外，以后家里的东西，不要随便拿出去，知道吗？"

我点点头，眼睛看着烘房里的两个员工，心里酸酸的。我轻声说道："知道了。"

说完，我就走了出去。出了店门，我的眼泪哗啦啦地流了下来。长这么大，第一次感觉自己被人看低了，仿佛自己是一个手脚不干净的人。

我是今天早上一大早接到沈嘉铭的电话后，下班直接赶过来的。当沈嘉铭对我说了象牙梳子，我就预感到自己闯祸了。

那天，我去沈嘉铭的家，正好天公下雨，淋了一身。在他家洗完澡后，就随手拿了一把梳子，梳了头。

梳完头后，感觉梳子有点特别，司沁宁这么讲究的人，竟然留着一把落

了齿的破梳子，实在叫我想不通。

沈嘉铭看着我，以为我喜欢那把梳子，直接塞我包里去了。我也没有多注意，就一直留在包里了，直到今天，接到沈嘉铭的电话让我下班把梳子送到面包店，我才想起这个梳子来。

送完梳子后，我委屈得直想跳长江大桥。司沁宁你再怎么不喜欢我，也不能把我当一个不干不净的人。我是你家未来的儿媳妇，你这样看低我，就是看低你自己。

离开面包房后，我一个人在大街上乱转，大脑乱糟糟的，也不知道想的是什么。自从和沈嘉铭在房产证加名上较上劲后，我发现自己越来越倒霉，连喝白开水都塞牙。

这时，口袋里的手机响了起来，我掏出手机，直接按到接听键："喂，沈嘉铭，什么事？"

沈嘉铭在电话那头说："象牙梳子给我妈了吗？"

沈嘉铭，你就知道你妈的象牙梳子，你怎么就不问问我怎样了？象牙梳子对你来说，就真的那么重要吗？

我"嗯"了一声："给了，我刚从面包店出来。"

沈嘉铭继续说："我妈没有说什么吧？"

我忍住泪水，哽咽着说："没，什么也没说。"

沈嘉铭莫名其妙地笑了笑："没说就好。"

我站在离面包房不远的地方，根本没心情和沈嘉铭说话。沈嘉铭晚上加班，和我继续说了两句，挂断了电话。

这时，从我的身后，传来了面包房的笑声。我可以清楚地听见司沁宁的说话声："哎，小心点，这个是象牙梳子，是民国的老古董，市面上值1000块。"

一个男员工的声音："真的假的?一把破梳子，值1000块?什么概念啊!"

一个女员工的声音："民国离我们才多远？再过一个世纪，这把破梳子不是要涨到一百万了？"

司沁宁小心翼翼地摸着象牙梳子："这可是我的传家宝，现在是我的，以后是我孙子的，再以后就是我的世世代代子子孙孙的了……"

什么破玩意儿？一把破梳子还世世代代呢？司沁宁你真的以为自己抱

了一个金元宝？按照你这个价格，我一个月的工资可以买四把这样的破梳子，留给自己的儿子、孙子和重孙绝对没有任何问题。

听到这里，我再也听不下去了，掉头就走。我一边走，一边看风景，一会儿工夫，就把所有的不愉快全部忘记了。

[第 十 章]
房产证风波

到家的时候,老妈正在厨房做饭,老爸还没有下班。老妈听见开门声,喊道:“晓轩回来了?”

我答应道:“妈,我回来了。”

老妈用抹布擦了擦手,推开厨房门,出来看了看我,突然问:“你眼睛怎么红了,是不是沈母又欺负你了?”

老妈知道我今天去面包房,上午出门的时候,我就对她说了,晚上下班回来迟,去面包房有点事,具体什么事情我没有对她说。

所以,我一进门,老妈就急切地跑出来了。我把头低了下来:“妈,没事儿,你去厨房忙吧,我去冲一把热水澡。”

说完,我丢下包,进了卫生间。我打开淋浴喷头,让水流穿越我的全身,洗涤我的所有烦恼。

这个澡洗了足足有一个钟头,出来的时候,老爸已经下班回来了。饭菜早就摆上桌子了,老妈看见我出来,立即去厨房拿碗盛饭了。

老爸看着桌子上的菜,酒瘾上来了:“晓轩,给爸拿酒来,今天我要喝一盅。”

我转身去了厨房,从柜子里拿出酒瓶,回到饭桌上。老妈把饭碗端了过来,说道:“亲家给的好酒,一不来人,二不过节,就忍心喝啊?”

老爸从我手里接过酒瓶,看着标签,一副垂涎三尺的样子:“怎么,我嫁个女儿,喝点好酒,你心疼了?”

老妈白了老爸一眼:“你一辈子没有喝过酒是吧?看你吼巴巴的样子,

见酒没命！以后女儿嫁人了，一年三节的酒包你喝不完！”

老爸“嘿嘿”傻笑：“我就是吼巴巴的，咋了？晓轩，去给我拿个酒杯来。”

我起身去厨房拿酒杯，拿了一个最大号的杯子，老妈跟过来，换了一个小号的杯子，嘴里神叨叨的：“小的就可以了，大的喝了浪费！”

老爸接过杯子，自斟自饮：“好酒，真香！”

老妈看着老爸：“好了，一杯够了，剩下的等来人再喝。”

老妈说完，把酒瓶拿了下来，重新放回厨房。我看着老爸，心里想笑，却笑不出来：“爸，慢点喝。”

老爸一口一口地抿着酒，脸上笑眯眯的：“还是养女儿好，以后年年有好酒喝了！晓轩，我说那房产证加名什么的，能让步就让步，不要太较真了。这结婚了，就是一家人了，什么你的我的，分那么清楚干吗？”

老妈用筷子敲了敲老爸的酒杯：“怎么了，你着急了？想喝免费孝敬酒了？要喝自己买去，房产证加名一步不能让！”

我知道，老妈就是嘴巴狠。真正当着亲家的面，她一句反对的话都说不出口。我看着老妈，忍不住笑了起来：“妈，你就不担心我嫁不出去吗？”

老爸跟过去一句：“晓轩说得对，你如果死拿着房产证加名这个事儿说话的话，和亲家互不相让，就不怕她嫁不出去吗？”

老妈鼻子“哼”了一声：“你这个老东西，不是一直说晓轩不到30岁不要出嫁吗？现在看见人家的好酒好烟了，忍不住诱惑了，让女儿为你的幸福铺路了？”

老爸“咳”了一声：“哎，你说话多难听啊！我的意思你要弄明白了，不管怎么说，婚房是男方的，人家愿意写谁的名字，是他们的权利。换句话说，如果我们有钱，有本事买一套婚房给晓轩结婚用，男方家也无权干涉我们写谁的名字，是不是这个道理啊？做人要厚道，要将心比心，这样心里才踏实。”

老妈没有接老爸的话，转脸对着我：“踏实个鬼，你就是一个胳膊肘朝外弯的家伙！晓轩，今天你回来眼睛红红的是怎么回事？是不是沈母欺负你了？”

老爸听见老妈的话，放下酒杯：“什么情况？谁欺负晓轩了？”

我端着饭碗，不想说：“没有什么，回来的路上眼睛给风沙吹了，滴几滴眼药水就好了。”

一把破梳子，我怎么说得出口？司沁宁连一把梳子都不放过，难道会轻易放过房产证上的姓名？类似的问题，简直和白日做梦差不多。

我已经厌倦了，房产证加名对我来说就是一场噩梦。大姨和小姨看好的东西不一定适合我，无论社会怎么发展，我始终坚信一点：婚姻是基于情感的，没有感情，婚姻无非就是一道摆设。

老妈还是不相信："你今天下班不是去面包房的吗？你去见老婆婆做什么？"

我咽了一口饭："没什么事，就是去看看，怎么了，不能去看她？"

老妈赶紧说："可以看，看看也不是什么坏事，不过，我就是觉得你有点委屈，好像是哭着回来的。"

知子莫如父，知女莫如母。我的心突然感动了一下，第一次发现天底下父母是最懂得亲情的人。

我确实有点委屈，但是，我不想在父母面前表露自己的心思。一个女人一旦过了18岁，就是成年人了，成年人有克制自己情绪的能力。

老爸一边津津有味地抿酒，一边看着老妈："晓轩大了，一些生活中的问题，让她自己去处理。以后她结了婚，生了娃，你还整天跟在后面唠唠叨叨的，烦不烦啊？"

老妈摇了摇头："烦的是沈嘉铭他家，一个房产证就把他一家子打蒙了，他家不想结婚就直接说算了，天天拖着什么也不办，什么意思嘛？"

老爸"嘿嘿"怪笑："要我说啊，你赶紧打消房产证的念头，让晓轩和嘉铭明天就去领结婚证，保证皆大欢喜！"

老妈"嚎"了一声："想得美！我女儿就是一辈子不嫁人，现在也不能领证结婚。君子一言，驷马难追，我家的话已经放出去了，总得兑现吧，不然，以后我们在亲家面前怎么做人？最后倒霉受罪的还不是晓轩！"

老爸一个劲地抿酒，一副满足的样子。我看着老妈，不知道说什么好。不就嫁个女儿嘛，看她那副认真的样子，真是累得慌。

自从沈嘉铭家来提亲后，我的心情一直不怎么好。现在，我感觉自己就是风箱里的老鼠，两头受气。一头是老妈，逼着我让沈母在房产证上加上自己的名字。一头是沈母，一副死猪不怕开水烫的样子，死活不提房产证加名的事情。

两家人互不相让，明里暗里较着劲儿。至于领证的事情，更是不死不活地僵持在那里。沈嘉铭是一个自尊心很强的男人，他知道自己无法说服母亲，也无法说服我，所以，很多时候干脆保持沉默。

这种沉默非常可怕，有一种暴风雨将要来临的感觉。而我的生活里，仿佛只剩下"房产证加名"五个字，除了这五个字，似乎已经没有其他内容了。

我的生活重心彻头彻尾地转移到了"房产证加名"上面，我和沈嘉铭的关系，也逐渐演变成了房产证上加名的关系。

三个人默默地吃饭，我没有接老妈的话，吃完饭，我去厨房洗碗。老爸神神秘秘地跟过来，在我耳边说："晓轩，听爸一句话，自己把握未来，嘉铭这孩子不可多得，不要错过好姻缘。我当初和你妈结婚的时候，你妈连户口都没有迁过来，我们还不是过了一辈子。退一步海阔天空，知道吗？"

我回头看着老爸："老爸，那天他们上门提亲，你不是说了，他大姑给嘉铭的婚房，就应该写上嘉铭的名字。现在，沈母连嘉铭的名字都不愿意写，你叫我怎么办？"

老爸"嘿嘿"坏笑："我就是那么一说，做不做在他们，我们作为女方家，总要有个态度，态度摆出来了，就完事了。傻丫头，你这样做人死心眼是要吃亏的。"

我"哎哟"了一声："真奇怪，谈恋爱的是我和嘉铭，做决定的全部是你们，我和嘉铭到底要谈到哪天啊？"

老爸拍了拍我的头："好了，不说了，老爸现在特别想天天有酒喝，你看着办吧！"

老爸说完，走出厨房。我知道老爸等不及了，想让女儿出嫁了。洗完碗，我独自回到了自己的房间，坐下后打开电脑，开始上网看新闻。

QQ 正常上线后，我习惯性地看了看沈嘉铭的头像，是灰色的。我很想他，点了点他的头像，发出了一个撇嘴的表情。

很遗憾，沈嘉铭不在线，十分钟过了也没有回复，我有点扫兴。与此同时，沈嘉铭正在自己的屋子里，望着电脑发呆。

沈嘉铭看见了我撇嘴的表情，就是不想说话。他最近给房产证加名搞得头大，连搭理我的兴趣都没有了。

这时，奶奶推开门，走了进来。她反身关上门，一把拉过沈嘉铭："嘉铭，

奶奶给你看样东西。”

沈嘉铭惊诧地看着奶奶:“奶奶,什么东西?”

奶奶从怀里抽出房产证:“你大姑给你的婚房,房产证在我这儿。”

沈嘉铭指着房产证:“奶奶,你怎么把房产证拿出来了?”

奶奶“嘘”了一声:“声音低点,你妈在隔壁房间里。房产证你现在就收着,改天自己去房产公司加上你和晓轩的名字,不能让你妈一个人独吞了你大姑的财产。”

沈嘉铭摇了摇头:“奶奶,不能这样做!你赶紧把房产证拿回去,我妈要是发现你拿了她的房产证的话,又要和你吵架了。”

奶奶翻了一个白眼:“我才不怕她和我吵架呢,你妈太过分了,连你大姑给你的财产都想要。”

沈嘉铭竭力劝说奶奶:“奶奶,你不懂法律,房子现在是我妈一个人的姓名,产权证是属于她的,如果她不同意的话,谁的名字也别想朝上加。”

奶奶立即傻眼了:“怎么会这样?那你现在要这个证是没有用了,是不是这样啊?”

沈嘉铭点了点头,奶奶失望地看着房产证,真的是又爱又恨。外屋突然传来一阵骚动,奶奶条件反射地抱紧房产证,一把塞进自己的怀里。

接着,从外屋传来司沁宁鬼哭狼嚎似的声音:“哎哟,我的妈啊,我的肚子……嘉铭,快,快……”

沈嘉铭听见声音,感觉不对头,立即朝外屋冲去:“妈,你怎么了?”

司沁宁躺在床上,双手捂着肚子,疼得满床打滚。沈飞歌撅着屁股,正在抽屉里到处找药:“黄连素给你放哪里去了?怎么找不到了?”

司沁宁脸色煞白,冷汗直冒:“找什么找啊,嘉铭,快开车带我去民生医院。”

沈嘉铭急忙走过来:“妈,我马上去换衣服,带你去医院。”

沈飞歌停止找药:“司沁宁,你究竟吃了什么脏东西?看把肚子闹的!”

司沁宁欲哭无泪:“不就是吃了一个面包吗?其他什么东西也没有吃啊,我的老天,拿刀把我的肚子剐了算了!”

沈飞歌“哦”了一声:“是你自己面包房的面包?”

司沁宁无力地点点头:“不是我面包房的,难道是你面包房的?”

沈飞歌"哎哟"了一声:"都什么时候了,还打嘴战?你今天赶紧通知员工面包下架处理,这样顾客吃了要拉肚子的,赚的钱还不够你赔的!"

司沁宁哭丧着脸:"今天已经赔了200块了!"

沈飞歌眼睛瞪得和牛眼一样大:"你昏头了,赔了200块还敢吃?"

司沁宁目光无神:"别说了,都是给那个倒霉顾客气的,赔了200块不说,还赌气吃了一个面包。沈飞歌,是不是面包里的细菌超标了?"

沈飞歌想都不想:"那是肯定的了,先去医院看看再说……"

沈飞歌说完,拿起衣服给司沁宁换上。沈嘉铭换好衣服走了出来,和沈飞歌一起扶着司沁宁朝客厅门口走去。

临出门的时候,沈飞歌对奶奶说:"妈,我和嘉铭带沁宁看病去了,你一会儿自己先睡。"

奶奶站在客厅,点了点头,看着他们的背影从眼前消失。等到客厅重新安静下来后,奶奶转身去了外屋,一把拉开柜子大门,从怀里抽出房产证,放回原处。

奶奶做完一切后,长长地舒了一口气:"阿弥陀佛,佛祖保佑,房产证放回去了!司沁宁,你这是自作自受,拉肚活该!"

奶奶骂完,对着天笑了笑,然后回到了自己的小屋。她打开电视,自娱自乐地看了起来。看了大约两分钟,座机响了。

奶奶走出小屋,跑到客厅,拿起话筒:"喂,请问你是谁啊?"

对方是一个男的,他焦急地回答:"我是面包房员工,司店长在家吗?"

奶奶摇了摇头:"不在家,去医院了,你找她有什么事儿啊?"

对方继续回答:"面包房的面包出问题了,有两个顾客拿着病历和医药单来索赔了。"

奶奶"哦"了一声,很吃惊:"你有她手机号码吗?赶紧联系她本人,我一个老太婆在家,帮不了你什么忙的!"

对方礼貌地回答:"好的,谢谢,我挂了,我马上联系她。"

奶奶放下话筒,自言自语道:"报应,这就是报应!活该遭罪,多行不义必自毙!"

民生医院离清凉门只有几分钟车程,此刻,司沁宁正被沈飞歌架着,从小车里走了出来。沈嘉铭锁好车门,帮着父亲一起架着母亲,朝急诊室走去。

刚到急诊室门口，司沁宁口袋里的手机响了起来。她站住，弓着身子，捂着肚子，对沈飞歌说："帮我把手机从口袋里拿出来。"

沈飞歌照办，拿出手机递给司沁宁。司沁宁打开接听键"喂"了一声："什么事情？"

对方是面包房的男员工，声音慌慌张张的："司店长，出事了！"

司沁宁"啊"了一声："别慌张，慢慢说，怎么了？"

男员工继续说："又有两个顾客拿着病历和医药单来索赔了，说是吃了我们店的面包拉肚子了。"

司沁宁眉头一皱："你们先把店门关了，回去休息，等我通知。"

男员工声音有点为难："司店长，他们不肯走，非要见你！"

司沁宁声音弱弱地说："我在医院，你把他们的病历留下，让他们先回去，等我消息。"

男员工"嗯"了一声："好吧，我试试看！司店长，你今天也吃了一个面包，是不是……"

司沁宁尴尬地说："我是老毛病高血压犯了，和面包无关！"

电话挂断后，司沁宁被沈飞歌和沈嘉铭搀扶到急诊室，一屁股坐在医生面前的板凳上。

年轻男医生看着司沁宁，问道："哪里不舒服？号挂了吗？没有挂号的话，叫家属先去挂号！"

沈飞歌拿着病历赶紧去挂号，司沁宁看着医生答道："腹痛，拉肚子，肠子如刀绞一样。"

男医生继续问："吃的什么？呕吐吗？一天拉了几次？"

司沁宁继续回答："吃的面包，不呕吐。从下午到现在一共拉了6次。现在拉不出东西来了，拉的全部是水。"

男医生翻了翻司沁宁的眼白，然后指着身后的床，对她说："上床躺着，解开皮带。"

沈嘉铭扶着母亲，到了床边，将她轻轻抱了上去。男医生洗了洗手，走过来，按住司沁宁的腹部："这里疼吗？还有这里，也疼吗？"

司沁宁忍住右边疼痛，到了左边，终于忍不住了："疼，疼得凶！"

男医生摸了两分钟，收回右手："好了，可以下来了。"

男医生转身去水池边洗手,回头坐下。沈嘉铭抱下母亲,重新坐回。沈飞歌拿着病历和挂号单走了回来,递给医生。

男医生翻开病历,一边问一边写:“面包是哪天生产的?”

司沁宁想都没想:“当天生产的。”

男医生埋头做病历记录,开了一张化验单:“先去化验一下大便,做个细菌敏感试验。”

司沁宁点点头,站了起来。沈飞歌拿起病历和化验单去窗口缴费,沈嘉铭扶着母亲去卫生间。

司沁宁愁眉苦脸的:“这个医生真是,还化验什么大便?能拉的都拉干净了,我肚子里空空如也,哪里来的大便?”

离卫生间还有十步远,手机又响了起来。司沁宁摸出手机,弱弱地发话:“你怎么又来电话了?”

男员工左右为难:“司店长,两个顾客说了,今天不见你不走人,非要今晚讨说法,我们没法关门。”

司沁宁一只手捂住肚子,一只手接听:“你们是怎么搞的?就两个顾客都处理不了?我现在来不了,在医院呢!”

男员工声音非常为难:“我和他们说了,他们非要我写字据下来,不然就不走。”

司沁宁眉心皱了一下:“字据不能写,一个字也不能写,听见了吗?”

男员工越来越为难了:“他们说了,如果我不写字据的话,他们就去卫生局投诉,下我们的营业执照。”

司沁宁大喊一声:“敢!算了,你现在让他们把联系方式留下,明天下午两点叫他们来面包店,我来处理。”

男员工点点头:“好的,我和他们说。”

司沁宁气哼哼地挂断手机:“想讹诈我,没门儿!”

沈嘉铭扶着母亲:“妈,你们面包店的食材是不是质量出了问题?你最好让员工拿去化验一下,毕竟人命关天,事情闹大的话,对面包店声誉不好。”

司沁宁的肚子又是一阵绞痛:“哎哟,我的妈啊,要命地痛!送去化验?我哪有钱去化验啊?化验费要好几千呢,我明天去店里赔顾客一人 200 块完

事，白花几千块冤枉！”

转眼间，国庆节到了，沈飞歌跟团去了香港，司沁宁继续开面包店，沈嘉铭和我一如既往，他不提房产证哪天加名，我不提结婚证何时领取。

日子一天天地过去，有点索然无味，遥遥无期的恋爱由短跑跑道转而进入长跑跑道。恰逢长假，沈嘉铭和我相约去爬紫金山。

自从大学毕业后，我已经很多年没有爬山了，连登山的路都忘记了。如果不是沈嘉铭想到爬山，我还真的不会去紫金山了。

山，还是那山，人还是那人，心境却大不一样。想当年我还是一黄毛丫头，现在即将为人妻了。

现在的山路都是一层层的台阶，和从前的石径山路已经完全不一样了。前面是一对年轻的夫妻，两个人一人伸出一只手，拉着他们的儿子往山顶上爬。

沈嘉铭拉着我的手，跟在后面：“晓轩，你看他们，多幸福的一家子啊！”

我点点头：“嗯，真幸福。”

沈嘉铭羡慕地说：“我们哪天才能有自己的儿子？”

我哈哈大笑：“早了，先慢慢谈恋爱，等到瓜熟蒂落的那一天吧！”

沈嘉铭疑惑地说：“瓜熟蒂落？我们俩早就瓜熟蒂落了。晓轩，跟我去领证吧，我真的等不及了，我恨不得明天领证，后天就做爸爸！”

我跟在后面慢悠悠地爬着：“该来的总会来的，现在还不到时候，你家的房产证还没有说法呢，就急着做爸爸了？”

沈嘉铭松开我的手，转过身望着我：“晓轩，我真的说服不了我妈，你叫我怎么办？”

我望着天空：“我也说服不了我妈、我爸和我大姨……”

绕来绕去，话又说回头了，我们两个人，你看着我，我看着你，忽然哈哈大笑。房产证姓名，像一座大山，压在我们的心头，越来越沉。

一个钟头后，我们两个人已经站在高高的紫金山山头了。天空很蓝，空气很新，我和沈嘉铭依偎着坐在一块巨石上。

沈嘉铭看着远处，若有所思道：“古代人住的全部是茅草房，他们世世代代是怎么过来的？人类看起来是越来越文明了，却越来越不可思议了。我一直以为，我们是幸福的，因为我们有婚房，我们不用还贷，不用借银行的债过日子，我们可以安心工作，安心生儿育女，安心孝顺双方的父母，可是，一个房产证姓名就把我们的梦想打破了！”

我看着沈嘉铭，自言自语：“如果婚姻是两个人的事情，就简单多了。说到底，婚姻是两个家庭之间的事情，所以，我们都无能为力。走一步算一步吧，嘉铭！”

沈嘉铭点点头：“有时，我在想，大姑自己有个儿子就好了，这样就不会给我们婚房了，两家人也不用在房产证加名的问题上纠缠不清了。”

我想想也是：“你大姑是好心，问题出在你妈身上，如果她大度点，把你的名字加上房产证，不就完事儿了？你家提亲那天，我爸已经让步了，他的态度已经很明了，不要求你们家加我的姓名，只要加上你的姓名就可以了！你妈捏着我们的婚房不放有意思吗？”

沈嘉铭听见我说他妈，连声调都变了：“你怎么又说我妈了？我妈不就是那脾气吗？我奶奶一辈子也没有镇住我妈那臭脾气，奶奶巴望着你这个儿媳妇进门给她报仇雪恨了！”

我反手指了指自己：“我？我敢吗？老祖宗都压不住的东西，叫我去压？你看你妈看我的那眼神，就像看童养媳一样，看得我浑身发毛！”

沈嘉铭把我的手拿下，拉在自己身前：“谁叫你身上长毛了？我妈又不是老虎，你紧张什么？等你进了我家门，我妈还没有吓到你，你倒把自己吓坏了。”

我点点头：“我现在天天在考虑一个问题……”

沈嘉铭看着我：“什么问题？房产证加名？”

我拍了拍身边的石块说：“嘉铭，你现在怎么也开口闭口房产证加名了？是不是有点神经质了？该有的总会有的，我想的问题是，怎么才能让你妈看我顺眼点？”

沈嘉铭把手加在我的手上：“我妈怎么了，她什么时候看你不顺眼了？”

我看着沈嘉铭的眼睛：“我没有说你妈看我不顺眼，我是说怎么才能叫你妈看我顺眼！”

沈嘉铭用手点了点我的鼻子：“和我玩绕口令？晓轩，说真的，你喜欢我妈吗？”

我点点头：“喜欢啊！”

沈嘉铭鼻子“哼”了一声：“是真喜欢，还是假喜欢？”

我反手压住沈嘉铭的手：“喜欢有真假吗？你妈和我妈有区别吗？”

沈嘉铭哈哈大笑，站了起来，望着远处的高楼大厦、树木成林：“你妈和我妈没有区别，我妈是你妈，你妈也是我妈。”

沈嘉铭你玩起绕口令来比我还要那个，我杜晓轩甘拜下风好了吧？我跟着站了起来，一把拉过沈嘉铭，朝山下跑去：“今天我们是来爬山的，一不谈房产证，二不谈结婚证，三不谈公公婆婆丈母娘老丈人，开飞机下山了哦……”

沈嘉铭给我牵着跑，不再说话。我们两个人，一口气一直跑到了山脚下。站在紫金山麓，我感觉自己很渺小，和大山相比，真的微不足道。

沈嘉铭和我默默地走着，一路上没有再多说什么。我知道，沈嘉铭的心思和我一样沉重，我们两个人一样，一个是好儿子，一个是好女儿，关键问题是我们都做不了自己的主。

我真的有点担心，沈嘉铭是拿手术刀的，万一思想压力过大，难免会出医疗事故。我自己关系不大，大不了上班的时候思想开小差算错数字，可以再改过来。说实话，我不希望自己的悲剧在沈嘉铭的身上重演。

这时，远方有歌声传来，在山谷里的回音越来越大。我们顺着声音找去，找了半天，也没有看见歌声传出的地方。

歌声悠扬，带着远古的呼唤，触动了听者的记忆。我仿佛看见童年的我，正在河边玩耍，一片荷叶顶在我的头上，像一把遮阳伞，给我带来了片刻的清凉。

远处，有桂花香徐徐飘来，秋天站在紫金山麓，转眼就要过去了。我看着沈嘉铭，慢慢走了过去。

这是一个我深爱的男人，我多么想对着大山向沈嘉铭说：“我爱你，我要嫁给你！”

沈嘉铭看着我，从我的眼睛里，仿佛读懂了我的心。他一把抱住我，俯下脸，将湿热的唇紧紧地贴在我的唇上。

天空有飞鸟，地上有虫鸣，我们的唇紧密相依。让天空和大地见证我们的爱情，让紫金山麓复制我们的爱情童话。

次日下午，沈飞丽坐在“7+1”茶社一个僻静的角落里。她点燃一支香烟,悠扬地吐着烟雾。

五分钟后,司沁宁挎着沈嘉铭给她50岁生日那天买的皮包,推开茶社的门,走了进来。

司沁宁一眼看见沈飞丽,立即走了过去:“他大姑,你到了?”

沈飞丽点点头,掐灭烟头,站了起来:“嗯,刚刚到,坐,弟妹。”

司沁宁表情有点紧张,坐了下来。沈飞丽今天叫她带房产证来着,她心里有鬼,没有带:“他大姑,你公司生意那么忙,怎么有时间请我喝茶?”

沈飞丽笑了笑:“这不是国庆节吗?公司放假,我一个人闲着无聊,找弟妹来唠唠嗑,顺便看看嘉铭的房产证。”

司沁宁连连点头,有点尴尬:“那是,他大姑真是难得清闲,飞歌这次能去香港,还得多谢你了。”

沈飞丽露出招牌式的微笑:“哪里,都是一家人,本来想多报一个名额,让弟妹一同去玩玩的,哪想到弟妹还不肯赏脸了。”

司沁宁连连摆手:“我怎么敢啊?我家里事情多,加上面包房出了点事情,放心不下。”

沈飞丽“嗯”了一声:“弟妹,面包房出了什么事情,问题大吗?解决了吗?”

司沁宁点了点头:“早解决了,这批进货的奶油细菌超标,我全部给退回去了,另外,让他们赔偿一切损失。”

沈飞丽满意地点点头:“嗯,那不错,食品的质量是人命关天的大事,你千万要把好关了。店家关门事小,如果出了人命,那就担待不起了。”

这时,服务生上了一壶雨花茶,加了两个杯子,两个人一边喝茶,一边聊。司沁宁东说西说,就是不说房产证的事情。

沈飞丽抿了一口茶,将话题引入正题:“弟妹,嘉铭的房产证办下来了吧?我那天临时有事,也没有来得及陪你到最后,让你费心了。”

司沁宁急忙点头:“办了,早就办好了,你放心,他大姑。”

沈飞丽“哦”了一声:“弟妹,那房产证上的姓名写的是嘉铭的吧,晓轩的名字加了没有?”

司沁宁心里暗暗吃了一惊:“他大姑,嘉铭的名字肯定是少不了的,那个晓轩,我看就算了。毕竟婚房是我们沈家出的,晓轩和嘉铭的结婚证还没

有领,加上她的名字不大合适吧?新婚姻法保护男方的房产权,谁家给子女买的房子,产权就是谁家子女的。”

沈飞丽“哎哟”了一声:“弟妹,这话怎么说?你说嘉铭的名字肯定是少不了的,意思是说嘉铭的名字目前不在房产证上面?”

司沁宁脸色一阵红一阵白:“怎么可能呢?嘉铭的名字肯定是在房产证上面啊!”

沈飞丽不好直接戳穿:“弟妹,我答应过嘉铭和晓轩,结婚的时候送一份厚礼给他们的,我说到做到,不然怎么取信于小字辈们啊?我问你,房产证你带来了吗?”

司沁宁手心开始出汗了:“他大姑,我今天直接从面包房来的,没有来得及回去拿房产证,等改天带给你看,行吗?”

沈飞丽面色有点不悦:“没有带?”

司沁宁支支吾吾的:“嗯,临出门忘记了,反正房产证也跑不掉,随便哪天看,是不是啊,他大姑?”

沈飞丽想想也是:“那好吧,弟妹,我相信你!”

司沁宁脸色很不自然,如坐针毡。“我相信你”四个字,像钢针一样扎在她的心头,让她无所适从。

沈飞丽重新点燃一支香烟:“弟妹,我们都是成年人,在小字辈儿面前最不能做的就是丢份儿的事情,我既然给了侄子婚房,就要让侄子对我没有话说,你说是不是这样的啊?”

司沁宁点点头:“那当然了,他大姑!”

沈飞丽吐了一口烟圈儿:“晓轩这丫头不错,既文静,又懂事,嘉铭和我说了不止一次,非她不娶呢。”

司沁宁支支吾吾着:“嗯,确实不错,嘴巴很甜,看见我就叫阿姨,看见他爸就叫叔叔。”

沈飞丽笑了笑:“所以啊,我们做长辈儿的,不能在小字辈儿面前做有失信用的事情,哪怕看走眼,吃亏也认了!”

司沁宁接过话:“唉,他大姑,失什么信啊?我们沈家承诺的事情,已经做到了,说给婚房就给婚房了,还要怎样?现在房子是大件商品,不是每家每户娶媳妇儿都能拿得出手的。我们这样做,已经很不容易了,杜晓轩家感激还来不及呢！”

沈飞丽点点头：“弟妹说得也是，他们小两口婚后起码不需要为银行打工了，减轻了买房还贷的压力，嘉铭和晓轩的婚期定下了吧？”

司沁宁脸色小紧张了一下：“这个婚房还得感谢他大姑你了，不然，我就是把面包房卖了，也买不起嘉铭180平方米的婚房。具体的日子还没有定，这个要等嘉铭和杜晓轩领证后再谈了。”

沈飞丽点点头，拿起茶壶给对方的杯子续水，回头又给自己的杯子续水：“弟妹，俩孩子的结婚证要抓紧了，婚姻是正事，要尽快办。等他们领证后，我负责找人装修婚房……”

司沁宁心里小小得意了一下：“哎哟，他大姑，装修又劳你费神了！我家嘉铭有你这个大姑，真是福气啊。回头我就催催他们，让他们赶紧去领证。”

沈飞丽继续说：“装修乃小事一桩，不足挂齿。嘉铭这孩子稳重，又是医生，我喜欢他。”

司沁宁“嗯、嗯”直点头：“谢谢他大姑了，我唯一感到遗憾的是，嘉铭太执著于医学，其实，我一直希望嘉铭去你公司任职的，也好为我们沈家争光。”

沈飞丽摆了摆手：“嘉铭有他自己的追求，我们做长辈的，不能为了满足自己的心愿，让孩子放弃自己的爱好。做医生也不错，将来我老了，患病了，少不了嘉铭给我动刀的，我就直接找他得了。”

司沁宁摇了摇头：“哎哟，他大姑，你千万不要说什么动刀子，我们大家好好地、健康地活着，就是幸福。”

两个人，在茶社聊了两个多钟头，才各自散去。司沁宁回到家后，一屁股坐在沙发上，叫了声：“嘉铭……”

奶奶听见声音，从小屋里探出头来：“你找嘉铭？他还没有回来！”

司沁宁“啊”了一声：“难道又是加班？”

奶奶摇头：“不知道，我一直在等他电话，没有来。”

司沁宁站了起来，走到座机边，拿起话筒就拨号。拨了半天，语音提示：“您拨打的号码暂时无人接听，请稍后再拨。”

司沁宁叫了声：“奶奶的！”挂断了电话。

[第 十一 章]

难兄难弟

此刻,沈嘉铭正在风月酒吧喝酒,他的手机一直在响,他摸了半天,没有摸到,等好不容易摸到了,电话挂断了,他索性不看也不接了,继续喝酒。

坐在沈嘉铭对面的是中学同学兼好朋友王大亚,王大亚,名副其实,长得人高马大的。

王大亚一边喝酒,一边说:“怎么样,什么时候喝你的喜酒啊?”

沈嘉铭挥了挥手:“还早了,等你抱儿子了,我还不知道有没有结婚呢!”

王大亚反问一句:“不会吧?上次和你喝酒的时候,你就说婚房已经买好了,现在大半个月过去了,怎么了,和杜晓轩吹了?”

沈嘉铭摇了摇头:“没有吹,要是吹了倒好了!”

王大亚越来越听不懂了:“什么叫吹了倒好了?八成是你又想换女朋友了?”

沈嘉铭举起杯子,喝了一口:“换女朋友?还加个‘又’?难道我就这副德行?”

王大亚哈哈大笑:“怎么了,我说错了?说你这副德行不错了!”

沈嘉铭无可奈何地笑了笑:“好了,谈正事!换女朋友这倒不至于,婚房确实也买好了,就等装修了。现在的问题出在房产证上,真抓瞎!”

王大亚越来越疑惑:“房产证有什么问题?婚房买来了就是你的了,抓紧装修就是!这样的好事落谁头上,谁做梦笑死!”

沈嘉铭皱了皱眉头:“笑毛啊!现在,杜晓轩她大姨提出来,房产证上不仅要写我的名字，还要加上杜晓轩的名字；她爸提出来，至少要加上我的姓名；她妈直接说，不加杜晓轩的名字，别想领结婚证！”

王大亚“啊”了一声：“那你父母的态度呢？”

沈嘉铭哭笑不得：“我父亲不当家，我母亲直接说，杜晓轩，你先和我儿子领结婚证，领了证再来和我谈房产证加名的问题……”

王大亚哈哈大笑：“沈嘉铭，我说你是男人吗？是男人的话，在房产证上加上自己的姓名，不就OK了？”

沈嘉铭继续喝了一口酒：“你说我不是男人？是男人就一定要在房产证上加上自己的姓名吗？我妈脾气你也知道，够犟的，让她在房产证上加我的名字，不是要她的命啊！”

王大亚叹了一口气：“沈嘉铭，这婚房是谁出的钱？是你大姑出的是吧？既然是你大姑出的钱，就是你大姑送你的。好事做到底，你叫你大姑出面和你母亲谈，她们是同辈人，沟通应该容易些。”

沈嘉铭为难地说：“我现在倒希望我大姑没有送我婚房，这样两家人也没有可以争执的事。该领证去领证，该结婚就结婚，根本没有那么多乱七八糟的事情。我们就在我爸和我妈的房子里结婚，房产证上的名字是我爸的，加我不可能，加杜晓轩更是做梦！”

王大亚拿起杯子，和沈嘉铭的杯子碰了碰，一饮而尽：“我说沈嘉铭，你是不是脑袋长锈了？你大姑给你婚房你没有谢字，还怨婚房给你制造矛盾，这只能说明你没有用。人家是没有房子搞不定老婆，你是有了房子连老婆都搞不定。”

沈嘉铭苦笑道：“王大亚，你是站着说话不腰疼，换了是你，一头是你亲妈，一头是你媳妇儿，你会怎么办？”

王大亚忍不住哈哈大笑：“好办！你直接去找你大姑，让她把房产证给你，一切不就结了！”

沈嘉铭摇了摇头：“现在说一切都迟了，房产证在我妈手里，上面写了我妈一个人的名字……”

王大亚脑袋一歪：“沈嘉铭，你好像还没有断奶是吧？你的婚房写着你妈的名字？你……你妈……也真的做得出来？我说，你还想不想结婚了？”

沈嘉铭左右为难：“谁说我不想结婚？”

王大亚点点头:“想结婚的话,就拿出态度来!”

沈嘉铭反问:“什么态度?”

王大亚给自己和对方斟满酒:“结婚没有态度怎么行?我问你,杜晓轩爱不爱你?”

沈嘉铭点点头:“那还用问,爱我啊!”

王大亚继续说:“那我再问你,是爱情重要,还是房子重要?”

沈嘉铭弱弱地说:“当然爱情重要啊?”

王大亚哈哈大笑:“狗屁不通!现在都什么年代了,还爱情重要?我看是你老妈重要吧?”

沈嘉铭不做声了,看着王大亚:“笑什么笑……”

王大亚接着说:“我告诉你,爱情和房子都重要,一个不能少。你说人家杜晓轩,诚心实意地爱你,跟你结婚,将来为你们沈家传宗接代,人家图的是什么?难道是你家的房子?还是你家的钱?就算你家有万贯家财,也不抵你的爱重要!”

沈嘉铭抱住头:“按理说,我每天操刀上手术台,见的死人实在太多了。人这一辈子,没病的时候健健康康的,就是幸福。有病了,一旦上了手术台,上去了说不定就下不来了。一上一下的工夫,一生就没有了。我妈是死脑筋,根本无法交流。”

王大亚话锋一转:“你知道最浪漫的三个字是什么?”

沈嘉铭立即回答:“我爱你!”

王大亚连连摆手:“NO,最浪漫的三个字不是‘我爱你’,而是‘在一起’。抓住机会,不要把到手的幸福给丢了。”

沈嘉铭若有所思,举起酒杯,与王大亚对碰,两个人一饮而尽。不知不觉中,一瓶酒下肚了,沈嘉铭昏昏沉沉的,头越来越大,连舌头都僵硬了。

沈嘉铭心里有苦,说不出。他最爱的人是母亲,最头疼的人也是母亲,这个女人给了他生命,却折断了他的翅膀,让他无法在天空自由飞行。

每一个男人,一生中都要出现两个女人,一个是母亲,一个是爱人。母亲是陪伴男人前半生的女人,爱人是陪伴男人后半生的女人。

这两个女人,对于男人来说,都很重要。形同男人的左右手,割下任何一个都不舍。

沈嘉铭今天喝了不少酒，所谓借酒浇愁愁更愁。和王大亚一番长谈，他的心里舒服了很多。在这个世界上，朋友是酒，在你忧愁的时候，朋友就会出现。

王大亚今天也喝了不少酒，本来他今天和女朋友有约，沈嘉铭一个电话把他招来了。既来之则安之，两个难兄难弟有一段时间没有坐在一起喝酒了，喝喝也好。不过，王大亚怎么也没有想到，沈嘉铭作为一个大男人，竟窝囊到这个份儿上。

[第 十二 章]
养父

离国庆长假结束还有两天,蒋宸鸣坐在高速动车上,眼睛望着窗外。很长时间没有回家了,他的心里牵挂着养父,想回去好好陪陪他。

高速动车在公路上疾驰着,蒋宸鸣的耳朵上挂着耳机,耳机线连着手机,他在听音乐。

南京到常州的高速动车所需时间是 46 分钟, 想到马上就要见到养父了,蒋宸鸣心里说不出地高兴。

一个钟头很快过去了,火车到站了,蒋宸鸣提着大包小包出了站台。走出车站,他招手打了一辆的士,半个钟头后到了麒麟镇的家。

养父早就守候在自己的家门口了,远远的路口,他一眼看见蒋宸鸣的身影,立即迎了上去:“宸鸣,你回来了,想死你老爸了。”

蒋宸鸣一把搂过养父,两个人抱在一起,朝五十米远的家走去。家,还是那样,和当年蒋宸鸣考上大学离开家的时候一样。

养父接过蒋宸鸣的包,放在桌子上,转身倒了一杯白开水,递给儿子:“路上累了吧,喝点水。”

蒋宸鸣接过水杯,喝了几口:“爸,我不累,你最近在家还好吧?真想你!”

养父点点头:“我一切都好,你放心在城里干,等我们这里动迁了,我去南京和你睡通铺,房子盖好了,我再回来。”

蒋宸鸣连声说:“好的,爸。沈总国庆节前开会说了,公司准备腾出一些流动资金,将空置的大库房全部隔开成一个个小单间,做外地员工的宿舍。你什么时候去南京,给我一个电话就行,我去火车站接你。”

养父看着儿子："你们沈总人不错，现在为员工着想的老板不太多啊！"

蒋宸鸣放下杯子："那当然了，人家沈总是大城市长大的，见过大世面，我们底下的人为她干活可卖力了。"

养父笑了笑："依我看，一个人一辈子遇到谁，为谁做事，都是一个字：缘。你为沈总打工，也是缘分。那么大的世界，你哪里不能找工作，偏偏找到她的地盘上去，你说，是不是缘分啊？"

蒋宸鸣点了点头："老爸说的是，比如，我是我妈生的，却是我爸养的，也是一种缘分。"

养父笑嘻嘻的，连连点头。蒋宸鸣说完，开始从包里往外拿东西，一边拿，一边说道："爸，你喜欢吃南京的盐水鸭，我给你带了两只，还有南京烤鸭，味道和北京烤鸭差不多，真空包装的。你可以先吃烤鸭，后吃盐水鸭，一个鲜的，一个咸的。"

养父一只手拿着盐水鸭，一只手拿着烤鸭："哎呀呀，鸭子我们乡下多了，你还打老远从南京背过来，以后不要这么辛苦了。爸看见你回来就开心得不得了，还买什么鸭子？"

蒋宸鸣继续往外拿东西："这是南京烟，还有雨花茶，其他的是些食品，都是你喜欢吃的。"

养父"嗯、嗯"直点头："还是儿子好，儿子没有白养。你这次回家住几天？等你休息一会儿，我带你去外面看看，每家每户全部是大写的'拆'字！儿子啊，我们的苦日子就要熬到头了！"

蒋宸鸣拿完东西，坐了下来。他的眼睛看着养父："爸，你该好好享福了。"

养父"嘿嘿"笑着："我老了，爸就指望你了。等爸把唯一的心愿实现了，哪怕就是明天蹬腿走人，我也闭眼了。"

蒋宸鸣一把搂过养父："爸说什么呢？爸才 70 岁，现在城里人 80 岁一大把，90 岁一箩筐，闭眼还早呢。"

养父继续笑，笑完后，沉默着，不说话了。蒋宸鸣坐着，一时也不知道说什么好，两个人对望了片刻，还是蒋宸鸣打破了沉寂。

蒋宸鸣转脸突然问："爸，我亲爸是怎么死的？"

养父的脸上抽搐了一下："你爸是自杀的！"

蒋宸鸣惊呆了:“爸,你说我爸是自杀的?我爸为什么自杀?”

养父的思绪回到了28年前,那个暗无天日的下午,沈飞丽离开家后,吴世奇抱着一大把猪草回到家,推开门一眼看见床上哭泣的男孩子,举目四望,不见沈飞丽。

吴世奇抱着男孩子,在村里找了一个下午,一直找到晚上,也没有看见沈飞丽的身影。他的心里悲凉到了极点,看着孩子心一横,抱着孩子敲响了村尾最后一户人家的门。

当时年轻的养父蒋伟涛打开大门,看着来人:“世奇,天黑了,来串门?”

吴世奇无力地摇了摇头:“蒋大哥,沈飞丽在吗?”

蒋伟涛莫名其妙:“我一个老光棍,女人从来不上我的门,怎么了?”

吴世奇绝望地叫了一声:“沈飞丽真的回城了,沈飞丽真的回城了,哈哈……”

吴世奇说完,疯疯癫癫地抱着孩子,朝外面跑去。黑黑的夜空里,只剩下吴世奇恐怖的高喊声:“沈飞丽真的回城了,沈飞丽真的回城了,哈哈……”

吴世奇跑得飞快,身影很快消失在黑夜里。大约十分钟后,吴世奇的声音越来越远,一条大河像一面镜子,照着吴世奇疯癫扭曲的脸。

河水正在涨潮期,吴世奇把孩子放在身后的草地上,“哈哈哈”大笑三声,一个猛子扎了下去。

蒋伟涛不放心,一直跟在后面,他有严重的脚气,一到汛期脚趾头就开裂,疼痛难忍。他一边歪着脚跑,一边咧着嘴喘粗气。

等到蒋伟涛循着声音追到河边,只有孩子在地上的哭声,揪心地回荡在无人的黑夜。他一把抱起孩子,依偎着他的小脸儿。

吴世奇是村上的孤儿,住在一间瓦房里。父母外出打工20年,再也没有回到村里。爷爷奶奶相继过世后,家里只有他一个人。

次日,吴世奇的尸体被打捞上岸,蒋伟涛把孩子紧紧抱在自己的怀里。这个孩子,就是吴宸鸣,后来从蒋姓,叫蒋宸鸣。

这段往事,蒋伟涛一直封存在自己的心里,从来没有对蒋宸鸣提过。今天,蒋宸鸣第一次对他提到亲爸的死,他的心还真的紧张了一下。

蒋伟涛想来想去,孩子大了,自己也老了,说走就走,还是对孩子说出真相比较好:“你亲妈生下你后,你才 6 个月,遇到知青大返城,你亲妈丢下你亲爸和你,回城了。你亲爸找遍全村,发现你亲妈真的走了,突发疯癫,跳河自杀了。”

蒋宸鸣一把抱住蒋伟涛:“爸,我知道了,你别说了!”

两个人抱在一起,眼泪顺着蒋伟涛的脸颊,慢慢流了下来:“你不要怨你亲妈,在那个年头,你亲妈回城是不得已的。可怜的是你亲爸,他怎么就疯了呢?”

蒋宸鸣趴在蒋伟涛的肩膀上:“爸……”

当天下午,蒋伟涛带着蒋宸鸣来到了吴世奇当年自杀的河边。这条河流陪伴了蒋宸鸣 23 年,他是喝河里的水长大的。

蒋宸鸣专注地注视着这条河流,神情分外凝重。今天,他从养父嘴里第一次听说自己的生父,心里不知道是什么滋味。

蒋伟涛遥望远方,看着河流:“当年,你亲爸就是在这里跳进河的,你躺在我的脚下,一直在哭,我抱起你,亲着你的小脸……”

蒋宸鸣的眼睛越来越湿润:“爸,我妈为什么要一个人走,不带我亲爸和我一起走?”

蒋伟涛摇了摇头:“其实,你是私生子,这事在村上年长的都知道。你亲爸是孤儿,你亲妈插队的时候,和你亲爸偷偷好上了,后来有了你。你半岁的时候,遇到知青大返城,你亲妈是知青,你亲爸是麒麟镇人,要走只能你亲妈一个人走。”

蒋宸鸣点了点头:“嗯。”

蒋伟涛继续说:“那天晚上,你亲爸抱着你,找你亲妈找到了我家门口,我是村里的最后一户人家。你亲爸问我,看见你亲妈了吗?我说,没有看见。你亲爸听完,立即就疯掉了,抱着你跑出了我家。我不放心你亲爸和你,一直跟在后面,我的脚不大灵便,皲裂,等我歪着脚追上你亲爸的时候,他已经跳下河了,只剩下你在地上哭……”

蒋宸鸣泪流满面:“爸,多亏你,如果不是你,我现在还不知道什么样了?”

蒋伟涛拍了拍蒋宸鸣的肩膀:“孩子, 从你亲爸跳下河的那个时候起,你就是孤儿了。28 年来,我一直守在麒麟镇,等着你亲妈来寻你。”

蒋宸鸣用力点头:“我亲妈来过麒麟镇吗?”

蒋伟涛摇了摇头:“不知道。”

蒋宸鸣仰头望着天,欲哭无泪。两个人站了大约十分钟,接着,蒋伟涛用手指了指远处的一座山:“你亲爸就葬在那座山上。”

次日清晨,蒋伟涛和蒋宸鸣一前一后,出现在一个荒凉的坟头上。坟头杂草丛生,墓碑上刻着吴世奇三个字。很显然,这是一座荒坟,更像一个土堆。

蒋宸鸣将冥币全部点燃,跪在地上,面对墓碑,深深地鞠了三个躬:“亲爸,你安息吧!”

蒋伟涛丢了三支烟在火焰上:“世奇,你儿子来看你了,28 年来,他是第一次来看你,老哥实在对不住你了!”

蒋伟涛说完,掩面痛哭。山风一阵阵吹来,燃烧的冥币随着风起风落,越飘越远。

蒋宸鸣站了起来,眼神凝重地看着墓碑上的姓名:吴世奇。生父,第一次以过世者的面目出现在他的面前,让他心情格外沉重。

山风越来越大,燃烧的冥币瞬间就被吹散了。蒋宸鸣上前扶住养父,养父很苍老,毕竟是 70 岁的农村老头子了,一场疾风就能将他吹倒。

蒋伟涛看着荒坟,老泪纵横:“世奇,28 年了,从我 42 岁那年开始,宸鸣就一直跟着我,现在总算长大成人了。请原谅老哥的自私,老哥改了他的姓。”

蒋宸鸣拉着养父的手:“爸,你不要自责了,我亲爸在九泉之下,应该感激你,是你把我养育成人的。我有两个爸,一个叫吴世奇,一个叫蒋伟涛。”

蒋伟涛欣慰地看着蒋宸鸣,转脸对着坟头:“世奇,我现在最大的愿望,就是让宸鸣回到自己的亲妈身边。你再给我一点时间,让我再去证实一下,如果一切都是真的,我立即就把宸鸣带到他的亲妈身边。”

蒋宸鸣一把抱住养父:“爸,我有你就足够了,不要找了。如果我亲妈真的爱我,她早就来找我和我亲爸了。”

蒋伟涛摇了摇头:“宸鸣,你亲妈也许有自己的难处,天底下没有一个母亲不爱自己儿子的。”

蒋宸鸣点点头:“爸,我知道,还是顺其自然吧。”

蒋伟涛对着坟头继续说："世奇，老坟 28 年没有修建了，你当年埋下去的时候什么样，现在还是什么样。麒麟镇就要拆镇划市了，等过了今年，土地被征收了，我和宸鸣就给你买块地，让你住到公墓去，再也不用在这里风吹日晒了。"

蒋宸鸣"嗯"了一声："亲爸，你就放心吧。"

风越来越大，刚才还是艳阳天，这会儿已经暗了下来，眼看就要下雨了。蒋宸鸣搀着养父，一起离开了荒坟。

身后，是一片荒凉的寂静。一群野山羊正在山上吃草，一个赶羊的少年躺在草地上，嘴里含着一片竹叶，吹着不知名的曲子。

山色很美，吹竹叶的少年更美。蒋伟涛看着吹竹叶的少年，仿佛看见了少年时代的蒋宸鸣。

少年时代的蒋宸鸣，趴在蒋伟涛的背上，嘴里含着一片竹叶，悠然自得地吹着。吹累了，他就拽着蒋伟涛的头发，问些幼稚的问题："爸，山羊为什么长两只角？"

蒋伟涛哈哈大笑："上帝让山羊长什么样，山羊就长什么样了。"

蒋宸鸣继续问："上帝是谁？"

蒋伟涛继续笑："上帝就是天！"

蒋宸鸣揪住蒋伟涛的头发："爸，你骗人，天在头顶上，怎么能做上帝啊？"

蒋伟涛求饶似的说："儿子啊，你爸是文盲，只能说到这里了，你明天去学校问老师吧！"

蒋宸鸣拍打着蒋伟涛的背："不好，爸，你现在就说。"

蒋伟涛继续求饶："这样吧，爸回去给你烤山芋，你放过爸，好不好？"

蒋宸鸣一听烤山芋，口水顺着嘴角流了下来："爸，说话算话，我们拉钩。"

蒋宸鸣说完，从养父的背上滑了下来，把小指伸了过去。蒋伟涛立即伸出自己的小指，和儿子的小手钩在一起："拉钩上吊，一百年不许变。"

想到这里，蒋伟涛突然笑了起来。蒋宸鸣看着养父："爸，你在笑什么？"

蒋伟涛回头望着吹竹叶的少年，冲着蒋宸鸣笑着说："爸想起了你小时候，缠着我问上帝是谁，哈哈……"

[第 十三 章]
结婚真难

南京乐家超市前台,沈嘉雨腰间别着对讲机,正在服务台忙碌着。一些顾客拿着收银单,正在排队开发票。

还有一些顾客拿着有质量问题的东西,正在交涉退换货。乐家超市是一家大型卖场,客流量比较大,每天营业额最低在100万元以上。

沈嘉雨正在处理退换货,她拿起对讲机喊了起来:“请百货部科长到服务台来一下,这里有个顾客买了一双拖鞋,价格标牌没了,你过来确认一下,是不是我们卖场的。”

对方立即回话:“好的,我马上通知百货科长过来。”

沈嘉雨将对讲机重新插在腰间,继续处理其他顾客的事情。这时,防盗器突然鸣叫起来了,沈嘉雨让面前的顾客暂时等待一下,朝防盗器走去。

防盗器边上站着一个老年男性顾客,手里拿着一瓶果汁,一袋凤爪,嘴里不断嚷嚷着:“东西我已经付过钱了,我没有拿你们超市的东西。”

沈嘉雨走过来,看了看老年男性顾客手里的食品,让他重新经过一次出口,防盗器再次鸣笛叫了起来。

沈嘉雨用手指了指旁边:“请跟我去办公室一趟。”

老年男性顾客被旁边一个男保安推着,身不由己地朝办公室走去。到了办公室,沈嘉雨善意提醒他:“你再想想看,身上还有什么东西,是不是忘记付款了?”

老年男性顾客摇了摇头:“没有了,我的东西全部付过款了。”

沈嘉雨来回走了几步,打量着老年男性顾客:“你买了几样东西?”

老年男性顾客把手里的东西举到沈嘉雨的眼前:“我就买了两样东西,这里有收银条,不相信你看。”

男保安瞪了一眼老年男性顾客:“看什么看,你放老实点,现在拿出来,比最后拿出来好。”

老年男性顾客声音有点不自然:“我真的什么也没有拿,不相信的话,你们搜我的身。”

男保安高声叫道:“我们不会搜你的身,防盗器不会无缘无故地叫的,我们还是希望你主动点。”

老年男性顾客继续坚持:“防盗器自己要叫,我有什么办法,我没拿就是没拿,它叫是它的事儿!”

这时,沈嘉雨忍不住了,拉了拉老年男性顾客的衣角:“你的衣服怎么穿斜了,也不知道拉好。”

沈嘉雨轻轻拉了两下,衣服里“哗啦”一声响,掉下几样东西。男保安立即拾了起来:“还不老实,这是什么?你睁大眼睛好好看看!衣服里还有什么,全部拿出来!”

老年男性顾客紧张地看了看,不做声了。沈嘉雨一把掀起他的衣襟,一套棉毛衫插在他的腰间,男保安随手抽了出来。

沈嘉雨摇了摇头:“胆子不小啊,超市成你家的老鼠仓了,想拿什么拿什么。”

这时,对讲机响了起来:“沈主管,你到服务台来一下,一个顾客有急事等你处理。”

沈嘉雨“嗯”了一声,关闭对讲机,对男保安说:“你在这里处理一下,我去下服务台,注意方式。”

说完,沈嘉雨转身离开,朝服务台快速走去。

下午三点,终于熬到下班时间了,沈嘉雨去办公室换了一身衣服,拿起背包正准备离开,手机响了:“喂,是哥啊,什么事情?”

电话是沈嘉铭来的:“妹,现在有空吗?”

沈嘉雨点点头:“有啊,哥,我马上下班了。”

沈嘉铭继续说:“我今天只做了一台手术,比较清闲,想和你去茶社坐坐。我在医院,马上开车过来接你,好吗?”

沈嘉雨“嗯”了一声：“好的，我在超市门口等你。”

二十分钟后，沈嘉铭的小车停靠在都市放牛茶社门口，沈嘉雨和沈嘉铭同时下车，一起朝茶社走去。

两个人坐下后，点了两杯茶，沈嘉雨看着沈嘉铭：“哥，你和嫂子什么时候结婚？洛洛天天在家问我，说给你们做花童。”

沈嘉铭打了个哈欠：“还结婚呢，不能谈了。”

沈嘉雨疑惑地看着沈嘉铭：“怎么了，嫂子不愿意？”

沈嘉铭摇了摇头：“哪里啊，人家是没有婚房结不了婚，我们是有了婚房连婚都结不了！”

沈嘉雨越来越疑惑了：“哥，你怎么越说我越糊涂了？究竟发生了什么事儿？”

沈嘉铭眼神疲惫：“其实，妹，你不知道，我和晓轩不提婚房的事，我们都很快乐，自从大姑给了我们婚房后，矛盾就开始产生了。”

沈嘉雨洗耳恭听：“什么矛盾？有婚房你们就可以结婚了，多好。大姑给你们买了婚房，也不用爸妈操心了，以后也不用你们还贷，这么好的事情还有矛盾？我真不懂了！”

沈嘉铭唉声叹气：“一切要像你说的这么简单就好了，现在的问题是，没婚房可以延续爱情，有婚房不能延续婚姻。”

沈嘉雨又听傻眼了：“哥，你不要和我绕来绕去好吗？我天天在超市和顾客玩嘴皮子，听得多了，头都闹大了，你直接说什么情况吧。”

沈嘉铭点了点头：“是这样的，大姑不是给了我们一套婚房吗？妈多了个心眼，在房产证上写上了自己的名字。爸妈上门提亲那天，晓轩她大姨直接要求我们在房产证上写上我和晓轩的名字，她爸说起码要写上我的名字，她妈直接对晓轩说，不写她的名字就不领结婚证……”

沈嘉雨连忙摆手：“哥，停停停，妈在房产证上写自己的名字干吗？”

沈嘉铭摇了摇头：“我怎么知道？”

沈嘉雨惊诧地张大了嘴：“你难道不问妈？大姑给你的婚房，写她的名字算什么呢？”

沈嘉铭苦笑道：“问过，等于没问。”

沈嘉雨“嗯”了一声：“妈怎么说？”

沈嘉铭摆了摆手："妈根本不给我说话的机会，直接把我骂回去了，还顺带着晓轩也骂了一通。"

沈嘉雨"哦"了一声："大姑知道房产证姓名的事情吗？"

沈嘉铭摇了摇头："我没有问过大姑。"

沈嘉雨把茶杯朝桌子上重重一放，引来不少人回头注视："哥，你自己的事情，自己都不关心，还指望谁帮你啊？大姑给你买婚房，肯定就是送你的，是不是？既然送你的，话语权就应该在你这里，现在，房产证在谁的手里？"

沈嘉铭摊开双手："房产证在妈手里。"

沈嘉雨哈哈大笑："哥，你是不是还在哺乳期？准备一辈子不断奶了？说实话，我原来没有结婚的时候，对孝子的印象特别好，总觉得嫁个孝子是自己一辈子的福气。可是，结婚后，我发现孝子是最没有立场的。只要婆婆和媳妇闹矛盾，孝子最先考虑的肯定是婆婆的感受，而不是媳妇。我家传辉就是，所以，哥啊，你现在要想清楚了，是做孝子，还是做逆子。"

沈嘉铭继续摇头："妈把我们带大不容易，我怎么能不做孝子？说白了，房产证在谁的手里无所谓，妈的就是我的，我的就是妈的，一家人分那么清楚干吗？"

沈嘉雨用手轻轻拍了拍桌子："得得得，不要对我说一家人，谁和谁是一家人啊？你太幼稚了！你看我家传辉，没有结婚的时候，和你说得一模一样，什么我妈的就是你的，你的就是我妈的，婚后呢，他妈的就是他妈的，你的就是你的，一点不含糊。去年我们买车钱不够，拿了他妈5万块，你知道吗？照样打欠条，现在一个月还不是乖乖还2000吗？什么你的就是我的，少来了，听了就一肚子气！"

沈嘉铭表情惊讶地看着沈嘉雨："不会吧，妹？传辉他妈竟然能做出这样的事儿？"

沈嘉雨乜斜了一眼沈嘉铭："不是传辉他妈能做出这样的事儿，保不准妈也能做出这样的事儿。天底下做婆婆的，都是一个心眼儿，这点绝对错不了，我算看透了。不是我要说妈什么，如果她是一个好婆婆，房产证她根本就不应该拿，连自己的名字都不能写。她这不是制造你和嫂子之间的矛盾吗？"

沈嘉铭无可奈何地笑了笑："妹，你对老婆婆似乎有偏见啊？是不是你

婆婆干涉洛洛做花童，你怀恨在心了？”

沈嘉雨鼻子“哼”了一声：“一码归一码，这是两码事，我是就事论事。你说，你们现在还没有结婚，就弄出这么一码子事来，以后的日子还要不要过了？”

沈嘉铭皱了皱眉：“妹，我现在很头疼，大姑什么东西不能送，偏偏要送婚房？送辆小车也好啊，不是什么事情也没有了吗？”

沈嘉雨扬了扬手：“哥，你是身在福中不知福。问题是你太没有原则性了，大姑给你的婚房，你就要自己做主。你明天就把房产证要过来，让妈把名字改过来，不就行了吗？”

沈嘉铭尴尬地笑了笑：“你以为妈是你啊？她的性格你又不是不知道，爸一辈子让着他，奶奶一辈子给她骂破了头，我还能怎样啊？”

沈嘉雨斜了沈嘉铭一眼：“既然你什么主意都拿不了，那你今天叫我来干什么？你以为我和你一样清闲啊？洛洛明天要去做花童，我还得去给她温习走步。我是担心你，带着这么大的负担，每天上手术台病人的生命安全吗？”

沈嘉铭继续苦笑：“挨一天是一天吧，最近科里准备提升一名科室主任，上面看好我，不过，我给房产证搞得都没有心思去参与竞争了。”

沈嘉雨突然瞪大了双眼：“哥，你千万不能因为房产证这事儿，把自己的前程断送了，事业和家庭对男人一样重要。我明天带洛洛做完花童，回家去看看，再和妈谈谈。”

沈嘉铭连忙摆手：“别，妹，你不要再和妈提房产证的事情了，你还嫌家里不够乱吗？”

沈嘉雨站了起来：“怕什么，嫁出去的女儿泼出去的水，我要得罪最多也就得罪妈一人，妈要恨也就恨我一人。”

沈嘉铭坐着没有动：“妹，我心领了，不过，求你千万不要插进来。我马上开车送你回去，明天我要做 3 台手术，难度比较高，我也要回去休息了。”

沈嘉铭说完，站了起来，呼唤服务员埋单。两个人走出茶社，沈嘉铭开车把沈嘉雨送到小区楼下，掉头回去了。

回头的路上，沈嘉铭放慢了速度，一边开车，一边拿起手机，一个信号拨了出去：“喂，晓轩吗？”

我正在家里看电视，随手打开手机："嘉铭，有事吗？"

沈嘉铭继续说："我爸今天晚上回南京了，给你带了块手表，你到我家吃晚饭吧？"

我犹豫了一下，不想去，不去似乎又不大礼貌："好吧，我一会儿过来。"

沈嘉铭"嗯"了一声："我刚才送我妹回家的，我马上绕道过来接你吧，省得你打车过来了。"

我点了点头："好吧，我准备一下，你到我家楼下后给我电话。"

沈嘉铭"OK"了一声，挂断手机。老爸走过来，对我挤了挤眼睛："又要去赴鸿门宴了？"

我伸了一个懒腰："什么啊，爸，你就会瞎说。"

老妈跟过来一句："我告诉你啊，晓轩，你去赴什么宴我不管，不过，房产证上不见你的名字，结婚证就别想领！"

我看着老妈："妈，你又来了？"

老妈走到我面前："什么叫又来了？你这个丫头怎么就不知道好歹呢？我这是在提醒你，免得你以后后悔了，找不到哭的地方。"

我没有说话，回头去自己的房间，换了一套衣服。老爸跟过来，低声说："晓轩，老大不小了，该出手时就出手，知道吗？"

我看了老爸一眼，没有做声。这个世界全部乱套了，让我彻底无语了。原来是老爸不急老妈急，现在是老妈不急老爸急。

至于我嘛，现在也急不起来了，结婚已经不是我一个人能左右的事情了，只能随便他们怎么折腾了，我还是边走边看吧。

反正已经剩下来了，也不在乎继续剩下去了。临出门的时候，老妈一直目送着我，眼睛里充满了期盼。

我知道，做父母不容易，看着老爸老妈脸上越来越多的皱纹和头上越来越多的白发，我的心里确实不是滋味。

下楼后，我直接去了小区大门，沈嘉铭的小车喇叭连续叫了三声，我快步走过去。三天没有见到沈嘉铭了，我思念的眼泪都要掉下来了。

沈嘉铭推开副驾驶座的门，我径直坐了上去。沈嘉铭用力踩动油门，小车掉头后，飞了出去。

我通过透视镜看着沈嘉铭，他的神情看起来比较疲惫。因为房产证的

事情，我们两个人都有点尴尬，国庆节长假也没有怎么见面，各自闷在家里。

沈嘉铭左手握着方向盘，右手伸过来，拉住我的左手。他的体温很快传给了我，让我感到一种久违的温暖。

爱情，是一种流动的温暖，和时间相隔多久无关。我看着沈嘉铭说："旅游结束了，你爸今晚从香港回来？"

沈嘉铭看了我一眼："是的，我爸说今天晚上的飞机到禄口机场，具体几点到南京还不知道，我没有问。"

我"嗯"了一声："那你怎么不去机场接你爸？"

沈嘉铭笑了笑："不用，我大姑派公司一个男秘书去接了，不用我操心的。"

我"啊"了一声："你大姑想得真周到，如果谁做了她的儿子，一定非常幸福了。"

沈嘉铭摇了摇头："我大姑没有儿子，一直拿我当儿子待，不然，她怎么会给我们婚房呢？"

提到婚房，我们两个人都沉默了。沈嘉铭把手从我的手上拿开，小车继续开，开了大约 500 米远，吃了一个红灯。

我看着前方，保持着一种微笑的姿势。沈嘉铭看了看我："最近几天想我了吗？"

我回了一句："那你想我了吗？"

两个人一个也不说"想"，彼此对望着，然后哈哈大笑。20 分钟后，小车到了清凉门小区楼下，沈嘉铭和我刚下车，便看见前面一辆小车里，沈飞歌推开车门走了出来。

接着，蒋宸鸣离开驾驶座，打开车门也走了出来。他转到车尾，打开后备箱，取出行李箱，对沈飞歌说："沈叔，我帮你提上去吧？"

沈飞歌连连摆手："不用，谢谢你，我自己提上楼。"

沈嘉铭一眼看见老爸，立即迎了上去："爸，你回来了？"

我也跟过去，叫了声："叔叔，回来了？"

沈飞歌回头看见沈嘉铭，喜出望外："哈哈，小子这么巧，来，提行李。晓轩，我给你和嘉铭带了一对情侣表。"

沈飞歌说完，和蒋宸鸣挥手道别。沈嘉铭回头看了看蒋宸鸣，问老爸：

"他就是男秘书？"

沈飞歌答道："嗯，你大姑公司的秘书蒋宸鸣。"

沈嘉铭"哦"了一声："大姑公司人才济济啊，连秘书都长这么帅！"

父子俩一边走，一边唠嗑。我跟在后面，到家后，奶奶过来开了门，司沁宁坐在沙发上看电视，一下子跳了起来："哎哟，沈飞歌回来了？"

沈飞歌点点头，笑道："嗯，我回来了。"

司沁宁走过来，一把抱住沈飞歌："你真能飞，才几天工夫，就从香港飞回南京了。"

沈飞歌哈哈大笑："不是我能飞，是飞机能飞。来回双飞，也不要我走一步路。来，嘉铭，把行李箱拿过来。"

沈嘉铭一把拉过行李箱，拖到茶几旁边。沈飞歌从衣服口袋里掏出钥匙，打开行李箱上的挂锁："妈，你过来看看，我给你带了一个玉佩。"

奶奶慢慢走了过来："飞歌，我不是叫你不要给我买东西的吗？省点钱给嘉铭装修婚房啊！小两口马上就要结婚了，怎么又给我买东西了？"

司沁宁看了奶奶一眼："妈，儿子孝敬你，买了就拿着吧。装修婚房也不缺一个玉佩的钱，再说，结婚证还没有领，装修急什么？"

司沁宁说完，朝我白了一眼。我的心提了一下，把脸扭向奶奶装呆。这个时候，除了装死，我还能做什么？

沈飞歌继续从行李箱里拿东西："嘉铭，晓轩，这是一对情侣表，来，给你们买的，喜欢吗？"

沈嘉铭接过情侣表，转身递给我："快，晓轩，过来戴戴看。"

我伸出手，戴上了那块女式情侣表，看了看，样式不错，对沈飞歌说："谢谢叔叔。"

沈飞歌继续从行李箱里拿东西："司沁宁过来，看看这是什么？劳力士金表，纯金、镶钻的，猜猜多少钱？"

司沁宁看着金表，眼睛发亮："劳力士金表？你舍得买？这得花多少钱啊？"

沈飞歌拉过司沁宁的手腕，把金表戴了上去："2 万，呵呵，喜欢吧？"

司沁宁喜笑颜开："喜欢，就是太贵了点。"

沈飞歌连声说："喜欢就好，给嘉铭买的那对情侣表两块才 1700 块，你

这块是有收藏价值的。”

司沁宁虽然喜欢，却还是心疼：“你也真舍得，2 万再增值，也不会到 200 万吧。你就看那把象牙梳子，从民国到现在多少年过去了，才值千把块！”

靠，象牙梳子？值千把块？我的心里“咯噔”了一下，终于看出这把破梳子在司沁宁眼里的重要了。

难怪那天去面包房还象牙梳子的时候，司沁宁对我那个态度，手里捏着梳子，像捏自己的命根子似的。

我没有多想，眼睛盯在金表上，感觉很好奇，忍不住上去看了看：“阿姨，这金表真好看，还是真金的呢。”

司沁宁抹下金表：“怎么样，漂亮吧？你戴戴看？”

我接过金表，戴在另一只手腕上，看了又看，感觉蛮新鲜的：“嗯，金表真漂亮。”

我转动着手腕，看了又看，最后抹下来，递给了司沁宁。司沁宁接过后，像宝贝似的，立即放进包装盒里：“我先收起来，等嘉铭大婚的那天再戴。”

沈飞歌看着司沁宁：“给你买了就戴着啊，还收起来，你没有见过金表啊？”

司沁宁回头反驳一句：“你才没有见过金表呢，现在连农村人都认识金表！”

沈飞歌哈哈大笑：“那好，随便你吧，你爱咋地就咋地，没人管你。这里还有一个宝贝，是给嘉雨的。”

司沁宁回过头来：“给嘉雨带的什么？洛洛有份吗？”

沈飞歌愣了一下：“给你买个金表钱就差不多了，嘉雨的是一家三口的，没有洛洛的。”

司沁宁“哦”了一声：“我看看什么东西？”

沈飞歌返回行李箱，拿出一包东西：“给你！”

司沁宁接过来：“全部是吃的！”

沈飞歌点点头：“吃的怎么了？就这些吃的，花了我几百块。”

司沁宁白了沈飞歌一眼：“香港转一圈回来，你眼睛里只剩下钱了。嘉铭，你马上给嘉雨打个电话，让她过来拿东西，就说她爸给他们从香港带好吃的回来了。”

沈嘉铭“嗯”了一声，拿起身边的座机，一个电话拨到了沈嘉雨的家：“喂……”

沈嘉铭“喂”字刚出口，洛洛接过去说：“喂，你找谁啊？”

沈嘉铭继续说：“是小洛洛啊，连大舅也不认识了啊？你妈在家吗？”

洛洛叫了一声：“大舅，我妈在卫生间洗澡呢。”

沈嘉铭“哦”了一声：“那你爸呢？叫他过来接电话，就说大舅找他。”

洛洛摇了摇头：“哈哈，大舅，我爸在给我妈擦背，你有什么话，对我说吧。”

沈嘉铭哈哈大笑：“算了，一会儿你妈洗好出来，叫她给大舅回电话，你公公从香港回来了，带了好多好吃的东西给你们。”

洛洛大声喊道：“好多好吃的东西啊？大舅，好的，拜拜。”

沈嘉铭挂断电话，回过头，对司沁宁说：“妈，嘉雨在卫生间洗澡，接不了电话。”

司沁宁点了点头：“不管她了，明天再说吧。”

热闹了一阵，总算安静下来了。司沁宁重新坐在沙发上，朝我坐的地方看了看，慢悠悠地说：“晓轩，你和嘉铭什么时候领结婚证啊？”

我把手放在膝盖上，感觉这个话题太他妈的刺激人神经了，我看着自己的手，一时无语。

司沁宁继续说：“晓轩，你听好了，马上国庆节一过去，过了年，嘉铭就30岁了，我不会让儿子过多地耽误在一些无聊的小事儿上，春节前你们不领证的话，春节后就不要考虑结婚的事情了！”

我瞪大眼睛，不知道说什么好。沈嘉铭坐在我的旁边，对司沁宁说：“妈，再给我们一点时间，好吗？”

沈飞歌看着空气有点紧张，立即打哈哈：“司沁宁，这结婚的事情，还是让孩子们自己拿主意，他们想什么时候领证，就什么时候领，一天不领证，一天不结婚，这个年头不兴搞逼婚的。”

司沁宁鼻子“哼”了一声：“嘉铭眼看30岁了，在时间上是拖不起了，就是嘉铭自己想拖，我也不会答应的。至于逼婚，用得着吗?谁离了谁还不是一样过？不要把自己看得和天使一样！”

我听着司沁宁的话，越来越不入耳，她这话很显然是冲着我来的。什么

乱七八糟的，这个女人我怎么觉得越来越不靠谱了？

奶奶坐不住了："沁宁，儿媳妇还没有进门，你就这样忍心说她了？"

司沁宁给奶奶一句话说跳起来了："我说什么了？我是提醒晓轩，婚姻也要看机缘的，如果自己把握不住，再好的男人也没有耐心等你的！晓轩，你还以为你永远18岁啊，你现在已经27岁了，再过两年就是明日黄花了！"

我抬头看着司沁宁，不知道说什么好，叫了一声："阿姨……"

奶奶继续说："沁宁，有你这么说话的吗？18岁和27岁有区别吗？只要没结婚，不都是黄花闺女吗？"

沈嘉铭一直看着我，我感觉自己的泪水就要憋不住了，我站起来走进卫生间，反手扣上门，捂住自己的嘴，任泪水飞了出来。

沈嘉铭很快跟了过来，敲了敲门："晓轩。"

我背对着门，没有搭理沈嘉铭。我用双手死压住自己的嘴，不敢把哭泣的声音发出来。

一头是对我有成见的老婆婆，一头是我爱的男人，我平衡不了自己的心态，也割舍不了和沈嘉铭的感情。

司沁宁在客厅继续坐着，高声喊道："嘉铭，去厨房冰箱里拿一块猪肉出来化冻，还有鸡脯，一会儿我去淘米，准备做晚饭。"

沈嘉铭"哦"了一声，立即转身去了厨房，拉开冰箱门，拿出食品，开始化冻。在这个家里，司沁宁永远都是一家之主，其他人都是从属位置的。

沈嘉铭急急忙忙做完事，重新回到卫生间，我在卫生间用冷水冲了一把脸，脸上的泪水痕迹已经没有了。

沈嘉铭一把拉过我的手，转身回到他的房间，反手扣上门，将我的身体抵在门后："晓轩，你刚才在卫生间哭了？"

我看着沈嘉铭："你妈为什么要那么说我？我27岁就是嫁不出，也不用她操心吧？"

沈嘉铭笑着说："告诉你一个经验：我妈说话，左耳进右耳出，知道吗？"

我瞪着眼睛："那是你，我能做到吗？我还没有进你家的门，她就那么说我，让我以后怎么生活啊？"

沈嘉铭继续说："我和你说过多少次了，我妈说话就当耳边风，听完拉倒。她多说几句，自己也不长肉，你少听几句，也不少一块肉。一家子在一起过日子，牙齿和舌头免不了要打架的，是不是啊？”

我听傻了，又开始目瞪口呆，继续保持沉默。我到现在也弄不清楚，为什么就和眼前这个男人纠缠不清了？还弄个如此霸道的老婆婆出来，三天两头地给我不愉快。

沈嘉铭看我不说话，一把抱起我，扔到床上。我躺在床上，两个人面对面看着。沈嘉铭轻轻俯下头，嘴唇渐渐靠近我的嘴唇，我慢慢闭上眼睛。

当两片嘴唇越来越近的时候，门突然“咚咚咚”被敲响了，司沁宁的声音接着响了起来：“嘉铭，去楼下小店买瓶醋来，家里没醋了。”

沈嘉铭立即从床上跳了下来，跑去开门：“妈，我马上就去。”

我把脸扭向一边，没有看门外。沈嘉铭出门后，我躺在床上没有动，屁股对着门外。司沁宁狠狠地瞪了我一眼，走了出去。

晚上吃饭的时候，我没有再说一句话。吃完后，逃也似的离开了沈嘉铭的家。沈嘉铭开车送我回去，一路上，我懒洋洋地坐在副驾驶座上。

我看了看沈嘉铭，突然想到了一个事情：“嘉铭，上次你说的科里准备提升一名科室主任，上面看好你，这个事情现在怎么说了？”

沈嘉铭看着我：“我想放弃。”

我惊诧地看着沈嘉铭：“为什么？这么好的机会你要放弃？拱手相让给别人？”

沈嘉铭的脸上露出为难的表情：“不是拱手相让，是最近给房产证搞得都没有心思去参与竞争了。明天还有 3 台手术要做，技术难度很高，我真担心哪天扛不住了。”

我靠在沈嘉铭的肩膀上，有点心疼他。我知道，都是房产证闹的。如果没有房产证，我们要多幸福有多幸福。

次日晚上 7 点，沈嘉雨带着洛洛离开了世纪佳缘大酒店婚礼场所，打车往娘家赶。

两个人坐在出租车里，洛洛很兴奋，手里拿着两盒喜糖，对沈嘉雨说：“妈，我们现在是去婆婆家吗？”

沈嘉雨点了点头：“是的，洛洛，公公昨天从香港回来，带了很多好吃的东西，你要不要啊？”

洛洛天真地回答：“我要。”

沈嘉雨笑了笑:“就是啊,所以,妈带你去婆婆家了啊。洛洛,从明天开始,出场要告一个段落了,你除了上幼儿园和学钢琴之外,回来每天要练习写字了,好不好?”

洛洛“嗯”了一声:“好啊,妈妈,你每天教我写字。”

沈嘉雨继续说:“我和你爸两个人谁有时间谁教你,好吗?”

洛洛点点头:“好的,妈。”

出租车很快在清凉门小区门口停了下来,沈嘉雨付完车款,将洛洛抱了下来,两个人一起坐电梯上楼。

进屋后,司沁宁迎了上去:“哎哟,我家宝贝洛洛来了,快进来。”

沈飞歌从沙发上站了起来:“洛洛来了啊,来,公公抱抱!”

洛洛先冲到婆婆怀里,叫了声“婆婆”,接着转身跑到公公怀里:“公公。”

沈飞歌一把抱起洛洛:“公公把你抛到天上,好吗?”

洛洛点了点头:“好啊,公公把洛洛抛到天上去。”

沈飞歌说完,举起洛洛,奋力朝天上抛去,等落下后再接回来。洛洛“咯咯”大笑,嘴巴张得大大的,一阵阵高叫。

奶奶听见声音,从小屋里走了出来:“是洛洛回来了啊,飞歌,孩子大了,不要抛了,小心闪着腰。”

沈飞歌继续抛了几下,把洛洛放了下来。洛洛缠着沈飞歌:“公公,洛洛还要。”

沈飞歌已经举不动了,在喘气。他赶紧从桌子上拿出一包食品,塞给洛洛:“公公从香港带来的,拿去慢慢吃,公公累了,要休息了。”

洛洛接过食品包,放在沙发上,顾着翻看,也不纠缠沈飞歌了。沈嘉雨坐下后,看了看四周:“我哥呢,妈?”

司沁宁跟着坐了下来:“你哥今天有好几台手术要做,还没有下班呢。”

奶奶从厨房里拿出一盒饮料,递给沈嘉雨,朝洛洛身边走了过去。沈嘉雨眉头皱了一下:“妈,我哥最近情绪好像不大好啊?”

司沁宁淡淡地说:“年纪轻轻的,哪来的什么情绪啊,我看你哥好着呢。”

沈嘉雨继续说:“妈,你怎么就知道年轻人没有情绪啊?男人和女人的表现形式是不一样的，只是我哥不说出来罢了。”

司沁宁反问道：“那你说你哥有什么情绪了？他每天回来吃的是现成的，衣服也不用洗一件，全部给他弄得好好的，他还想咋的？”

沈嘉雨摇了摇头：“妈，你以为衣来伸手饭来张口就是年轻人的所谓幸福啊，你看得太简单了。妈，你就不担心我哥一个人承重太大，有一天会扛不住吗？”

司沁宁愣了一下，急忙问：“什么，你说什么？什么扛不住？”

沈嘉雨打开饮料瓶口，喝了一口水：“妈，你不要急，我就是这么一说。”

司沁宁继续追问：“怎么一说？你倒是把话说清楚了。”

沈嘉雨话题一转：“妈，我问你个事情，你不要生气。”

司沁宁点点头：“你说，什么事情？”

沈嘉雨接着说：“大姑给我哥的婚房，房产证上写我哥的名字了吗？”

司沁宁摇摇头：“没有，怎么了？什么意思？”

沈嘉雨不紧不慢地说：“我就是问问，现在房产证在谁的手里？”

司沁宁脸色刷地白了：“你问这话又是什么意思？”

沈嘉雨继续说：“妈，我说了就是问问。其实，妈是过来人，看得比我清楚。就说我吧，结婚前没有听你的话，没有坚持让婆家在产权房上写上自己的名字，只让他们写了甄传辉一个人的名字。现在，夫妻之间闹矛盾了，我虽然嘴上说离婚，实际上心里一点底气也没有，很虚的。”

司沁宁望着沈嘉雨：“嘉雨，你现在说这些，究竟是想干什么？”

沈嘉雨看了看母亲：“我不想干什么，我只是想说，妈，你作为女人，应该站在女人的角度去考虑问题。我是你女儿，那时我结婚你是怎么劝我的，那么，现在也应该站在我嫂子的角度，去为她考虑一下。一个女孩子嫁给一个男人，如果连房产证上的姓名都没有她的份儿，那么在未来的婚姻里，她是非常弱势的，尤其是新婚姻法实施以后，她的权利更没有多少保障了。将来万一离婚了，她面临的就是净身出门，一点人生保障也没有。”

司沁宁冷笑了一声：“呵，你是合计着帮着外人来瓜分沈家的财产了？真是嫁出去的女儿泼出去的水，亏我养你这么大。”

沈飞歌正坐在一边休息，看着母女两人要抬杠了，赶紧走了过来：“怎么了，又准备干上了？”

沈嘉雨看了看父亲："爸，我和妈在谈心，谁干架了？"

司沁宁忽地一下站了起来："嘉雨，你妈活了一辈子，遇到什么事情该怎么处理，比你清楚。你是我女儿，杜晓轩是我未进门的儿媳妇，你们两个人能相提并论吗？"

沈嘉雨拉了拉母亲的衣服："妈，我们不是说好了，不生气的吗？你怎么还是生气了？我只是希望你为我哥多想一下，他和杜晓轩情投意合，一个非她不娶，一个非他不嫁，现在，两家人在房产证上各不相让，让我哥很为难。我哥是医生，拿手术刀的，院领导一直想提升我哥当科室主任，最近面临着激烈的竞争，如果我哥在手术台上出点意外，不是为别人让路吗？"

司沁宁眼睛一下子放亮了："什么，你说你哥被院领导看好，要提升科室主任？你怎么知道的，他怎么从来没有和我们说过？"

沈嘉雨站了起来："我哥心情不好，叫他怎么说啊？如果不是我哥昨天和我说，我也不知道。妈，房产证上的姓名真的那么重要吗？我哥和嫂子都要结婚了，大姑连婚房都买好了，你还要横着插一竿子干吗？你就真的不怕我哥哪天在手术台上出意外啊？"

司沁宁想了想，有点后怕："嘉雨，你不要老是说什么意外意外的，你哥往常这个时候应该回来了，今天怎么还没有回来？"

沈嘉雨看了看墙上的挂钟："8点多了，3台手术早该做完了啊，妈，要不要打个电话给我哥？"

司沁宁有点紧张："快打，我担心他手术台上出事。平时3台手术做完也就5点多，现在8点多了，怎么还没有回来？"

沈嘉雨"嗯"了一声，立即掏出手机，翻到沈嘉铭的姓名，立即拨了出去。语音提示："您拨打的号码不在服务区，请稍后再拨。"

司沁宁和沈飞歌两个人的头，不约而同地一起伸了过来，奶奶也丢下洛洛，跟过来听电话。

司沁宁有一种不祥之感："电话里怎么说的？"

沈嘉雨把手机对准司沁宁的耳朵："妈，不在服务区。"

沈飞歌比较冷静，对司沁宁说道："你用座机拨打杜晓轩的电话，看看他们两个人是不是在一起？"

司沁宁急忙回头拿起座机："对，我怎么没有想到？"

司沁宁一个电话摇到我这里，我愣了一下：“阿姨，嘉铭今天晚上没有来我这里，怎么了？”

司沁宁急忙说：“他没有来啊，那算了，我挂了。”

司沁宁说完，匆匆忙忙挂断了，回头看着沈飞歌。沈飞歌彻底傻眼了，大家面面相觑。

客厅安静极了，只有洛洛在拆食品包装的声音。司沁宁心里像猫抓似的，一刻也无法安宁。直到现在，她才真正回过神来，沈嘉铭的平安才是最重要的。

[第 十四 章]

手术台上的意外

此刻,某省级医院外科手术室,沈嘉铭额头上大汗淋漓,正在手术台上忙碌着。一把把飞刀,不断地在他和助手的手里交替更换着,可以看见气氛的紧张。

上午连着忙完了两台手术,下午还有最后一台手术了。沈嘉铭心里祈祷着,千万不能出错,现在是节骨眼上,如果出错了,科室主任的位子肯定是不要想了。

沈嘉铭一直雄心勃勃,自从走上医学岗位后,工作很努力,多年来没有出过一起医疗事故,院方领导很器重他,经常把重大疑难手术交给他做。

沈嘉铭嘴上说不想参与竞争,其实,心里很在意这次机会。早几天,院领导还专门找他谈话,明确表示很看好他,叫他努力,不要错过难得的提升机会。

沈嘉铭最近比较头大,房产证上的姓名让他无所适从。一头是自己的亲妈,一头是自己深爱的女人,两个人都是他生命中非常重要的女人,委屈了谁他都不好受。

本来,沈嘉铭还计划着领证后,把房子装修一下,赶在春节前完婚。现在,看来婚期是遥遥无期了。

助手用纱布不断揩擦着沈嘉铭的额头,他感觉有点支撑不住自己了。他对助手说了一句:“我支持不住了。”手术刀一下子离开了自己的手,滑落在病人的胸腔内。

接着,沈嘉铭晕晕乎乎地倒了下去,什么也不知道了。手术台上顿时乱作一团，另外一个主刀医生二话不说，立即接替沈嘉铭，紧急处理病人的胸腔。

一个助手忙着给院领导打电话，通知院部派人前往手术室，院部知道情况后，很快派了几个医生，将人高马大的沈嘉铭用医用车推出了手术室。

手术台上，主刀医生汗流浃背，正在奋力补救。半个钟头后，病人宣告不治，尸体被蒙上白色床单，推入停尸房。

急诊室里，沈嘉铭迷迷糊糊地躺在病床上，两个内科医生正在给他做检查，一会儿做心电图，一会儿量血压，忙得连转身的地方都没有。

外科科室副主任穿着白大褂，双手插在口袋里走了过来："今天手术台上怎么回事儿？"

一个女助手看着科室副主任说："沈医生突然在手术时晕倒了，其他人接着做手术了。"

科室副主任点了点头："怎么没有及时报告我？"

女助手支支吾吾的："当时，大家都慌了，就先打了院办的电话。"

科室副主任冷冷地看着沈嘉铭，背着双手："这回玩大了，刚才院办的领导说了，这是一起重大的医疗事故。"

女助手惊讶地张大嘴："这么严重？"

科室副主任点了点头："病人死了，家属正在院办要人呢！好端端的人进去，做鬼出来，不闹才怪！"

女助手"啊"了一声："沈医生这次完了……"

科室副主任笑了笑："何止是完？"

女助手吓得不敢做声了，低头忙自己的事儿。科室副主任围着沈嘉铭的病床转了一圈，临走时说道："你们先忙，我去给沈医生的家属打电话。"

科室副主任是一个中年男人，名叫林福明，是沈嘉铭的死对头，一直在暗中与他较劲，盼着提升转正。

林福明做梦都想登上科室主任的宝座，谁知院部就是空着这个位置，让他如鲠在喉，心里老大不痛快。

最近，早就有风声传出，院部准备提升一名外科主任，林福明感觉机会终于来了。不过，他很担心，院部似乎更看好年轻有为的沈嘉铭。

今天的 3 台手术，因为手术难度大，本来准备安排两天时间做完的。林

福明经过考虑，临时决定一天做完。

林福明不想错过眼前这个千载难逢的好机会，既然老天爷给了他机会，他就要努力抓住，不然的话，他要后悔终身的。

所以，今天沈嘉铭在手术台上出了这样的事情，林福明一点都不吃惊。故事在按照他的路线走，他很满意现在的结果。

至于沈嘉铭在手术台上拉下的一屁股屎，还是给院部去擦了，林福明是烦不了。为了这个机会，他已经等待了很多年，放手一搏的时机终于到了。

林福明悠然自得地走出急诊室，回到外科住院部的办公室。坐下后，他开始在办公桌玻璃台板下寻找沈嘉铭的手机号码，找了半天，也没有看见家属联系号码。

这时，女护士长周敏安走了进来，林福明喊住她："小周，你知道沈医生家的电话号码吗？"

周敏安摇了摇头："林主任，我没有。"

这时，手机铃声从一个角落里传了出来，林福明把目光扫向沈嘉铭的办公桌。他站起来，过去一把拉开抽屉，来电声音正是从这里发出的。

林福明拿起手机，按下接听键："喂，你好。"

对方是司沁宁，她的声音火急火燎："你好，请问你是？我儿子沈嘉铭在哪里？我打了半天电话了，怎么一直没有见到他本人来接听？"

林福明清了清嗓子："请问你是沈医生的母亲吧，他现在急诊室观察治疗，你们是不是过来一下？我正在找你们家属！"

司沁宁吃惊地叫了一声："我儿子出了什么事？他今天出门上班的时候人是好好的，现在怎么了？是不是出交通事故了？"

林福明轻描淡写地说："没什么，沈医生今天晚上在最后一台手术上晕倒了，问题不大。"

司沁宁"啊"了一声："怎么会这样？好的，谢谢你，我们马上过来，他在急诊室是吧？"

林福明答道："是的，在急诊观察室。"

林福明挂断手机，放回原处，阴郁地笑了起来。他回到自己办公桌边，点燃一支香烟，猛吸两口，然后狠狠地掐断了烟头，死死地按在烟灰缸里。

此刻，电话那头的司沁宁六神无主，像瘫痪了一样，一屁股坐在沙发上。沈嘉雨追问："妈，我哥到底怎么了？"

司沁宁哭着说："沈飞歌，我们赶紧上医院，嘉铭晚上在手术台上晕倒了！"

沈飞歌不敢相信自己的耳朵："你说什么？嘉铭晕倒了？他身体硬朗得很，怎么突然就晕倒了？"

沈嘉雨抱起洛洛："妈，不要耽误时间了，我们赶紧去医院看看，先了解一下我哥的情况再说。"

奶奶在一边听得心惊肉跳："飞歌，你是说嘉铭晕倒了？会不会是工作压力太大了，或者低血糖啊？"

沈飞歌起身套上衣服："妈，我们去医院看下嘉铭，你一个人在家，我们一会儿就回来。"

奶奶点了点头："飞歌，带点糖果去，如果是低血糖的话，就给嘉铭吃几颗。家里不用担心，我去了也帮不上忙，就在家守着吧。嘉雨，你把洛洛丢家里吧，天黑了，去的又是医院，对孩子不大好吧？"

沈嘉雨想了想，放下洛洛："洛洛，妈和公公婆婆去医院看你大舅，你和太婆在家，一会儿我来接你。"

洛洛懂事地点了点头，沈飞歌、司沁宁和沈嘉雨三个人呼啦啦一阵风离开了家，家里只剩下奶奶和洛洛两个人。

三个人出门后，立即打车前往医院。到了医院后，只见医院急诊室大门水泄不通，几辆警车停靠在门前的车位上。

一些警察全副武装，手里拿着警棍，站在急诊室大门口。一群家属围在门口，试图朝里面冲。

一个女人的哭声尖利地划破夜空："我男人好端端地进来，前后上手术台不到5个钟头就死了，让你们的主刀医生沈嘉铭出来，还我男人的命！"

沈飞歌耳朵尖，听见"沈嘉铭"三个字，拉着司沁宁就朝急诊室后门走。沈嘉雨听得真真切切，看都不敢多看一眼，跟着父母走。

走到急诊室后门，三个人给警察挡住了路："对不起，急诊室暂时戒严，不能进。"

沈飞歌小心翼翼地说："我们是沈嘉铭的家属，领导打电话叫我们过来的。"

警察听见“沈嘉铭”三个字，警觉地看着三个来人：“身份证件带了没有？”

沈飞歌立即从上衣口袋里掏出身份证，递给警察。警察看了看，手一挥，三个人鱼贯而入。

三个人一路找到急诊观察室，观察室门外站着两个警察。司沁宁因为一心牵挂着沈嘉铭，也没有注意周围的动向，别人说什么也没有听清楚，边走边问沈飞歌：“今天医院到底发生什么事情了，怎么到处是警察？”

沈飞歌连声说：“没事，不要管他们。”

沈飞歌一把推开观察室的门，一眼看见了儿子。沈嘉铭一个人躺在床上，右手挂着吊瓶，眼睛看着窗外。

司沁宁急切地走了上去：“嘉铭，你这是怎么了？”

沈嘉铭看着父母，撑着想坐起来：“爸、妈，我就是有点累了。”

沈飞歌上去扶住儿子，让他重新躺下：“累了就休息，不要拼命。”

沈嘉雨看着沈嘉铭：“哥，我昨天还担心你的，没有想到……”

沈嘉铭躺下后，侧耳听了听：“外面怎么那么吵？是不是医院出事了？爸，扶我出去看看。”

沈飞歌按住儿子的身体：“嘉铭，外面没你的事儿，你的首要任务是安心养病，其他事情和你无关。”

刚才进入医院的一幕，像放电影一样迅速闪过沈飞歌的大脑，他虽然还不知道具体真相，但是，还是不想让沈嘉铭多管闲事。

沈飞歌竭力分散沈嘉铭的注意力，沈嘉雨刚才也听得真切，她估计哥哥今天八成在手术台上出了医疗事故，病人家属正在找哥哥偿命呢。

沈嘉铭重新躺下，他在努力回忆今天晚上的手术过程。第三台手术正在进行中，沈嘉铭呼了一口气，接着就是流汗，然后他说了一句话，再下去什么也不知道了……

沈嘉铭实在回忆不起来了，他的思维像被自来水阻塞了一样，水泄不通了。司沁宁靠近儿子，泪水顺着双颊流了下来：“嘉铭，都怪妈不好，让你承受这么大的思想压力。等你出院，妈就把房产证名字改过来，加上你的名字。”

沈嘉铭看了看母亲，没有说话。他心里清楚，人的压力一旦到了无以复加的程度，肯定会以伤害自己的方式发泄出来。

司沁宁继续说："妈真的没有想到，这件事情给你造成这么大的压力，如果不是你妹今天晚上提醒我，我还不会意识到事情的严重性。嘉铭，你放心，妈说到做到，你出院妈就带你去办。"

这时，外面的争吵声越来越大了，沈嘉铭抬头朝门外看了看："妈，外面的人好像在叫我名字。你听！"

司沁宁走到门口，看了看门外，伸着耳朵听了听。沈飞歌立即走上去，拉回司沁宁："哪里有什么声音，儿子累了，要休息了，让他睡觉吧。"

沈嘉雨接着说："哥，你睡一会儿吧，不要想那么多了，妈已经答应你房产证上加你的名字了，你就安心养病吧。"

沈嘉铭很疲惫，他点了点头，闭上眼睛，很快进入了梦乡。沈嘉雨看哥哥睡着了，一把拉过沈飞歌，闪到角落里，低声说："爸，我哥是不是出医疗事故了？"

沈飞歌点了点头："估计是的，外面闹翻了，我出去看看。"

沈飞歌推开门，刚准备出去，被门口守护的警察挡了回来："去哪里？"

沈飞歌退回半步："我想去卫生间。"

警察看了看沈飞歌，让开来。沈飞歌走出去后，往急诊室大门走去，一个警察立即跟了上来："卫生间在这个方向，请顺着这里走。"

沈飞歌愣了一下，转身朝卫生间的方向走去。看来今天这里气氛很紧张，医院戒严了。

沈飞歌从卫生间解手出来，刚才的那位警察停留在不远处，视线一直跟着他。他无法走开，只能回到病房里。

沈嘉雨看见沈飞歌，迎了上去："爸，外面怎么说？"

沈飞歌摇了摇头："警察跟着，没有办法出去。"

司沁宁看父女两人神神秘秘的，总是避开她说话，感觉有点不对劲："你们在谈什么？"

沈嘉雨看见母亲过来，立即闭嘴不说话了。与此同时，门被推开了，林福明穿着白大褂走了进来，身后跟着一个内科医生。

林福明直接走到病床边，指着沈嘉铭对大家说："你们都是沈嘉铭的家属吧？我是外科主任林福明，你们家属听好了，现在医院出了一些紧急情况，

马上内科医生先检查一下，如果沈医生病情稳定了，我们先安排人护送他回家休息。”

沈飞歌点了点头：“谢谢林主任，我儿子让你们操心了。”

林福明说完，内科医生开始例行检查沈嘉铭的身体。沈嘉铭睁开眼睛，一眼看见了林福明：“林主任，今天晚上最后一台手术的病人怎么样了？”

林福明笑了笑：“没事，你安心养病。”

沈嘉铭还是有点不放心：“林主任，那把手术刀……”

林福明摆了摆手：“不要惦记手术刀了，内科医生马上给你检查下身体，如果没有问题，你先回去休息几天。”

沈嘉铭点了点头：“谢谢，林主任。”

内科医生继续检查，一会儿听心肺，一会儿看脉象，忙完后，回头对林福明说：“林主任，沈医生的身体没有多大问题，脉象情况比较好，估计是疲劳过度。今天挂了两瓶水，状态恢复得比较好，需要静养和休息。”

林福明松了一口气：“那好，现在水要挂完了，你去叫两个护士过来，带辆医用车，我去叫车，马上把沈医生送回家。”

林福明说完，和内科医生一起转身走了出去。沈飞歌和沈嘉雨面面相觑，司沁宁似乎看出了苗头，不敢做声了。

两分钟后，一个护士先进来，拔掉了沈嘉铭手上的针头。不一会儿，另一个护士推着医用车进来。

沈嘉铭按照两个护士的吩咐，转移到医用车上。两个护士将被子盖在他的身上，蒙上脸，推了出去。

沈飞歌、司沁宁和沈嘉雨三个人跟在后面，医用车以最快的速度滑行着，在两个护士的推动下，一直跑到了急诊室后门。

急诊室后门，一辆白色救护车停靠在门口，两个警察一前一后，将沈嘉铭转移到担架上，推进车里，救护车疾驰而去。

[第 十五 章]
好事多磨

贺飞丽广告传媒有限公司门卫室里，蒋伟涛提着两只老母鸡和一篮子鸡蛋，站在门口东张西望。

一个身穿制服的保安走了过来："喂，老大爷，你找谁？"

蒋伟涛看着保安，说："我找你们公司老总。"

保安问道："沈飞丽？"

蒋伟涛点点头："是的，就是她，她在哪儿？"

保安继续问："你找我们沈总有什么事？你是她的什么人？"

蒋伟涛笑了笑，提着篮子准备朝里走："我是她亲戚，麻烦你让我进去看看她。"

保安一把按住蒋伟涛："稍等，你是哪里人？我先给沈总报个信！"

蒋伟涛"嘿嘿"笑道："你就说，常州麒麟镇有个老头子找她，谢谢你了。"

保安"嗯"了一声，转身接通了沈总办公室的电话。沈飞丽正在看一份市场分析报告，听见座机响了，伸手接了过来："喂，我是沈飞丽，请说。"

保安立即说道："沈总，门口有个自称常州麒麟镇的老人，要求见你。"

沈飞丽愣了一下："麒麟镇的？你让他上来，说我见他。"

保安"嗯"了一声，放下电话，回头对蒋伟涛说道："我们老总同意见你，你顺着这个电梯上去，坐到 18 层，右拐不远处就是沈总的办公室。"

蒋伟涛点了点头，连声感谢，他提着东西，慢慢朝电梯走去。电梯有四个对开门，蒋伟涛看着不断闪烁的指示灯，一时不知道怎么办才好。

电梯上上下下的，一会儿开这个门，一会儿关那个门，蒋伟涛站在四个门中间，他的动作慢，等他走到电梯门口，门已经关上了。

大约等了五分钟，蒋伟涛仍然站在电梯口。他急得满头大汗，不知道如何是好。这时，有人从门卫处过来，准备上电梯，电梯门打开后，蒋伟涛立即跟着进去了。

此刻，沈飞丽坐在办公室，思绪飘到遥远的28年前。常州麒麟镇一片白雪皑皑，沈飞丽站在鹅毛大雪中，眼睛远远地看着吴世奇家的两间茅草房。

两间茅草房的大门开着，寒风一个劲地刮着，将门击得哐当直响。沈飞丽盯着门，看了半天，一直没有看见吴世奇的身影。

沈飞丽终于忍不住了，一步步艰难地朝大门走去。此时，她离开麒麟镇已经半年之久了，因为思夫念子心切，她瞒着父母偷偷回来看看。

沈飞丽推开门，心里一下子凉了半截，家里一个人也没有，灶台也是冷冰冰的。沈飞丽从前屋走到后屋，也没有发现吴世奇和孩子的身影。

绝望之下，沈飞丽走出了屋子，朝不远处一户人家走去。那户人家只有一个老太太，抱着暖壶在取暖。

沈飞丽带着一线希望推开那户人家的门，对屋里的老太太问道："大妈，你看见前屋那家的人了吗？"

老太太眼睛不大好使，顺着声音回道："前屋哪家？"

沈飞丽继续说："吴世奇那家。"

老太太"哦"了一声，冷冷地说："早死了！"

沈飞丽大吃一惊："死了？怎么死的？"

老太太平静地说："跳河死的！"

沈飞丽接着问："那他的孩子呢？"

老太太木然地说："不知道，听说给人抱走了。"

沈飞丽听见老太太的话，差点晕倒。她跌跌撞撞地离开老太太家，一个人孤身往回走，一路走，一路眼泪哗啦啦地落了下来。

这时，办公室门突然被推开了，蒋伟涛的头探了进来："请问沈飞丽在这儿吗？"

沈飞丽点了点头："我正是！请问您是……"

蒋伟涛放下篮子和老母鸡："我是常州麒麟镇的，你对这个地方应该很熟悉！"

沈飞丽看着来人，有点摸不着头脑："应该不算陌生吧。"

蒋伟涛憨厚地笑了笑："我今天来，是想和你证实一个事情。"

沈飞丽疑惑地看着蒋伟涛："证实什么？"

蒋伟涛搓着两只手，一时不知道说什么好。沈飞丽站起来，走到沙发边，倒了一杯水，请蒋伟涛坐下。

蒋伟涛坐下后，不那么紧张了，他喝了一口水，开始说话："28 年前，你是不是丢过一个私生子？"

沈飞丽紧张地看了看门口，压低声音说："这话怎么说？"

蒋伟涛"嘿嘿"一笑："从我手里掌握的资料来看，你就是 28 年前在常州麒麟镇插队的女知青沈飞丽。"

沈飞丽沉默了，默默地看着蒋伟涛："你继续……"

蒋伟涛继续说："当时，你和当地农民吴世奇相爱，偷偷生下了私生子吴宸鸣。半年后，知青大返城，你丢下了吴世奇和吴宸鸣，独自一人离开了麒麟镇。"

沈飞丽脸色越来越难看："请问，你是谁？是怎么知道这些情况的？"

蒋伟涛没有直接回答沈飞丽，接着说："你走后的当天，吴世奇抱着孩子，从村头找到村尾，一直找到天黑，最后找到我的家，依然没有你的消息，突然大笑着冲了出去……"

沈飞丽的身体在发颤，双肩抖得很厉害，心在滴血。

蒋伟涛说到关键处，喉咙有点哽咽："吴世奇离开我家后，发疯似的冲了出去，当时天色已经很晚了，我有点不放心，一直跟在后面。"

沈飞丽听到这里，眼睛里盈满了泪水，忍不住地往下落。

蒋伟涛接下去说："我的脚不好，皮肤开裂了，跑得慢，当我跟到河边的时候，吴世奇已经跳河了，只有孩子在地上哭，我一把抱起孩子，紧紧地捂在胸前。"

沈飞丽老泪纵横，抬起头："那孩子呢？现在在哪里？"

蒋伟涛的眼睛里也充满了泪水："后来，我匆匆把吴世奇下了葬，留下了吴宸鸣，改名叫蒋宸鸣。"

沈飞丽吃惊地看着蒋伟涛："蒋宸鸣？蒋秘书？"

蒋伟涛点了点头："宸鸣这孩子我带了28年了，28年来，我一直在寻找他的生母。现在，我年事已高，将近70岁的老头了，活的时间已经不多了，我唯一的心愿是把宸鸣交到他的生母手里。"

沈飞丽终于忍不住了，突然站了起来，一把抱住蒋伟涛："大伯，我就是宸鸣的生母沈飞丽，宸鸣这28年来，多亏了你的照顾，我太对不起这孩子了。"

蒋伟涛喜出望外："妹子，这就好，我今天来，就是为了最后证实一下你的真实性，现在我终于放心了，可以把宸鸣交到你的手里了，我就是哪天死了，也瞑目了。"

沈飞丽一边流泪，一边点头："大伯，宸鸣这孩子苦了你了，您放心，我这几天就去看一下周边的楼盘，给您和宸鸣在南京买一套房子，您老好好在城里养老吧。"

蒋伟涛摇了摇头："妹子，不麻烦你了，麒麟镇马上就要拆镇并市了，我和宸鸣也算城里人了。我把宸鸣还给你，就没有我的事情了。"

沈飞丽连连点头："大伯，你听我的安排，你这一辈子把心血全部花在宸鸣身上了，现在应该享福了。宸鸣这孩子很聪明，也很刻苦，他一直住在外面，房租压力不小，本来公司准备腾出一些流动资金，将空置的大库房全部隔开成一个个单间，做外地员工的宿舍，让宸鸣也搬进去住的，现在看来，他也没这个必要和别人挤在一起了，我直接给你们买一套房子，很省心的。"

蒋伟涛看着沈飞丽，激动得不知道说什么好。他指了指鸡蛋和老母鸡："自家养的鸡，是草鸡，比你们城里的杂交鸡有营养，还有草鸡蛋，你留着吃吧。我得走了，免得给宸鸣看见了，我得给这小子一个意外的惊喜！"

蒋伟涛说完，站了起来，朝门口走去。沈飞丽会意地点点头，也没有执意留客。蒋伟涛正要往外走，门被推开了。

蒋宸鸣推开门，手里拿着一份报价单，习惯性地叫了一声："沈总……"声音刚落地，蒋宸鸣一眼看见蒋伟涛："爸，你怎么来了？"

蒋伟涛笑了笑，挑起眉毛问："爸来公司看看你们老总，怎么，我就不能来了？"

蒋宸鸣满脸堆笑："能来，爸！"

蒋伟涛拍了拍自己的屁股:“我走了,小子好好工作!”

蒋伟涛说完,笑眯眯地走了出去。蒋宸鸣回头看着沈飞丽,沈飞丽也看着他:“你爸人不错,还给我带了老母鸡和鸡蛋,回头你拿走,自己慢慢吃。”

蒋宸鸣摆了摆手,递上报价单:“沈总,这是我养父,养了我 28 年了。我爸送给你的东西,怎么能转送给我?你自己留着吧。这是刚刚修订的报价单,你看一下,就等你签字发布了。”

沈飞丽呆呆地看着蒋宸鸣,简单地“哦”了一声。她做梦也没有想到,这个丢了 28 年的亲儿子,已经在她身边陪伴了她整整 5 年了。

梦里寻她千百度,那人却在灯火阑珊处,沈飞丽心里有一种说不出的激动。曾经的她,找儿子找得好辛苦,现在,总算苦尽甘来了。

蒋宸鸣站在原地,给沈飞丽看得有点不好意思了:“沈总,报价单放你这里,你抽空看下,我先回办公室了,有事电话叫我。”

沈飞丽点了点头:“嗯,好的。”

蒋宸鸣说完,掉头离开沈总办公室。沈飞丽一直看着他的背影,怎么看也看不够:“这小子怎么就成了我儿子了?”

蒋宸鸣回到办公室后,纳闷地看着自己,他很奇怪沈总刚才看他的眼光,和平时有点不一样。

养父今天来公司,蒋宸鸣一点也不知道。他进公司 5 年了,从来也没有看见过养父来看自己公司的老总。

蒋宸鸣现在有点后悔,刚才怎么没有叫住养父,竟然让他一个人走了。南京这么大,万一走失了,自己的罪就大了。

想到这里,蒋宸鸣立即拨通了养父的手机号码,对方很快接听了:“喂,爸,你现在在什么地方?”

蒋伟涛笑呵呵地回道:“我在火车站,怎么了,小子?”

蒋宸鸣惊讶地说:“爸,你已经到火车站了?你是不是飞过去的?怎么不在南京多玩两天?”

蒋伟涛哈哈大笑:“小子,我是打车过去的,南京马路真宽,我一出公司大门,一招手出租车就哗啦啦地开过来了。家里最近不能离人,随时要听拆迁通知,听说镇上办理拆迁手续很麻烦的,所以,我来看一眼你们公司老总就走了。”

蒋宸鸣"嗯"了一声:"爸,你来南京怎么不说一声?让我来接你一下。路那么远,你还背着那么多东西,就不怕累坏身体啊?"

蒋伟涛摇了摇头:"不累,你小时候,爸不是一直抱着你到处跑吗,两只老母鸡算什么?"

蒋宸鸣笑了笑:"爸,那你自己多保重了。"

蒋伟涛点点头:"好的,爸知道了,我去赶火车了。"

蒋宸鸣放下座机,继续埋头做策划书。养父转眼间老了,他更心疼他了,在养父有生之年,他想尽快找个媳妇,让养父尽早抱上孙子。

人的生命是短暂的,从养父苍老的面庞上,蒋宸鸣看得见时光的流逝。28年,只不过是一瞬间的工夫,人生能有几个28年呢?

十分钟后,蒋宸鸣办公室的门被推开了,沈飞丽拿着报价单走了进来:"这份报价单我看过了,已经签过字了,你明天可以下发相关部门。"

蒋宸鸣愣了一下,沈总从来没有亲自到他办公室送过资料,通常都是电话联系,让他过去取。今天突然大驾光临,还真的让他吓了一大跳:"沈总,你怎么亲自送材料过来了?"

沈飞丽笑了笑:"我没事,老坐着筋骨得不到舒张,适当活动放松一下。"

蒋宸鸣点了点头,接过报价单:"好的,沈总,我一会儿复印几份,明天下发各部门。"

沈飞丽看着蒋宸鸣,随意地在沙发上坐了下来:"蒋秘书,这次国庆节回家有什么收获?"

蒋宸鸣从座位上站了起来:"沈总,家乡变化比较大,我们麒麟镇马上就要拆镇并市了,以后我和我爸就是常州市人口了。"

沈飞丽点了点头,突然问:"蒋秘书,如果成为南京市人,你是不是心里更渴望呢?"

蒋宸鸣尴尬地笑了笑:"沈总,这个梦只能想想了,能升级成为常州市人,我已经做梦都要笑醒了。"

沈飞丽看着蒋宸鸣:"为什么?难道你不想成为南京市人?"

蒋宸鸣搓了搓手:"我是农村人,我养父没有什么背景,也没有靠山,我在南京读大学的那几年,多亏在学校贷款才完成学业,工作两年后才还完贷款。最近几年是存了一点钱,最多也就是回老家讨一个媳妇,其他的基本上是不敢想的。”

沈飞丽眉毛扬了扬:“如果,有一个捷径,让你成为南京市人,你会走这个捷径吗?”

蒋宸鸣忍不住笑了起来:“沈总,真会开玩笑,如果有这个捷径,我想没有人不会走吧?”

沈飞丽“嘿嘿”笑了一下,突然问:“蒋秘书,你知道自己的身世吗?”

蒋宸鸣低下头,脸上不再有笑容了:“我听养父说过,我有一个生母,在我生下半年后,知青大返城,丢下我爸和我,独自回城了。”

沈飞丽“嗯”了一声:“那你爸呢?”

蒋宸鸣黯然失色:“我是这次国庆节回家的时候,才从养父嘴里知道我爸的。他是在我生母离开后的当天晚上跳河自杀的……”

蒋宸鸣说不下去了,沈飞丽站了起来,她真恨不得一把抱住他,立即告诉他,我就是你的生母。

可是,蒋伟涛想给蒋宸鸣一个意外的惊喜,而沈飞丽自己也想给儿子一个更加意外的惊喜,所以,忍住没有冲动。

沈飞丽走过去,拍了拍蒋宸鸣的肩膀:“你养父很不容易,你的命比黄连苦,晚上下班没有安排吧?我请你吃饭,赏脸吗?”

蒋宸鸣受宠若惊:“沈总,你请我吃饭?”

沈飞丽点了点头:“嗯,你平时工作表现不错,难道不能请你吃顿饭?”

蒋宸鸣有点诧异,还是点了点头:“谢谢,沈总。”

沈飞丽“嗯”了一声:“那好,一会儿下班你在办公室等我电话,我开车带你去饭店。”

沈飞丽说完,走出秘书办公室。她的心里仿佛揣着一只小兔,开心得不行了。回到办公室,她终于忍不住了,哈哈大笑。

沈飞丽笑完后,好像突然想起了什么,立即拨通了司沁宁家的电话号码。司沁宁今天没有去面包店,正在给沈嘉铭熬莲子百合粥,听见座机响,急忙将煤气灶头调到小火,跑到客厅,拿起话筒:“喂,是他大姑啊?”

沈飞丽笑道:“是我,弟妹,在家忙什么?今天没有去面包店吗?”

司沁宁满脸堆笑:“没有去,让员工打理了。嘉铭病了,我在给他熬粥

呢。”

沈飞丽“哦”了一声：“嘉铭好好的，怎么病了？严重吗？要不要我过来看看？”

司沁宁担心沈飞丽过来看房产证，立即回道：“不用，谢谢他大姑，嘉铭就是一点小毛病，休息两天就好了。”

沈飞丽听说小毛病，也就放心了：“那好，我就不过来了。弟妹，想问你一个事情，上次给嘉铭买婚房的那家楼盘……”

司沁宁心里提了一下：“你说的是碧清居那家楼盘？”

沈飞丽连声称道：“是是是，就是那家楼盘……”

司沁宁用手捂住胸口，心脏一直在“怦、怦、怦”地跳着：“那家楼盘怎么了？他大姑你说！”

沈飞丽有点小紧张：“我想问那家楼盘，现在还有没有剩余的房子？”

司沁宁点点头：“应该有吧，你给嘉铭买婚房的时候，那家楼盘才卖出去三分之二，怎么了，他大姑？你是不是还想买套房子啊？”

沈飞丽忍不住笑道：“有点这个意思。”

司沁宁惊讶得张大了嘴：“是自己住，还是准备送人啊？”

沈飞丽哈哈大笑：“暂时保密！弟妹，我妈在家吗？你叫我妈过来接电话。”

司沁宁回道：“在家，我去叫她，你等下。”

司沁宁说完，丢下话筒，走到小屋：“妈，飞丽来的电话，叫你去接。”

奶奶听说女儿来的电话，赶紧跑出来：“是飞丽啊，是不是要接我过去住几天啊？说了这么多天了，就是一直没见动静。”

奶奶一边说，一边走到客厅，拿起话筒：“喂，飞丽啊？”

沈飞丽得意地笑：“妈，我找到儿子了！”

奶奶吓了一跳，大声问：“什么儿子？你什么时候来的儿子？”

沈飞丽反问一声：“我怎么就不能来个儿子？”

奶奶越听越糊涂：“飞丽，你马上过来，给我说清楚。”

沈飞丽摇了摇头：“妈，我今天晚上请我儿子在饭店吃饭，改天再来吧。”

奶奶“哼”了一声：“你继续忽悠吧，你如果能变个儿子出来，我把‘妈’字倒过来写给你看。”

沈飞丽“嘘嘘”了两声：“妈，注意保密，不要告诉任何人。”

奶奶没好气地说：“去去去，净会胡说八道，要保密自己保密去，我去看电视了。”

奶奶说完，摇了摇头，挂断电话。司沁宁一直在厨房侧耳细听，看见奶奶挂断电话，立即伸出头来问：“妈，他大姑说什么儿子啊？”

奶奶不想纠缠这个话题，回了一句：“鬼知道她说什么儿子啊，估计是看别人有儿子，自己想儿子想疯了。”

司沁宁白了奶奶一眼：“他大姑一辈子又没结婚，想什么儿子啊？如果真想要儿子，现在结婚赶紧生一个还来得及，人家国外63岁的老太婆还生儿子呢。”

奶奶“哎哟”了一声：“你真会说话，飞丽今年52岁了，月经早停了，也不排卵了，哪能生了？”

司沁宁斜着眼睛说道：“妈，你不知道啊，现在科学发达，停经的女人可以用中药调理的，恢复排卵，照样生孩子的。”

奶奶惊讶地叫了起来：“你意思是说飞丽现在结婚，明年就可以抱儿子了，这个年龄生儿子，给外人看见了，还以为是孙子呢，丢脸！”

司沁宁哈哈大笑：“孙子就孙子呗，吃自己的饭，走自己的路，管他人怎么看？又不要别人帮着带儿子，烦那么多干吗？”

奶奶倒退三步，回到自己房间，自言自语：“神经病，吃饱了撑得难过？管我女儿生不生儿子啊！”

司沁宁看着奶奶去了自己的屋子，缩回头继续熬粥，一个人在厨房里自说自话：“52岁了，还想生儿子，生下来的那东西不成人精了？”

当天晚上8点，沈嘉铭浑浑噩噩地从睡梦中醒来，醒来第一眼就看见了我。我坐在他的床前，揪心地看着他：“嘉铭，你醒了？”

沈嘉铭转头看着我：“晓轩，我在家里了？”

我点了点头：“嗯，院部派车把你送回来的，你睡了一天一夜了。”

沈嘉铭虚弱地回答：“我很累，我做梦爬了一座山，很高很黑，仿佛永远也爬不完似的。”

我抓住沈嘉铭的一只手：“嘉铭，不要想那么多了，我妈知道你病后，已

经同意我们领结婚证了，等你身体一好，我们就去民政局，好吗？”

沈嘉铭勉强笑了笑：“房产证名字不加了？”

我点了点头：“和房产证名字相比，当然是你的身体健康更重要了，我妈是过来人，知道轻重缓急，不会掐着户口簿不放的。哪像你妈，捏着房子像捏老命似的。”

这时，司沁宁端着一碗莲子百合粥推门走了进来：“嘉铭，你醒了？来，让晓轩给你喂莲子百合粥，多吃点，吃完有劲，明天和我去房产局。”

沈嘉铭反问了一句：“妈，去房产局干什么？”

司沁宁把碗递给我：“在房产证上加上你的姓名！”

司沁宁良心发现了，终于要在房产证上加沈嘉铭的名字了。她现在一定觉得儿子的命比房子宝贵了，不然不会给儿子吃下这颗定心丸的。

沈嘉铭看了看司沁宁：“谢谢你，妈。”

司沁宁摸了摸沈嘉铭的头：“多吃点。”

司沁宁说完，走了出去。我一边给嘉铭喂莲子百合粥，一边问：“你妈同意在房产证上加你的姓名了？”

沈嘉铭点点头：“你刚才不是听见了吗？”

我无奈地摇了摇头：“现在的父母怎么尽和我们唱反调？我妈这里同意我们领证了，你妈那里又同意加你的名字了，他们早这样做多好？”

沈嘉铭嘴里含着粥，一个劲地点头：“嗯，三岁一个代沟，我们和她们有9个代沟，太大了，难沟通。”

我一口接一口地喂着沈嘉铭，沈嘉铭显然饿了，把一碗粥全部吃完了。对于沈嘉铭这次病倒，我一点思想准备也没有，至于手术台上出的医疗事故，我更是一点不知情。

粥吃完了，沈嘉铭一把揽过我，亲了亲我的脸颊：“晓轩，我们终于要结婚了。”

我幸福地靠在沈嘉铭的胸前，听着他的心跳声：“嗯，没有想到，幸福来得这么快。”

沈嘉铭把我抱得紧紧的：“幸福本来就是属于我们的，谁知道半路开了个小差，不过，现在幸福又回来了。”

我笑了笑：“原来，幸福会和我们开玩笑，当我们痛苦得无法自拔的时候，幸福就来眷顾我们了。”

沈嘉铭摸着我的头发：“幸福是吝啬鬼，经常和我们躲猫猫。”

我闭着眼睛，尽情享受着两人世界。事情发展到这一步，是我没有预料到的，我对美好的婚姻又开始向往起来了。

我天真地问：“嘉铭，我穿婚纱会好看吗？”

沈嘉铭亲了一下我的额头：“我老婆穿婚纱肯定好看了，不然怎么叫沈嘉铭的老婆呢？”

客厅，沈飞歌坐在沙发上看电视，突然，座机响了。沈飞歌顺手操起话筒：“喂，你好，请问你是哪位？”

对方客气地回道：“我是林福明，外科副主任。”

沈飞歌立即按动遥控器，将电视音量调低：“林主任啊，你好，你好。”

林福明继续说：“沈医生身体怎样了？是不是好点了？”

沈飞歌连声说：“谢谢林主任，嘉铭身体好多了，过两天就可以去上班了，让你费心了。”

林福明接着回道：“沈医生不用急着来医院上班，院部今天刚刚下了通知，叫他暂时在家休息，听院部通知。”

沈飞歌本能地“啊”了一声，心里的预感成了事实：“林主任，你不要瞒着我，嘉铭是不是前两天在手术台上出医疗事故了？院部准备处理他？”

司沁宁正在一边剥橘子皮，听到沈飞歌的声音越来越不对头，紧张地走了过来：“怎么，嘉铭出事了？”

沈飞歌对司沁宁摆了摆手，继续听林福明的声音：“是这样的，现在事情已经发生了，我们就要面对，作为科室领导，我还是有责任和你们家属说清事实真相的。”

沈飞歌对着话筒：“好、好，你请说。”

林福明一本正经地说：“情况是这样的，那天沈医生在手术台上晕倒后，手里的手术刀滑落在病人的胸腔，虽然经过现场突击补救，但病人还是意外死亡。病人家属目前闹得很厉害，那天晚上你们来医院接沈医生的时候，也看见警察在医院戒严了。现在，院部做出对沈医生停职检查的决定，这是一起重大医疗事故，希望你们认真看待。”

沈飞歌越听越不是滋味，反问一句：“停职检查？”

林福明回道:“是的,所以,请你们转告沈医生,暂时不用来医院上班了。”

沈飞歌“哦”了一声,也不知道自己是怎么挂断电话的。司沁宁站在一旁,重复问了一句:“你说,嘉铭要停职检查?”

沈飞歌无力地点了点头,一下子瘫坐在沙发上:“这个消息暂时不要告诉嘉铭,让他在家休息几天,开开心心的,把一切都忘掉!”

司沁宁点了点头:“这都是怎么回事儿?转眼间世界全变了?”

沈飞歌冲着司沁宁叫了一句:“不都是你干的好事儿?”

司沁宁高声叫了起来:“怎么是我干的好事儿?月有阴晴圆缺,人有旦夕祸福,天要下雨娘要嫁人,关我屁事!”

沈飞歌哈哈大笑:“你作诗啊!出口成章啊?如果你在房产证上老老实实地写上嘉铭的名字,会有今天吗?你给儿子的压力太大了!”

司沁宁“哼”了一声:“我不是答应他,明天去房产局给他在房产证上加名了吗?”

沈飞歌从来也没有发这么大的火:“现在加有什么用?狗屁不通,晚了!”

两个人在客厅,你一句我两句,大动干戈,就差拍桌子摔板凳了。奶奶推开房门,从小屋走了出来:“你们两个人怎么又干上了?吵架能当饭吃吗?”

司沁宁看也没看奶奶:“你儿子整一个疯狗,逮谁咬谁!”

奶奶朝前跨了一步:“什么叫疯狗啊?我儿子是疯狗,你和他过了一辈子,不也是疯狗吗?”

司沁宁反驳道:“你儿子是疯狗和我有什么关系,人狗共居一室的,现在多了去了。”

沈飞歌终于忍不住了,愤怒的情绪爆发了:“司沁宁,你欺人太甚,你这是在和我妈说话吗?什么态度你?老子是疯狗,不错,你可以和我离婚,找人过日子去!老子忍了你一辈子了,现在不打算再忍了!”

客厅动静很大,我抬起头,看着沈嘉铭:“你爸你妈是不是在客厅干起来了?”

沈嘉铭侧耳仔细听了听:“好像是的,我出去看看。”

沈嘉铭起床后,打开屋门,我跟在后面,两个人一起走了出去。客厅里,三个人剑拔弩张，气氛很紧张。

司沁宁一脸霸气，站在客厅叫嚷："离就离，谁怕谁啊？"

沈嘉铭看着父母："爸、妈，你们在吵什么？"

沈飞歌"砰"的一声，拍了一下桌子："你有脸？儿媳妇都要进门了，还这么霸道，老子真懒得理你！"

司沁宁继续叫嚷，两个人一个比一个声音高："儿媳妇进门怎么了？嘉铭停职检查好像是我的错，他在手术台上出了事故，和我有什么关系？"

沈嘉铭不懂地看着母亲："妈，怎么回事？我被停职检查了？"

沈飞歌垂头丧气地叫了一声："司沁宁，你这个大嘴巴！"

司沁宁看着沈嘉铭："问你爸去。"

沈嘉铭失神地看着父亲："爸，到底出了什么事？为什么不对我说？"

沈飞歌叹了一口气："刚才林主任来电，说你那天在手术台上晕倒后，手术刀滑进病人胸腔了。"

沈嘉铭大惊失色："手术刀失手我是有一点印象，难道病人死了？"

沈飞歌点了点头："病人死在手术台上了！"

沈嘉铭绝望地拍了一下自己的脑门，反身回到自己的屋子里。我跟进去，看着沈嘉铭无助的样子，心里很难过。

接着，奶奶也跟了进来："你妈疯了，不要听她的鬼话，病人已经死了，就不要再想这事儿了。嘉铭，奶奶给你写检查，多大事儿啊？"

沈嘉铭的情绪很低落，我不知道怎么劝说他才好。正在为难处，沈飞歌一把推开门，指着沈嘉铭说："嘉铭，你听着，从今天开始，你不用去上班了，在家放假，明天去给老子把房产证姓名加上，后天去领结婚证，等房子装修完，先给老子结婚！你听见没有？"

沈嘉铭转过身，看着沈飞歌："爸，你们今天都怎么了？让我安静一下好吗？"

奶奶拉了沈飞歌一把："走，出去，一起出去，让嘉铭安静一会儿。"

家里终于安静下来了，再也听不到一个人的说话声。沈嘉铭站在窗前，看着外面，说了一声："怎么会这样？完了！"

我走过去，站在沈嘉铭身后："没有完，嘉铭，给自己一点信心。常在河边走，没有不湿脚的，明天我请假，去你们医院了解一下情况，如果真的是医

疗事故，就做好接受行政处罚的准备。人生的路很长，不能因为一个跟头就把自己跌趴下来了。”

沈嘉铭情绪低落地说：“去了又有什么用？知道得越多，对我的打击越大！”

我走上前，从后面轻轻抱住沈嘉铭的双肩：“你现在需要放松自己，病人已经死了，不能复生。我们唯一需要做的是，看问题出在什么地方，这样以后才能更好地工作。”

沈嘉铭站着没有动：“我觉得这次手术有点奇怪。”

我轻声问：“什么地方奇怪？”

沈嘉铭在回忆：“以前科里做这样难度高的大手术，都是每天安排一台，最多一天安排两台，这次为什么一下子在同一天里安排了三台？”

我看着沈嘉铭的后脑：“嘉铭，你在单位有没有结怨敌对的人？”

沈嘉铭摇了摇头：“没有啊，我在单位人缘还不错，从来没有得罪过什么人。不过……”

我接着问：“不过什么？”

沈嘉铭想了想：“最近科里一直在谈论提拔主任的事情，院部领导也找我谈过话，意思是叫我不要放弃这次竞争的机会。林主任现在是副职，一直想转正，不过，他的技术和人缘关系都没有我好，会不会是他故意动了什么手脚……”

我点了点头：“有这个可能，林主任一定知道你是他的竞争对手，趁这个关键时刻，让你一下子接受三台高难度手术，让你体力不支，造成医疗事故，不战自败。”

沈嘉铭“嗯”了一声：“如果是这样的话，林主任也太损了。他可以公平竞争，况且这次我本来就准备放弃的。”

我安慰道：“嘉铭，不要想那么多了，既然事情已经发生了，就顺其自然吧。听叔叔的，先把一切东西都放下，该做什么就去做什么，好吗？”

沈嘉铭沉默了两分钟，接着说：“只能这样了。”

当天晚上，我很迟才离开沈嘉铭的家。沈嘉铭已经做了最坏的打算，就是被医院开除。

如果沈嘉铭真的被医院开除了，也不是什么坏事。一来，沈嘉铭继续留在医院的话，这次事故隐患是他未来事业的一大障碍。二来，林福明老奸巨滑，势必影响他的仕途发展。三来，新的医患关系需要经过一个长期的过程才能重新树立，这个才是最致命的因素。

无论如何，明天我要去一次院部，先摸清楚情况再说。晚上12点，我到家后，父母已经睡着了。

我径直回到自己的屋子，床头柜上放着家里的户口簿，是老妈准备让我领结婚证用的。我的心里说不出什么感觉，眼泪一直在眼睛里打转转。

说实话，我现在一点心情也没有，原来一直期待的结婚证和房产证加名，对我来说，味同嚼蜡。

我最关心的是沈嘉铭，如果他不幸福，我比谁都难过。在这个世界上，有什么比自己所爱的人平安和顺利更重要的呢？

户口簿是什么？是毛毛虫，逗你玩的。房产证是什么？大姨妈，惹一身腥气。现在，我看什么，什么不顺眼。

除了沈嘉铭，现在已经没有什么能够让我开心的了。这个男人开始让我揪心，让我抓狂，让我莫名其妙地担心。

我躺在床上，呆呆地看着吊灯，想着三个月来身边发生的一切事情。我天生是一个温性的女孩子，不会记仇，不会记恨。

如果真的要说什么的话，大家都没有错，只是每个人所站的角度不同，出发点不同，但是，目的都是一样的，都是为了嘉铭好，也为了我好。

[第 十六 章]

祸不单行

第二天，是一个阴郁得令人发慌的日子，天空下着毛毛雨，淫雨霏霏。季节开始朝初冬走去，树上的落叶纷纷扬扬，在雨中飘落。

梧桐叶飘飘洒洒，落了一地。在这样阴冷无比的日子里，沈嘉铭看起来格外孤单。他手握方向盘，眼睛看着前面，脸上一点表情也没有，很僵硬。

司沁宁坐在副驾驶座上，脸上一团和气：“嘉铭，房产证加上你的姓名后，抓紧时间领结婚证，你大姑已经答应出钱装修了。”

沈嘉铭点点头：“妈，知道了。”

司沁宁继续说：“等装修完，找个算命的选个吉利时辰，先把婚事办了。我忘记问你了，杜晓轩娘家准备陪什么嫁妆？”

沈嘉铭简单回复：“我不清楚。”

司沁宁“哦”了一声：“那你等会儿问问杜晓轩，这样我们心里有数，好安排。”

沈嘉铭苦笑了一下：“好的。”

一路上，沈嘉铭再也没有说一句话，一直绷着脸。到了房产局，司沁宁排队、取号，忙忙碌碌、跑前跑后，直到中午，终于将房产证上的姓名搞定了。

看着房产证，沈嘉铭心里一点快乐也没有。原来一直梦寐以求的东西，现在突然了却心愿，却什么感觉都没有了。

司沁宁一直抱着房产证，像捏着自己的宝贝：“嘉铭，房产证先放在妈这里，等你们结婚后，加上孙子的名字，再放你那里，好吗？”

沈嘉铭随口答道：“妈，随便你，我没有意见。”

司沁宁笑了笑:“还是儿子脾气好,哪里像你爸,动不动就扔一张臭脸过来,给谁看啊?”

沈嘉铭没有心情:“妈,你以后少和我爸争执不休了,实在忍不住想吵架,就去练瑜伽。”

司沁宁转过脸:“练瑜伽?我这么大岁数了还练瑜伽?亏你想得出来,不怕人笑掉牙?”

沈嘉铭摇了摇头:“妈,你真死脑筋,我们医院科室女护士长,40多岁了,练瑜伽练了三年,身材、气质,尤其是脾气,真是绝对的好!”

司沁宁哈哈大笑:“真的吗?老太婆也可以练瑜伽?如果我能练到那个境界,以后孙子看到我,不说奶奶成妖婆了?”

沈嘉铭跟着笑了笑:“妖婆没有什么不好,妈,如果你真的想学,我最近在家也没有什么事儿,可以陪你报名,一起学!”

司沁宁感觉很好奇:“那你回去上网查查,有没有好的瑜伽馆,我们一起去练双人瑜伽。”

沈嘉铭点点头:“母子双人瑜伽?有意思,好,一会儿我回去上网就找。”

小车一直在开,沈嘉铭想到练瑜伽,心情似乎好了一点。这个季节太郁闷了,天空像发了霉一样,阴湿得难受。

沈嘉铭最不喜欢雨天,雨天有一种令人备受煎熬的感觉。他看了看手机上的时间,已经中午12点了。

在家休息的日子是无聊的,也是空虚的,沈嘉铭自从工作后,还没有这么清闲过,一下子歇下来,心里还真的空落落的,一点也不习惯。

当天下午两点,某省级医院院部会议室,院部领导绕着圆形会议桌,围坐在一起,党委书记姚学海首先发言。

姚学海宽面大耳,一脸福相,他严肃地说:“这次外科部门出的手术意外,我们定性为重大医疗事故,院部目前正在妥善处理死亡病人的善后工作,因为赔偿金额数目比较大,超出了我们的想象,所以,还在具体商量中。”

林福明坐在一边,眼睛看着院部事故报告的红头文件,一言不发。现在这个时候,他需要的是冷静冷静再冷静,控制控制再控制。

院长接过话:“院部没有想到外科部门会发生这么大的医疗事故,沈嘉铭一向是我们院部非常信任,技术过得硬的好医生,这次怎么就失手了?林

主任，你分析过其中的原因吗？”

林福明抬起头，看着大家：“院长、书记，首先，我代表外科部门向大家检讨，出了这样的医疗事故，我们感觉也很意外。沈嘉铭一直是我们科室的中坚力量，从来也没有出过任何误差。这次意外事故，是致命性的，不仅损害了院部的名声，还毁弃了他个人的美好前程。作为外科部门的副主任，我也有责任，平时领导无方，给院部带来了很大的损失。”

姚学海接过话茬：“现在，事故已经发生了，该赔偿的要赔偿，该处理的要处理。目前，我们已经对沈嘉铭做了停职检查的处分，不过，事情还没有完，我们要找出真正的原因，防止以后发生类似的事故。医院是救死扶伤的，我们要对患者的生命负责！”

院长想了想，继续说：“林主任，按理说，沈嘉铭在你们部门是主刀老医生了，大凡外科比较复杂和疑难的手术，都是他独当一面，这次究竟是什么原因，导致了这样的后果？这个问题你要仔细分析一下，沈嘉铭这样的技术能手在我们医院是不多的。”

林福明看了看院长：“院长，这次事故后，我分析了一下，估计是这样一些原因。首先，沈嘉铭在外科部门因为技术高，为人一向比较清高自傲，所以失手在所难免。其次，年轻气盛是另外一个原因，占着个人技术好，没有人能比得过他，所以，轻敌意识浓厚，这样迟早要出事故的。”

姚学海点了点头：“年轻人最怕自视清高，现在就让沈嘉铭在家好好反省，什么时候态度转变了，什么时候考虑回来上班。医院是玩真本事的地方，想玩刀玩命的一边去。”

林福明低头托着腮帮，心里偷偷地笑。这一局很关键，沈嘉铭显然不是他的菜，更不是他的竞争对手，自己轻易设个局，他就乖乖出局了。

人生真有意思，来来往往，虚虚假假，真真实实，没有人能够说得清道得明。要点小心眼，施点阴谋诡计，复杂的愿望就在简单中实现了。

今天的这个会议，有点像批斗会，除了主角缺席，其他关键人物全部到场。下午三点半，会议正准备结束，我一头冲进了会场，劈头盖脸就叫了一声：“院长……”

“院长”两个字刚落地，在场的人目光全部扫向我，我也不知道哪来的胆量，一点也不胆怯，继续说：“你们医院是怎么合理安排医生做手术的？以前科里做这样难度高的大手术，都是每天安排一台，最多一天安排两台，这次为什么一下子在同一天里安排了三台？想整人也没有这么直接的吧？”

姚学海转过脸来，问了一句：“你是谁？”

我高声说道：“我是沈嘉铭的未婚妻！”

院长看着大家，手一挥：“散会。”

一群人，呼啦一下，一瞬间全部散了。当林福明经过我身边的时候，狠狠地瞪了我一眼，让我头皮一阵发麻。

会议室只剩下院长和我，院长看着我，朝门外指了指：“去我办公室谈谈，好吗？”

我点了点头，跟随院长去了他的办公室。院长和我进去后，反身带上门，客气地请我坐下。

我坐在院长的对面，院长问：“你是沈嘉铭的未婚妻？”

我点点头：“是的，我们明天领证。”

院长看着我：“嗯，那就是说，明天你们就是法律意义上的夫妻了，先恭喜你们。关于沈医生的医疗事故，我心里一直有一个疑问，想了解一下他的情况，你今天正巧来了。”

我“嗯”了一声：“院长，嘉铭昨天晚上和我突然说到手术意外的事情，谈着谈着，他就起了疑心。”

院长接着问：“什么疑心？”

我继续说：“他说，以前科里做这样高难度的大手术，都是每天安排一台，最多一天安排两台，这次为什么一下子在同一天里安排了三台？”

院长想了想，点点头：“我也在考虑这个问题，今天会上我已经暗示了外科部门负责人，说的也是这个意思，不过……”

我“嗯”了一声：“我昨天晚上问嘉铭，他在单位得罪过谁没有。他肯定地说没有。不过，他对我说到了一个情况。”

院长反问：“什么情况？”

我顿了一下：“他说，最近外科部门人事变动，要升一位正主任，他想了一下，自己的竞争对手只有一个人。”

院长惊诧地问：“谁？”

我犹豫了一下，想到了林福明刚才那双阴毒的目光：“院长，这个人说

出来不大好吧？”

院长不客气地说：“如果你为沈医生好的话，现在就说出来，我们院部会客观分析的。是谁的错，我们就追究谁的责任！”

我定了定心：“林福明！”

院长的眼睛瞪得像一对铜铃：“林主任？”

我坚定地点了点头，院长看着我，站了起来：“这样吧，明天我抽个时间和沈医生通个电话，然后再核实一下情况，院部再做相关处理。现在，医院出了这样大的医疗事故，病人家属意见很大，严重地影响了我们医院的声誉。我们需要找到事故发生的真正原因，以绝后患。好的，谢谢你！”

院长说完，和我握了握手：“谢谢你的配合。”

我感激地回道：“谢谢院长。”

我怀着一线希望，转身离开了院长办公室。出了医院大门，转脸我一个电话打到沈嘉铭的手机上：“嘉铭，我从你们院长办公室出来了。”

沈嘉铭正在上网搜索瑜伽馆，司沁宁去面包房了，奶奶在小屋里午睡。他随手拿起手机，按到接听键：“你真的去了？院长怎么说的？”

我兴奋地说：“当然真去了，我见到你们院长了，把你昨天晚上对我说的话全部告诉他了，他说明天给你电话，想找你了解一些情况。”

沈嘉铭“哦”了一声：“院长没有说其他的吗？”

我点点头：“没有说，估计和你通话时会说的。你现在在忙什么？”

沈嘉铭回复：“在上网，搜索瑜伽馆。”

我疑惑地问：“你要练瑜伽？”

沈嘉铭喝了一口果汁：“是的，在家太无聊了，和我妈一起去练。”

我哑然失语：“你妈也练瑜伽？”

沈嘉铭笑了笑：“我妈脾气不好，天天使坏性子，我停职检查无所事事闷得慌，顺便陪她练练瑜伽，改改性子。”

我哈哈大笑：“你让你妈靠练瑜伽改性子？”

沈嘉铭沉默了三秒钟：“我还不是为了你好，免得你以后进门了，天天看她的脸，天天受她的欺，回来和我哭鼻子。”

我认真想了想，嘉铭说得不错：“嗯，谢谢你，嘉铭，我支持你。你找到瑜伽馆了吗？你马上出来，我妈把户口簿给我了，你现在和我去民政局领结婚证！”

沈嘉铭“啊”了一声：“领证？现在已经下午四点了，来得及吗？”

我点点头：“嗯，快点，抓紧时间，我在你们医院门口等你。”

沈嘉铭回答一声：“那好，我开车一刻钟就到，等我。”

我站在路边，一边等沈嘉铭，一边挂着耳机听音乐。我的心里乐滋滋的，古话说得好：因祸得福。我和沈嘉铭的恋爱过程很顺利，在触碰到婚途的时候，开始变得坎坎坷坷，令人无所适从。

山穷水尽疑无路，柳暗花明又一村。原来，世事万物都有它自己的规律性，老天给了你黑夜，就会给你白天，黑暗与光明同在。

我在心里勾勒着我们的未来，那是一个美丽的小天地，我们在自己的婚房里，开始自己的新生活。

我要把婚房布置得漂漂亮亮的，像一个世外桃源，我和自己相爱的人，在这里幸福地生活着。

我们将会有一个自己的儿子，或者女儿，不对，我喜欢一儿一女，最好是双胞胎，这样符合《计划生育法》。

这时，天上的毛毛雨开始慢慢地停了，太阳隐隐约约地露出了笑脸，我仰头看着太阳，内心一片灿烂。

这应该就是生活，普普通通、真真实实、磕磕碰碰、酸酸甜甜、苦苦辣辣的生活。我和沈嘉铭的生活还没有真正开始，我不知道未来是什么样的，但是，我有信心和他一起走过漫长的岁月，彼此相守着一起慢慢变老。

我正在无限憧憬中，手机来电铃声突然响了起来，我扯下耳机，开始接听：“喂，你好。”

来电的是黄丽婷：“晓轩，最近和嘉铭怎么样？连人都消失了？”

我“哎哟”了一声：“表姐，是你啊？我哪里消失了，这不好好的吗？”

黄丽婷接着问：“你在单位上班吗？想和你一起去喝茶，有时间吗？”

又是喝茶！这个破茶有什么好喝的，一壶茶，加两个杯子，再丢两小碟干果，百把块没有了，环境也不好，里面黑洞洞的，像在地道战的坑道里，不爽！

我立即回道：“我今天请假了，在等沈嘉铭一起去民政局。”

黄丽婷大惊小怪的：“什么，去民政局？你们今天要领证了？”

我随口应道:“嗯,我们今天领证。”

黄丽婷不敢相信地叫了起来:“房产证名字加了吗?你怕自己嫁不出去啊?急吼吼地把自己裸嫁了?”

我立即答道:“今天上午沈嘉铭跟他妈一起去的房产局,名字应该搞定了吧。”

黄丽婷继续问:“加的是谁的名字?他的,还是你的?或者你们两个人的?”

靠,表姐,问那么多,你是我的管家婆啊?加谁的名字和你有关系吗?他老妈就是一个名字不加,我也照样领证结婚啊。

我不结婚,你们说我嫁不出去,我要结婚了,你们又说嫁人要嫁房产证。横竖都是我的不好,你们这样有意思吗?

我淡淡地回答:“反正没有我的名字。”

黄丽婷惊讶地叫道:“晓轩,你好傻啊?你以后会后悔的,婚姻这么大的事情,你哗啦一下子,什么要求也没有,就把自己裸捐了?你当自己是臭豆腐块,没人要啊?”

我无可奈何地笑道:“表姐,人家都说,鱼和熊掌不能兼得。在沈嘉铭和房产证之间,我只能选择一个。”

黄丽婷狂笑不已:“哈哈,你这个笨蛋、呆瓜、大萝卜,我问你,人和房子谁更靠得住?靠男人不如靠自己,男人有钱,你还得伸伸手,他不给你,你拿他哈气啊?你能保证沈嘉铭爱你一万年不变?万一过个几年,他腻烦你了,一脚把你踢飞了,你空着两只手抱着尿娃娃回娘家哭去?”

我纠结地说:“你把世界上的男人都看成恶人陈世美了,如果女人都听你的话,男人都去打光棍了,还有哪个女人敢结婚啊?回娘家怎么了?有老爸老妈罩着自己,想哭就哭,反而痛快……”

黄丽婷鄙夷地说:“你疯了,你被沈嘉铭洗脑了?《新婚姻法》出台了,如果你现在不争取房产证加名权,以后哭的日子真的在后面了。”

我耸了耸肩:“表姐,对于两个死心塌地想结婚的人,新婚姻法和旧婚姻法是没有什么区别的,它出台它的,我们结我们的婚,是不是啊?”

黄丽婷气得七窍生烟:“你真少根筋,你听我一句话,今天不要领证,先跟我去房产局看看,加名潮会把你彻底震醒的!”

我摇了摇头:"谢谢表姐，嘉铭已经带我开车出门了，你就恭喜我们吧。"

黄丽婷左白眼右翻脸,狠狠地骂了我一声:"神经病!"

我"嘿嘿"怪笑:"表姐,你不要操心了,一人一命,既然上天让我遇到了沈嘉铭,我就珍惜这个缘分,假如哪天缘分散了,就痛快地离开。爱,本来就是分分合合的事情,谁又是谁的一辈子呢?我只想抓住眼前的幸福,至于其他的,就顺其自然了。是我的就是我的,不是我的强求也不会来的。"

黄丽婷满脸遗憾:"真是无可救药了,我有你这个表妹,真是一个悲剧。不听好人言,吃亏在眼前,你就抱住沈嘉铭一辈子吧。"

黄丽婷说完,气哼哼地挂断了手机。我重新插上耳机,继续悠然自得地听着音乐。天上的太阳已经张开笑脸,洋洋洒洒地照在我的身上。

我什么也不想,什么都无所谓,爱就爱了,想那么多干吗?纵然你有一亿家产,最后还不是一片浮云,死了什么也带不走。房产证是什么东西?不过是活着的时候避雨的地方!

这时,一辆小车一个急刹车,滑到我的面前,沈嘉铭从驾驶室里探出头,朝我喊道:"晓轩,上车。"

我抬头一看,是沈嘉铭,冲他一笑,打开车门,一屁股朝副驾驶座位上坐去。屁股还没坐稳,突然车头前横空出世一个身穿黑衣的女人,像吊丧一样,朝沈嘉铭愤怒地冲过去,一把拉住他的衣领:"你给我出来,看你朝哪里躲,还我男人的命!"

沈嘉铭愣了一下,没有做声。我感觉有点不对头,立即下车,走到黑衣女人的面前:"这位阿姨,什么事情,你好好说,别动手啊。"

黑衣女人哭着骂道:"我动手?你问问你男人干的好事,他害死我男人就跑了,把手术刀扔下就没事儿了?告诉你,没门儿,你以为你男人永远不来这家医院了?我天天在医院门口守着他,看他还来不来!"

听黑衣女人的口气,我似乎听出意思来了,这个黑衣女人应该是死者的老婆。沈嘉铭低头看着方向盘,没有说话。

我看着嘉铭委屈的样子,一把拉过黑衣女人:"你拉我男人干什么?医院出了医疗事故,院长会处理的,你找院长去。"

黑衣女人继续揪住沈嘉铭的衣领:"我不找你男人找谁?是他杀死我男

人的，杀人偿命，我要你男人的命！”

黑衣女人说完，一下子扑了上去。黑衣女人同来的亲戚也围观过来，开始拉扯沈嘉铭。我冲上去，一把抱住黑衣女人：“你有什么话，好好说，动什么手？”

这时，围观的人越来越多，交通很快被堵塞，马路水泄不通了。我一边拉扯女人，一边急中生智掏出手机打报警电话。

我的手机刚拿出来，立即被黑衣女人的一个家属夺了去，我担心沈嘉铭吃大亏，转手丢下黑衣女人朝医院门卫室跑去。

门卫室有三个男保安，正在聊天，我气喘吁吁地说：“沈嘉铭被死者家属追打了，快来救人。”

沈嘉铭是医院的新闻人物，三个男保安听见我的声音，立即冲了出来：“快，带我们去看看。”

走了不到五十步远，三个保安看见死者家属围着小车乱喊乱叫，两个保安直接冲了上去，紧急拉开人群，用身体护住沈嘉铭。

另外一个保安掏出手机，急忙报警：“喂，110吗？某省级医院门口有人闹事，阻塞交通，请立即派人过来处理。”

对方答道：“知道了，已经有人报警了，人马上到。”

话音刚落，一辆警车“咯吱”一声，停了下来。四个警察从车里走了下来，手里拿着警棍和对讲机。

人群自动闪开一条路，四个警察径直走到沈嘉铭面前，黑衣女人抓着沈嘉铭的衣领不松手，其中一个高个子警察大声吼道：“把手松开，有话好好说。”

黑衣女人不情愿地松开手，突然号啕大哭起来：“我男人冤枉啊，这个男人杀了我男人，现在我要他偿命！”

高个子警察莫名其妙：“你说清楚，谁杀了谁？”

我走上前，对高个子警察说：“警察好，情况是这样的，车里的是我男朋友，也是这家医院的外科医生，前几天在手术台上发生了一起医疗事故，病人死在手术台上，死者是这女人的男人。”

高个子警察仔细听完我的话，转脸对黑衣女人说：“医院发生的医疗事故，你去找医院的院长，你们家属在马路上闹什么？你们这是违反《交通法》，严重的要刑事拘留的。”

黑衣女人不依不饶:“院长处理不公,我男人一条命就值30万啊?我要他偿命!”

另外一个男警察拿着警棍走了过来,对黑衣女人说:“现在给你两条路,一是跟我们到局里走一趟,二是去医院找院长,你想走哪条?”

黑衣女人边哭边嚎:“我去局里干吗?我也没有犯法,要去也是姓沈的杀人犯去,我不去。”

男警察接着说:“你如果再继续在这里闹下去,我们就有权带你去局里,你相信不相信?”

高个子警察看了看四周,对其中一个保安说:“你打电话,叫你们院长出来,让他把你们的员工带回去。”

保安点点头,立即掏出手机,拨通了院长办公室电话。两分钟后,院长火急火燎地赶到医院大门口,一眼看见沈嘉铭,不客气地说:“你都停职检查了,还不好好在家待着反省,跑出来干吗,想添乱呢?”

沈嘉铭红着脸,叫了声:“院长。”

高个子警察看着院长,高声说:“请把你们的员工和病人家属带回去,这里是交通要道口,不要影响交通。”

院长立即点头:“好的,我马上把他们带回去,谢谢你们,多麻烦了。”

院长说完,指着沈嘉铭说:“你到我办公室去一趟。”

沈嘉铭点了点头,转身朝院长办公室走去。黑衣女人突然冲过来,站在沈嘉铭的面前,堵住了他的去路:“杀人偿命!还我男人!”

高个子警察上前一把抓住黑衣女人:“你还想闹是不是?走,去局里陪你慢慢闹个够!”

另一个警察站在一边,协助高个子警察,一把将黑衣女人推进了警车里。黑衣女人在车里骂骂咧咧的,四个警察一起上了车,警车瞬间扬长而去,马路上很快恢复了平静。

院长一脸不高兴,冲着沈嘉铭说:“你哪儿不能去,非要跑到医院门口来,难道你不知道你的事情正让整个医院头疼吗?”

沈嘉铭看着院长,无奈地说:“我是路过这里,接我女朋友的,没想到车刚停稳,那女人就冲上来了。”

院长头疼地说：“你太不小心了，出事那天医院来了几十个警察，才把死者家属的情绪稳住，这才几天，你就歇不住了？也好，我正要找你了解一些情况，来了就来了吧。”

沈嘉铭跟在院长后面，两个人一起朝院长办公室走去。我守在小车里，等待着他，看来今天的领证计划彻底泡汤了，我哭。

沈嘉铭到了院长办公室后，院长指了指沙发，示意他坐下，然后，开门见山地说：“你的女朋友刚才过来，向我反映了一个特殊的情况，我也觉得这次的医疗事故没有那么简单。你可以把最近的工作情况向我汇报一下！”

沈嘉铭老老实实地说：“好的，院长。我最近工作一直比较顺利，科里的几台大手术也做得很好，没有发生一起医疗事故。我唯一感到疑惑的是，最近的那三台手术……”

院长点燃一支烟：“继续说。”

沈嘉铭接着说：“按照正常情况，科里一旦有了难度大的手术，都要召开部门碰头会，研究详细的手术战术，对每例手术做一个技术上的交流，最后才确定手术的实施事项。最近的三台手术，病人病情很复杂，手术难度非常高，林主任破天荒地直接下达指令，让我在一天时间里完成三台高难度大手术，后来发生了那样的事故，确实令我痛心。”

院长猛吸了一口烟：“你觉得这里面估计会有什么问题？”

沈嘉铭想了想：“今年院部不是准备提升一位外科主任吗？我估计这个就是事故的真正起因。”

院长点点头：“这话怎么说？”

沈嘉铭继续说：“院长，外科部门主任一职多年来一直是空缺的，林主任人到中年，晋升机会已经不多了，他曾经在科室里放过风，让大家不要和他竞争，不然会死得很难看。”

院长眉毛挑了起来：“有这样的事儿？医疗事故发生前，我找你谈话的时候，你怎么没有对我说起这个事情？”

沈嘉铭沉默了片刻，说：“院长，我知道领导器重我，也看好我，我自己也想搏一下，不过，潜意识里我是准备放弃的，所以，就听其自然了。”

院长看着沈嘉铭，一脸的恨铁不成钢：“你可以拿自己的前途不放心上，但是，不能拿医院的前途不当一回事儿。我们是百年老院，从来没有发生过这么大的医疗事故，名誉受损的事情比丢命更大，你知道吗？”

沈嘉铭低下头：“我接受院部的处分，我已经做好了被开除的准备。”

院长拍了拍沈嘉铭的肩膀：“现在说开除还早，我们院领导一直看好你，今天的事情不要对任何人说。你回去吧，在家等我的电话通知，另外，检查写好了吗？”

沈嘉铭从口袋里掏出检查，递给院长：“谢谢院长，写好了，我回去了。”

院长“嗯”了一声，接过检查书，看着沈嘉铭的背影慢慢消失，摇了摇头：“年轻人啊，真糊涂，脑袋扎进糨糊桶里了！”

沈嘉铭离开院长办公室后，直接走出医院大门。我坐在车里，眼睛一直盯着医院大门，沈嘉铭过来后，打开车门上了车。

我看了看手机，已经下午 5 点了：“嘉铭，民政局要下班了，我们回去吧。”

沈嘉铭点了点头：“改天去吧。”

小车打了一个弯，朝回去的路上开去。开了大约 500 米，沈嘉铭突然放缓车速，靠路边停了下来，抽出一支烟，点燃后发呆。

我看着沈嘉铭："怎么了？开不动了？”

沈嘉铭点点头：“有点累了。”

累了？开车也累人？沈嘉铭八成有心事，而且不想和我说。他很少抽烟，尤其是当着我的面更少抽烟了。

为了调节气氛，我故意轻松地说：“那我明天报名去学驾驶，以后你开车累了，我替换你的手接着开。”

沈嘉铭看着我：“你学开车？”

我“嗯”了一声：“怎么了，不能学？”

沈嘉铭反问：“你真的想学？”

我本来也就是随便说说的，给沈嘉铭这么一问，还真的想学了：“嗯，明天我就去报名，考驾校。”

沈嘉铭看我一副认真的样子，点了点头：“那好吧，你去学开车，等我以后开车累了，你就给我当副手。”

我连连点头：“好，一言为定！”

当天晚上，沈嘉铭和我是在外面吃的，两个人一起吃的比萨。很久没有

吃西餐了，味道不错。

我们借着柔和的灯光，一边吃一边聊，沈嘉铭的心情似乎好多了，回去的时候，还特意去超市买了几袋喜糖，准备改天领证的时候发给民政局的工作人员。

当天晚上7点，沈飞丽提着一个果篮，敲开了弟弟沈飞歌家的门。司沁宁听见门铃声，急忙走了过去："来了，谁呀？"

沈飞丽应声答道："是我，弟妹。"

司沁宁打开防盗门，一眼看见沈飞丽，亲热地走上前，抱了抱她："哎哟，他大姑，你公司那么忙，怎么有时间过来了？"

沈飞丽"嘿嘿"笑着："再忙也要生活，亲情是最好的润滑剂。我妈和飞歌呢？"

奶奶在小屋看电视新闻，电视音量太高，没有注意到外面的情况。司沁宁接过果篮，指着小屋："妈在小屋看电视呢，飞歌出去溜街了。"

沈飞丽套上鞋套，笑嘻嘻地朝小屋走去，叫了一声："妈。"

奶奶一眼看见女儿，立即来了精神："飞丽，你来了？快坐下，妈问你，你什么时候来的啊？还有那个什么儿子，是怎么回事儿……"

沈飞丽在床边坐了下来，神秘地说："妈，暂时保密。"

奶奶鼻子"哼"了一声："搞什么鬼啊，你？还对我保密了！"

沈飞丽附着奶奶的耳朵轻声说："妈，等我买了新房告诉你。"

奶奶诧异地问："都一大把岁数了，还玩神秘啊？又买新房干吗？"

母女两个人一直在小屋说话，司沁宁转身回到自己房间，从衣柜底层拿出房产证，高高兴兴地朝小屋走去："他大姑，给你看看嘉铭的房产证。"

沈飞丽一把接过房产证，看了看姓名："哎哟，弟妹，上面还真的写上了嘉铭的名字，真是辛苦你了。"

司沁宁乐呵呵地说："他大姑给嘉铭的房子，怎么能不写他的名字呢？这是做人的起码道德，这个道理我懂。况且《新婚姻法》出台得那么及时，谁家买的房子就应该归谁家的子女嘛！"

奶奶白了一眼司沁宁，就差吐唾沫了。沈飞丽一边看，一边问："弟妹，你明天有空吗？"

司沁宁连忙说："有空，他大姑的事情就是我的事情，你说，明天有什么事儿？”

沈飞丽合上房产证：“明天你和我出去一趟，去长江路看看楼盘，我想再买一套和嘉铭户型差不多的房子。”

司沁宁嘴巴张得老大：“再买一套？让妈去住吗？”

沈飞丽摇了摇头：“我妈年纪大了，让她一个人住我不放心，身边需要人照顾，其他的就别问了，明天先和我去看房子，怎么样？”

司沁宁“嗯”了一声：“好啊，我明天上午先去面包房，把店里的事情交代一下，你大概几点来？我在店里等你。”

沈飞丽想了想：“我明天上午10点开车过去，你等我过来，我先去公司办点事儿。”

司沁宁用力点点头：“好的，我等你。”

[第十七章]
嘉铭的媳妇儿

沈嘉铭和我在外面吃完饭,没有兜风,直接开车回到了他的家。门锁扭开后,沈嘉铭拉着我的手进了客厅。司沁宁走出小屋,沈飞丽也跟着走了过来。

沈嘉铭一眼看见沈飞丽,立即叫了声:"大姑。"

我站在旁边,跟着叫了一声:"大姑。"

沈飞丽客气地答道:"嗯,嘉铭和晓轩回来了,去哪儿玩的啊?"

沈嘉铭换了鞋,拿起一瓶矿泉水,喝了几口:"大姑,我和晓轩去新街口了,随便转转。"

司沁宁指着沙发,示意沈飞丽坐:"他大姑,坐下说。"

沈飞丽转身坐在沙发上,司沁宁跟着坐了下去。沈嘉铭和我坐在他们的对面,奶奶继续躲在小屋看电视。

沈飞丽看着沈嘉铭,问:"嘉铭,准备什么时候举行婚礼?"

沈嘉铭看了看司沁宁:"我爸我妈还没有定日子呢。"

司沁宁转脸看着我,突然问:"晓轩,你问过你父母吗,你们家准备陪嫁多少?比如,装修、家具、家电什么的?"

我愣了一下,感觉很突然:"阿姨,我爸我妈没有和我谈过陪嫁的事情,要不我回去问问他们吧。"

沈飞丽接过话茬,对着司沁宁:"弟妹,你不要为难晓轩了,装修和家电我全部包了。"

司沁宁不敢相信自己的耳朵:"他大姑,你包了?"

沈飞丽肯定地点了点头:“我包了,明天我就去银行给你转款,先转30万装修款,不够再找我要。”

司沁宁忍不住说:“他大姑,结婚是男女双方的事情,我们这样做的话,是不是让人觉得男方家太吃亏了啊?”

沈飞丽不在乎地说:“弟妹,结了婚就是一家人了,还分什么男方家和女方家的?夫妻本是同林鸟,不存在谁占便宜谁吃亏,这个事情,就这么说定了。”

沈飞丽语气很坚决,司沁宁一口气堵在胸口,终于无话可说了。她的心里很不平衡,也很纠结,为什么女方家处处占他们男方家的便宜?嘉雨结婚的时候,可是什么便宜也没有占到的!

司沁宁在房产证上的让步,是迫不得已的,她是舍不得自己的儿子。如果沈嘉铭不在关键时刻出医疗事故,房产证上加名是想都别想的事情。不过,《新婚姻法》明确保护了男方的房产权,只要房产证上不加杜晓轩的名字,以后她就是想翻天都难!

司沁宁笑容满面地点了点头:“他大姑,听你的,嘉铭这孩子是托你的福气了,结婚这么大的事情,我们真的没有想到你从婚房到装修、家电全包了,这和自己亲儿子结婚有什么区别啊?”

沈飞丽眉飞色舞地说:“哪里,侄子不就是大半个儿子吗?只要嘉铭和晓轩婚后和和美美地过日子,我就心满意足了。”

司沁宁连忙接着说:“嘉铭、晓轩,还不赶紧谢谢你大姑。”

沈嘉铭和我异口同声:“谢谢大姑。”

沈嘉铭和我刚说完“谢谢”两个字,沈飞丽站了起来,准备告辞。沈飞丽走后,司沁宁看着我,不痛不痒地说:“晓轩,他大姑今天已经放出话了,婚房装修、家具和家电,都不要你们家出一分钱了,今天晚上回去后,你问问你爸你妈,结婚的时候准备陪什么嫁妆,也好让我们心里有数。”

我点了点头:“阿姨,我一会儿回家就问。”

司沁宁没有搭腔,径直走进奶奶的小房间,拿起房产证后回到了自己的房间。我继续待了半个小时,看时间不早了,和沈嘉铭一家人告别。

晚上10点钟我回到家,老妈兴冲冲地迎上来:“怎么样,结婚证领到了?”

我摇了摇头："没有，路上出了点事儿，耽误了。"

老爸关心地走过来："出了什么事情？要紧吗？"

我放下包，换上拖鞋，说了句"没关系"，回到自己屋里，一头栽倒在自己的床上。我很累，我想休息，想把一切抛在脑后。

我今天实在太累了，心累，身也累。下午医院门口那一幕，差不多把我的胆吓破了。我的眼前晃过几年前，身穿白大褂的我，拿着手术刀，看着手术台上停止呼吸的病人，一脸茫然……

我闭着眼睛躺在床上，思绪乱纷纷的。老妈端着一杯热牛奶走了进来："晓轩，你今天匆匆忙忙地出去，牛奶还没有喝呢。"

我坐起来，接过牛奶，喝了一口："妈，牛奶没有放糖啊，怎么一点不甜？"

老妈立即走出去："我去拿点白糖来。"

老妈离开后，老爸走了进来："怎么了，有心事？"

我勉强回答："爸，哪儿啊？"

老爸转身坐在我的床边："那你笑个给爸看，一回来就拉着一张脸，给我和你妈看的啊？"

我看着老爸，笑了笑："这样行了吧？"

这时，老妈拿着一勺白糖走了进来，加在牛奶杯子里，用勺子搅了搅。在父母面前，我感到一种说不出的温暖，父母的这种关爱是发自内心肺腑的，带有血脉相连的关系。

老妈把牛奶重新递给我："晓轩，房产证姓名加了没有？"

我"嗯"了一声："加了嘉铭的。"

老爸哈哈大笑："晓轩，不管加谁的，都是一个形式。听清楚了，你现在不是要和房子结婚，而是要和嘉铭过日子，不要过分在意形式的东西，那东西会让亲情淡化的。"

老妈接着问："嘉铭现在怎么样了，还在停职检查？"

我点点头："在等医院的处理意见。"

老爸安慰道："你给嘉铭一点时间，在手术台上出事，一定是有原因的，没事的时候，你多陪陪他，和他谈谈心。"

我把一杯牛奶一口气喝了下去："爸，我知道了。"

说完，我丢下杯子，一个猛子倒在床上。我闭上眼睛，舒了一口长气。老妈走过来，看着我："晓轩，在想什么呢？是不是期待着做新娘子了？"

我睁开眼睛，看着吊灯，一字一句地说："妈，你和爸给我准备什么嫁妆啊？"

老妈看了看老爸，转脸又望向我："我和你爸早就商量过了，嘉铭他大姑花钱买了房子，我们家就出装修款好了，180平方米的房子，没有20多万装修款估计拿不下来。"

老妈说完，我一下子从床上跳了起来："妈，嘉铭他大姑今天晚上说了，房子装修款，包括家具和家电，她一个人全部包了。"

老爸老妈看着我，夸张地叫了起来："真的？他大姑真的这么说了？"

我用力点了点头："真的，他大姑亲口对嘉铭他妈说的，我在一边听得真真切切。"

老妈搓着双手："他大姑人还真不错，嘉铭他妈要有她一半，你嫁过去就有好日子过了。既然这样，那我们也不充好人了，到时候我和你爸给你封个大红包，装20万存款进去，给你们做婚后的立户基金，好不好？"

我瞪大眼睛，实在不敢相信自己的耳朵："妈，20万啊？你和爸这一辈子的积蓄不都装我口袋里了？你们哪来的那么多钱啊？"

老爸看看老妈，又看看我："你妈天天在我面前哭穷，嫁个女儿一出手就是20万。晓轩，你说，你妈藏了多少私房钱啊？"

老妈眼睛一横："杜生平，什么私房钱不私房钱的，说话不要那么难听啦。我当这个家容易吗？你这个大男人挣钱不多，烟酒茶样样来，一样不少，我每个月从牙缝里就挤出那么点钱，将来给女儿陪嫁指望派个用场，免得到婆家被人看不起。"

我一把抱住老妈，亲了亲她的脸颊："谢谢你，老妈。"

老爸在一边看着，酸溜溜地说："钱在谁手里，谁好！我这个做爸的，怎么就这么倒霉，20万里难道就没有我的？来，丫头，亲一个！"

我转过身，一把抱住老爸："来了，老爸，香一个！"

我亲完老爸，老爸开心地笑了："这还差不多，你明天带话给嘉铭他爸和他妈，有时间我和你妈请亲家在一起吃一顿饭，顺便把婚期定了。"

我抱住老爸，又是一阵海亲，老爸咧着嘴："行了，行了，老脖子给你亲

歪了！”

我松开手，哈哈大笑。我真的没有想到，老爸老妈那么给力，舍得拿20万出来嫁女儿。

老妈看着我们父女两个人，嘴巴笑得合不拢：“疯丫头，终于让妈舒一口气了，总算嫁出去了！”

老爸推开我，对着老妈说：“嫁汉嫁汉，穿衣吃饭，赶紧嫁人吧，老姑娘天天捂在家里也捂不出名堂来，1永远变不出3来。”

老妈哈哈大笑：“什么1变不出3啊，乌鸦嘴，嫁人马上就1变3了，真不会说话。”

原来，嫁人是一件幸福的事情，我做了27年老姑娘了，今天才真正感觉到什么是原生态的生活，什么是生活的向往和期待。

我们三个人，笑作一团。很久没有这样没心没肺地笑过了，我有点忘乎所以了。笑完后，老爸一本正经地对我说：“晓轩，结婚了，就是大人了，以后去了婆家就是过日子了，不能像在自己家里一样使性子，知道吗？”

我认真地点了点头：“爸，我知道。”

老爸继续说：“尤其是对待老公公和老婆婆，一定要懂得忍让，就是你明明知道他们错了，也要表示大度，不要和他们计较。他们怎么说，你就怎么做，知道了吗？”

什么逻辑啊？老爸你为了自己能够喝上好茶抽上好烟品上好酒，就不惜牺牲女儿的一生幸福？

老妈跟过来，接着说：“晓轩，记住了，以后有什么事情，有什么话，不能在婆家说的，你就回来和妈说，妈是你永远的听众。”

我拉过老妈的手，老妈的手上全部是厚厚的老茧，有很多死皮：“妈，我知道了。”

听着老爸老妈的嘱咐，我的心里有点伤感，酸溜溜的不是滋味。毕竟在父母身边生活了20多年，突然离开肯定会有很多的不适应。

心字头上一把刀，老爸老妈直接送我一个字“忍”。看来，我得带着这个“忍”字出嫁了。

当天晚上，我做了一个梦，梦见我做了沈嘉铭的新娘。我穿着洁白的婚纱，在鲜花的映照下，拖着长长的裙裾，和沈嘉铭手牵着手，一起走向婚礼现场。

第二天是周六，阳光灿烂。长江路新开楼盘，售楼处人头攒动，售楼小姐在热情地招呼来自四面八方的新业主。

沈飞丽和司沁宁各自提着自己的挎包，站在楼盘模型前。一个年轻的售楼小姐手里拿着一叠名片，立即跟了过来："你们好，请问两位想买什么样的楼，是自住还是商用？"

沈飞丽转眼看着售楼小姐："自住的。"

售楼小姐接着说："自住的选择这样的楼盘比较好，朝南的，春暖夏凉，户型你们希望多大的？"

沈飞丽想了想："上个月我们刚在你们这里买过一套180平方米的房子，现在，还想买一套同户型的，还有没有了？"

售楼小姐走到销售榜前，看了看说："我给你们看下，现在，低层的同户型已经售空了，还有高层的，10层楼以上的还有，要吗？"

沈飞丽转脸对着司沁宁："弟妹，嘉铭的婚房买的是8楼的吧？"

司沁宁点了点头："嗯，8楼。"

沈飞丽指着楼盘模型说："其实，楼高和楼低没有什么区别，现在都是电梯，很方便的，弟妹，我们就在高层里选一套吧？"

司沁宁想了想，问道："他大姑，你这是给谁买房？如果是自己住，楼层高低倒是无所谓。如果是上了年纪的人，怕老人心脏不好，做电梯承受不了。如果是年轻人的话，那就随便几层了。"

沈飞丽神秘地笑了笑："不是自己住的，我在给嘉铭和晓轩找邻居，以后大家在一起好有个照应。"

司沁宁装腔作势地笑道："他大姑，这样好啊，以后嘉铭有邻居串门子了。"

沈飞丽连连点头："那就这样吧，我去找售楼小姐下单了。看看有没有18层的，我比较喜欢8这个数字。"

沈飞丽说完，对售楼小姐招了招手。售楼小姐看见后，连忙走过来："你好，请问考虑清楚了吗？"

沈飞丽点了点头，问道："请问有18层的吗？类似8层那样的套型？"

售楼小姐走到销售榜前，看了看："有，18层相同的套型目前还有几套，

不多了。这个套型最大的特点是朝南,冬暖夏凉。左右有楼宇,前面有池塘,在风水学上是藏风聚气的地方,非常适合居住。”

沈飞丽点了点头:“好吧,就要18层朝南的那套。”

售楼小姐点点头:“好的,你是选择一次性付款,还是十年贷款?”

沈飞丽回答:“一次性付款吧,有优惠吗?”

售楼小姐将沈飞丽带到收费处:“一次性付款,现在可以享受一万元优惠。”

沈飞丽从包里拿出银行卡,交给收费员:“那好吧,下单。”

一手交钱,一手拿货,所有手续办好后,售楼小姐通知沈飞丽十日后来拿新房钥匙。

回去的路上,沈飞丽一边开车,一边对司沁宁说:“弟妹,10天后新房钥匙拿到后,两套房子同时装修,我监管18层的,你监管8层的,怎么样?”

司沁宁爽快地答道:“好的,他大姑,我们一起监管装修。你平时一直忙得不见人影儿,很少看见你,这下好了,可以和你做伴儿了。”

沈飞丽喜气洋洋地说:“就是,装修起码要三个月吧?我明天先把公司的事情安排下,卸下包袱干活心里没有负担。”

司沁宁扭头看了沈飞丽一眼:“他大姑, 怎么了, 公司准备人事调整了?”

沈飞丽若有所思地点点头:“一直有这个打算,现在机会成熟了,我就准备放手了。一个单身女人做事业,毕竟还是比较辛苦的,方方面面的事情全部要自己打理,有时候就感觉力不从心。”

司沁宁接过话茬:“他大姑是不是有接班人了?”

沈飞丽笑了笑:“接班人?现在还不能肯定,先让自己减负,再考虑接班人的问题。最近,我感觉特别累,不知道是年龄原因,还是身体原因,有时坐在一个地方发呆,几个钟头不想动。”

司沁宁诧异地问:“他大姑,你定期去医院体检吗?像我们这样上了岁数的女人,要经常体检的,不要整天忙于工作,把身体忽视了。再多的钱,是需要健康的身体去享受的。”

沈飞丽皱了一下眉头:“说起来容易,做起来难。像我们这样的大公司,员工就有几百号人,和你们小面包店不一样,几个人就搞定了。我一天不去公司,心里就牵挂得慌。想想也是,我已经两年没有体检了。”

司沁宁“哦”了一声:“你可以和医院挂钩,作为员工福利,定期给员工体检,也给自己体检,多好啊!”

沈飞丽立即赞成:“弟妹,你这个主意不错,我回公司就找具体部门去办。”

司沁宁剥了一颗口香糖,扔在沈飞丽的嘴里:“一个女人,既要事业,也要家庭,缺少任何一个,一生都是不完整的。等这里的房子装修完了,你出去走走,生活还是需要享受的,如果什么事情都等到老了,再想去做,就怕力不从心了。”

沈飞丽连连称是:“我也是这么想的,苦了大半辈子了,也该歇歇了,一些事情该丢手就丢手。等我公司的事情处理完了,嘉铭也结婚了,我们一起去各地走走?怎样?”

司沁宁笑得合不拢嘴:“那感情好,我面包房说丢就丢,看你时间了。我趁嘉铭刚结婚,还没有孩子,出去转转,以后有孙子了,就没有时间去溜达了。”

沈飞丽将司沁宁送到小区楼下,说了一句“一言为定”,然后掉转车头,朝自己家的方向开去。

司沁宁上楼后,走路一直带着跳。她的心情非常好,他大姑帮了嘉铭不少忙,也省了自己不少钱,她做梦也没有想到,自己生了一个儿子,竟然像嫁女儿一样,一点也不操心。

司沁宁回到家后,按捺不住兴奋的心情,脸上笑嘻嘻的。奶奶戴着老花镜,正在客厅织毛衣。沈飞歌在看电视,一眼看见司沁宁,问道:“他大姑又去给谁买房了?钱真多!”

司沁宁直接朝沙发走去,一屁股坐了下来:“你眼红了?眼红自己也可以去开公司,赚的钱几辈子也花不完。她买了和嘉铭一样的套型,嘉铭在8楼,她的在18楼,过几天两套房子一起装修。”

奶奶停下织毛衣,惊诧地问:“飞丽真的买了一套房?”

司沁宁“哼哼”笑道:“那还有假?他大姑做事情从来就没有含糊过,和男人办事一样,雷厉风行。”

奶奶疑疑惑惑地说:“看来飞丽说的事情是真的?”

沈飞歌接着问:“妈,飞丽说什么了?”

奶奶拿起毛衣,站起来,朝自己小屋走去:“一家人不问两家事儿,这是秘密!”

司沁宁看着奶奶的背影,撇了撇嘴:“还秘密了?也不怕人笑话!”

奶奶听见“笑话”两个字,突然回过头:“笑话什么了?我女儿什么事情让你笑话了?她好心给嘉铭买了一套房,装修和家电全部包了,你还笑话她?真是一个不要脸的白眼狼!”

司沁宁冲过来,站到奶奶面前:“妈,谁不要脸了?他大姑自己愿意给的,又不是我家嘉铭伸手要的。你是不是不服气了?不服气叫你女儿给你买套房子啊,真是笑话,我笑话谁了?”

奶奶气得全身发抖:“你欺人太甚了,我女儿拿钱出来给你们花,供你们买房,你们不仅没有一句感激的话,还在这里说三道四的,你们还是人吗?”

司沁宁抢白一句:“谁不是人了?你年纪这么大,怎么骂人不是人呢?”

奶奶用手指着司沁宁骂道:“我今天就骂你了,你敢在背后说我女儿坏话,就不是人!”

两个女人在客厅越吵越凶,沈飞歌站在中间,一会儿拉老婆,一会儿劝老妈,两个女人互不相让,一个指着一个的鼻子对骂着。

沈嘉铭正在里屋上网,听见客厅越来越吵,声音越来越大,终于忍不住打开门,走了出来:“妈,你又和奶奶吵架了?”

司沁宁转脸冲着沈嘉铭说:“你知道什么啊?你奶奶张口就骂我是白眼狼,还说我不是人,也不是我先骂她的。”

沈嘉铭看着司沁宁:“妈,你和奶奶三天两头吵架,有意思吗?我听着都烦!”

沈飞歌左右为难,拉了司沁宁一把:“你少说两句,不行啊?不说话就把你憋死了?”

司沁宁大声叫了起来:“就是憋死我了,怎么了?这是我的家,难道我连说话的权利也没有了?”

奶奶气哼哼地说:“这个家是你的?你也有脸说?房子的产权证名字是你的吗?你去翻翻房产证看看吧!”

司沁宁不服气地看着奶奶："这房子的房产证是不是我的名字关系不大，反正迟早会写上我的名字，我嫁给沈飞歌三十年了，总不会落到流离失所的地步吧？"

奶奶气得七窍生烟，转脸去了小屋，拿起包开始收拾换洗衣服。奶奶一边装衣服，一边自言自语："这个家不能蹲了，要把人憋出精神病了，惹不起躲得起，我不赔你们玩了，去女儿家自个儿玩去了。"

客厅暂时安静下来了，沈飞歌和司沁宁回到了自己的屋子，沈嘉铭也回到自己的房间，各自关上了门。

十分钟后，奶奶挎着包，走出小屋，打开防盗门，连招呼也没有打，径直走了出去。

一声沉闷的门响，谁也没有注意到奶奶离家出走。奶奶直接坐了电梯，下了楼，在马路边招手要了一辆出租车，对驾驶员说了一句："钟山花园城小区。"

半个钟头后，奶奶出现在沈飞丽家的门前，按响了门铃。沈飞丽打开门，一眼看见老妈，惊呼一声："妈，这么晚了，你怎么来了？"

周二下午三点，阳光格外灿烂，沈嘉铭和我从民政局走了出来。我的手里拿着结婚证，满脸幸福。

在这个特别的日子里，我有一种特别的冲动，我挽着他的胳膊："嘉铭，今天我们就算结婚了？我怎么就成了你的媳妇儿了？"

沈嘉铭握住我的手："怎么，做沈嘉铭的媳妇儿不乐意？不乐意我们马上回头，再进去一趟，出来保证你立马解脱。"

我娇嗔地看着沈嘉铭："要去你去，我才不去呢。"

沈嘉铭乐坏了："那就乖乖地做沈嘉铭的媳妇儿吧！"

我心里美滋滋的："看你美的，别忘了，你也得老老实实地做我的老公，我要约法三章。"

沈嘉铭笑着回答："那当然了，你就是来个21条不平等条约，我也不在乎。老公不老实，老婆就要长翅膀飞了。"

我"嘿嘿"一乐："21条不平等条约是你亲口说的，我回去就定啊！"

沈嘉铭一把搂住我："定吧，随便你怎么定，我闭着眼睛照着做不就行了。"

我“嗯”了一声：“那我回去就不客气了。”

我们两个人紧紧抱在一起，依偎着朝小车走去。上了车，我把结婚证放在包里，感慨地说：“原来结婚竟然这么简单，一男一女两个人手拉手，朝民政局走一趟，出来就结为夫妻了，以后就可以终生厮守在一起了。嘉铭，你说这么简单的事情，怎么就给家里的七大姑八大姨弄得那么复杂？简直和下地狱一样可怕！”

沈嘉铭一脚踩动油门：“船到桥头自然直，他们喜欢复杂，我们就想办法弄简单点，不就成了？”

我的眼睛看着窗外，马路上行人和车辆很多。我的一只手放在沈嘉铭的一只手上：“嘉铭，你猜，我爸我妈给我陪什么嫁妆了？”

沈嘉铭一边开车，一边问：“陪什么嫁妆了？”

我捏了捏沈嘉铭的手，故意卖关子：“叫你猜嘛，猜！”

沈嘉铭继续开车：“我缴械，猜不到！”

我拍了拍沈嘉铭的手：“我爸我妈给我20万，作为我们新婚的立户基金。”

这时，红灯亮了，沈嘉铭一把刹住车：“20万？你爸你妈够大方的，我们刚结婚就疯狂进账啊？”

我忍不住哈哈大笑：“看你说得多难听，什么叫疯狂进账啊？我爸我妈本来准备用这笔钱装修婚房的，谁知你大姑全包了，就做我们的立户基金了。”

绿灯亮了，小车继续前行。沈嘉铭鬼鬼地笑：“我看这有点像一夜暴富，比打劫还要厉害。”

我点了点头：“嘉铭，我们这是不是空手套白狼，或者直接叫啃老族了？”

沈嘉铭摇了摇头：“套就套了，啃就啃吧，你爸你妈有这个心，说明他们是爱你的，以后我们多孝敬他们点就行了。哎，老婆，今天是我们结婚的大喜日子，晚上想吃什么？”

我捂住嘴：“今天就叫大喜日子了？好夸张啊你！你想吃东西可以啊，别找这么邪门的理由好吗？”

沈嘉铭减慢车速：“这个理由邪门吗？吃饭是不需要理由的，我带你去向阳渔港吧，那里全部是江鱼，味道很鲜。”

很长时间没有吃鱼了，有点馋：“好吧，大婚首日陪你去吃鱼，回来后只要不变成两条美人鱼就成。”

沈嘉铭哈哈大笑：“瞧你说的，还变美人鱼呢。”

小车一路开着，我们两个人在车里嘻嘻哈哈的，忘乎所以。从今天开始，我们就是夫妻了，我们将很快拥有一个自己的家，在家里快乐地生活。

当天晚上，我和沈嘉铭是在向阳渔港吃的晚餐，两个人的世界真好，很安静，很和谐。做沈嘉铭的媳妇儿很幸福，我要做他一生一世的爱人。

吃完饭，已经是晚上8点钟了，沈嘉铭开车送我回去。小车经过一家精品面包房的时候，我急忙呼唤沈嘉铭停车：“停下，我去面包房给奶奶买几个奶油面包，你带回去给她吃。”

沈嘉铭没有停车，继续开着：“奶奶去我大姑家了，不在家。”

我惊诧地问道：“奶奶怎么去大姑家了？是大姑来接的吗？”

沈嘉铭摇了摇头：“奶奶是给我妈气走的，已经走了几天了，我去接了几次，她都不愿意回来。”

我紧张地看着沈嘉铭：“你妈怎么连奶奶也欺负？”

沈嘉铭用郁闷的表情看着我：“她们就是斗了几句嘴，奶奶一生气就去我大姑家了，走的时候我们一个也不知道。”

我心有余悸：“你妈那脾气，是让人受不了。你说，大姑给我们买了180平方米的婚房，我们结婚后，你妈会不会过来和我们一起住啊？”

沈嘉铭笑了笑：“你怕我妈？”

我哈哈大笑：“我怕你妈？你妈是老虎，还是狮子？”

沈嘉铭忍俊不禁：“我妈就是我妈，既不是老虎，也不是狮子，谁叫你怕我妈了？”

我寒了一下：“嘉铭，说真的，我是有点怕你妈。她在家强势惯了，家里的每个人都要让着她。”

沈嘉铭不以为然地说：“晓轩，过日子就是一个字：让。等我们以后有了孩子，我妈肯定要过来帮我们带，她要是说你什么的话，你就记住我一个字‘让’，保准没事儿。”

我紧张得头大：“你意思是叫我装呆，做大头呆子，对吧？”

沈嘉铭放声大笑："对，装呆比什么都好，我妈就是一烈性子，她强你弱，让着点就OK了。"

让着点？还OK？我的大老爷，沈嘉铭你是为了一个老妈，直接让自己的媳妇儿做垫背的了。

得啦，我听话还不行吗？以后在这个家里，你妈就是皇太后，你就是皇上，我做一个哑巴正宫娘娘行了吧。

我转过脸，看着沈嘉铭，苦笑着："不是一家人，不进一家门，我爸的意思和你一样，儿媳妇对待老婆婆，要无原则地忍让！"

沈嘉铭满意地笑着："哎，对了，这才是沈嘉铭的媳妇儿！"

我哭笑不得，因为爱，所以爱，我做好了忍让的心理准备。一个女人的一辈子除了事业，就是为了爱情的准备，如果我连婚姻都斤斤计较，还能算好女人吗？

奶奶的面包没有买成，倒引出这么多的话题。小车到达我居住的小区楼下，沈嘉铭关闭车灯，忍不住抱住了我，和我激情相吻。

黑暗中，我们的嘴唇紧紧地贴在一起，沈嘉铭的力气很大，他斜过身体，几乎把我抱在怀里。

我喘着粗气，闭着眼睛仰着头，心脏猛烈地跳动着。我们两个人情不自禁地吻着，忘记了时空，忘记了自己。

沈嘉铭的嘴唇是湿热的，带着青春的悸动，我勾着脖子，倾斜着身体，和他忘情地对吻着。

这时，车顶突然一声巨响，吓了我一大跳。沈嘉铭松开我，打开车门，拿起手机照明灯，看了看车顶："真扫兴，是谁弄一袋垃圾扔车顶上了？"

我起身走出小车，把垃圾袋一甩手挥了出去："哪个缺德鬼干的！"

激情被垃圾袋冲击消散之后，我朝楼梯口走去，和沈嘉铭挥手再见。今天是一个难忘的日子，我的一生大事在一日之间完成了。

从今天开始，我就是沈嘉铭的媳妇儿了。无论将来是苦是甜，是酸是辣，这个男人我认定了。

回到家，老爸老妈坐在客厅里，老爸抽着烟上网偷菜，老妈嗑着瓜子看电视逍遥自在。我进去后，脱掉高跟鞋，直接冲进自己的屋子。

老爸老妈摸不着头脑，两个人一起走了进来，不动声色地看着我。老爸忍不住问:“我的长期香烟有着落了？”

老妈白了老爸一眼:“你就记挂着你的香烟，也不问问晓轩什么个情况？”

我背对着老爸老妈,轻轻从包里拿出红彤彤的结婚证,转过身突然大叫一声:“我结婚了,要做新娘子啦……”

老爸看着老妈,喜出望外:“我的长期香烟真的有着落了,老婆万岁！”

老妈一把接过结婚证:“我家老大难终于嫁出去了,明天去馆子小搓一顿去,庆祝一下。”

老爸连连点头:“我支持,严重同意去馆子搓一顿！”

我看着老爸老妈开心的样子,心里说不出的高兴。一个家庭,每个人的命运都牵动着其他人的命运,包括喜乐悲哀,无不牵动着彼此的神经。

长这么大,第一次看见老爸老妈如此开心,亲情原来是一种关怀,可以通过心的传递,直接到达你的心里,让你洋溢着幸福的喜悦感。

我抱着老妈,想象着婚礼的场景:“妈,结婚那天我该穿婚纱吧？”

老爸“嘿嘿”坏笑:“新娘子不穿婚纱穿什么？难道要和你妈当年结婚一样？披着一件红呢子大衣就过门了？”

老妈抢白着:“你还好意思提？都是你家穷闹的,如果不是我坚持,你连红呢子大衣都不给我做。”

老爸反驳道:“那年头有婚纱穿吗?你就是想穿,也未必有婚纱给你穿!”

老妈鼻子哼哼着:“你眼睛老花了,还是记性差了,我同学姜慧敏结婚那天不就租的婚纱吗？那个潮流劲儿,你懂吗？你家穷就穷,租不起婚纱,不要找借口了。”

老爸鼻子一横:“找什么借口了,你这不是鸡蛋里面挑骨头吗？”

眼看老爸老妈要抬杠,我立即摆了摆手:“爸、妈,我很快就要结婚了,以后也不经常在家,你们也快要做岳父和岳母了,不要动不动就斗嘴,那样我会很难过的。”

老爸老妈听我一说,都不做声了。说实话,嫁出去的女儿泼出去的水,这是老话了。不过,现在家家都是独生子女,养儿子和养女儿一样,有朝一日女儿就是嫁出去了,还是家里的金元宝。

[第 十八 章]
大外孙

次日上午 9 点，贺飞丽广告传媒有限公司，蒋宸鸣第一个到达会议室，手里拿着一个记事本，开始布置会场。

9 点半，公司高层领导陆陆续续到达会场，沈飞丽是最后一个走进来的，她的手里拿着一个文件夹，里面装着公司文件。

大家各就各位，会议开始。沈飞丽环顾了一下四周，问了句："蒋秘书，人员都到齐了吧？"

蒋宸鸣答道："全部到了，沈总。"

沈飞丽点点头："好，人员全部到齐了，我们的会议就开始吧。今天，我们会议的主要内容是关于公司高层人员的变动。"

一听说人员变动，在场的每个人都打起了精神，生怕听漏一个字。虽然是私营企业，但是在座的每个人都知道人员变动与自己个人命运休戚相关的重要性，一个也不敢马虎。

沈飞丽打开文件夹，看着公司红头文件标题，继续说："我们是私营企业，行业属性在座的每个人都清楚，我们公司为每个人，提供的是同等机遇，只要你努力了，有专业技能，爱我们这个企业，那么，你都可以获得进一步提升的机会。"

会场很安静，每个人面前放着一瓶矿泉水，没有一个人动它。沈飞丽翻了翻文件，接着说："前一阶段，我们曾经做过一个民意调查，在座的每一位也许都还记忆犹新。在我们私营企业想取得个人事业上的发展，第一个首要任务，就是和你的上下级处理好关系，如果人际关系紧张，请你先回去找找自己的原因。那次的民意调查，蒋宸鸣获得最高分，大家还记得吧？”

在场的人，全部把目光转向蒋宸鸣。蒋宸鸣脸红了一下，心里有点紧张。昨天晚上，沈飞丽单独请他去饭店吃饭的时候，已经单方面向他解读了公司的决定，准备提升他做公司的副总经理。

当时，蒋宸鸣被吓得不轻，那种一步登天的感觉，就和做梦一样。他不知道沈总为什么如此青睐他，他只是一个小小的秘书而已，无权无势，只想一步一个脚印地往前走，从来也没有想过一口吃成个大胖子。

这个决定差点把蒋宸鸣吓晕，昨天的那顿饭，两个人吃了 4 个钟头，最后，蒋宸鸣同意试试看，但是，不能保证自己一定会成功。

没有想到，今天上午 8 点半刚上班，沈总就通知高层领导开会，接着在会上提到了人员变动关系这个敏感的话题。蒋宸鸣心里有预感，今天这个会议，是沈总专门为他一个人开的。

沈飞丽没有给大家思考的机会，继续说：“后面几次，我们也做过一些模拟测试，在座的各位也参与了，结果我就不细说了。优胜劣汰，是我们公司发展和存续的不二法则，一切看业绩说话。”

会场鸦雀无声，在座的估计已经听出话外之音了，纷纷把目光转向蒋宸鸣。蒋宸鸣低着头，埋头记录会议发言。

沈飞丽铺开文件，照本宣科：“经过一段时期的业绩观察，综合民意考验，我现在宣读公司人事变动第 148 号文件。”

每个人敛声屏气地听着，沈飞丽宣读到最后一句话的时候，会场还是爆发了不小的震动：“经过公司高层董事会研究决定，我宣布任命蒋宸鸣为贺飞丽广告传媒有限公司副总经理，原职位撤销，任命日期今天生效。另外，秘书工作由张倩倩接替。大家散会！”

沈飞丽说完“散会”，在座的人还没有反应过来。三分钟后，大家才陆陆续续离开。

当天上午，各个部门就传开了这个爆炸性的新闻。很多人不理解，私营企业老总，将自己苦心经营的企业丢给一个外地农村来的人管理，似乎太让人不可思议了。

其实，这个问题连蒋宸鸣自己也想不通，公司那么多号人，比他有才的比比皆是，沈总为什么独独看中了他？

而且，最近沈总经常去他的办公室，一坐就是一个钟头，很多时候谈的不是工作，而是家事。记得以前，沈总有事找他都是通过电话的，很少走进他的办公室。

蒋宸鸣百思不得其解，好在他不是那种特别喜欢钻牛角尖的人，想不通的事情，他也不会去多想。

对于这样特殊的待遇，蒋宸鸣只能归结于一个解释，就是平时自己的努力和上天的眷顾。毕竟老天对每个人是公平的，他从小无爹无娘，养父一个人辛辛苦苦把他拉扯大，实在不容易。

对于事业，蒋宸鸣内心一直有自己的计划，就是走专业路线，遇到机会就提升，不遇机会就继续默默努力奋斗。

在潜意识里，蒋宸鸣有自己的野心，有自己的职场预期，不过，他很少表现出来。他把自己埋得很深，一般人看不到他的内心世界，他的骨子里有一股傲气。

散会后，蒋宸鸣整理了一下会议室，然后拿着笔记本回到自己的办公室。刚坐下一会儿，沈飞丽走了进来。

蒋宸鸣立即起身："沈总。"

沈飞丽点点头，对蒋宸鸣说："你今天收拾一下，一会儿搬到我隔壁那间办公室，以后就在那里办公。新秘书已经任命了，张倩倩马上就过来接替你的工作，你把工作交接一下。"

蒋宸鸣"嗯"了一声："好的，沈总，我一会儿就办。"

沈飞丽继续说："你今天先把办公室安定下来，从明天开始，我把一些重要资料交代给你，你熟悉后，尽快进入新的工作状态。"

蒋宸鸣连连点头，心里非常感激领导的栽培："谢谢沈总的信任，我一定照办。"

沈飞丽交代完，回到自己的办公室，目前，一切在按照自己的计划行事，她非常满意。

当天晚上，嘉铭奶奶和沈飞丽母女两人头靠头并排躺在床上，一人一床被子盖在身上。月亮从云层里露出欢乐的笑脸，像一个窥视者，偷窥着她们。

奶奶掀开被子一角，身体斜侧着，面向沈飞丽，脸上露出喜悦的表情：

“飞丽，这么说蒋宸鸣真的是我大外孙？这下可好了，我凭空落一外孙子，哈哈。”

沈飞丽面向母亲：“那当然了，妈，我今天和你说的每一句话，都是有依据的。我之所以一直未婚，就是觉得当年实在对不起他们父子俩，我无法面对自己的灵魂。”

奶奶半坐起来：“你为什么不和妈说？你一个人在心里憋了一辈子，就好受了吗？傻丫头，当这个世界上一个亲人都没有的时候，你就回头去找你的妈妈，她在家永远等着你回来，做你的保护神。”

沈飞丽跟着坐了起来：“其实，我很多次都想和你谈插队那年的事情，但是，因为怕你误解，一直没有敢说。再说，那年头一个未婚女人有个私生子是很不光彩的事情。”

奶奶心疼地看着女儿：“什么光彩不光彩的，那是一条人命啊，你就是抱回来给妈养，妈也二话不说给你养的。”

沈飞丽把头靠在母亲的肩膀上，像童年的时候一样：“妈，那时我真的很矛盾，绝望极了，思想斗争很激烈。我一头要面对自己的前途，一头要面对舆论的非议，最后，我只能狠狠心离开了他们。”

奶奶叹了一口气：“你一个小姑娘，知道人生深浅吗？你那时的决定本来就是错的，不管怎么说，你应该和我们做父母的商量一下，让我们帮你出出主意，至少可以避免吴世奇的死。那孤儿太可怜了，怎么就想不开跳河自杀了？”

沈飞丽眼睛里含着泪水：“说真的，我也感觉很意外，我当初是这样打算的，先按政策自己回城，然后说服你和爸，让我把孩子接回城里，再等一个合适的时机，把吴世奇带出来。可是，没有想到，我有一次偷偷回去看他们的时候，竟然得到了那样不幸的消息。”

奶奶摸了摸女儿的头：“你太年轻了，生活怎么会按照你的设想走？现在好的是，终于把孩子找回来了，以后你辛苦打下的家业终于有人继承了。本来我还担心，这么大的家业以后怎么办？给嘉铭我没有意见，落到司沁宁的手里，我就是死了也不会咽下这口气的！”

沈飞丽宽慰地点点头：“宸鸣这孩子不容易，从小吃了那么多苦，幸亏他养父收留了他，不然也没命了。这个孩子也许真的和我有缘分，我早就看

好他，一直想提拔重用他，现在终于如愿了。”

奶奶笑了笑，问道：“飞丽，什么时候把大外孙带回来，给我瞧瞧啊？”

沈飞丽坦白地说：“宸鸣他养父让我再等等，我和儿子还没有公开相认，他想给养子一个意外惊喜。我准备等房子装修好了，无论如何先把儿子认下来，然后把新房钥匙交给他，让他养父也过几年舒心日子。”

奶奶理解地点点头：“原来这样，那新房是为宸鸣买的吧？就是和嘉铭那套婚房上下楼的？”

沈飞丽甜蜜地笑着：“嗯，是我给宸鸣买的，他在南京一直在外面租房，很辛苦的，我20多年没有照顾到他了，应该给他一个安身立命的地方。”

奶奶立即点头：“你做得对，妈支持你。一个母亲，在任何时候最应该做的，就是让自己的孩子尽可能多的幸福。”

沈飞丽伤感地说：“我欠这个孩子太多了，在我有生之年，一定要弥补我年轻时犯下的错误。”

奶奶表示同感：“妈知道你是一个要强的孩子，人年轻的时候，都要犯错，你这个错误比较大，用你的余生来弥补吧。”

沈飞丽连连点头：“是的，我今生已经别无他求了，原来是一心一意对侄子好，现在侄子也快结婚了，我也完成了一个心愿。以后，我的心思会全部放到自己儿子身上了。我今天在公司开会宣布了，提升宸鸣为副总经理，我准备亲自带他一段时间，然后让他独立工作，以后公司就让给他一个人做了，我退居二线，回家带孙子。”

奶奶接着问：“宸鸣结婚了吗？有媳妇儿了吗？”

沈飞丽摇摇头：“应该没有，我上次亲口听他说的，没有女朋友，估计经济条件不大好吧。第一，从农村出来的；第二，无房无车。现在的女孩子比较现实，即使你是潜力股，也没有人愿意嫁给你的。”

奶奶想想也是：“现在房价和物价那么高，他一个农村娃，想在南京成家立业太难了。幸亏老天有眼，让他找到了自己的亲妈，不然还不知道要苦到什么时候了。”

沈飞丽坐直身体：“是啊，所谓的天无绝人之路，三十年河东，三十年河西，宸鸣苦尽甘来，是应该享福了。”

奶奶继续问：“等你们母子相认后，宸鸣是不是要把姓再改回来？”

沈飞丽摇了摇头:“这个我尊重宸鸣和他养父的意见,改不改姓没有关系,只要以后孙子跟吴世奇姓就行了。”

奶奶表示理解:“那是,他养父不容易,别伤了人家的心就行。”

沈飞丽靠在床头上:“跟谁姓都一样,只要宸鸣是我的孩子就行。我想过了,等把宸鸣带出来了,我就休息了,最近感觉特别累,也不知道什么原因,感觉越来越力不从心。”

奶奶惊讶地看着女儿:“飞丽,你要注意身体,千万不要超负荷工作,女人一旦上了年龄,身体特别经不起折腾。”

沈飞丽感叹地说:“人活一辈子,看起来几十年,长长的,一眼望不到边,其实一天天过得很快,生命很短。我现在最重要的事情,就是把两套新房子全部装修好,然后,好好地休息一下。”

奶奶“嗯”了一声:“实在不行,你就不要操这个心了,干脆你出钱,包工包料算了。”

沈飞丽想了想:“就算包工包料也要人盯着,现在搞装潢的人可会要心眼了,趁你不注意就偷工减料,影响装修质量,让人堵心。”

奶奶立即接过话:“让司沁宁一个人盯着,看她整天闲得慌,就知道吵架,给她吃点苦头。她一分钱不花,还给她享清福,世上哪有这样的好事啊?”

母女两人继续唠嗑,一直说到彼此累了,相继躺下。黑夜越来越深,月亮依然故我,看着大地,看着人间。

[第 十九 章]
泡影

次日下午，某省级医院外科办公室，林福明坐在办公桌前，眼睛盯着电脑，看病人的胸片报告结果。

这时，座机响了，林福明拿起话筒："喂，我是外科办林福明，请说。"

对方声音低沉："林主任啊，我是秦院长，麻烦你到我办公室来一趟。"

林福明连声说："好，我马上就来。"

秦院长继续说："好的，我在办公室等你。"

十分钟后，林福明出现在院长办公室门外，他整了整白大褂的领子，随即敲了敲门。秦院长喊道："请进。"

林福明推开门，走了进去："秦院长，您找我有事？"

秦院长指了指沙发："坐，林主任。"

林福明胸有成竹地坐了下来，他的内心带着一种隐约的期待，院长在这个时候找他谈话，十有八九是职位提升了。

秦院长坐在原处，眼睛看着林福明："林主任，沈嘉铭医疗事故赔偿暂时告一段落，病人家属已经得到安抚，我们医院损失了 68 万，也买了一个深刻的教训。"

林福明点点头，认真地听着："是的，教训深刻。"

秦院长继续说："虽然我们的赔偿工作结束了，但是，我们要对这次事故做一个严肃的处理。沈医生现在还在接受停职检查，外科部门的损失也不小，很多病人流失。不管怎么说，沈医生是我们医院的技术力量，没有他，外科真的玩不转。林主任，你同意我的意见吗？"

林福明尴尬地笑了笑："秦院长，我不否认，沈医生的技术确实是过硬的，在我们外科部门也是有口皆碑的，但是，这次出了这么大的医疗事故，我们对他的技术就要掂量一下了。"

秦院长接着说："林主任，我想问一个技术问题，你如实回答就行。"

林福明心里紧张了一下："你说，秦院长。"

秦院长想了想，说道："沈医生做手术出事那天，你是怎么安排的？"

林福明愣了一下："那天的手术安排，和往常一样，事先做过详细的计划和安排。"

秦院长点了点头："那我再问你，往常这样的手术，一天要安排几台？"

林福明额头开始冒汗了："2 到 3 台。"

秦院长声音提高了一点："你确定，到底是 2 台，还是 3 台？"

林福明犹犹豫豫地吐出两个字："2 台。"

秦院长站了起来："那我再问你一个最简单的问题，你原来在一天时间里最多安排 2 台的手术，为什么那天要安排 3 台？第 3 台手术是不是当天一定要做，推迟一天就不能做吗？"

林福明话锋一转："秦院长，前些日子外科部门一直在疯传，院部准备提升一名外科正级主任，听说院部非常看好沈医生，所以，我就利用这个机会验证一下他的技术，让院部放心用人。"

秦院长笑了笑："看来你很聪明，竟然能领悟到院部的意图。你想过没有，这样的安排是不合常理的，非常理是要付出沉重代价的。"

林福明在心里阴险地笑了一下："我没有料到，沈医生这么经不起考验……"

秦院长脸色有点难看："林主任，你有没有觉得这样的安排，本身就是一个错误？或者叫渎职？你明明知道一天最多安排高难度手术的极限是 2 台，偏偏自作聪明安排了 3 台？"

林福明没有想到话锋一转，西北风一下子吹到自己身上了："我只是好心办坏事罢了，我没有想到会是这样一种结果。我个人非常看好沈医生，也希望帮他一把，院部培养一个人才不容易。"

秦院长脸部绷得越来越紧："院部培养人才，有院部的人才培养计划，你作为外科部门副主任，只要做好自己的本职工作就行了，没有必要为院部

考虑。这样吧，你先回去做个书面材料，把这次事故的主客观原因全部写下来，尤其是我们今天谈话的内容，明天下班前交给我。”

林福明点了点头，站了起来：“好的，秦院长。”

林福明走出院长办公室，气得七窍生烟，看来这次提干又成泡影了。刚才秦院长剑指自己，差点让他露出马脚。

此次升职无望，估计是一辈子都没有希望了，林福明人到中年，此时不搏更待何时？

林福明回到外科办公室，恼羞成怒，他抬腿用脚一把踢向门，自己和自己生气：“奶奶的，真晦气，败给一个毛头小伙子了，只能坐等告老还乡了！”

林福明坐在办公桌边，挂着老脸，闷闷地抽烟。现在的形势对他非常不利，秦院长交代的书面材料非常难写。如果按实话写，估计受到撤职处分的人就是自己了。

真头疼，做人真他奶奶的难。原来的好心情全部给一场谈话破坏了，林福明恨不得一头撞到玻璃窗上，让自己血流成河。

林福明独自坐了半个钟头，还是气恨难消。现在，最折磨他的是书面材料，语言稍微不慎的话，他头上的乌纱帽都得掉。

这时，有人在外面敲门。林福明高声喊道：“进来！”

周敏安推开门后，看了看林福明：“林主任，31 号病人反映伤口化脓，家属请你过去处理一下。”

林福明挥了挥手：“你先去，告诉家属我马上来。”

周敏安退出去后，林福明一脚踢开屁股下的椅子，站了起来。椅子晃了几下，没有倒。

林福明梳理了一下情绪，灰着脸走了出去。走廊很安静，只有护士偶尔走过。病人和家属基本上都在病房里，很少出来走动。

林福明进入 31 号病房后，病人家属主动掀开被子，他看了看病人的伤口：“现在什么情况，说说。”

病人家属立即解释：“他有糖尿病，脚趾上的皮肤起了一个泡，现在溃疡，肉烂了，今天开始出脓水了。林主任，你给看看。”

林福明盯住伤口，看了又看，然后不紧不慢地说道：“你这个病情已经给你确诊过了，是糖尿病并发症，准备锯腿！”

病人一听锯腿，连声音都跑偏了：“医生，我不锯腿，我不做瘸子。”

林福明忍不住笑了笑：“腿重要，还是命重要？自己去想，你们家属先和病人沟通一下，如果没有意见的话，一会儿家属去我办公室，我安排最近两天做手术。”

病人家属点了点头，接着不放心地问：“手术安排哪个医生做？是不是沈医生？”

病人听见“沈医生”三个字，像发了疯似地号叫：“我不要沈医生给我做，他会送我上天堂下地狱的，我不要死。”

林福明阴森森地笑道：“放心，不会让沈医生给你做的，他放年假了。”

病人一把捂住胸口，喊了一声：“阿弥陀佛，谢天谢地！”

林福明说完，转身走了出去。病房里，病人的情绪很不稳定，这是一个老年男性病人，特别怕死。

病人家属开始聚集在一起商量手术的事情，多数人表示命比天大，支持锯腿。病人听见锯腿，身体一直在发抖，抱着自己的病腿在叫：“我已是60多岁的老头子了，老天爷你放过我吧，我要带着完整的尸体下地狱。”

病人家属没有理病人，继续围在一起研究对策。最后，大家一致同意锯腿。病人感觉没有指望了，开始闹情绪：“我不要锯腿，我不要！妈啊，救救我！”

病人亲戚在一边安慰：“不要闹了，在医院就要听医生的，糖尿病并发症不是好玩的，你不锯腿就要送命的。”

病人继续哭：“我宁愿送命，也不锯腿！”

病人亲戚拿着纸巾帮病人擦眼泪：“你这是和自己的命过不去，何苦呢？老话说：好死不如赖活，你这不是和自己赌气吗？”

病人哭得有点歇斯底里：“我就是和自己生气，什么病不能得啊，偏偏得了糖尿病，人家得了高血压、脑动脉硬化症什么的，都是五肢健全，就是精神病也有个完整的肢体，为什么我就得了这个倒霉的要锯腿的病？”

纸巾湿了一张张，一会儿工夫，垃圾桶装满了纸巾。病人亲戚很头疼，怎么劝也劝不住病人。

这时，周敏安一把推开门，走了过来：“你不要再闹了，这里是住院区，病人需要休息，安静点好不好？”

病人家属紧张地看了看周敏安，转脸对病人说："好了，不能再哭了，这里是医院，要顾及其他病人。"

病人不理会，看也没看周敏安，继续号叫："我才不管，病也不长在你们身上，你们心疼个屁啊？"

周敏安一脸尴尬，站在门口，不知道说什么好。病人继续大哭大喊，声音惊动了整个病区。

林福明坐在办公室里，情绪一直不好，听见病人又哭又闹，一下子冲了出来，走到31号病人房间，指着病人鼻子说："你不想住院，马上给我办理出院手续，回去等死！"

[第 二十 章]

让人头疼的妈

裴静瑜伽馆，司沁宁和沈嘉铭各穿着一套瑜伽服，在老师的指导下，做着双人瑜伽，也叫亲子瑜伽。

选择双人瑜伽，是司沁宁坚持的结果。当初报名的时候，她就对沈嘉铭说了，非双人瑜伽不报。

沈嘉铭为了收收母亲的火爆脾气，让她磨炼出一种女性特有的容忍度，增加未来家庭的亲和力和凝聚力，同意了司沁宁的要求。

本来，他最近一直停职检查在家，院部迟迟没有处理意见，感觉越来越郁闷，天天面对电脑，偶尔去面包房帮帮忙，却也是索然无味的。

陪母亲练瑜伽，可以分散沈嘉铭的注意力，减轻他的精神压力，让他尽量不要去想那个可怕的医疗事故。

今天是开课后的第三节课，动作比较简单，就是摆姿势的练习。双人运动讲求信任感，是一项互相关爱的运动，让修炼双方有亲密感，一旦双方不信任就不能协调，无法完成动作。

司沁宁和沈嘉铭背贴背，头靠头，脚跟连着脚跟，他们两个人的手倒贴着，手心对着手心。

动作完成后，两个人开始呼吸冥想，接着坐下来休息。休息的时候，司沁宁一边用干毛巾擦汗，一边问沈嘉铭："杜晓轩那头你问了吗？"

沈嘉铭莫名其妙："问什么，妈？"

司沁宁扬起眉毛："我不是叫你问她家准备陪什么嫁妆过来吗？怎么，忘记问了？"

沈嘉铭恍然大悟:“原来是这个事儿啊,问了。”

司沁宁反问道:“她家怎么说的?我想看看她家嫁女儿的态度!”

沈嘉铭低头在擦汗:“她家父母给她20万陪嫁。”

司沁宁摇了摇头:“20万?20万算便宜她家了!你去南京城随便哪家转一圈,有几家嫁女儿的,男方包房子、包装修、包家具和包家电的?杜晓轩家是哪代人烧了高香,竟然嫁到我们沈家享福来了!”

沈嘉铭碰了碰母亲:“妈,声音低点,这是在瑜伽馆呢,也不怕人听见。”

司沁宁无所谓地说:“听见就听见了,怕什么?就你这性格,以后结婚了还不给杜晓轩管死了?那丫头贼精贼精的,那次你爸从香港回来,带了一块金表给我,你看她戴在自己手腕上那个贪婪的样子,恨不得把金表给她才好了。”

沈嘉铭听不下去了:“妈,晓轩没有你说的那么坏吧。”

司沁宁白了儿子一眼:“妈是过来人,什么事情没有遇到过?就杜晓轩那点花花肠子,我还不清楚?你不要被她的三言两语一灌就醉,男人最怕女人溺爱他,一爱就没有方向感了。”

沈嘉铭听着,不知道说什么好。他隐隐约约觉得母亲不是很喜欢杜晓轩,总是和她过不去,但是,自己也没有办法阻止母亲对她的敌意。

沈嘉铭现在终于明白了,杜晓轩的担心并不是多余的,哪个儿媳妇进门不希望公婆对自己好呢?现在的问题,不是杜晓轩的问题,而是母亲的问题。

司沁宁看儿子没有吱声,继续问道:“那20万陪嫁是现金还是银行卡?”

沈嘉铭犹豫地说:“我没有问,应该是银行卡吧,哪里有用现金陪嫁的?”

司沁宁白了一眼儿子:“你知道什么啊?用现金气派,显示娘家人的身份和地位,说明杜家的底子厚,经济实力大。”

沈嘉铭给母亲说得一愣一愣的:“妈,结婚是家事,要显示什么?”

司沁宁摆了摆手:“算了,不和你说了,说什么你都不懂。那我问你,银行卡写谁的名字了?”

我的老妈,银行卡写谁的名字也用得着问吗?人家杜家嫁女儿,不写自家女儿的名字，难道写你儿子的名字？

何况，大姑给的婚房也没有写杜晓轩的名字，这样问挨得着吗？沈嘉铭心里非常不爽，然而，也不好得罪母亲。

沈嘉铭吐出三个字："杜晓轩。"

司沁宁声音提高了三度："什么？没有写你的名字？我们家为了你和她结婚，光房子就花了200多万，还不包括装修、家具和家电，他们家一分钱不出也就算了，陪个嫁还那么抠门，银行卡就知道写自己女儿的名字，想让自己家的女儿吃独食啊！"

沈嘉铭看了看四周，一些人斜过眼看着他们："妈，银行卡都是写一个人名字的，你见过银行卡同时写几个人名字的吗？又不是买房子，产权人可以一溜烟写好几个。再说，我们家的婚房也没有写杜晓轩的名字，让人家在银行卡上写我的名字，是不是太过分了？"

司沁宁没好气地说："什么叫过分不过分了？她家算是占尽我们沈家的便宜了！"

沈嘉铭看着母亲，觉得实在无法和她沟通了。都说三岁一个代沟，他和母亲相差几十岁，该有多少个代沟啊？

继续练习的时间到了，沈嘉铭立即站了起来，朝场地中心走去。他有点头大，自己的前途已经蒙上了阴影，婚姻才顺利点，母亲又在这里唧唧歪歪的，真烦人。

下午回到家，已经五点钟了，司沁宁进门后，忙着做晚饭，沈嘉铭拿着换洗衣服，进卫生间洗澡。

沈嘉铭洗完澡出来，沈飞歌下班回来了，桌子上已经摆满了做好的菜。沈嘉铭走近桌边，用手拿起一块牛肉干，一把扔进嘴里。

司沁宁端着饭碗从厨房里出来，一眼看见沈嘉铭："眼看就要做爸的人了，还用手捞菜吃，有样子吗？"

沈嘉铭笑了笑："做爸又怎么了？我这手是干净的，60摄氏度超高温才消毒的。"

沈飞歌放下报纸，指着儿子："还超高温了，人家那100摄氏度才叫超高温呢，你才60摄氏度，细菌已经给你吃下肚了。"

沈嘉铭一点也不在乎，把手里粘着的牛肉粒再次送进嘴里："你们看见

街头要饭的吗？他们一年四季都不洗澡的，指甲里全部是老灰，吃了还不是活蹦乱跳的？这就叫生命力！”

司沁宁白了儿子一眼：“人家那是贱命，命贱有命贱的活法，难不成你也想做要饭的？我看你真是好日子过多了！”

沈飞歌用筷子敲了敲桌子：“好了，坐下吃饭了。双人瑜伽今天练得怎么样了，有进展吗？”

司沁宁坐下，端起饭碗，夹了一筷子菜停在半空：“你想看吗？想看一会儿吃完饭，我和嘉铭练给你看！”

沈飞歌连声说：“好啊，一会儿看你们表演。”

沈嘉铭“哎呀”叫了一声：“爸，你不能歇歇啊？一天上班回家累不累啊，还看什么表演？”

沈飞歌坏笑道：“真人秀不能错过。”

一家人吃完饭，收拾完碗筷，休息了一会儿，司沁宁把客厅地方弄大，将茶几移到墙角一边去，准备摆场子做真人秀双人瑜伽表演。

沈飞歌一个劲儿地诡笑：“你还来真的啊？”

司沁宁一边挪地方，一边说：“现学现卖，不来真的，还来假的？”

场地还没有挪好，门铃响了。沈飞歌叫了一声“来了”，起身开门。

门开后，洛洛走了进来，一下子冲进沈飞歌的怀里，挨个儿叫着：“公公、婆婆，大舅好。”

司沁宁看见洛洛，立即停下手里的事情，走过来：“洛洛来了啊，快来，婆婆抱抱，想死婆婆了。”

洛洛听话地扑到司沁宁的怀里，和婆婆亲着。沈嘉铭从屋子里走出来：“嘉雨，这么晚怎么来了？”

沈嘉雨跟进来，看了看小屋，回头说：“传辉去北京出差了，我带洛洛在必胜客吃的晚饭，路过这里，她非要到婆婆家来看大舅的结婚证，想看新娘子。奶奶呢？不在家？”

沈飞歌点点头：“奶奶去你大姑家了。”

沈嘉雨“哦”了一声：“妈，你在忙什么？怎么把茶几挪墙角去了？”

司沁宁得意地笑道：“做真人秀给你爸看！”

沈嘉雨莫名其妙：“什么真人秀？”

沈嘉铭站在屋子门口，远远地看着大家："妈，你就不要折腾了，不就练个瑜伽吗？弄这么大个动静出来，丢人不？"

司沁宁反唇相讥："我丢什么人了？这不是你爸要看的吗？"

沈飞歌赶紧出来打圆场："好了，好了，洛洛来了，我们不看还行啊？"

洛洛接过公公的话："我要看新娘子，穿婚纱的新娘子。"

司沁宁一脸扫兴："新娘子还没有结婚，哪来的穿婚纱的新娘子？洛洛，叫你大舅给你拿结婚证好不好？看看帅哥大舅新郎官？"

洛洛拍着小手立即跳出了婆婆的怀里，朝沈嘉铭跑去："大舅，我要看帅哥大舅新郎官，你带我去看。"

沈嘉铭抱起洛洛，朝自己的房间走去："好吧，大舅带你去看帅哥咯。"

客厅里，司沁宁也不折腾了，把茶几复位后，一屁股坐了下来。沈嘉雨看着老爸老妈："我哥单位现在有消息吗？"

司沁宁回道："停职检查快一个月了，什么消息也没有，再等下去，我看要被开除了。"

沈飞歌接过话茬："天无绝人之路，车到山前必有路，开除就开除，大不了去他大姑公司上班。手术刀有什么好的，拿得不好就是玩儿命。"

司沁宁冷笑一声："你不会要嘉铭和杜晓轩一样吧？好好的手术刀不拿，去做什么单位的会计？"

沈飞歌被激怒了："你怎么又说人家杜晓轩了，嘉铭的事情和杜晓轩有关系吗？两个人够得着吗？真是乱弹琴！"

司沁宁抢白道："谁乱弹琴了，我看那杜晓轩就是一丧门星，嘉铭跟她谈恋爱后，家里的大事小事就没断过，弄得现在连工作都没有着落了。哪里像范雅兰贤淑温顺，和嘉铭谈了几年，一点儿事都没发生过。"

沈飞歌声音越来越高："又提范雅兰？你哪天不提她就浑身不舒服啊？"

沈嘉雨看见老爸老妈互不相让又要吵起来了，赶紧拉住老爸："好了，爸，少说两句。我给你带了一条香烟，给。"

沈嘉雨说完，从包里拿出一条紫南京香烟，递给沈飞歌。司沁宁看着香烟，酸酸地说："都说女儿是妈妈的贴心小棉袄，嘉雨，你怎么就去贴你爸的心窝了？我真是白养你了！"

沈嘉雨转身抱住司沁宁："妈，香烟是传辉单位客户送的，等有时间我

带你去金鹰商厦买套时装，比这个实惠多了。”

司沁宁惊讶地叫了起来：“去金鹰？你以为你家传辉是开金店的啊？那里的一套衣服不经意就是几千上万的，我可烧包不起的！”

沈嘉雨笑了笑：“妈，我这不就是冲着你说我不是贴心小棉袄才给你买的吗？百年不遇，难得一次，我都不心疼钱，你还心疼什么啊？”

司沁宁鼻子哼哼的：“一套衣服几千上万，我要卖多少个面包啊？你要真有孝心做妈妈的贴心小棉袄，从明天开始，天天去我店里买面包回家当饭吃，比送一套衣服强千倍了。”

沈嘉雨瞪大眼睛：“天天买面包回家当饭吃？那我还不长成面包样了！”

这时，洛洛手里拿着红红的结婚证走了出来：“我看见大帅哥了，大舅好帅!新娘子不好看，没有穿婚纱！”

沈嘉雨走过来，从洛洛手里接过结婚证：“洛洛，新娘子要到结婚那天才穿婚纱的，结婚证上是不允许穿婚纱的。”

洛洛似懂非懂地点了点头：“那我哪天才能看见新娘子穿婚纱啊？我要做花童！”

沈嘉雨抱起洛洛，放到自己的大腿上，转脸看着司沁宁：“这要问婆婆了！妈，我哥哪天办喜事啊？”

司沁宁不紧不慢地说：“日子还没有定，杜晓轩家本周日请我们吃饭，顺便把婚期定下来，到时候你们一起过来吃饭。”

沈嘉雨连连摆手：“妈，你们亲家谈大事，我们就不去凑这个热闹了。”

司沁宁继续说：“去吃，一定要来，不然太便宜杜晓轩家了。”

沈嘉雨不解地看着司沁宁：“妈，我嫂子又怎么了？”

沈飞歌无可奈何地看着司沁宁，对沈嘉雨说：“你妈就这毛病，一天不盯着一个人咬，浑身就长毛难过！”

司沁宁冲着沈飞歌叫了起来：“你才浑身长毛难过！我又不是狗，咬谁了?他们家嫁女儿，请我们男方家吃一顿饭就算了?房子、家电、家具，一切的一切，全部都是我们沈家出的，马上到订婚那天，我还要给杜晓轩买金戒指、金项链的礼金钱，这个婚真的是太便宜他们了。”

沈飞歌指着司沁宁说：“你看你，就是喜欢唠唠叨叨个没完，我听着都累。瑜伽修身养性，你这个瑜伽是怎么练的？一点素质都没有提高！”

沈嘉雨看了看怒火中烧的母亲，立即接过话茬："爸，我妈这是心理不平衡，你就给她说说，这样心里舒服点。我结婚那阵，一点也没有占到传辉家的便宜，我妈心里自然抹不直了。"

司沁宁转手指着沈飞歌："你看，还是女儿懂妈的心思，一样嫁女儿，怎么悬殊就那么大？一个飞进金窝，一个落入草窝。"

沈嘉雨抱住母亲："妈，一人一命，这说明我命里压不住钱，嫁的男人只能是传辉这样的。"

司沁宁惋惜地说："我家嫁女儿就是倒贴货，陪嫁10万也不少了，转脸就全部给你扔婚房装修上去了，一分不剩，败家子！哪像人家杜晓轩，还没结婚20万就压箱底了……"

沈嘉铭走过来，看着母亲："妈，你能不能不说杜晓轩啊？"

司沁宁把眼睛一瞪："为什么不说？老婆婆说儿媳妇，你是儿子，第一个听的人就是你。看人家杜晓轩，陪嫁20万还用的是银行卡，写的是杜晓轩本人的名字，根本没有我家嘉铭的份儿，她家人多会算计啊！"

沈嘉雨惊讶地叫了一声："20万，我嫂子家陪嫁不少啊！"

司沁宁骂了一声"屁"，接着说："杜晓轩家陪嫁再多，最后还不是烂在杜晓轩自己的口袋里，有嘉铭一分钱吗？"

沈嘉雨实事求是地说："妈，我哥的婚房也没有写嫂子的名字，人家凭什么要给我哥钱啊？俗话说，两好换一好，你事事都提防着人家，还不带人家提防着我们啊？"

司沁宁满脸不高兴："这是两码事，一码归一码。我本来还想给杜晓轩三万块礼金买双金的，一套黄金首饰，一套白金首饰，现在，我就给她一万，随便她自己买好了。"

沈嘉雨从茶儿上拿了一个橘子，剥开皮，掰开两片丢进母亲的嘴里："妈，我就一个哥，你对儿媳妇多少要大气点吧，三万也不多，以后老了我爸和你还指望嫂子照顾呢。"

司沁宁冷笑道："以后有敬老院，我可没有指望过谁照顾，有钱我还怕进不了养老院？"

沈嘉雨继续掰开两片橘子，丢进父亲的嘴里："养老院哪有自己家好啊？我们家门口就有一家养老院，前不久刚刚给媒体曝光了，一个老头子身

体不舒服不肯吃饭，那个女员工上去就是几巴掌，老头子含泪把饭吃了。你说，换自己家的人，连一个巴掌也舍不得砸上去吧？”

司沁宁把橘子核吐了出来，放到烟灰缸里：“嘉雨，你说的是个别现象，有钱就不怕找不到高级养老院。以后每家一对年轻夫妻承担四个老人和一个孩子，孩子的下面还有孩子，我们老了，还是找地方自生自灭的好。”

沈飞歌站起来，一把扭开电视开关：“你妈就是一根筋，宁愿相信外人，不相信家里人。”

司沁宁激动地站了起来：“沈飞歌，谁一根筋了，我看你大脑抽风了。如果你脑袋不干净的话，用洗脚水冲冲好了，不要一天到晚和我过不去！”

十天后下午两点，长江路金路高级小区，沈飞丽、司沁宁、沈嘉铭和我四个人先后从两辆小车里走出来，朝电梯口走去。

沈嘉铭和我在电梯停靠8楼的时候，走了出来，沈飞丽和司沁宁继续朝18楼迈进。

沈嘉铭用钥匙打开8楼的套房，我跟在后面，两个人一起走了进去。房子很大，坐北朝南，阳光通过玻璃窗户照进来，很温暖。这套房子是三室二厅一厨二卫，空间面积很大。

我看着新房，有点像做梦，沈嘉铭张开双臂一把抱住我，在偌大的客厅里转了起来：“老婆，我们有新房了。”

我一点心理防备也没有，给沈嘉铭这么一转，头脑晕乎乎的。等到沈嘉铭停下来，我一头撞进他的怀里，傻了半天。

等我定下神来，看着沈嘉铭说：“以后我们就在这里生活吗？”

沈嘉铭搂住我：“嗯，这里是我们的家。我们在这里吃饭、睡觉、生孩子，和所有的人一样，幸福地生活，到老，到死。”

我点点头：“我是不是在做梦？幸福来了，一点声音也没有啊？”

沈嘉铭哈哈大笑：“幸福哪来的声音？幸福是感觉，是状态，是心里的声音。”

我拉着嘉铭的手，开始一间间地看着房子：“三室二厅，这间最大，做我们的房间，以后有儿子了，给儿子一间。还有一间，如果我们吵架了，你就住这间。”

沈嘉铭跟在我后面：“为什么我住这间，为什么不是你住？”

我“嘿嘿”诡笑：“这间是禁闭室，让你反省的，谁让你和我吵架呢？以后吵架就是这个下场！”

沈嘉铭摇了摇头：“你不会把我扔进黑屋不管的，你不忍心哦！”

我刮了沈嘉铭一个鼻子：“那你答应我，以后不准欺负我，严格遵守21条不平等条约。”

沈嘉铭一把抱起我，架到窗台上坐着，面对着他：“我遵守还不行吗？”

沈嘉铭话音刚落，口袋里的手机响了，他收回双手，拿出手机接听：“喂，你好。”

对方说道：“是沈医生吧？我是秦院长，你下周一找个时间到我办公室来一趟，我在办公室等你。”

沈嘉铭连连点头：“好的，秦院长，我周一上午去你办公室。”

秦院长“嗯”了一声：“好的，那就这样了，我先挂了。”

沈嘉铭接着回复：“嗯，谢谢秦院长，周一见。”

沈嘉铭说完，合上手机。我看着他问：“秦院长刚才说什么了？”

沈嘉铭摇了摇头：“什么也没说，叫我下周一到他办公室去一趟。”

我担心地说：“是不是要宣布处分决定了？”

沈嘉铭点了点头：“八九不离十吧，事情总要解决的，转眼间一个多月过去了，我休了一个长假，祸是自己闯的，听候处理吧……”

我抓住沈嘉铭的手，握在自己的手里：“你估计医院会做什么处理？”

沈嘉铭若有所思：“听天由命了，我无权无势，就是一个普通的医生。出了医疗事故本来就是我的错，随便怎么处理，我都接受，毕竟那是一条人命，是多少钱也换不来的。”

我点点头，严重同意，不过，还是不免为沈嘉铭的前途担忧：“如果处分重的话，你考虑过换单位吗？”

沈嘉铭想了想说：“我等医院处理意见出来后，再做决定。毕竟从医是我一生最大的理想，大姑一直想让我去她的公司接替她的工作，我都没有同意，如果这次真的算我倒霉的话，我准备改行。”

我吃惊地张开嘴：“你的意思就是说，准备去大姑公司了？”

沈嘉铭点点头：“有这个打算！从医经历要进入个人档案的，与其带着这个污点到处找工作招聘碰壁，还不如老老实实为大姑做点事了。”

我的心里不知道是什么滋味，不知道是为沈嘉铭惋惜，还是为他难过。我和沈嘉铭有同样的操刀经历，我知道这个心理障碍很难攻破。

我抱住沈嘉铭的头，放在胸前："一颗红心两种准备，实在不行的话，给私营医院操刀去，你有技术，走到哪里也不怕。"

沈嘉铭听我这么一说，一高兴，把我从窗台上抱了下来："还是老婆懂我！来，下来，我们好好设计一下我们未来的家，看看应该怎么弄才好？"

我站稳后，看着窗外："我喜欢家里暖色调，比如墙纸的颜色不要太冷，家具的颜色不要太素，包括沙发的式样不要太方，带棱带角的以后容易伤到儿子的皮肤。"

沈嘉铭环顾四周："可以这样，我们住的房间设计一种主色调，儿子住的房间再设计一种……"

我忍不住笑了起来："按照你这个思路设计，禁闭室是不是应该设计成黑色基调的了？那样关闭的时间不会太长，人都抗拒黑暗。"

沈嘉铭用胳膊顶了一下我的胳膊："你不会真的弄个什么黑屋关我吧？走，我们去18楼看看，大姑又买了一套一模一样的套房，我妈说是以后给我们做邻居的人住的。"

我有点诧异："大姑给我们带邻居来了？"

沈嘉铭说完，拉着我，锁上门，朝电梯走去。18楼套房里，沈飞丽看着新房，心里说不出的高兴。

司沁宁跟在旁边，笑眯眯的："他大姑，你这套房子到底是给谁买的，弄得那么神秘？"

沈飞丽开心地笑道："弟妹，急什么，三个月后房子装修完，人搬进来住了，你不就知道了？"

司沁宁好奇心很重，越是无法知道的事情，越是想知道："哎哟，他大姑，你就不要逗我玩了，坦白说了吧。我们也不是三岁小孩子，还玩什么保密游戏？"

沈飞丽口风很紧："不玩游戏！弟妹，我昨天联系了设计师，他一会儿就过来看房子，然后两套房子一起设计，下周设计图纸出来了，就同时装修。"

司沁宁看沈飞丽不愿意说，也不追问了："他大姑不想说就算了，我就耐心等三个月吧。两套房子一起设计同时装修，是一个样板，还是两个样板？”

沈飞丽答道：“当然是两个样板了，嘉铭那套你可以让小两口自己选择设计图，然后按照图纸装修施工。”司沁宁“哦”了一声，一回头，看见沈嘉铭和我。沈嘉铭叫了一声：“大姑。”我叫了一声：“阿姨、大姑。”

沈飞丽点了点头：“嘉铭，晓轩，等会儿设计师过来，你们把一些要求告诉他，让他给你们设计一下，设计好后，就按照设计图装修了。”

沈嘉铭点点头：“谢谢大姑，好的。”

半个钟头后，年轻的男设计师来了，进门就开始工作。设计师拿出记事本和笔，先把房子的平面图画了下来。

画完后，设计师问沈飞丽：“沈总，两套房子的结构、房型、朝向、面积全部一样吧？”

沈飞丽连连点头：“全部一样，就是一个在 8 楼，一个在 18 楼。”

设计师在笔记本上记录着，司沁宁对设计师说道：“8 楼的那套，是准备做新房的，色调方面设计得尽量庄重点，比如墙纸的颜色不要偏暖，家具的颜色素一点，沙发最好设计成方型的，没有规矩不成方圆……”

全部和我喜欢的相反，我不敢再听下去了，心里难过得要死。这是我们的婚房，司沁宁怎么就不和沈嘉铭商量一下，或者征求一下我们的意见？哪怕就是假惺惺地问我们一句，也可以啊。

设计师一边点头，一边继续记录。沈嘉铭站在一旁，看着母亲一直在说话，自己一句话也插不上去。

我纳闷地看着司沁宁，不知道她为什么要操心到我们婚房装修的细节上面来。说个实在话，我做梦都想拥有一套自己看着顺眼的家。

现在看来，这个梦想算是彻底破灭了，老爸的话不断在我的耳边响起：“领过证了，就是人家的儿媳妇了，要尊敬公婆，不要顶嘴，不要发脾气，不要……”

我彻底无语，傻傻地看着设计师。我的大脑一片空白，里面全部是空的，什么内容也没有了。

回来的时候，我一路上一直无话，靠在副驾驶座上闭眼休息。沈嘉铭闷闷地开着车，忍不住问我：“晓轩，你不会生我妈的气吧？”

我摇了摇头，闭着眼睛说：“我和你妈生气？她没有得罪我，我为什么要

生气？”

沈嘉铭郁闷地说：“晓轩，你一定不高兴了。我们是夫妻，你有什么话就说出来，不要闷在心里。”

我竭力压抑内心的不快：“你妈都已经决定的事情，还有什么好说的？”

沈嘉铭看了看我：“我妈那脾气你也知道，她和设计师说话的时候，我也不方便插话，大姑也在那里，吵起来总不大好，你理解点行吧？”

我憋了一肚子的委屈在心里：“我理解，非常理解！”

沈嘉铭伸出一只手，摸了摸我的头：“笑一个，晓轩。”

我睁开眼睛，看了看沈嘉铭，觉得他也不容易，夹在老妈和媳妇之间，确实为难。我勉强笑了笑，算是回答。

沈嘉铭看见我终于笑了，紧绷的脸也舒张开来，最后笑了起来。我们两个人像一根藤上的苦瓜，虽然拥有整个天空，却感觉不到一点自由。

[第 二十一 章]
水落石出

次日上午 9 点，沈嘉铭准时出现在院长办公室门口，他举起右手，敲了两下，里面传来秦院长洪亮的声音：“请进！”

沈嘉铭推开门，走了进去：“秦院长。”

秦院长指了指沙发：“沈医生来了？坐，坐下谈。”

沈嘉铭点点头，坐了下来，看着秦院长。秦院长转身给他倒了一杯茶，沈嘉铭立即起身接了过来：“谢谢秦院长。”

秦院长坐在沈嘉铭的对面，温和地看着他：“沈医生，最近在家休息得怎么样？有没有什么感想？”

沈嘉铭谦恭地笑了笑：“我在家想了很多。第一，这次医疗事故造成的负面影响很大，给医院带来了不好的影响；第二，我的技术不过关，让医院蒙受很大损失，内心非常内疚。我愿意接受院部的任何处罚。”

秦院长爽朗地笑了笑：“怎么了，是不是在家检查写多了，一进门就开始做检讨了？”

沈嘉铭不好意思地笑了笑：“秦院长，我在家其实心里也不好受，天天面壁思过，我知道院部领导对我个人期望很大，可是，我让秦院长失望了。”

秦院长走过来，拍了拍沈嘉铭的肩膀：“沈医生，院部没有错看你，这次医疗事故我们院部已经从头到尾分析过了，也专门召开了医疗事故分析会，做了多次分析。现在，院部的处理意见已经出来了，你看看这份报告。”

秦院长说完，从办公桌上拿起两份院部红头文件递给沈嘉铭。沈嘉铭一边看，一边读：“《关于对沈嘉铭医疗事故的处理意见》、《关于恢复沈嘉铭

职务的决定》。”

沈嘉铭惊讶地看着秦院长:“秦院长,院部决定恢复我的公职?”

秦院长肯定地点了点头:“是的，这次医疗事故责任不在你的身上,我们已经调查清楚了。林福明利用这次院部调整人事变动的机会,临时决定给你加做一台手术,人为加大你的操作难度和身体疲劳,让你不战自败,以达到个人晋升的目的。”

沈嘉铭不敢相信地看着秦院长:“事情真的是这样的吗?”

秦院长继续说:“林福明这次为了个人目的,严重干扰了我们医院的正常工作秩序,给院部的声誉带来了破坏性的影响。”

沈嘉铭越来越不敢相信自己的耳朵，林福明一向给人大度的感觉,对每个科员都很友善,经常笑眯眯的,看起来真的不像这样的人。

不过,从这次手术的反常态安排来看,秦院长的分析也不是没有道理。林福明一直想升官,这是人人皆知的,利用职务之便害自己一下,还是有可能的。

沈嘉铭诧异地张大了嘴:“我真的没有想到林主任是这样的人!”

秦院长接着说:“关于林福明的处理意见,我们院部另外处理,你从明天开始,先回科室上班,暂时替代林福明的工作,我们院部看好你,你要给我们医院争气。”

沈嘉铭不相信地站了起来:“秦院长,我做科室副主任?还是让我回去想想吧。”

秦院长态度坚决地说:“不用想了,院部已经决定了,明天上任!”

沈嘉铭从院部走出来,走进自己的小车,恍若梦中。他踩动油门,一口气开出五公里,到了长江边。

江边,是一片辽阔的江水,一眼望不到边。沈嘉铭从车里走了出来,站在江堤上,看着远处,一望无际。

11 月的江边,已经带着深秋的凉意,江风吹来,落在沈嘉铭的脸上,凉丝丝的。他站在高处,张开双臂,对天狂笑。

笑完后,沈嘉铭就开始哭。他捂住脸,眼泪从指缝里滑了出来。他的肩膀颤抖着,喉咙哽咽着。

沈嘉铭边流泪,边自言自语:“从医多年,我从来没有害过一条人命,这条人命我是一辈子也还不清了！”

沈嘉铭情绪起伏很大，对着江水一会儿哭，一会儿笑。不远处，一个老翁在钓鱼，鱼竿拉出去好长，他的眼睛一直盯着沈嘉铭。

老翁看着沈嘉铭情绪失控的样子，感觉不妙，放下鱼竿跑了过来：“年轻人，什么事情这么悲伤，哭哭笑笑、疯疯癫癫的？”

沈嘉铭听见声音，转过脸，看着老翁：“大爷，没什么，我在吹风。”

老翁哈哈大笑：“吹风?深秋的江边可不是好玩的，弄不好风就把自己吹下江了，一个浪就把人打走了。年轻人，过来！”

沈嘉铭心里有点感动，老翁一定以为自己是来跳江自杀的：“好嘞，大爷。”

老翁看着沈嘉铭听话地跳下了江堤，笑了笑：“我在江边钓了十年鱼，实际上钓的鱼并不多，救的命倒不少。那些深秋和冬至来江边的人，大多数都是来寻死的。他们并没有活腻，只是一个疙瘩暂时解不开，于是就放弃了整个生命。”

沈嘉铭眼睛里泪光闪闪：“大爷，我不是来寻死的。”

老翁继续大笑：“来江边的人，没有一个会主动说：我是来寻死的！他们心里矛盾着呢，‘死’、‘活’两个字像硬币一样，在手心里翻来覆去的，翻到哪面都是死！年轻人，有什么想不开的，和我说说！”

沈嘉铭一本正经地说：“大爷，我真的不是来寻死的，我是外科医生，一个月前出了一场医疗事故，我的一个病人死在手术台上，我很内疚！”

老翁边说边朝回走，从地上拿起鱼竿，猛地抛进江水里：“那你是为那死者来的？人年轻的时候，都得犯错，不怕你笑话，我年轻的时候因为失恋，就是来这里准备寻死的，后来，一个钓鱼老翁救了我。老翁仙逝后，我也退休了，于是接了他的班，只要晴天，都来这里钓鱼。”

沈嘉铭不由得对老翁产生了钦佩之情：“大爷，你是好人啊，这么多年，你救起的人命一定不少吧？”

老翁点点头：“几百条了，我一条老命，换来几百条人命，也值得了。我说年轻人，操刀做手术的医生，不可能刀下救到他的每一个病人。就和我一样，早年救过一条人命，好不容易打消了他的自杀念头，刚刚稳住他的情绪，我尿急去撒尿，一回头只听‘扑通’一声响，那人又跳下去了……”

[第 二十二 章]

母子连心

沈飞丽广告传媒有限公司副经理办公室，蒋宸鸣坐在办公桌前，正在专心致志地工作，沈飞丽手里拿着一堆设计图案，推开门走了进来。

蒋宸鸣听见门响，抬头一眼看见沈飞丽，立即站了起来："沈总。"

沈飞丽立即摆了摆手，朝办公桌走去："你坐下，不用起来。最近怎么样，公司各项流程都熟悉了吧？"

蒋宸鸣坐了下来："谢谢沈总，资料看得差不多了，基本上熟悉了，已经进入实际操作阶段了。"

沈飞丽满意地点点头："嗯，不错，接受能力挺强的。来，先休息一会儿，放松一下，我有个事情正好想听下你的意见。"

蒋宸鸣点了点头："沈总，你说。"

沈飞丽打开设计图纸，接着说："我一个多年要好的朋友，为自己的儿子买了一套180平方米的套房，坐北朝南，在长江路金路高级小区18层，现在准备装修。住房装修图纸找专业设计师设计好了，目前有四个方案。我这个朋友拿不定主意，想请我看看，你是年轻人，我想听听你的意见，参考一下。"

蒋宸鸣接过图纸，翻开看着："沈总，您那个朋友的儿子没有看法吗？"

沈飞丽继续说："他儿子听我朋友的，你按照自己喜欢的款式，给推荐一套设计图案就行了。"

蒋宸鸣翻阅着一套套设计图："嗯，那我按照现在的流行色和装修主流发展方向说了。第一套设计图比较适合新房装修，色调偏暖，带有一种喜庆的基调，布置婚房比较好。”

沈飞丽点点头：“再看第二套。”

蒋宸鸣继续翻：“第二套比较华丽庄重，适合有文化有品位的人居住，它的格局比较大气，冷色调比较多，适合年龄层次比较高的人居住。最好是一家两代人那样的组合，就是一对小夫妻，带一对老人的。”

沈飞丽依然点头：“好，现在看第三套。”

蒋宸鸣看到第三套，眼前一亮：“这套比较适合当今的世界流行色，未来色彩发展趋势和第三套设计图有不谋而合之处，我个人比较倾向第三套……”

蒋宸鸣还没有说完，沈飞丽立即接过话茬：“好，那就按照第三套设计图做了。”

蒋宸鸣打开第四套，正准备看，设计图纸被沈飞丽一把合上了：“沈总，第四套不看了？”

沈飞丽笑道：“第四套不用看了，我相信你的眼光。你现在重点看第三套还有什么地方需要改进的。”

蒋宸鸣仔细看着图纸，用手指指点点着：“这套图纸做得很专业，不需要做什么改动了，色彩、布局都很好，非常适合一个独立的男孩子居住。”

沈飞丽非常满意，站了起来：“好了，谢谢你的建议，我马上就去联系朋友，把你的意见告诉她，那我回办公室了。”

蒋宸鸣站起来，点了点头，目送沈飞丽的背影离开：“不客气，沈总。”

沈飞丽回到办公室后，立即摊开第三套设计图，看了又看，脸上露出欣喜的神色：“宸鸣喜欢的，就是我喜欢的，就是它了！”

沈飞丽离开后不久，蒋宸鸣办公室的座机响了起来，他拿起话筒：“喂，你好。”

对方立即回道：“宸鸣，我是你爸。”

蒋宸鸣脸上露出笑容：“是爸啊，什么事儿？”

蒋伟涛笑嘻嘻的：“宸鸣，我们这里真的要动迁了，拆迁办要你的身份证复印件，要四份，你复印了马上快递回来，我过几天就去签字画押签拆迁合同了。”

蒋宸鸣喜出望外：“爸，是真的啊，我们要住新房子了？我一会儿去复

印，今天下午就快递过去，南京到常州最多一到两天快件就到了，你留个电话号码，快件到了送件人会打电话联系你取件的。”

蒋伟涛连连点头，报出电话号码：“你就写这个电话，我天天在家守着快递的人。我要赶在第一批拆迁搬出去，不多住了，再住人就憋霉了。最多再过半个月，我就去南京陪你住了，等新房子分下来我再回去住。”

蒋宸鸣开心极了：“好的，爸，我在南京等你，来之前给我电话，我去车站接你。”

蒋伟涛摆了摆手：“你工作忙，我自己去，不麻烦你了，你给沈总好好做工，千万不要给她添麻烦啊。”

蒋宸鸣点点头：“爸，我知道了。”

蒋伟涛“嘿嘿”在电话里傻笑，高兴得合不拢嘴：“好吧，你忙吧，我挂了，不耽误你工作了。”

蒋宸鸣和养父作别后，立即从口袋里掏出身份证，往秘书办公室走去。新来的女秘书叫张倩倩，今年 24 岁，模样很俏丽，一个自然雕琢的美人坯子。

蒋宸鸣进去后，对张倩倩说：“张秘书，在忙？”

张倩倩立即站了起来：“蒋经理，刚忙完，在准备明天的工作计划。”

蒋宸鸣点点头：“嗯，你忙，我去复印一下身份证。”

张倩倩离开座位，立即走了过来：“蒋经理，什么身份证？来，给我，我去复印。”

张倩倩说完，从蒋宸鸣手里接过身份证，朝复印机走去。蒋宸鸣顺口说：“谢谢，复印 6 份。”

张倩倩今年刚刚从大学毕业，才走上社会，没有什么工作经验，不过，人很机灵，也很好学。

蒋宸鸣只带了几天，张倩倩基本上就熟悉了秘书岗位的工作，对办公室的各项设备操作也渐渐熟练起来了。

不到一分钟，身份证复印好了，张倩倩将身份证和复印资料递给蒋宸鸣：“蒋经理，以后需要做什么，直接打个电话，我去你办公室拿，你自己就不要跑来跑去了。”

蒋宸鸣笑了笑：“好的，谢谢，也许原来做秘书习惯了，什么事情都是自已动手。”

张倩倩双手交叉放在前面：“现在该轮到我了，蒋经理以后尽管吩咐我。”

蒋宸鸣“呵呵”笑了两声：“好吧，我回办公室了，谢谢你。”

张倩倩脸色有点微红：“蒋经理，这是我的工作，应该的。”

蒋宸鸣说完，转身走出秘书办公室。身后，张倩倩一直看着他，目光里充满了钦佩的神情。

张倩倩第一眼见到蒋宸鸣的时候，是在去贺飞丽广告传媒有限公司招聘的那天。当时，蒋宸鸣和公司人力资源部的一个科长一起受理招聘工作。

时间已经是下午4点半了，离散场的时间还有半个钟头，很多招聘点在收拾材料准备走人。

张倩倩手里拿着一叠个人简历材料，急匆匆地走进招聘会场。她一边走，一边抬头看着招聘单位的公司广告挂牌。

张倩倩绕过几个摊位，一眼看见贺飞丽广告传媒有限公司的挂牌，立即停了下来，礼貌地问道：“请问，这里是贺飞丽广告传媒有限公司吧？”

蒋宸鸣点了点头：“是的，你是来应聘的吧？”

张倩倩连连点头，取出文件夹里的资料：“是的，我是来应聘秘书岗位的，路上有点小堵车，把时间耽误了，还好，你们还在。这是我的简历，麻烦你们看下。”

蒋宸鸣接过简历，看了张倩倩一眼，眼前随即一亮，接着说：“这里有张报名表，你先填下。”

张倩倩从包里拿出签字笔，开始埋头填表，表填完后，递给了蒋宸鸣。蒋宸鸣收回后，吩咐张倩倩在家等电话通知。

一切就是这么简单，没有挫折，没有等待。一周后，张倩倩如愿出现在贺飞丽广告传媒有限公司秘书办公室，接替了蒋宸鸣的秘书工作。

张倩倩没有想到一切如此顺利，她大学毕业后，第一次出来找工作，竟然如愿以偿了。她一直想做秘书，非常喜欢办公室里的那种环境和氛围。

尤其是蒋宸鸣，给张倩倩的印象很深刻。

一转眼，半个月过去了，沈飞丽基本上丢下了公司的事情，公司的业务全部由蒋宸鸣一个人全权处理。

沈飞丽每天跑长江路金路高级小区，与司沁宁分别守着8楼和18楼两套房子，看着搞装修。

沈飞丽天天忙得不亦乐乎，心情从来也没有这样爽快过。现在，她的一切都是为儿子存在的，她可以为儿子生，也可以为儿子死。

今天是双休日，上午9点刚过，沈飞丽开着小车，又到了金路高级小区。装潢工人已经开工了，两个工人在继续打孔，还有几个各自忙着，没有一个闲着。

沈飞丽拿着设计图，边看边对身边的一个工人指点着，工人连连点头。临近中午的时候，沈飞丽正要下楼，准备喊上司沁宁一块儿去对面的饭店吃饭，突然感觉一阵眩晕，人一下子没有支持住，就势倒了下来。

旁边的一个工人看见了，一把冲上去，扶住沈飞丽："沈总，怎么了？"

沈飞丽闭着双眼，已经失去了知觉。工人全部围了上来，有的帮着掐人中，有的急忙打120救护车电话，还有的直接冲下8楼，叫来了司沁宁。

司沁宁冲上18楼，一眼看见沈飞丽晕倒了，吓得不轻，立即招呼工人救人要紧："他大姑，怎么了？你们赶紧的，快打120救护车电话。"

一个工人立即回答："才打过120，接线员说正在派车。"

司沁宁急中生智："这样硬等来不及了，你们过来几个人，把她抬起来，先下电梯，我出去打车送她去鼓楼医院。"

一群人手忙脚乱，把沈飞丽抬到了小区门口，司沁宁招手拦了一辆出租车，大家轻轻把沈飞丽放在后座上。

长江路离鼓楼医院不远，只有两站路，正是中午，马路上的汽车不是很多，十分钟后，出租车到了医院，驾驶员连车费都没有收，帮忙把病人从车里抬了出来。

急诊室里，沈飞丽躺在推车上，一个主治医生正在给她做全身检查，司沁宁心急火燎，立即拨通了沈飞歌的手机。

沈飞歌正在单位食堂用午餐，听见手机响，立即接听："喂，什么事情？"

司沁宁定了定神说："他大姑在医院，你能请假过来一下吗？"

沈飞歌愣了一下："我姐身体不是好好的吗，怎么了，什么病？"

司沁宁接着说："不大清楚，听装修工人说，他大姑是突然晕倒的，我们几个人一起把她送到了医院。"

沈飞歌丢下饭碗，站了起来："好的，我马上过来，在哪个医院？"

司沁宁回答："鼓楼医院急诊室。"

沈飞歌"哦"了一声，挂断手机，双眼在食堂里快速地搜索着。终于，他在靠窗的角落里看见了车间主任，立马跑过去。

沈飞歌急切地说："主任，我得请假回去。"

主任疑惑地抬起头："怎么了，家里发生什么事情了？"

沈飞歌继续说："不是，是我姐，现在在医院里，我去看看。"

主任点了点头："准假，你赶紧去。"

沈飞歌说了声"谢谢主任"，扭头就走。出了厂区大门，挥手招了一辆出租车，20 分钟后到达鼓楼医院急诊室。

沈飞歌一路走，一路找，摸到急诊室后，看见沈飞丽躺在床上，面色苍白，眼睛已经睁开了。

沈飞歌走过去，看着沈飞丽："姐，你怎么了？"

沈飞丽虚弱地点了点头，接着又摇了摇头。司沁宁走了过来："他大姑身体很虚弱，需要休息，刚才医生开了住院单，安排下午住院。"

沈飞歌握了握沈飞丽的手："好好休息，你太累了。"

司沁宁继续说："沈飞歌，你在这里照顾他大姑，我回去拿银行卡，下午医院 2 点上班，我去交住院押金。"

沈飞丽对司沁宁招招手，指了指自己的口袋："我口袋里有银行卡，一会儿你拿去刷卡，密码是嘉铭生日六位数。"

司沁宁点点头，坐在一张椅子上："他大姑，你想吃点什么，叫沈飞歌出去买一点？"

沈飞丽摇了摇头："我不想吃。"

这时，一个护士推着一个小推车进来了，嘴里喊着："沈飞丽！"

司沁宁急忙答道："这里。"

护士拿起托盘和盐水袋，走了过来，对沈飞丽说："把胳膊伸出来。"

沈飞丽伸出胳膊，沈飞歌过去帮忙推上了衣袖，然后退到后面。护士吊水挂上后，走了出去。急诊室有好几个病人，声音比较嘈杂。司沁宁拉了拉沈飞歌，说："你在这里看下，我出去买点吃的，你午饭吃了吗？"

沈飞歌说了声："我在单位吃过了，你去吃吧。"

司沁宁“嗯嗯”直点头，转身离开医院。经过马路地下通道口的时候，看见一家快餐店，她累了，不想跑了，要了一份套餐坐下随便吃了点。

吃完后，司沁宁给沈嘉铭打了一个电话，沈嘉铭正在病房给一个病人做临床检查，听见手机响，立即走出病房。

沈嘉铭听见母亲的声音，立即问道：“妈，我在病房，找我什么事情？”

司沁宁接着说：“你大姑今天住院了，晚上下班你能来医院吗？她家里没有亲人，我还要监督工人装修房子，那些工人不看着不行，会玩心眼，你爸要上班不能随便请假。”

沈嘉铭点点头：“好的，我下班就过去，在什么医院？”

司沁宁松了一口气：“鼓楼医院，下午我去办住院手续。”

沈嘉铭“哦”了一声：“好吧，我下班后到医院再给你电话，我先去忙了。”

司沁宁点点头，挂断电话。她感觉自己的头就要爆炸了，装修遇到他大姑住院，不是要人命吗？

司沁宁心里有点纠结，他大姑好好的买什么第二套房子？要不然也不会晕倒，现在还不知道什么病，万一查出什么病来，不是更要人命了？

司沁宁摇了摇头，不敢继续想下去。不管怎么说，他大姑无儿无女，对嘉铭一向不错，在这个关头，沈嘉铭就要起到儿子的作用了。

司沁宁心里最关心的是婚房，她不想在这个节骨眼上，让房子的装修出现任何质量问题。实在不行，她准备找个陪护，在医院伺候他大姑，这样至少医院和装修两不误了。

想到这里，司沁宁舒了一口气。面包房现在已经丢给两个员工做了，她每天最多打两个电话问问情况，营业款每天中午由一个员工存送银行，所以，她没有什么好担心的。

司沁宁在地下通道的超市里，买了毛巾、牙刷、脸盆和饭盒等日用品。回到急诊室，已经接近下午两点钟了，司沁宁拿着病历、住院单和沈飞丽的银行卡，去住院处办理住院手续。

来来回回奔波了半个钟头，住院手续总算办好了。一切安顿下来后，沈飞歌留下来陪沈飞丽，司沁宁放心不下房子，回长江路继续监督工人装修。

整个下午，医生和护士不停地来病房，一会儿问病情做记录，一会儿开化验单,安排次日的检查项目。

直到下午5点,病房开饭了,沈飞丽才安静下来。沈飞歌拿起饭盒去打饭,看着沈飞丽吃完。

沈飞丽吃完饭,有点精神了,靠在床头,对沈飞歌说:“妈一个人在家,晚上看不到我回家,要急坏的。我给她打个电话,让她安心。”

沈飞歌摆了摆手:“还是我给嘉铭打电话吧,嘉铭一会儿要下班了,司沁宁叫他下班直接来医院的,我叫他把妈接过来,晚上到我家去住,她一个老人在家,我不放心。”

沈飞丽摇了摇头:“妈那脾气,你又不是不知道?弟妹也是,我对她那么好,把心肝都掏出来给她了,她为什么就容不下我妈呢?”

沈飞歌叹了一口气:“姐,司沁宁那人你也不是不知道,我妈对她也不差啊,她横竖就是不吃那一套!”

沈飞丽“嗯”了一声:“其实,我也不是买不起房子,我主要考虑到妈年龄大了,一个人住不方便,万一有个三长两短的,等我们赶过去已经来不及了。所以,我的意思是妈跟我们住在一起,起码有个照应。”

沈飞歌点了点头:“你放心,我今天晚上就把妈接回家住,你住院了,妈一个人守着你那么大的房子,我实在不放心。”

沈飞丽宽了宽心:“我也是这样想的,一家人不就图个和和睦睦吗?不知道弟妹究竟是怎么想的,我妈在我这里住了快一个月了,她连看都没来看一次,我妈没有功劳,也有苦劳,她再不好还给你们带大了嘉铭,是不是啊?”

沈飞歌连连点头:“姐,你不要说了,我知道,你安心住院,我妈的事情我来解决,我马上给嘉铭打电话。”

沈飞歌说完,拿出手机,拨通了沈嘉铭的手机:“喂,嘉铭。”

沈嘉铭正准备下班,边换衣服边接听:“爸,是我。”

沈飞歌继续说:“你马上下班,先去你大姑家,把奶奶接到医院来,她一个人住家里我不放心。”

沈嘉铭连连点头:“好的,我知道了,爸,我马上就去。大姑住哪个病区?”

沈飞歌点点头:“内科十病区36病房,好的,车开慢点。”

半个钟头后,奶奶和沈嘉铭急匆匆赶到住院处,奶奶一眼看见女儿,揪心地哭了起来:“飞丽,你这是怎么了?妈叫你不要去管那装修的事情,你偏

偏不听，为了儿子把命送了，值吗？”

沈飞歌和沈嘉铭面面相觑，以为自己听错了，沈飞歌疑惑地问了一句：“儿子？”

奶奶发现自己说漏嘴了，急忙捂住嘴巴。沈飞丽看着母亲，没有做声。沈飞歌看大家都不说话，也不追问了，心里凭空落下一块疙瘩。

沈飞丽给奶奶递了一个眼神，示意她不要声张，接着对母亲说：“妈，也没有什么大不了的，就是中午吃饭前晕了一下，挂点葡萄糖水就好了，估计是低血糖。”

奶奶心疼地捂住沈飞丽的手：“你不能再操劳了，今天医生都开了什么药？”

沈飞丽回答道：“医生还没有配药，今天开了好几张化验单，明天去检查，等检查结果出来确诊了，才好对症下药。”

沈嘉铭走过来，看着沈飞丽：“大姑，化验单呢，我看看？”

沈飞丽指了指床头柜：“化验单都在抽屉里，你自己拿。”

沈嘉铭拉开抽屉，拿出一叠化验单：血常规、尿常规、粪常规＋OB等。这些化验单似乎都和白血病有关系，他虽然是外科医生，对内科的一些化验单项目还是知道的。

沈嘉铭有一种不祥的预感，问道：“大姑，你最近有没有什么特殊的症状？”

沈飞丽想了想：“还好，就是感觉整个人比较乏力，有时会头晕，心跳也比较快，另外，牙龈经常出血，会不会有其他什么毛病？”

沈嘉铭“哦”了一声，心里已经有数了，他没有继续说，把化验单放回抽屉里。凭感觉，大姑的症状和白血病早期症状比较相似。

奶奶在一边不放心地问：“嘉铭，你大姑的身体会有什么问题吗？”

沈嘉铭故作轻松地说：“奶奶，大姑的身体没有多大的问题，主要是操劳过度了，休息几天就好。”

奶奶笑了笑：“是啊，千万别有问题，好不容易把事业做大了，该享福了，不要给病拖累上了。”

当天晚上，沈飞丽一个人住在医院里，其他人全部回去了。一路上，沈嘉铭开着车，只有奶奶在车上说个不停。

沈嘉铭心里乱糟糟的,像有好多蚂蚁在爬,心事重重的。凭借多年的从医经历,今天医生给他大姑开了这么多化验单,肯定是怀疑大姑有白血病了。

到家后,司沁宁一眼看见奶奶,随口叫了声:“妈,回来了?”

奶奶回了句:“这里是我的家,我不回来去哪儿?”

奶奶说完,径直回了自己的屋子。沈飞歌心里憋不住三句话,坐下不到五分钟,就开始大嘴巴了:“妈,你刚才在医院说什么为了儿子把命送了,他大姑什么时候蹦出来一大儿子啊?”

司沁宁莫名其妙:“你在说什么,什么儿子?”

沈飞歌没头没脑地说:“我在问我妈,没有问你!”

司沁宁一头雾水,追问:“他大姑哪来的儿子?”

沈飞歌边抓脑袋边问奶奶:“妈,我问你话呢,你说啊!”

奶奶回头看了一眼沈飞歌:“说什么说,妈老了,老糊涂了,你也跟着我糊涂吗?”

奶奶说完,“砰”的一声,反身把小屋的门重重关上。沈飞歌站在门口,差点被门打到鼻子,弄得一脸灰不溜秋的。

司沁宁远远地看着,幸灾乐祸地说:“看你说话前言不搭后语的,活该被门撞!”

沈飞歌白了司沁宁一眼:“谁前言不搭后语了?明明我妈在医院说的,现在就装老糊涂了!”

司沁宁转脸问:“你妈在医院说什么了?怎么说的?”

奶奶一把拉开门,冲着客厅说:“我在医院说什么了?沈飞歌,你把自己家的儿子管好就行了,问那么多不着边际的事情,犯得着吗?没事儿回屋休息去!”

沈飞歌看见母亲,缩了一下头,不再说话了。奶奶看见沈飞歌不做声了,关上小屋门,独自打开电视看了起来。

客厅里,司沁宁冲奶奶的小屋白了一眼:“一回来就没有好脸色,摆给谁看啊?”

沈飞歌瞪了司沁宁一眼:“好了,我妈才回来,又想闹了,是不是?回屋里去!”

司沁宁不依不饶:“我回屋干吗?要回你自己回!”

沈飞歌摇摇头,自己回到屋子里。一家人,各行其是,弄得气氛很紧张。司沁宁一个人在客厅,待了大约一分钟,坐不住了,一把推开沈嘉铭的屋门。

沈嘉铭正在上网,查询白血病方面的知识,看见母亲进来,关闭了网页:“妈……”

司沁宁站在沈嘉铭身后:“你给我在网上查一下,有没有愿意照顾病人的护工,年龄在40岁左右的,要能吃苦。”

沈嘉铭点了点头:“给大姑找保姆是吧?好,我马上搜索,等我一下。”

沈嘉铭打开百度,输入“南京家政找住院保姆”几个字,一下子跳出来几十条信息,他用笔记下几家服务热线号码,递给母亲。

司沁宁接过号码:“现在太晚了,人家下班了,明天再联系了。他大姑也是,迟不病早不病,偏偏赶在这个节骨眼上生病,两套房子装修全部压在我一个人肩上,累得我真够呛!”

沈嘉铭拍了拍母亲的后背:“妈,大姑自己也不想生病,没有办法,生病是人控制不了的。你也要多注意身体,我在医院工作也忙,如果你实在没有时间去监督那些工人,就拿眼睛盯着,具体的事情给他们自己去做。”

司沁宁点点头:“我知道,一个人钱再多,没有好的身体,一切都等于零。”

沈嘉铭连连点头:“是的,妈,你千万不要累坏了。”

司沁宁摸着儿子的头,连连点头,转身走了出去。她有点累了,去卫生间洗洗准备上床休息了。

当天晚上,沈嘉铭打通了我的手机。我是9点钟左右得知他大姑住院的消息,沈嘉铭打电话给我的时候,我根本就不相信自己的耳朵。

他大姑的精力那么充沛,怎么说住院就住院了?沈嘉铭怀疑他大姑得的是白血病,我不大相信。

次日下午,我向财务科长请了半天假,买了一大束鲜花,骑着电动车赶到医院。见到他大姑的时候,我还是吓了一跳。

他大姑的脸色很苍白,一点血色也没有,精力和半个月前见到的时候大不一样。我将鲜花放在他大姑的床头柜上,然后坐在床边:“大姑,感觉好点了吗?

沈飞丽勉强点了点头:“好点了,晓轩,你上班怎么有空过来的?”

我笑了笑:“下午公司没有什么事情,我和科长打了个招呼,就过来了。大姑,我也不知道你喜欢吃什么,也没有给你买东西,这里是500块钱,你拿着吧。”

说完,我把钱递给大姑,大姑把我的手推了过来:“晓轩,大姑有钱,你有空来看看大姑就行了,这个钱你拿走,大姑真的不需要。”

我看着大姑,大姑推脱不过,把钱放在枕头边。坐了大约半个钟头,蒋宸鸣手捧一大把粉红色康乃馨,推开病房门,走了进来。

沈飞丽看见蒋宸鸣,身体朝上坐了坐,脸上露出欣喜的表情:“你怎么来了?”

蒋宸鸣把鲜花递给我,对沈飞丽说道:“沈总,我听张秘书说的,她说你今天中午给她打了一个电话,说你住院了,我下午就抽空过来看看你。”

沈飞丽点点头:“是的,我中午给张秘书打电话了,本来准备下午给你电话的,没有想到你已经来了。”

蒋宸鸣笑了笑:“张秘书接到你的电话就向我汇报了,我立即召集公司高层几个领导开了个电话会议,安排了一下近期的主要工作。这里是几个领导委托我带给你的慰问金,请沈总收下。”

蒋宸鸣说完,从口袋里拿出一个信封,里面是一叠厚厚的百元钞票,看样子数目不少。

沈飞丽客气地说:“也不是什么大病,还带这么多钱过来干吗?你们只要好好工作,就是对我最大的支持了。”

蒋宸鸣把信封放在沈飞丽的手上:“沈总平时在公司也很关心员工,你有病了,大家自然也要关心你的。你好好养病,公司的事情你不用操心,有什么问题我会及时过来请教你的。”

沈飞丽满意地点了点头:“那好,钱我收下了,你代我谢谢大家了。你办事,我确实很放心,公司就交给你了。”

蒋宸鸣郑重地点点头:“沈总,你放心,你这样信得过我,我一定好好干,不辜负你的期望。”

沈飞丽放心地笑道:“有你主持公司的日常工作,我就安心养病了,这个也是锻炼你的好机会,我相信你。”

蒋宸鸣谦虚地回道："谢谢沈总的信任，你安心养病，我今天下午有个重要客户，准备下一个大订单，我得赶过去，先告辞了。"

沈飞丽挥了挥手："好的，你去忙，再见。"

蒋宸鸣走后，沈飞丽的目光一直跟着他的背影，直到他在门口消失。我站在旁边，一直看着他们，不知道为什么，看见蒋宸鸣，我总有一种似曾相识的感觉。

这样的感觉我也说不清楚，相信风水的人，认为人与人之间是有气场的，尤其是具有同类基因的人，拥有相同的气场，彼此传递着一种微妙的生命信息。

蒋宸鸣的一举手一投足，都让我看见沈飞丽的影子。然而，从他们的对话中看出，只是一种上下级关系，根本不带一点儿亲缘关系。

下午，沈飞丽继续去门诊化验室做检查、验血。昨天晚上，沈嘉铭对我提到了白血病，我下午特意留意了一下化验单，一些检查项目确实和白血病有关。

我一直陪着他大姑，化验做完后，又陪着她挂水。他大姑很健谈，谈了很多插队时候的事情，包括那些小草，那些牛羊，那些可爱的生命。

看得出来，他大姑的心态非常好。我在心里暗暗羡慕着，如果谁做了他大姑的儿媳妇，一定幸福加倍儿翻了。

晚上，沈飞歌、司沁宁和沈嘉铭全部过来了，病房开始热闹起来。司沁宁买了很多熟菜，大家围坐在一起吃晚饭。

晚上9点半，是病区熄灯睡觉的时间，大家陆陆续续离开医院，向他大姑告别。回来的路上，一家子坐在小车里往回赶。

小车启动后，司沁宁直接问我："杜晓轩，你父母约我们明天去饭店见面，具体时间定了吗？"

我坐在后排，立即回答："阿姨，我爸说明天晚上6点，请你们在阿庆煲饭店见面，你们看行吗？"

司沁宁继续问："阿庆煲是不是在你家小区门口？"

我点点头："是的，阿姨。"

司沁宁想了想："可以，明天护工正好来医院，等他大姑安定下来后，晚上我们直接去饭店吧。"

我“嗯”了一声:“好的,阿姨,明天晚上我和我爸我妈在饭店门口等你们。”

一路上,大家没有再说话。沈嘉铭顺路先把父母送回家,然后送我回去。回去的路上,我问沈嘉铭:“大姑的化验单我今天看了,有点奇怪,医生开的全部是白血病的检查单子,医生会不会怀疑大姑得的是白血病啊?”

沈嘉铭心事重重:“我也是这样想的,昨天我特意问了大姑一些最近的症状,我今天在医院又找了一个内科主治医师,基本上判断是白血病早期症状。”

我吓了一大跳:“你说,大姑人这么好,事业如日中天,怎么就这么倒霉,得个白血病?”

沈嘉铭叹气道:“是的,我也感觉很意外,这不是一个容易治好的病。如果确诊是白血病的话,需要骨髓移植,大姑无儿无女,就说等待配对合适的骨髓,就可以把人等死。”

我安慰道:“嘉铭,不会那么严重吧,现在检验报告还没有出来,我们为大姑祈祷一下吧!”

沈嘉铭表情一点也不乐观:“大姑这辈子,没有享到什么福,我最愧疚的是自己是一个医生,却救不了她。”

面对疾病,很多时候我们是无能为力的,因为我们不能保证天天健康。人的生命是受空间限制的,和机器一样,天天在磨损,随时会出现问题。

我的心里也很难过:“其实,医生是一个高尚的职业,但是,不是全能的职业,我只能祈求上天,明天的化验报告出来后,大姑安然无恙。”

沈嘉铭车开得很慢,大姑一直拿他当儿子待,我知道他此刻的心情。我看着沈嘉铭,也不知道说什么好。

本来,我还在为婚房装修设计图的事情在心里和司沁宁闹别扭,现在看见大姑这个样子,觉得神马都是浮云,不值得一提了。

人在绝症面前,是最容易做出让步的。所谓天大地大,没有人的命大,世事万物都必须为宝贵的生命让道。

在生命面前,还有什么比它更加重要的?司沁宁执意按照自己的心愿设计儿子的婚房,只要她喜欢,我为何不能接受?

大姑为装修累出了病,司沁宁是我老婆婆,人要将心比心,就是自己的

老妈，每天这样费心地泡在婚房里忙装修，一样让人心疼。

经过南湖夜市的时候，沈嘉铭踩住刹车，小车停了下来。一个摊贩正在卖烟，他要了一包，拆开后抽出一支，点燃火苗，放进嘴边。

沈嘉铭从来不抽烟，我知道他心里难过。小车继续往前开，一股股香烟的味道飘逸而来，随风而逝。

烟抽完了，沈嘉铭的心也空了，他扔掉烟屁股，踩住刹车，趴在方向盘上抽泣起来。

夜的黑，黑的夜，沈嘉铭的哭声穿透夜空，回荡在橘黄色路灯下。我一把抱住沈嘉铭，趴在他的肩膀上，和他一起哭泣。

我知道，这是一个重情重义的男人。这样的男人，把亲情看得比什么都重要，嫁给这样的男人，是我的幸福。

［第二十三章］
陪嫁风波

第二天晚上5点半，南京乐家超市人头攒动，一些客户在收银台排队缴款，手推车里全部是一桶桶的食用油，很多人一买就是几大箱。

前台，沈嘉雨忙疯了，她好不容易抽出两分钟时间，赶紧掏出手机，拨通了司沁宁的手机。

司沁宁正在医院和新来的护工交代着什么，听见手机响了，立即接听："喂，嘉雨啊？"

沈嘉雨声音很急切："妈，超市的食用油明天又要涨价了，你赶紧带我哥开车过来，明天要涨十几块一桶了。"

司沁宁夸张地叫了起来："哎哟，又涨价了？上个月不是才涨了2块钱一桶吗？我在医院等你哥来接我，我们马上去阿庆煲饭店吃饭，没有时间过来了。"

沈嘉雨急得不能再急的声音："现在去饭店吃什么饭啊？我们超市的食用油都要抢疯了，你们再不来买的话，明天就要直接买涨价10块一桶的油了。"

司沁宁左右为难："哪里啊，今天是亲家请客，我们去谈你哥的婚事，准备把婚期定下来了。"

沈嘉雨的喉咙里面都冒烟了："妈，你们打个电话给亲家，迟点去饭店就是了，我们超市的库存油已经不多了，再不买就没有机会了。你面包房天天用油，这样要提高销售成本的。"

司沁宁捂住话筒，想了想："好吧，我和你哥马上过来，你先给我们留10

箱，或者你用信用卡先刷卡付款，我马上过来把钱带给你。”

沈嘉雨答了一句：“OK！”

这时，沈嘉铭推开病房门，走了进来，司沁宁立即对他说：“你妹说，超市的食用油明天要涨价，你先跟我过去买油。”

沈嘉铭打开手机，看了看时间：“现在都5点35分了，去饭店不迟到就不错了，现在去超市买油？来得及去饭店吗？”

司沁宁立即接过话茬：“别废话，先给杜晓轩打个电话，让他们在饭店等着，我们买完油就去饭店，婚事又跑不掉的，急什么？”

沈嘉铭听母亲这么一说，也不反驳了，想了想，打开手机，拨通我的手机：“喂，晓轩吗？路上有点堵车，估计要迟来一会儿，你们先在饭店等着。”

沈嘉铭两句话说完，司沁宁和他离开了医院，顺路在大行宫车站接了沈飞歌，然后直接开车去了乐家超市。

沈飞歌坐在小车里，看见方向不对头，问：“嘉铭，你开错方向了，去阿庆煲饭店怎么朝北面走了？”

司沁宁笑了笑：“没错，先去嘉雨的超市买油。”

沈飞歌不明就里：“好好的买什么油？你怕家里没有油吃？上个月你不是才买了10箱油吗？”

司沁宁揶揄了一句：“明天食用油要涨价了，一桶油要多付十几块钱，我面包房用油量大，今天不买，等到涨价再买啊？”

沈飞歌“哦”了一声：“那今晚饭店不去了？”

司沁宁放开嗓门说：“先买油，后去饭店，急什么？你长这么大没有去饭店吃过饭，还是怎么的？”

沈飞歌坐在后座，哭笑不得：“你才没去饭店吃过饭呢，我去香港吃的，比你在家吃的好多了。”

司沁宁挥了挥手：“少来了，香港我是没闲工夫去，如果我去了，吃得肯定比你好。”

两个冤家斗了半天嘴，终于到乐家超市了。超市门口闹哄哄的，像赶集似的，三个人下了车，径直朝超市前台跑。

司沁宁的眼睛在前台扫了半天，没有看见沈嘉雨，回头对沈嘉铭说：“给你妹打个电话，让她过来，我们去提货。”

沈嘉铭点点头，拿出手机，拨通号码后，沈嘉雨没有接，一分钟后，拿着提货单出现在他们面前：“妈，货已经放在仓库门口了，我马上找保安给你提货，货来后，把单子给保安验收一下就行了。”

司沁宁接过单子，点点头：“好的，10箱估计一趟拿不完，我们先拿一半，另一半等你们晚上下班前过来拿。一共多少钱，我现在就给你。”

沈嘉雨摆了摆手：“钱不急，现在人太多，等我抽空回家再说，你们先去超市门口等，我去安排保安发货。”

沈嘉雨说完，急匆匆离开了。三个人朝门口走去，等了大约10分钟，保安推着手推车拉着5箱油来了，主动搬上小车。

路过面包房的时候，小车停了下来，司沁宁招呼员工出来搬油。下完油，小车继续往前开。

7点前，小车终于到了阿庆煲饭店门口，一家人下车后，急急忙忙朝饭店里面走。我和老爸老妈头都等大了，看见三个人进饭店到了包间，终于舒了一口气。

沈飞歌第一个看见了我们，客气地打招呼：“亲家，久等了，临时有点事情耽误了，不好意思。”

老爸老妈同时站了起来，老妈说：“没关系，谁家都有个急事儿，你们先办急事儿。”

两家人坐下后，服务员开始上菜，大家边吃边聊。老爸举起酒杯：“今天把亲家请来，主要是为两个孩子的婚事，现在，结婚证已经领了，婚房也在装修，就等你们亲家定个好日子，安排孩子的大婚了。”

司沁宁拿起杯子，和大家碰了碰：“婚期是这样安排的，第一，现在是12月初，装修还有2个半月才完工，完工后要吹油漆，这样起码也要一个月时间，所以，婚期最快也要等到3月份。”

老妈连连点头：“是啊，最快也要到3月份了，亲家，还是你们看吧。”

司沁宁继续说：“说实话，我找人给选了个好日子，3月份好日子不多，4月1日这个日子比较好，是农历的2月28日，这天和他们两个人的属相也不犯冲，你们看怎么样？”

老爸连连点头：“2月28日是好日子，成双结对的，就这个日子了。”

沈飞歌附和着说：“228，我儿发，哈哈，大家一起干杯！”

六个人，端起酒杯，一起在空中碰响，个个干了个底朝天。沈嘉铭站起来给大家斟酒，我给大家朝小碗里夹菜，场面气氛很和谐。

一杯酒下肚，司沁宁试探性地问："亲家，嘉铭他大姑买了婚房，包了装修和家电，你们陪嫁有什么打算？"

老妈从皮包里拿出一张银行卡，打开天窗说亮话："亲家，我们现在是一家人，也就不说两家话了。本来，嘉铭他大姑买了婚房，我们是准备出装修款的，既然他大姑一手包办了，我们就合计了一下，把20万装修款省下来，给小两口做立户基金。另外，该陪的床上和生活用品我们照样陪过去。"

司沁宁瞥了一眼银行卡："亲家想得蛮周到的，20万给小两口做立户基金，这个主意不错。不过，床上和生活用品估计花不了几个钱，我希望陪嫁的用品档次高一点，最好到专卖店去买。另外，立户基金的银行卡写的谁的名字？"

老妈愣了一下："银行卡写的是晓轩的名字，明年开春她嫁过去了，换谁的名字都一样，那是他们小两口的事情，我们做长辈的不干预。床上和生活用品可以去专卖店购买，没有问题，我就一个女儿，穷养儿子富养女儿，我们照办。"

司沁宁"嘿嘿"笑了一声："那当然，20万和婚房200万比起来，也不是什么大数目，藏着掖着就不是好夫妻了。"

老妈脸色有点不自然，勉强笑了笑："那是，我们嫁女儿最多只能这个数了，现在都是独生子女，一点陪嫁没有也说不过去，我们家境也不富裕，以后的日子还是靠他们自己过的。"

司沁宁从包里拿出一叠现金，朝桌子上一放："亲家，嫁女儿和娶媳妇道理一样。我们家虽然是娶媳妇，但是，绝不能亏待儿媳妇。嘉铭他大姑一切全包了，对你们家也算是一种利好。我这里是1万块礼金，给晓轩拿去买金项链和金戒指。"

老爸老妈看着钱，一个也没有动，我总觉得司沁宁的话听得不大入耳。1万块礼金买金项链和金戒指也不算多，司沁宁不用这么财大气粗的吧。

还说什么亏待不亏待的？1万块在南京给女方家做结婚礼金，只能算是低收入家庭的水平了。按照司沁宁这样的家庭条件，没有三五万礼金是出不了手的。

司沁宁把钱朝我面前推了推:“晓轩,休息天让嘉铭陪你去金店,选一套漂亮的金项链和金戒指。”

我看着钱,没有动。老爸看着亲家,顺水推舟,把钱递给老妈:“亲家,那我们就不客气了,先收下了。”

老妈接过钱,顺手收起桌子上的银行卡,一起放进自己的皮包里。司沁宁皮笑肉不笑地说:“一家人了,还客气什么?”

这顿饭吃到后面有点尴尬,不是谈银行卡姓名,就是说礼金,气氛极不融洽。回来的路上,老妈有点不高兴,一个劲儿嘀咕着:“按理说我们嫁女儿,应该我们提要求,怎么他们家的要求一大堆?专卖店床上用品价格多贵啊,再说,我们想买什么样的,应该和他们家没有关系吧?”

老爸笑了笑:“俗话说,看菜吃饭,看钱过日子,你既然心里不舒服,为什么要答应人家?”

老妈鼻子“哼”了一声:“在饭桌上,如果我不答应的话,不是当场抬杠了?你就会做老好人,饭桌上怎么一个屁也不放!”

老爸不高兴地回道:“我们家不是一直你当家吗?我这不是给你做人吗,怎么叫一个屁不放了?”

老妈继续数落:“专卖店一床被子1000块,陪4床就是4000块,一对枕头800块,还有羊毛毯、床垫,七七八八拿下来的话,没有1万块打不住。我说那1万块礼金,亲家也拿得出手?我怎么越看越像打发叫花子的!”

我在一边听着,心里不是滋味,终于忍不住插话了:“妈,礼金我不要了,你全部拿去,到专卖店买床上用品,结婚那天,我戴一套假金就行了。”

老妈气哼哼的:“那怎么行?结婚是一辈子的大事,真金不能少,一定要买!我是说嘉铭他妈怎么这么抠门,他大姑已经全包了,她家什么钱也没有花,就算酒席他们家出,也是转手就能收回来的买卖,她家连个礼金都舍不得多出几万,真是的!”

老爸哈哈大笑:“你又想人家的东西了?我早和你说过,结婚了就是一家人了,什么她家你家的,以后统统是嘉铭和晓轩的,你还怕烂在外面不成?简直是瞎操心!”

老妈立即反驳:“我什么时候又想人家东西了?我只是心理不平衡,你听司沁宁说的话要多难听就多难听。什么嘉铭他大姑一切全包了,对我们家

也算是利好了。她说这话的意思不就是让我家占便宜了,这可是她家儿子娶媳妇儿,又不是我家招上门女婿!”

老妈说着,上了楼,老爸和我跟在后面,开始装呆不说话。进屋后,老妈还不解气,继续说:“司沁宁也好意思问立户基金银行卡写的是谁的名字,我不写自己女儿的名字,难道写她儿子的名字?笑话,婚房的房产证又没有写晓轩的名字,我干吗白送她家一张20万银行卡?这女人算盘珠子拨得也太精明了,南京人再怎么大萝卜,也不会萝卜到大呆子的份儿上!”

老爸终于被老妈说烦了:“你是不是更年期到了,怎么唠叨个没完了?人家都没有拿你当呆子,我们嫁女儿又没有吃亏,你较个什么劲儿?”

老妈不高兴了,声调提了上来:“我是担心晓轩,到了这样的人家,以后就是不受自己男人的气,也得给老婆婆气个半死。”

老爸朝沙发上一坐,没好气地说:“小两口自己有婚房,过自己的日子,和老婆婆有什么关系?你说话越来越不靠谱了!”

老妈严重不爽:“你现在不要耍嘴皮子和我硬扛,我反正是越看司沁宁越不顺眼,这个女人心机太重了,如果不是晓轩看上了嘉铭,这样的女人我是不会随意招上门的。”

我朝自己的屋子走去,准备换衣服,听见老妈说我,回头说道:“妈,你怎么还在说,累不累啊?吃亏也好,占便宜也好,都是一家人了,连结婚证都领了,还说个没完?”

老妈刚要发作,座机响了,她立即走过去接电话:“喂,她大姨啊?哪阵风把你吹来了?”

大姨的声音很高:“你们今天晚上去哪儿了?我打了几次电话了,都没有人接。”

老妈抱着话筒,坐了下来:“哪里啊?今天晚上我们请亲家去饭店吃了一顿饭,把晓轩的婚事定下来了。”

大姨开心地问:“婚期定了啊?哪天?”

老妈继续说:“明年阴历2月28日。”

大姨“嗯”了一声:“日子不错,是好日子啊,婆家给了多少礼金?”

老妈听见礼金,气不打一处来:“1万。”

大姨大声叫了起来:“什么?就1万礼金?你们收下了?”

老妈反问了一句："不收怎么办？"

大姨几乎喊了起来："你们这样嫁女儿是要吃亏的，1万礼金够买什么的？连一套黄金的钱都不够，白金更不用提了。我说，你们这么急吼吼地把钱收下来干吗？是没有见过1万块吗？"

老妈委屈地说："我也没拿，是杜生平拿的！"

老爸在一边听着，突然吼了起来："是我拿的，你可以不要啊，为什么又收起来了，什么玩意儿啊！"

老爸说完，"砰"的一声，回到屋子里，把门重重带上。大姨继续说："我就知道妹夫穷怕了，连1万块都伸手。你想想看，沈嘉铭他大姑开公司那么有钱，他妈又是开面包房的，1万块礼金纯粹就是一道下饭小菜，根本就没有拿你们当人看！"

老妈一肚子恼火："他家不把我们当人看，我们还不把他家当人看了，反正我们家也不吃亏，陪嫁的东西也不多，晓轩说了，结婚那天就戴一套假金，1万块礼金当陪嫁买床上用品，最后看谁丢脸！"

大姨哈哈大笑："真有你的！算了，不说这事儿了，我就是随便问问的，既然这样，到时候我给晓轩送一套白金首饰吧，风风光光地嫁出去！"

老妈立即叫了起来："不行，这份礼太大了，我家晓轩受不起，你按照正常份子随礼就行了，要买我们自己买。"

大姨见怪不怪："真不要？你家嫁女儿，大婚那天要给足自己面子的，弄套假金挂脖子上，出点汗就变色，这个脸怕是丢不起的。"

老妈"哼哼"冷笑了一声："要丢脸也是他家丢脸，大婚那天给大家看看不是更好？1万礼金能买什么金啊？买铝合金还差不多！"

大姨继续大笑："买铝合金，哈哈，你真会说话！"

两个人在电话里，你一句我一句，唠叨了足足有半个钟头。我在屋子里实在听不下去了，回到客厅："妈，你和大姨死嗑什么啊？就知道钱！"

这时，大姨挂断了电话，老妈转过脸，看着我："你知道个屁，我们一家子给人耍了，难道还不让我和你大姨发几句牢骚吗？"

我无可奈何地笑了笑："妈，谁耍我们了？你看我结个婚累的，早知道不结婚了！"

老妈惊讶地叫了一声："啊？不结婚怎么行？娘家的饭又不是吃一辈子

的，还是去你婆家吃吧！”

我看着老妈：“婆家的饭就好吃了？”

老妈怪怪地笑：“婆家的饭再不好吃，也比娘家的饭来得正当，端个正当的饭碗比什么都强。”

什么逻辑，还正当起来了？这不是把自家的女儿像脸盆里的水一样往外泼吗？做女人真难，嫁不是，不嫁也不是，横竖都是我惹的祸了！我愣愣地看着老妈，哭笑不得：“妈，如果我一辈子不嫁的话，你还不给我饭吃了？”

老妈哈哈大笑：“哪能呢？你就是一辈子做老姑娘，妈还不得给你留个碗儿。晓轩，婚房搞装修，你怎么不去看看，每天像没事儿似的？”

我瞥了一眼老妈：“我去干什么？”

老妈不解地看着我：“你的婚房你自己不看着点？比如，墙纸的颜色、家具的式样，还有家电的款式？那可是你自己住一辈子的房间，起码自己看了要喜欢！”

我笑了笑，摇了摇头：“双休我要去学驾驶，没有时间去，何况装修全部是按照设计图做的，嘉铭他妈都一手操办了，我去操什么心？”

老妈“啊”了一声：“你的意思是图纸什么样，装修出来的就是什么样，对不对？”

我点点头：“那当然了。”

老妈惊讶地说：“那设计图你看了吗？”

我傻傻地说：“看了！”

老妈继续问：“效果都怎么样？”

我木然地说：“就这样，能住就行了。”

老妈愕然地说：“什么叫能住就行了？一个人一辈子结几次婚？装几次修？难道你想过个几年再重新装修一次？或者直接来次二婚……”

离婚？直接二婚？靠，老妈，你赶紧闭嘴，什么也不要说了，我杜晓轩心知肚明了，我真的是有口难言。

老妈你行行好，不要再说了。没有一个女人不喜欢自己的爱巢，也没有一个女人愿意让别人设计自己的爱巢。

这时，老爸憋不住了，从屋子里冲了出来：“你怎么就这么乌鸦嘴？晓轩还没有结婚，你就二婚三婚的叫着，你就这么见不得女儿的好？人家老婆婆操心装修怎么了？说明我女儿有福气，有现成的婚房，有专人负责装修，有……”

老妈大吼一声：“有个屁！你知道什么啊？一个儿媳妇，住在老婆婆精心布置的婚房里，每天看着自己不喜欢的墙纸颜色和不顺眼的家具，心里是什么样的滋味？你知道吗？”

老爸鼻子“哼哼”道：“什么滋味？晓轩自己没意见，你跟着瞎掺和什么？年轻人有自己的生活，不要拿老眼光来看待了。”

老妈的脸色越来越难看：“杜生平，我看你是巴不得明天就把女儿嫁出去！我们那个年代结婚最多就是粉个墙，买套现成的家具，再有个冰箱和彩电就万事大吉了，现在什么年代了？180平方米的房子里，张眼就是碍眼的东西，那日子过得多窝心啦？晓轩，你说是不是？”

老妈说“是不是”的时候，我已经闪回自己房间了。这淌水太浑了，我不想踩过去。

我现在就抱着一个想法，司沁宁是爱儿子的，她儿子是爱我的，嘉铭能接受的东西，我也能接受。

在这个世界上，没有不爱儿子的妈妈，也没有不爱女儿的妈妈。我坚信这一点，就足够了。老妈回头看见我不在了：“这孩子真是，我一直在帮她说话，怎么就走了呢？死没良心的！”

我躲在房间里，打开音乐听了起来。音乐很轻快，节奏感很强，我的心情很舒畅，头脑空空如也，什么也不想！

[第 二十四 章]
意外的惊喜

三天后，上午11点，贺飞丽广告传媒有限公司秘书办公室。蒋伟涛提着六只老母鸡和一篮子鸡蛋，敲响了秘书办公室的门。

张倩倩抬头看了看门扉，喊了声："请进。"

蒋伟涛推开门："宸鸣，我来了。"

张倩倩站了起来："大爷，你找蒋经理？"

蒋伟涛诧异地看着张倩倩："蒋经理？宸鸣升经理了？不做秘书了？"

张倩倩笑了笑："是的，大爷，现在的秘书是我，你找蒋经理有什么事情？"

蒋伟涛转回头，准备出门："我是他爸，我去经理室找他。"

张倩倩急忙走过来："是蒋大爷啊？蒋经理去医院了，现在不在公司，你先在这里休息会儿，等他回来吧？"

蒋伟涛丢下母鸡和篮子，有点站不稳了："什么，我儿子住院了？"

张倩倩赶紧上前扶住蒋伟涛："不是，是沈总住院了，您老别紧张。"

蒋伟涛一听沈总住院，更站不住了："什么？儿他妈住院？"

张倩倩扶着蒋伟涛，愣住了："儿他妈？谁是儿他妈？"

蒋伟涛一屁股坐在沙发上，语无伦次："没，没，没……我说错了，是我儿子他老总住院了？她……什么病？她要紧吗？"

张倩倩一字一顿地说："白血病！"

蒋伟涛头大："白血病？这个病要死人的，我赶紧去医院看看！"

张倩倩安慰道："蒋大爷，你先坐，今天公司里的人都去医院了，挨个儿配血型,沈总准备骨髓移植手术,你去了会添乱的。”

蒋伟涛一下子站了起来:“我不会添乱的,你告诉我在哪家医院,我马上过去看看,沈总怎么就病了呢?”

蒋伟涛一边说,一边朝办公室门外走。张倩倩看挡不住了,实话实说:“在鼓楼医院血液科住院病房 15 区 6 楼 211 号,记住了吗?”

蒋伟涛点点头:“记住了,我这就去。”

蒋伟涛走出公司大门,挥手招了一辆出租车,朝鼓楼医院奔去。到了医院,一连问了几个人,才找到病房。

到了病房,沈飞丽躺在床上,护工正在给她用热水擦脸擦手。蒋伟涛一眼看见沈飞丽,眼泪差点落了下来:“沈总,你这是怎么了,说病就病了?”

沈飞丽欠了欠身体,勉强坐了起来:“他爸,你来了?谁告诉你的?”

蒋伟涛走上前,一把握住沈飞丽的手:“老家房子拆迁了,我来投奔宸鸣的,刚才去了你公司,秘书告诉我的,你这是不是累出病的?”

沈飞丽脸上没有一点血色:“估计是累的吧,宸鸣知道你来了吗?”

蒋伟涛摇了摇头:“我还没有告诉他,秘书说他今天来医院了。”

沈飞丽惊讶地看着蒋伟涛:“什么时候来医院的?我怎么没有看见他?”

蒋伟涛“哦”了一声:“上午来的吧,说是什么验血型?”

沈飞丽越来越疑惑了:“验什么血型?是宸鸣病了,还是……”

蒋伟涛越说越糊涂:“不是,宸鸣没病,是准备给你骨髓移植验血型的!”

沈飞丽紧张地看着蒋伟涛:“你去找找他,让宸鸣回公司,不要让他验血型,公司离不开他。”

蒋伟涛点点头:“我去外面找找看,你先歇着,如果宸鸣那孩子能救你,是最好不过的,算我没有白养他了。”

沈飞丽摆摆手:“不要让他救我,那孩子从小苦命,营养跟不上,不能让他弄坏了身体,公司以后还得靠他了。”

蒋伟涛没有多说话,朝病区外走去。下了电梯,到了门诊化验室,一些人正在排队验血型。

蒋伟涛从队尾看到队头,一个个仔细地看,终于,在第一号位看见了蒋宸鸣:“宸鸣,爸来了。”蒋宸鸣回头看见养父,惊讶地问:“爸,你今天怎么来

了？”

蒋伟涛接着说：“镇上拆迁了，我签完合同，把家里的东西全部卖了，带了几只老母鸡和一篮子鸡蛋，投奔你来了。”

蒋宸鸣责怪道：“你怎么不给我电话，我开车去接你，沈总给我配了一辆小车，很方便的。”

蒋伟涛憨厚地笑了笑：“爸知道你升职了，办公室那女秘书叫你蒋经理，血型几时验好？”

蒋宸鸣点点头：“快了，今天公司来的人多，马上就排到我了。”

蒋伟涛“嗯”了一声：“那好，我在这里等你。”

这时，一个白衣护士在窗口叫了一声：“下一个准备，蒋宸鸣。”

蒋宸鸣立即答道：“来了。”

白衣护士习惯性地拉过蒋宸鸣的胳膊，将衣袖往上推了推：“胳膊往里伸点。”

蒋宸鸣的胳膊往护士面前靠了靠，护士开始拿针管，用酒精和碘酒消毒皮肤，接着抽血。

抽完血，蒋宸鸣按住棉签，离开窗口。蒋伟涛赶紧走过来，将衣服披在他的身上：“疼吗？爸带你去吃小笼包子，补血。”

蒋宸鸣笑了笑：“爸，不用，我天天早上吃小笼包子，血旺着呢。”

蒋伟涛心疼地看着蒋宸鸣：“空腹抽血伤身体，走，爸带你先去吃东西。”

蒋宸鸣一边按住棉签，一边朝住院处走：“一会儿公司组织会餐，你跟我们一起去饭店吃，吃完我送你回我的住处。”

蒋伟涛听见蒋宸鸣这么说，也不做声了，跟着走：“宸鸣，沈总白血病确诊了？会不会误诊呢？”

蒋宸鸣弯着手臂：“确诊了。”

蒋伟涛鼻子酸了一下：“希望沈总好人平安，尽快恢复健康。”

蒋宸鸣点点头：“那当然，公司还等着沈总去管理呢，那么大的摊子，丢在我一个人手里，心里很不踏实。万一做错了什么，这个责任我担不起。”

蒋伟涛连连点头：“是的，沈总是好人，验血型报告什么时候能出来？”

蒋宸鸣摇了摇头：“不清楚，估计最近几天吧。”

蒋伟涛双手合十，祈祷着："但愿配型成功，让沈总早一天摆脱苦海。"

蒋宸鸣苦着脸："主治医生说了，配型成功的希望不大，沈总无儿无女，如果有子女就好多了，这种病最大的可能就是直系亲属血型配对的希望大一些。我们和沈总没有血缘关系，只能抱着试试的态度了。"

蒋伟涛看着蒋宸鸣无奈的样子，自言自语道："这么说，沈总是有救的？"

蒋宸鸣拿开棉签看了看，血止住了，他拿掉棉签，扔进前面的垃圾桶，放下衣袖："爸，医生说了，我们今天参加验血型的人和沈总不是直系亲属，希望不大！"

蒋伟涛咧开嘴巴使劲笑："我说有救，你相信不？"

蒋宸鸣无可奈何地摇了摇头："医生都说没救了，除非沈总能够找到与自己骨髓型号一致的造血干细胞，并进行造血干细胞移植，这样才能重新获得生的希望。"

蒋伟涛继续窃笑："不要搞那么复杂了，我说行就行啦！我们先去看沈总，看完沈总一起去吃饭，然后我回你的住处，在家等医院消息。"

蒋宸鸣看着养父，摇了摇头："爸，你别做梦了，这点医学常识你都不懂，唉……"

两个人一路走到了沈总病房，沈总正在吃饭，她靠在床头，右手挂着水，左手拿着汤匙，面前放着一块活动板，上面放着饭菜。

沈飞丽看见两个人进来了，丢下汤匙，一脸吃惊的样子："宸鸣，你真的验血型了？"

蒋宸鸣愣了一下，沈总从来不这么叫自己的，怎么今天叫起自己的名字来了："沈总，公司的人只要符合身体条件，都在门诊部化验室验血型，大家自愿的，没有人强迫我们。"

沈飞丽心疼地看着蒋宸鸣："他们验，你也别验啊！公司还指望你呢！"

蒋宸鸣笑了笑："没有关系，沈总，我年轻，造血机能强。"

沈飞丽尴尬地看着蒋宸鸣："我是担心万一你的血型对上了，不是影响你的健康吗？你爸还需要你养老呢！我反正也老了，死了无所谓了。"

蒋伟涛在一旁急忙插嘴："万一对上了，不是更好吗？宸鸣就可以救你了！"

沈飞丽急忙摆手:“孩子身体重要,抽骨髓伤元气的,万万不能。”

蒋伟涛看着蒋宸鸣,对沈飞丽说:“娃大了,没有事儿,睡一觉就好了。”

沈飞丽努力制止:“宸鸣的好心我领了,不过这个事情要慎重,我的公司以后还指望他了,没有好身体什么也干不成的。”

蒋伟涛只顾笑:“好了,沈总,你安心养病,其他事情就不要操心了,宸鸣应该做的事情,自然会做的。”

这时,门被推开了,沈嘉铭提着一个果篮走了进去。沈飞丽给他们简单介绍了一下,蒋宸鸣礼貌地向沈嘉铭点了点头。

接着,蒋宸鸣和蒋伟涛相继告辞,走出了病房。病房里,沈嘉铭看着大姑,问了声:“大姑,感觉好点了吗?”

沈飞丽吩咐护工把剩饭剩菜拿开:“嘉铭,你医院工作那么忙,怎么跑来了?”

沈嘉铭在床边坐了下来:“大姑,我今天下午没有手术,一会儿去门诊验血型,从医学的角度来说,具有血缘关系的人配对成功率比较高,我是你侄子,不能不管不问。”

沈飞丽吃惊地问:“怎么,嘉铭,你也准备验血型?”

沈嘉铭点点头:“嗯,等下午 2 点医院上班,就可以挂号了。”

沈飞丽连忙阻止:“你千万不要去验血型,我今年 52 岁了,就是白血病死了,也值得了。”

沈嘉铭握住沈飞丽的左手:“大姑,你说什么呢?”

沈飞丽继续说:“我不能把你的身体弄垮了,你明年开春就要大婚了,以后还要生儿育女,我实在受不起。”

沈嘉铭接着说:“大姑,我们是一家人,你从小就把我当儿子待,我怎么能在这个时候袖手旁观呢?”

沈飞丽的眼泪眼看就要急出来了:“真的,嘉铭,大姑不需要你做什么,大姑想得很开,我不想因为自己的身体,拖累你。实在不行的话,我可以去骨髓捐献中心去找配对的血型,根本用不着你们的。”

沈嘉铭抓住沈飞丽的手:“大姑,你不知道骨髓捐献中心的情况,现在白血病人很多,很多病人每天都在眼巴巴地盯着骨髓捐献中心,可是,又有多少人能等得到呢?”

沈飞丽坚决地摇了摇头:“我宁愿等,哪怕等一年、两年、三年,实在等不到了,我宁可去死,也不拖累你们大家。”

沈嘉铭拍了拍沈飞丽的手:“大姑,你放心,我是医生,医学常识我懂,捐献骨髓不会影响身体健康的。捐献骨髓不是抽取骨髓,骨髓移植需要的是人体内的红骨髓:造血干细胞。一个成年人的骨髓重量为 3 公斤,一名供髓者提供不足 10 克的骨髓造血干细胞,就能挽救一名白血病患者的生命。骨髓是再生能力很强的组织,一般健康者捐献造血干细胞后,在 10 天左右即可补足所捐的干细胞量。所以,我说大姑,你不用担心我的身体。”

沈飞丽听沈嘉铭这么一说,有点放心了:“是这样啊!不过,我还是有点担心,如果有其他途径,我宁愿多花点钱多花点时间,也不麻烦你们。”

沈嘉铭安慰道:“大姑,什么是一家人?一家人就是在关键的时候互相拉一把,一起渡过难关。你什么也不要多想了,安心养病就行。”

沈飞丽点了点头:“真没有想到,你们大家对我这么好,我没有白疼你这个侄子。不过,嘉铭,公司今天来了很多员工,已经验过血型了,你等他们的结果出来再说吧。万一有合适的血型,你就不用再去挨一次针了。”

沈嘉铭想了想:“今天既然来了,就一起验下,多一个机会总比少一个机会好吧。”

沈飞丽一把抱住沈嘉铭:“谢谢你,嘉铭,你真是比亲儿子还要亲。”

沈嘉铭笑了笑:“大姑,我就是你的亲儿子。”

沈飞丽连连点头,感动得热泪盈眶。现在,她的心里很宽慰,在身体出现重病以后,有这么多人关心她,主动为她验血型,帮她解脱,走出病痛的苦海,的确让她感动不已。

眼下,沈飞丽的心里很矛盾,从医学的角度来说,蒋宸鸣与她具有生物学亲缘关系,血型配对把握性最大,如果真的让蒋宸鸣为她捐献骨髓,她的心里还真的舍不得。

毕竟蒋宸鸣以后的路还很长,自己的公司将交给他打理,以后的财富就丢给他一个人了,如果没有一个好的身体,一切都是白搭。

周日,南京天通驾校,天气晴朗。清晨 6 点,我从家里出门,坐公交车,转地铁,到驾校已经 8 点了。

今天练习倒桩,我的身体比较单薄,腕力不足,方向盘在手里不听话,

我要往左打弯,它却使劲儿往右转,急得我满头大汗。

教练坐在副驾驶座位上，一直看着我。教练是个 40 岁出头的男人,留着小平头,脾气暴躁。

教练越看我,我越紧张,我眼睛望着窗外,忍不住把头伸出车窗。教练突然一声吼道:“把头拿进来，你看见驾驶员把头搭窗外看着马路和行人开车的吗？”

我脸色一阵红,赶紧把头缩回车里:“是,教练。”

教练看着我僵硬的动作,忍不住又叫了起来:“你手不能灵活点吗？方向盘是死的,人是活的,你硬邦邦地拉过来拉过去,能走出这条白线吗？”

我心里委屈得要死,什么破车啊,比在医院里拿手术刀都要累。我努力克制着自己的情绪,咬住牙,没有做声。

中途休息的时候,我一个人闷闷不乐地坐在一块水泥地上,眼睛看着空旷的驾校场地,心里空荡荡的。

我真有点后悔自己为什么到这个鬼地方来,嘉铭会开车,用得着我费这个心吗？我越想越丧气,进退两难。

这时,手机响了,我从口袋里拿出手机,看了看,是沈嘉铭的:“晓轩,你在哪里？”

我淡淡地说:“我在驾校,嘉铭,什么事儿？”

沈嘉铭继续说:“怎么样？没有被教练骂吧？”

我委屈地说:“不骂才怪了！”

沈嘉铭哈哈大笑:“驾校的教练都是一个臭脾气，骂几句也不掉肉,给他骂。”

我忍不住笑了起来:“我是女的,给一个老男人这样骂,太难为情了。我都想打退堂鼓了,不学了。”

沈嘉铭立即说:“好好练,嘉铭的媳妇儿最有出息了。今天我休息,待会儿我开车去接你,带你去逛街,怎么样？”

我想了想:“带我逛街？好啊！你不要来接我了,我自己过来,前天你刚验血型,抽了不少血,多休息休息,知道吗？”

沈嘉铭无所谓地说:“没事儿,你几点下课？我来接你。”

我担心沈嘉铭的身体,用了一个折中的办法:“这样吧,驾校的车一会儿送我们进城，经过清凉门站，我到清凉门前给你电话，你开车出来。”

沈嘉铭爽快地答道：“那好吧，一言为定。”

我点点头：“嗯，不见不散。”

沈嘉铭从小到大，身体一直很好，基本上没有打过针，对针筒很陌生。那天验血型，单位抽不开身，我没有陪他去，心里一直担心他。

他大姑得了白血病后，牵动了我们每个人的神经，家里的亲人，只要是沾亲带故的，都抢着去医院验了血型，希望帮助到她。

本来我也准备去医院验血型的，被司沁宁制止了。她说我明年结婚，跟着后面要怀孕生孩子，抽血破坏身体元气，对孙子健康不利，坚决不让我去。

司沁宁的阻止并没有让我心里感动多少，我知道她是为了未来的孙子考虑。话说回来，看得起孙子，也就是看得起我，我心安了。

一个钟头后，我好不容易摆脱了练习倒桩的痛苦，开开心心地站在沈嘉铭的面前。

沈嘉铭打开车门，我坐了进去，小车一路往前开。我看着沈嘉铭，关心地问：“抽血了？”

沈嘉铭点了点头：“抽了。”

我继续问：“抽得多吗？”

沈嘉铭笑了笑：“还好。”

我接着问：“疼吗？”

沈嘉铭“嗯”了一声：“疼！”

我忍不住笑，沈嘉铭看着我，跟着傻笑。窗外，已经黄昏，下班的人和车川流不息，路灯开始放亮了。

我的眼睛望着窗外：“嘉铭，你说大姑的病有希望吗？”

沈嘉铭看着前方：“现在不能确定，虽然说我是她的侄子，血缘关系最近，但是，配对的希望毕竟没有亲子关系来得大。”

我点点头：“大姑可怜，她为什么一辈子不结婚？”

沈嘉铭摇了摇头：“我也不大清楚，上辈人的事情，不方便问。我现在只希望我的血型能够配对成功，这样起码可以救大姑一命。”

我点点头：“是的，我也希望，大姑对我们那么好，人也乐观，和我们一点代沟也没有，我喜欢她。”

沈嘉铭抓住我的左手,握了握,又松开了:“我也喜欢大姑。”

半个钟头后,小车在杨公井吉祥金店门口停了下来。下车后,沈嘉铭拉住我的手,就朝金店里面走。

我诧异地看着沈嘉铭:“嘉铭,去金店干吗?”

沈嘉铭没有做声,继续往里走。他径直拉着我,走到白金柜台:“晓轩,看喜欢哪款?”

我走过去,趴着柜台边,看了看,价格全部在500块以上一克,我摇摇头:“不喜欢。”

沈嘉铭看着柜台里的一款白金项链:“这款怎么样?”

我继续摇头:“一般。”

沈嘉铭相继点了其他几款,我都是直接摇头了事。沈嘉铭又看了看,对柜台营业员说:“请把这款项链拿给我看一下。”

营业员从柜台里拿出一款高价格、式样新潮的白金项链:“这款是意大利今年最新流行款式,适合年轻白领佩戴,尤其是坐办公室的淑女。”

我看着营业员,她的话仿佛是专门说给我听的。沈嘉铭拿着项链,在我的脖子上比画着,营业员拿过来,直接套我脖子上了。

我照着镜子,看着里面的自己,说实话,这款项链很配我的脖子,不过,价格要1万多,我真的舍不得。

沈嘉铭看着我的表情,对营业员说:“开票吧!”

我眼睛瞪得老大:“开票?给我买了?”

沈嘉铭点点头:“买了!”

我不敢相信自己的耳朵:“你妈已经给我买金的钱了,你怎么还给我买白金?”

沈嘉铭不理我,继续为我选白金戒指。选完后,直接去付款。一套白金到手后,我的心里掺杂着幸福和感动。

走出金店,我问沈嘉铭:“一条项链,一个戒指,花掉你2万块,你哪来的钱?”

沈嘉铭搂住我的腰,笑了笑:“我升职了!”

我看着沈嘉铭:“升职?正职,副职?”

沈嘉铭故意卖关子:“你猜……”

我转手给了沈嘉铭一个粉拳:“猜对了有什么奖励?”

沈嘉铭“嘿嘿”笑道:“请你吃哈根达斯。”

我抱住沈嘉铭的一只膀子:“我猜正职,你请我吃哈根达斯吧!”

沈嘉铭抱紧了我:“沈嘉铭的老婆真聪明,好啦,前面就是,我请客!”

我们两个人一路抱紧了,走到前面的甜品专卖店,坐下后,面对面吃哈根达斯。好久没有吃到这样的味道了,有点喜欢,有点意外,有点受宠的感觉。

我一边吃一边问:“院部是不是让你顶了林福明的副职后,正式任命你做外科主任了?”

沈嘉铭“嗯”了一声:“林福明降职处理后,已经辞职了。”

我点点头:“他那是咎由自取,人算不如天算,活该!”

沈嘉铭继续说道:“院部原来准备为我配一辆小车的,但我有车就拒绝了,他们给了我5万块职务津贴,直接给我开了张银行卡。”

原来这样啊!我心悦诚服,不得不为自己的老公呐喊加油:“嘉铭,你真了不起,老公看你的,加油!”

沈嘉铭把卡拿出来,给我看了看:“卡里还有3万块,白金有了,晚上再给你买套黄金,这样就齐全了。”

我连忙摆手:“不要,买那么多金子来干吗?有一套白金就够了。再说,你妈已经给我买黄金的钱了。”

沈嘉铭笑了笑:“傻丫头,拒绝老公买金,就是抗拒结婚,怎么,你不想和我拜堂成亲了?”

我哑然失笑,不买金还给我戴帽子了?与其如此,不如笑纳:“呆呆的老公,那我笑纳了,卡里的钱用完,你不会心疼得晚上睡不着觉吧?”

沈嘉铭刮了我一个鼻子:“我心疼的是你结婚那天,脖子上什么也没有,我妈给你的那点钱,买套假货还差不多。”

我忍不住哈哈大笑:“真有你的,你怎么也这么说我?1万块是少了点,不过……”

沈嘉铭反问:“不过什么?”

我坏坏地说:“不过,在专卖店买几套陪嫁的床上用品还是绰绰有余的!”

沈嘉铭用手指点了点我的额头："鬼精灵，我就猜到你不会拿我妈给你的1万块钱去买黄金，我也没有想到，我妈真的会给你这么点钱。"

我傻傻地笑道："这个也给你猜到了？杜晓轩的老公为什么那么聪明？能把杜晓轩的心事猜个透？"

沈嘉铭笑了笑："沈嘉铭猜不到杜晓轩的心事，能叫沈嘉铭吗？"

我点点头，继续吃哈根达斯。我的嘴里甜甜的，心里更甜。有这样的老公疼着自己，我还担心什么呢？

晚上，沈嘉铭真的又给我买了一套黄金，买完后，对我说："买金的事情不要对我妈说，她不知道这个钱。"

我点点头，心里偷着乐。老公心疼我，给我买双金，打死我也不对老婆婆说。晚上回到家，我把金首饰盒子朝床上一放，老爸老妈像嗅觉灵敏的猫，一起冲了进来："晓轩，谁给你买的双金？"

我朝床上一躺，对着天花板上的吊灯说："我有双金了……"

老爸看着老妈："怎么样？船到桥头自然直，我说过了，担心什么？"

老妈一边打开盒子，一边急切地追问："晓轩，说话！"

我坐起来，拿起一条白金项链，套上手腕："那还用问？老公买的呗！"

老妈满脸惊诧："看来那小子蛮有钱的，双金需要好几万吧？"

我点点头："一共4万块。"

老爸接着说："那小子有钱要舍得花才算，舍不得花再有钱也没有用。"

老妈拿着金戒指在手上套了套："分量还不轻呢，多少克？"

老爸看着双金，对老妈说："你什么时候给我买条金项链挂着？"

老妈白了老爸一眼："我给你买？一边做梦去！人家都是男人给女人买金，或者婆家给儿媳妇买金，我当初和你结婚，你家给我买什么了？连个铝合金戒指也没有。我给你买条狗链还差不多，直接套你脖子上！"

老爸脸上有点尴尬，开始挂不住了："不买就不买罢了，还说那么多废话！"

我从床上一下子跳了下来，抱住老爸："爸，以后我给你买，好吗？"

老爸脸上立即阴转多云："还是女儿好，爸就是这么一说，看你妈急得？像掏她心肝宝贝似的！"

老妈鼻子"哼哼"道："就是掏我心肝宝贝了，怎么了，有本事自己买去！"

老爸说了声“变态”，丢下我们，一甩手走了出去。屋子里只剩下我和老妈，老妈一件件看着首饰，万分感慨：“晓轩嫁给这样的人家，我放心了。”

我看着老妈：“妈，你以后能不能对我爸态度好点啊？你看他也蛮可怜的，每月工资全部交给你了，还要看你的脸色。”

老妈“嗯”了一声：“你不知道，男人和女人不一样，男人天生就是要女人管的，你不管他，他就翻天了。”

我惊诧地看着老妈：“那以后我也要管嘉铭了？”

老妈点点头：“那当然了，结婚后第一件事情，是把嘉铭的工资卡要过来，第二件事情，是清理他的QQ好友，尤其是那些女的，关系说不清楚的，一律拉黑，决不手软……”

我哈哈大笑：“妈，原来你也懂电脑啊，我以为你什么也不知道呢！”

老妈笑了笑：“你天天在家上网，我在旁边看也看会了。”

我点点头，不得不佩服老妈的领悟力。当天晚上，双金一直放在床头柜上，我看着双金，做了一夜关于黄金的美梦，梦醒来后，已经是次日清晨了。

新的一天开始了，清凉门，沈嘉铭的家，奶奶正在卫生间洗脸刷牙。沈嘉铭内急，提着裤子朝卫生间走去，一头撞上奶奶：“奶奶，今天怎么起这么早？”

奶奶端着脸盘，赶紧走了出来：“我马上去医院看你大姑。”

沈飞歌正在客厅收拾皮包，准备去上班，对着卫生间大叫：“嘉铭，验血型的报告出来了没有？”

沈嘉铭高声回道：“没有。”

司沁宁躺在床上，闭着眼睛，冲客厅喊：“一会儿叫妈去医院问问他大姑不就知道了？沈飞歌，如果嘉铭的血型这次配不上，你就要去医院验血型了，他大姑真的蛮可怜的，亲兄弟这个时候不帮忙，什么时候帮忙啊？”

沈嘉铭解完手，从卫生间走了出来。奶奶端着洗脸盆走了进去，把水倒进马桶，冲外面喊道：“沈飞歌，你不要去验血型了，他大姑用不着你们的血。”

司沁宁一屁股从床上坐了起来：“妈，你说什么啊？难道你要看着女儿白血病不救，让她去死吗？”

奶奶听见“死”字，把脸盆“哐当”一下，扔在水池子里：“你怎么就知道我没有救她？我这个做妈的不知道心疼自己的女儿，谁心疼她啊？”

司沁宁爬下床，披着衣服，冲了出来：“我也没有说什么啊，你激动什

么？我叫沈飞歌去验血型，难道错了吗？我还不是为你女儿好吗？怎么就不识好人心呢？”

奶奶气哼哼的：“你才不识好歹，沈飞丽是我女儿，沈飞歌就不是我儿子了？你叫他去验血型安的什么心？想让他早死了？我不同意，你让他去验个屁！”

沈嘉铭看见奶奶和妈妈又开战了，披着外套走了过来：“妈，奶奶，你们怎么又吵架了？一大早的，干什么呢？”

沈飞歌也走过来，把司沁宁朝里屋推了推：“好了，上床睡觉去。”

司沁宁气呼呼的：“这个老太婆真是，我叫你验血型难道也错了？抽点血会要她儿子命吗？不就10克骨髓吗？至于吗？”

沈飞歌连声说：“好了，好了，不至于……”

沈嘉铭在客厅看着奶奶，继续说：“奶奶，你赶紧穿衣服，我马上去上班，顺便开车把你带到医院。”

奶奶倔犟地说：“你去上班，一会儿我自己去医院。”

沈飞歌把司沁宁哄上床，带上屋门，回到客厅，拿起包：“妈，你和嘉铭一起走吧，我也搭他的顺风车去上班。”

奶奶僵持不过，回屋穿好衣服，三个人一起下楼。家里安静下来了，司沁宁怒不可遏，越想越气，一把掀起被子，坐了起来：“还心疼她儿子呢？她女儿没有人给她配血型，只有一条路：等死！最后家产还不是落到我儿子手里，哼！”

司沁宁一边恶狠狠地骂，一边下了床，她走到客厅，还不解气，拿起床头的抱枕，一把扔了出去。

这时，座机响了起来。司沁宁嘴里骂骂咧咧的，走过去接电话：“喂，你好，哪位？”

电话接通了，对方就是不说话，司沁宁等了半天，冲话筒喊了起来：“喂，喂……你说话。”

对方还是没有声音，司沁宁一把扔下话筒：“神经病，一大早来忽悠老娘，找死啊！”

司沁宁气急败坏，恨不得砸了话筒，一大早心情就被弄坏了。她离开客厅，走到卫生间，准备解手。

司沁宁刚脱下裤子，坐上马桶，座机又响了起来。她提起裤子，跑到客厅，接起电话后，对方还是死活不吱声。

司沁宁冲着话筒叫了声"奶奶的"，扔下话筒，提着裤子离开客厅，急忙朝卫生间跑去。

与此同时，南京鼓楼医院血液科住院病区，医生正在查房，奶奶站在病区长廊外，等待着查房结束。

奶奶手里拿着一个大型号数字手机，老年人专用的那种，使劲地朝外拨着号码，她一边拨，一边嘴里叽里咕噜地说着话。

第一句："我三分钟拨打一次家里的电话，我就是不说话，叫你起来接电话，气死你！"

第二句："叫你诅咒我女儿，我叫你三分钟下一次床，让你上上下下不得安宁。"

第三句："我叫你为老不尊，以后出门我就打家里电话，叫你跑来跑去、没完没了地接电话，哈哈哈。"

奶奶说完，又拨出一串数字，拨完后，不说话，再关机，然后休息三分钟，继续拨，拨完后，再得意地哈哈大笑。

奶奶折腾了几个来回后，医生查房也结束了，病人家属全部朝病房走去。奶奶跟在后面，关掉手机，笑容满面地走进病房。

沈飞丽躺在床上，闲着无聊，正等待护士前来挂水。抬头间，一眼看见母亲进来，立即坐了起来："妈，你怎么来了？"

奶奶走进来，坐在床边的椅子上："我几天没来看你了，在家里想得慌。"

沈飞丽欠了欠身子，看着母亲："你在家里还好吧，没有和弟妹闹包子吧？"

奶奶笑了笑："这个儿媳妇根本就不是人，今天一大早还和我干架了。"

沈飞丽不放心地问："又怎么了？你们在一起怎么总是没完没了地吵啊？一家人为什么就不能心平气和地相处呢？"

奶奶直摆手："不能谈了，今天早上我起来，准备来医院看你，你弟问了嘉铭一句：验血型的报告出来没有。司沁宁在里屋睡觉，说：如果嘉铭的血型不合的话，就叫你弟来验血型。我就多了一句嘴，让你弟不要验血型了，他大姑不需要你的血，谁知道她就冲下床，对我吼起来了。"

沈飞丽摇了摇头:“你们啦,就喜欢为点鸡毛蒜皮的小事闹得鸡犬不宁的,值得吗? 婆媳之间,本来就是两家人并一家人,互相谦让才对。”

奶奶没好气地说:“让,让,让,我忍让了一辈子,嘉铭都28岁了,我还要忍到自己82岁啊? 实在不行,我去养老院行了吧?”

沈飞丽急忙拉住母亲的手:“别去养老院,实在不行,以后你和宸鸣住一起,他那房间大,又和嘉铭的婚房靠一起,以后在一起可以多个照顾。这样就是我不在了,也放心。”

奶奶一把捂住女儿的嘴巴:“臭嘴,什么在不在的,你现在有儿子怕什么,别人的血型不过,他的肯定过,放心,以后妈陪你。”

沈飞丽坐了起来:“妈,现在血型报告已出来了,我就是有点担心……”

奶奶的眼睛里充满了希望:“报告上怎么说的? 配上了吗?”

沈飞丽点了点头:“其他人的没有配上,只有宸鸣一个人的和我配型成功。我就是担心,他现在那么年轻,还没有成家立业,万一这个骨髓一抽,是不是要影响他的健康。我死了其实没有什么关系,一大把岁数了,活得也差不多了,他的身体如果倒下了,我的公司以后怎么办?”

奶奶接着说:“傻丫头,抽点骨髓有什么关系?你动脑筋想想看,宸鸣20多年没有出现了,恰恰在这个时候出现,是不是天意?”

沈飞丽笑了笑:“天意? 我实在是舍不得宸鸣,我一辈子亏欠他的太多了,在这个时候,我再让他拿自己的身体帮助我,是不是太不仁义了?”

这时,护士拿着吊瓶过来了,奶奶站了起来,让到一边。护士吊完水后,推着小车走了出去。

奶奶继续说:“中国人养儿防老,养子送终,宸鸣就是现在为你做点什么,也是应该的。你们母子两人现在相认了吗?”

沈飞丽摇了摇头:“还没有,我最近不想相认,想说服宸鸣不要抽骨髓。如果他知道我是他亲妈的话,肯定挡不住他的。”

奶奶“哎哟”了一声:“你脑袋灌糨糊了? 还是抽风了? 现在这个关键的时候不认儿子,你想找死啊?我问过嘉铭了,抽骨髓对身体没有影响,他是医生,不会骗我的。你不认,我认!”

沈飞丽摆了摆手:“妈,你不要心急好不好? 宸鸣他养父会安排的,他辛苦一辈子了,现在好不容易找到了我,我的身体又得了白血病,太不争气了。

现在宸鸣已经接手公司的工作了，认不认是迟早的事情。”

奶奶点了点头，没有坚持：“那好吧，妈听你的。最近宸鸣来过医院吗？我想看看他长得什么样子？”

沈飞丽想到儿子，忍不住脸上挂着笑：“今天中午会来医院吧，他昨天给我打电话了，说来谈点工作上的事情。”

奶奶兴奋异常：“真的？那我今天可以看见我大外孙了？”

沈飞丽点了点头：“宸鸣中午来的时候，你千万不要激动啊，偷偷看几眼就行。”

奶奶点点头：“我知道，我沉得住气，我就指望哪天宸鸣叫我一声婆婆，嘿嘿，我就心满意足了。”

当天中午11点半，贺飞丽广告传媒有限公司秘书办公室，张倩倩犹犹豫豫，一会儿拿起座机，一会儿又放下。

张倩倩来来回回拿了几次，最后终于抓住话筒，连续拨出了几位数字。对方很快拿起了话筒，说了声：“喂，张秘书，什么事情？”

张倩倩小心翼翼地说：“蒋经理，中午我想请你吃饭……可以吗？”

蒋宸鸣在电话那头犹豫了一下：“你请我？”

张倩倩点点头：“是的，你上周抽了那么多血，我想请你去吃营养餐，饭店不远，就在我们公司门口往西不到500米的地方，你看行吗？”

蒋宸鸣笑了笑：“不好意思，我马上要去医院，和沈总谈工作上的事情，抱歉了。”

张倩倩失望地闭上自己的眼睛：“蒋经理，那不打扰你了，今天晚上呢，你有空吗？”

蒋宸鸣想了想：“晚上？”

张倩倩点点头：“是的，今天晚上我请你吃饭，可以吗？”

蒋宸鸣不好意思推辞：“那好吧，我先去医院了，晚上你记得给我电话，我怕下午一忙起来又忘记了。”

张倩倩立即回复：“好的，蒋经理，我知道了，晚上联系。”

蒋宸鸣挂断电话，看着话筒笑了笑，自言自语道：“张秘书请我吃晚饭？不可思议！”

蒋宸鸣放下座机，去公司食堂吃饭，然后开着小车，直接去了鼓楼医

院。到达医院的时候，已经是下午 1 点半了，奶奶正趴在床边打瞌睡，听见门响，条件反射地睁开眼睛。

蒋宸鸣进来后，叫了一声：“沈总。”随后，对奶奶客气地点了点头。

奶奶盯着蒋宸鸣，一个劲儿地看着。沈飞丽看着蒋宸鸣，指了指椅子：“宸鸣，你来了，坐。”

蒋宸鸣在一张椅子上坐了下来，开口没有谈工作，问道：“沈总，身体好点了吗？要准备化疗了吧？”

沈飞丽点点头：“下周开始第一轮化疗，最近公司业务还正常吧？我不在公司，你辛苦了。”

蒋宸鸣客气地笑道：“沈总，公司你放心，一切运转正常，我想和你说个事情。”

沈飞丽“嗯”了一声：“你说，宸鸣。”

奶奶站在一边，用一次性杯子给蒋宸鸣倒了一杯白开水，递了过来：“孩子，你喝水。”

蒋宸鸣接过杯子：“奶奶，谢谢你。”

奶奶甜蜜蜜地笑着，看着蒋宸鸣，怎么看也看不够。蒋宸鸣继续说：“沈总，这次验血型报告出来了。”

沈飞丽点点头：“嗯，我知道。”

蒋宸鸣喝了一口水：“经过南京红十字血液中心组织配型，我的低分辨率配型结果完全相符。昨天医院找我谈了话，我准备给你做骨髓移植。”

沈飞丽急眼了：“宸鸣，我不主张你给我捐献骨髓，老话说，抽了骨髓好人也会变成瘫子，我不想拖累你。你还年轻，以后要做的事情很多。”

沈飞丽话音刚落，病房门一把推开了，随即一个粗嗓门吼了起来：“谁说抽了骨髓好人也会变成瘫子？你那都是老黄历了，过时了，连我这个农村人都不相信它了。”

在座的人目光全部转向门口，蒋伟涛手里提着一串香蕉和一袋苹果，乐呵呵地走了进来。

蒋宸鸣诧异地看着养父：“爸，你怎么来了？”

蒋伟涛放下水果，继续说：“我怎么就不能来？沈总提了我儿子的干，她是你的大恩人，我来看看她，咋了？”

沈飞丽接过话："大哥，你坐，这么老远来看我，空手就行了，还买了这么多东西，太谢谢了。"

蒋伟涛看着蒋宸鸣："宸鸣，你给我听着，就是日后成瘫子了，你也得抽骨髓！"

蒋宸鸣看着养父："爸，你放心，我已经和医生说好了，随时准备抽骨髓！"

奶奶在一边坐不住了："飞丽，谁说抽骨髓的人要变成瘫子？如果这样的话，宸鸣这孩子以后怎么生活？他的路还长呢。这个问题你要想清楚了，千万不要拿孩子的命开玩笑。"

沈飞丽看着蒋伟涛："大哥，我妈说得不错，古话都是有道理的，你们不能为了我一个老太婆，废了宸鸣的一辈子，他还年轻啊！"

蒋伟涛不依不饶："老太婆？谁说得这么难听？我和宸鸣说过，我这一辈子最大的心愿，就是亲手把他交到他亲生母亲的手里，现在，这个愿望就要实现了，我不能亲眼看着孩子的亲生母亲死在我的前面！"

蒋伟涛说到这里，所有的人全部看着他。沈飞丽低着头，老泪纵横。蒋宸鸣吃惊地看了看沈飞丽，不敢相信眼前的一切。

奶奶心疼地看着蒋宸鸣，恨不得把他抱在自己的怀里。蒋宸鸣慢慢朝养父走去："爸，你说沈总是我的亲生母亲？"

蒋伟涛点点头，把蒋宸鸣拉到沈飞丽的面前："宸鸣，你也不长脑袋想一想，你们公司来那么多人验血型，别人的血型都配不上，为什么只有你的血型配型成功了？世界上真的有这么巧的事情吗？快过来，叫妈！"

蒋宸鸣将信将疑地朝沈飞丽走过去，沈飞丽泣不成声，一把拉过蒋宸鸣的手："宸鸣，妈对不起你，妈离开你 28 年了，一直没有你的消息，现在终于找到你了，却又得了白血病。妈真的不想拖累你，妈就是在这里等死，也不要你的骨髓！"

蒋宸鸣望着沈飞丽，一把抱紧她："妈……"

奶奶在一边看着，热泪盈眶。半晌，沈飞丽指着奶奶对蒋宸鸣说："宸鸣，这是你亲外婆。"

蒋宸鸣看着奶奶，叫了一声："外婆。"

奶奶开心地答道："哎，孩子。"

四个人，在病房里哭着、笑着，闹了一阵子。转眼间，大家都是一家人了，彼此感觉像做梦似的。

沈飞丽继续拉着蒋宸鸣的手：“宸鸣，妈给你和你爸在长江路买了一套180平方米的房子，还有两个月装修完工，你和你爸以后就可以守在一起了，不用再回常州麒麟镇了。”

蒋宸鸣不敢相信自己的耳朵，天地间仿佛突然翻了个底朝天，让他无法立即适应过来：“妈，你买那么大房子给我和爸住啊？”

蒋伟涛眼睛瞪得奇大无比：“什么？宸鸣，你妈给我们买了大房子？麒麟镇扩建改市了，那里的房子怎么办？房票已经拿到手了！”

奶奶在一边插话：“房票可以卖的，或者等房子拿下来了，再去卖。住南京多好啊，青山绿水，空气又好，道路又宽，比麒麟镇那旮旯地强多了。”

沈飞丽点了点头：“外婆说得没错，大哥为了宸鸣一辈子吃了很多苦，一点福也没有享到，你来南京养老吧，这样大家在一起有个照应。”

蒋伟涛忍不住“嘿嘿”直笑：“那托你福了，以后我住在南京，再也不离开宸鸣了。这个孩子读大学的时候一直在南京，我的心天天揪着，看不到他连吃饭和睡觉都不香。”

沈飞丽连连点头：“你们过两个月等房子装修好了，就可以搬进去住了，新房钥匙在我这里，你们先拿一套，等装修工人完工了，还会多出来一套，回头再给你们。装修的设计图是宸鸣喜欢的，有空的时候，你们可以过去看看现场效果。”

沈飞丽说完，从床头柜里拿出一串钥匙，递给蒋伟涛。蒋伟涛接过来，转手递给蒋宸鸣，笑嘻嘻地说：“宸鸣，拿着，有空带爸去看新房子。”

蒋宸鸣接过钥匙，放进裤兜里：“谢谢，妈。”

一家人，在一起亲热了半天，考虑到沈飞丽的身体，陆续告辞了。奶奶是蒋宸鸣开车送回家的，他一直把奶奶送到家门口，看着她进屋，才回头离开了。

奶奶回到家后，才下午3点半，她忍不住心花怒放，不知道如何才好。她一会儿跑到阳台，一会儿跑到客厅，嘴里也不知道唱的什么歌，五音不全的，听也听不懂。

奶奶唱完歌，拾起旧毛衣织了起来。织到5点半，大家陆陆续续回来了。

天快黑了，奶奶丢下毛衣，回到厨房，一边淘米，一边继续唱歌。

沈飞歌在客厅冲厨房叫："妈，唱的什么歌啊？音都跑调了，歌词也听不清楚。"

沈嘉铭脱掉外套，笑道："爸，奶奶唱的是黄梅戏天仙配，你连这个都听不出来啊？"

司沁宁在客厅茶几上择菜："我听来听去只有几个字：我爱你来，你爱我……"

厨房里，奶奶忍不住了："什么我爱你来，你爱我？不会听就不要乱发表意见，我明明唱的是黄梅戏天仙配嘛，还是嘉铭懂我！"

沈飞歌担心司沁宁和奶奶又要抬杠，急忙打岔："妈，今天去医院怎么说的？验血型的报告出来没有？"

奶奶拉长语调，换了一种口气："早出来了……"

沈嘉铭把外套放在沙发上："奶奶，报告结果怎么说了？"

奶奶故意卖关子："很好，你大姑这次有救了。"

司沁宁紧张地看着沈嘉铭："这么说，是嘉铭的血型配对成功了？"

沈嘉铭喜出望外："奶奶，是不是我的血型和大姑的配对成功了？"

奶奶摇了摇头，把米加上水，放在电饭锅里，插上电源："嘉铭，奶奶早上临出门说的什么话，你还记得吗？"

沈嘉铭摇了摇头："奶奶说什么了？"

奶奶继续说："我对你爸说：他大姑用不着你们的血！"

沈嘉铭惊讶地问："奶奶，那我大姑用的是谁的血？"

司沁宁松了一口气："八成是骨髓捐献中心的，或者是你大姑公司员工中哪个人正巧遇上的，正好配型成功了，就这么简单。"

沈飞歌开心地笑道："就你聪明，好话全部给你说了。"

奶奶用抹布擦了擦双手："美的你们！"

奶奶说完，朝自己小屋走去。进屋后，奶奶继续高声唱歌，唱得其他三个人的心脏都窒息了。

司沁宁拾起菜盘，朝厨房走去，反身一把关上门："真难听，像拉肚子的声音似的。"

沈飞歌忍不住哈哈大笑："这个声音不错了，你连拉肚子的声音都唱不

出来！”

客厅渐渐安静下来了，一个钟头后，大家一起吃饭。吃饭的时候，奶奶看着沈嘉铭：“嘉铭，婚房装修到多少了？”

沈嘉铭转脸看着司沁宁：“妈，婚房还有多少时间装修好？”

司沁宁夹了一块熏鱼送进嘴里：“现在地板和墙纸全部做好了，过几天准备打家具。”

奶奶继续问沈嘉铭：“等婚房装修好了，奶奶过去和你做邻居，怎么样？”

司沁宁一口饭呛到嗓子，喷了出来：“妈，你和嘉铭做什么邻居？那是新房，你想搬过去住，也得等嘉铭的蜜月过了。”

奶奶白了司沁宁一眼：“你怎么就肯定我要住嘉铭的新房？你以为除了嘉铭的新房，除了你们这里，我就没有地方住了？”

一周后，长江路金路高级小区，司沁宁正在嘉铭的婚房里看家具设计图，工人有的在锯木料，有的在量家具摆放位置的尺寸。

与此同时，蒋宸鸣的小车停靠在长江路金路高级小区地下停车场，他下车后，打开车门，搀着养父下了车。

蒋伟涛下车后，抬头看着高楼，眼睛都眩晕了：“宸鸣，你亲妈买的房子就在这里？多少楼？”

蒋宸鸣点点头：“18楼。”

蒋伟涛跟着蒋宸鸣往前走：“好吉利的数字，以后我们真的要住高楼大厦了？不用回常州了？”

蒋宸鸣继续点头：“不用回去了，南京就是我们的家。爸，我真的没有想到沈总就是我的亲生母亲。”

蒋伟涛边走边说：“你也不长脑袋想一想，如果你不是沈总的亲儿子，人家会给你买这么大的房子？会把那么大的大公司交给你做？做梦吧，你！”

蒋宸鸣笑了笑：“我也觉得奇怪呢，在公司待了几年了，每次一看见沈总，总有一种异样的感觉，也不知道为什么，就是想靠近她。这个是不是就是我们传说中的血缘关系，也就是气场啊？”

蒋伟涛哈哈大笑：“什么气场不气场的，我就知道血缘是真的，掩盖不住的。反正沈总是你亲妈，这点是肯定的，总算把你交给你妈了，我哪天就是死了,也瞑目了。"

蒋宸鸣一把抱紧养父的肩膀:"爸,在南京好好享福,有儿子在,什么也不用怕!"

蒋伟涛点点头:"嗯,你哪天去医院抽骨髓?"

蒋宸鸣看了看天空:"下周就去,现在抽骨髓和原来的方法不一样了,用的是外周血采集干细胞法。"

蒋伟涛反问一句:"怎么个弄法?"

蒋宸鸣和蒋伟涛上了电梯:"就是医生从我的身上抽出 6mL~8mL 的血液,经过 HLA(人类白细胞抗原)分析检验后,与我妈的 HLA 有 60%相吻合后,接下来我再接受医护人员注射动员剂,其作用是增强干细胞在体内的增殖。之后,从我的身上再抽出血液,进入细胞机繁殖器里,大量繁殖,这样,我妈就可以接受到与她匹配血细胞的血液了。"

蒋伟涛点了点头:"原来这样啊,就是医生给你抽 2 次血就行了?"

蒋宸鸣"嗯"了一声:"我国目前都采用这种骨髓抽取法,对提供骨髓的人身体损伤并不大。爸,到了,18 楼。"

两个人走出电梯,很快找到了 1806 号房。房门是开着的,工人们正在整理木料,准备打家具。

蒋宸鸣一眼看去,觉得很熟悉,不禁自言自语:"原来沈总给我看朋友的房子装修图纸是假的,她是为了给我装潢房子。"

那些色彩,那些款式,都是蒋宸鸣喜欢的。他一边走一边看,心里的感动无以言表。

蒋伟涛进进出出几个房间,也看呆了。这时,两个装修工人走了过来:"喂,你们是干什么的?这里是私人领地,没有事情的话,请出去吧。"

蒋伟涛停住脚步,眼睛一瞪:"我出去?这里是我儿子的房子!"

蒋伟涛话音刚落,从外面传来一个女人的声音:"谁是你的儿子?"

蒋伟涛回转身,一眼看见司沁宁走了进来,连忙拉住蒋宸鸣:"这是我儿子,我儿子在这儿。"

司沁宁傲气地从父子两人身边走过去:"我怎么没有听说过你儿子啊?"

蒋伟涛继续说:"你没有听说过我儿子,不代表这个房子就不是我儿子

的。”

司沁宁哈哈大笑:“你有什么证据可以证明这个房子就是你儿子的?”

蒋伟涛用胳膊肘捅了捅蒋宸鸣:“宸鸣,快把钥匙掏出来给她看看!”

蒋宸鸣从口袋里掏出钥匙,在司沁宁面前晃了晃。司沁宁眼疾手快,一把拿了下来:“现在这年头,什么都有假的,你就能肯定你手里的这串钥匙是真的?冒牌货吧!”

蒋伟涛恼怒地夺过钥匙:“你怎么这样说话?说假话要遭到报应的。”

司沁宁目中无人地说:“笑话,你就凭一串假钥匙,就说这是你儿子的房子,我问你,这套房子是谁买的?”

蒋伟涛大声回答:“我儿子他亲妈买的!”

司沁宁继续问:“你儿子他亲妈又是谁?”

蒋伟涛一字一句地说:“沈总,沈飞丽!”

司沁宁继续大笑:“照你这么说,你们三人是一家人了?一对夫妻带一个儿子?”

蒋伟涛连忙辩解:“我们不是夫妻。”

司沁宁给蒋伟涛搞得晕头转向:“不是夫妻,哪来共同的儿子?”

蒋伟涛心里着急,越想表达,越说不清楚:“不是夫妻,就不能有共同的儿子了?”

司沁宁心里愣了一下:“沈飞丽什么时候冒出来一大儿子?”

蒋伟涛白了司沁宁一眼:“什么叫冒出来?你说的是人话吗?”

司沁宁一下子吼了起来:“我怎么说的就不是人话了?我看你们是来诈骗的吧?他大姑一辈子没有结婚,无儿无女的,你们是不是想房子想疯了?弄一串假钥匙就来收房子,没门儿,给我出去!”

蒋伟涛给司沁宁说得气不打一处来,冲上去就要揍她。几个工人在一边一直看着,眼看两个人真的要打起来了,连忙丢下活儿,走上前拉开他们。

蒋宸鸣拉住养父:“爸,我们还是回去吧,不要吵了。”

蒋宸鸣说完,把养父拉走了。司沁宁气呼呼的,双手叉着腰,继续骂:“真是两个不要脸的东西,为了一套房子,竟然认起亲妈来了,太无耻!”

工人一边看,一边干活儿,谁也不说话。司沁宁骂了半天,看见没有人理她,丢下一句话走了:“你们以后给我看着点,不要再让这两个浑蛋进来,小心你们的工钱一分也拿不到手！”

司沁宁回到嘉铭的婚房里，心情越来越差，干脆拿起包，走了出去。她走到楼下花园，越想越气。

这时，包里的手机响了起来。司沁宁拿出手机，看了看显示屏姓名，开始接听：“喂，是他大姑啊？”

对方“嗯”了一声：“是的，弟妹，我和你说个事儿啊。”

司沁宁点点头：“你说，我听着呢。”

沈飞丽继续说：“最近几天，估计有一老一少父子两人去新房看装修，你帮忙招待点啊，我每天要做化疗，陪不了他们的。”

司沁宁倒抽一口气：“什么，他大姑你在说什么？是不是拿着一串钥匙来看房的那对父子？”

沈飞丽笑着点了点头：“是啊，就是他们！”

司沁宁脱口而出：“哎呀，坏事了！”

沈飞丽在那头追问：“什么坏事了？”

司沁宁急忙说：“我刚才把他们给骂走了！”

沈飞丽惊诧地问：“骂走了？”

司沁宁点点头：“嗯，是的，我以为是骗子，把他们骂得狗血喷头的。”

沈飞丽“哦”了一声：“那他们人呢？”

司沁宁接着说：“他们已经被我气走了！他大姑，那高个子男孩真的是你亲儿子？”

沈飞丽连连点头：“嗯，是我亲儿子，那18层的套房就是为他买的，和嘉铭做邻居的。”

司沁宁惊叫了一声：“他大姑，你真沉得住气，你有儿子怎么不早说？那个老头子是不是我亲姐夫？”

沈飞丽摇了摇头：“不是，他是我儿子的养父。”

司沁宁越听越糊涂：“哎呀，关系蛮复杂的，那我亲姐夫呢？”

沈飞丽沉默了一会儿，鼻子在抽搐：“弟妹，以后慢慢告诉你吧。”

沈飞丽说完，半天没有声音。司沁宁也不多问了，挂断电话。她一个人坐在花园里，好半天回不过神来。

[第 二十五 章]

婚礼

次日晚上，沈嘉铭请我在饭店吃饭，吃完饭，我们两个人在马路上散步。街灯繁华，我挽着沈嘉铭的膀子：“这么说，大姑真的有自己的亲儿子了？”

沈嘉铭点点头：“嗯，什么都可以假，这个不会假吧？大姑有救就好，奶奶应该早就知道这个事情了。”

我点点头：“奶奶真能保守秘密。”

沈嘉铭看着路灯：“奶奶那天在家里说了，以后和我们做邻居，其实她是话里有话。”

我笑了笑：“奶奶的意思是以后去大外孙家过日子了？”

沈嘉铭答道：“估计是的，我妈脾气太暴躁，不容人。奶奶和我们做邻居也不错，一个 8 楼一个 18 楼，电梯上上下下的，不用跑几步路就从一个家，到另一个家了。”

我继续说：“嘉铭，我有点担心我和你妈的关系。”

沈嘉铭一把搂住我的腰：“担心什么？我妈又不是老虎，不吃人，怕什么？”

我顾虑重重地说：“你想想看，奶奶以后和我们做邻居了，你爸一直让着你妈，你在家又贵为天子，你妈肯定舍不得骂你，那以后你妈不是天天要盯着我吵了？”

沈嘉铭看着我：“什么逻辑啊？我妈以后要抱孙子，逗他玩还来不及，哪里有时间盯着你呢？”

我无可奈何地笑了笑：“我不是说了吗？是担心！”

沈嘉铭摸了摸我的头："我妈这样的人，其实很好相处，就是她说什么，你死活不吱声，她拿你就没辙。奶奶个性也要强，不喜欢让人，所以，她们在一起除了吵还是吵。"

我"哎哟"了一声："不是我要说你妈的坏话，你妈那样的人，和谁都处不好。你说奶奶脾气不好，那你妈是儿媳妇，应该处处让着奶奶才对。"

沈嘉铭一把抱起我，在空中转了几个圈："这话我喜欢听，以后你多让着我妈就是！"

我的身体在空中飞旋着，整个人感觉悬空倒转了："嘉铭，快放下我，我头晕，我让着你妈还不行吗？"

沈嘉铭轻轻放下我，我站稳后，双手环抱住他的脖子："嘉铭，以后你会对我好吗？如果8级地震了，我和你妈同时住在8楼里，你先救谁？"

沈嘉铭把头抵住我的头："你不如直接问我，你和我妈同时落水了，你先救谁，不是更好吗？"

我的鼻子"哼"了一声："你坏，坏，坏，打死你！"

说完，我抬手朝沈嘉铭的屁股打去。沈嘉铭转身一溜烟跑了，我在后面追着。他跑得快，我跟不上，跑了几步，我就气喘吁吁，站在原地不动了。

沈嘉铭停住脚步，开始等我。街边的空气很好，街上的行人望着我们，善意地笑着走过。我突然感觉自己很天真，一个临近30岁的女人了，竟然和一个大男人在街头你追我赶地躲猫猫，像什么样了？

我和沈嘉铭在街头闹了一会儿，看天色不早了，两个人慢慢回头走，一起进了小车。在车上，我累了，闭着眼睛休息。

沈嘉铭用激将法唤醒我："晓轩，驾驶学到哪里了？来驾车？"

我睁开眼睛，摇了摇头："不开，还在练习倒桩，现在开车要压死人的。"

沈嘉铭点点头："我还想锻炼你的胆子呢，还在学倒桩啊？真慢，那我开了！"

我"嗯"了一声："你开吧，等我出师了，我替你开。双人瑜伽练得怎样了？什么时候结束？"

沈嘉铭笑了笑："我妈在忙装修，哪里有时间去练瑜伽啊？瑜伽卡有效期一年，明年再说了。"

我点了点头，一路上，再也没有说话。小车停靠在我家小区楼下的时

候，我已经睡着了。

沈嘉铭刮了刮我的鼻子："到家了，还在做梦！"

我睁开眼睛，哈，真的到家了，我推开车门，下了车，和沈嘉铭告别。

一转眼，三个月过去了，离婚期越来越近了。

季节已经到了来年的春天，3月里的油菜花开遍了原野，沈飞丽在蒋伟涛和蒋宸鸣的陪同下，一起站在吴世奇的墓前。张倩倩穿着一身黑衣服，站在一边。

沈飞丽一身全黑，手里捧着鲜花，轻轻放在墓碑前："世奇，我来看你了。"

蒋宸鸣在给亲爸烧纸，火苗蹿得高高的。蒋伟涛在一边往坟上培土，空气里散发着悲哀的味道。

沈飞丽默默地看着吴世奇的墓碑，上面只有"吴世奇之墓"五个字，因为年代久远，风雨侵蚀，字迹已经看不清楚了。

沈飞丽对着坟墓说道："世奇，这么些年，你在这里吃苦了！过些日子，我让我们的儿子宸鸣给你在南京找块好墓地，弄个双穴的，以后等我百年了，我就过去陪你。"

张倩倩蹲着身子，和蒋宸鸣一起烧纸。沈飞丽继续说："世奇，告诉你一个好消息，宸鸣现在有对象了，是我们公司的秘书张倩倩，她今天也来看你了，明年你就是做爷爷的人了。"

蒋伟涛接着说："是啊，老弟，好日子终于到了，你也不用守在这里淋雨了。你们的儿子宸鸣长大了，不用再操心了。"

沈飞丽继续说："世奇，多亏了你蒋大哥，收留了我们的儿子，不然的话，我至今也不知道你的下落，真是难为他了。"

蒋伟涛感慨万千："好在宸鸣成人了，以后老弟也不孤单了，我们全部搬到南京去，你也跟我们一起去。"

沈飞丽连连点头："是的，世奇，你得和我们一起回南京。"

上完坟，四个人一起上了车往回走，蒋宸鸣扶着沈飞丽，张倩倩扶着蒋伟涛。鲜花在风中摇曳，四周一片静寂，只有飞鸟在唱歌。

沈飞丽红着眼圈，看着这片曾经养育过她的地方，既陌生又熟悉，既兴奋又伤感。她坐在副驾驶座上，眼睛看着四周，心情格外复杂。

风一直在吹，吹得人心里悲悲哀哀的。蒋宸鸣看着母亲："妈，什么时候给我爸迁坟？"

沈飞丽看着儿子："回去后，你们父子俩先搬进新房，然后，你再去落实墓地的事情。我看最好去普觉寺，那里的环境比较好，有山有水，买个双穴位的，买好后，带我去看下，最迟今年清明后迁坟。"

蒋宸鸣点点头："好的，妈，我过几天就去办。"

沈飞丽继续说："对了，宸鸣，我让你外婆和你们一起住了，你们搬过去后，你外婆就过去，给她一间朝南的房子，和你爸那间的朝向一样，偏暖一些，老年人怕阴。"

蒋伟涛听说外婆来住，忍不住开口了："嘿，太好了，宸鸣他外婆来住，我就有个伴儿了，说话有人听，买菜有人陪。"

蒋宸鸣笑了笑："都是我妈想得周到，爸，你和外婆岁数都大了，我还是请个保姆吧，以后买菜做饭的事情，就交给保姆做。妈，你身体还在恢复，不然搬过来，和我们大家一起住，也好有个照应。"

张倩倩跟着说："阿姨，宸鸣说得没错，你也搬过来吧，我喜欢一大家子在一起的那种乐陶陶的生活。"

沈飞丽想了想："那好吧，我也搬过来和你们一起住。下个月嘉铭就要结婚了，以后我们就是亲戚加邻居了。"

蒋伟涛笑眯眯地说："真是太好了，我们要和新娘子做邻居了。"

一路上，大家开开心心的，都在享受着难得的亲情。世界如此美丽，每个人的心里都留存着一种美好的期盼，希望生活厚待自己。

三天后，我拿到了驾驶证，手痒痒的，想开车验证自己的车技。沈嘉铭正好出差两天，小车在家里放着。

下个月就要结婚了，老妈催着买床上用品。沈嘉铭出差前一天，把小车开到我家小区的楼下，方便我次日开车和老妈去新街口专卖店买床上用品。

沈嘉铭临走前，一再嘱咐我："开慢点，新手一定要慢。宁停三分，不抢一秒，知道吗？"

我"嗯"了一声，让沈嘉铭放心。次日，我和老妈下楼后，开着车，出了小区大门，心里那个得意劲儿，就不用说了。

带着老妈坐在车上，我有一种成就感。平时都是坐别人的车，坐享其

成，现在是自己开车，让别人享受，那种感觉真的不一样。

一路上，有惊无险，老妈看着我，笑眯眯的：“晓轩，没有想到你也会开车了，妈以后出门享福了，再也不用挤公交车了。”

我“嘿嘿”笑道：“妈，你投资一辈子养了个女儿，总该得到一些回报吧，以后你出门我开车，包你到底了。”

老妈咧开嘴一直在笑：“妈舍不得累着你，还是让嘉铭开吧。”

我“哎哟”了一声：“妈是嫌我的车技不好吧？你看我这不是开得好好的嘛？”

老妈支支吾吾的：“哪里啊，你下个月结婚，很快就要怀孕了，大肚子开车太危险了，遇到情况紧急一刹车，胎儿不安全。妈是不放心你，和车技没有关系的，你开得很稳，妈坐得非常舒服。”

我得意地笑：“那就是了，舒服就行。”

我一边开车，一边和老妈唠嗑。突然，小车熄火了，我停了下来，接连踩动几次油门，还是不动：“什么破车啊，油门都没有反应啊！”

老妈看着我：“开得好好的，怎么会没有反应啊？”

我纳闷地看着车，百思不得其解。这时，后面的车等不及了，直按喇叭，按得我脑门发胀。

老妈看着后面的车，对我说：“后面堵车了，你先把车开到旁边去，给人家让个道。”

我急得满头大汗：“哪里让得开？油门都是死的，踩不动了！”

后面的车越堵越多，我的脑袋已经发木了，是一种从来没有过的迟钝。我的大脑拒绝一切信息，很快，交警来了。

交警走过来，对我礼貌地敬了一个礼：“你好。”

我打开车门，苦笑道：“我的车熄火了，开不动了。”

交警把头伸进来，看了看：“没有汽油了！”

我惊讶地反问道：“无油？昨天才灌了300块汽油，加满了啊。”

交警礼貌地说：“先这样，我联系一下道路清障车，把你的车移到安全的地方，这里是交通要道口，不能久留。”

我点点头，丢下方向盘，不再做任何努力了。老妈看着我：“嘉铭昨天是不是加满了油？”

我点了点头："我看见他加的，他带我去加油站的，我马上打电话问嘉铭。"

我坐在驾驶室里，立即拨通了沈嘉铭的手机："喂，嘉铭。"

沈嘉铭"嗯"了一声："晓轩，什么事？开车上路还好吧？"

我垂头丧气地说："倒霉，半路熄火了，你昨天加了多少油？"

沈嘉铭不相信地问："怎么可能熄火？昨天油加满了，包你到新街口5个来回都够！"

我呆呆地问："那是什么原因？现在交警都来了，他刚才说没油了！"

沈嘉铭接着问："你家小区是不是有贼，偷汽油的贼？"

我哈哈大笑："你想象力好丰富，昨天加的油，就放我们小区一晚上，就给偷了？"

沈嘉铭继续说："有这个可能，现在汽油涨价很厉害，你有没有看见报纸上说，有非收费停车场，一夜间30辆汽车里的汽油都给抽光了吗？"

我夸张地张开嘴巴："我的天，什么世道！"

这时，道路清障车来了，我匆忙挂断电话。道路很快疏通了，清障车直接把小车拉到附近的加油站，我重新加了油，和老妈继续朝前赶路。

到了专卖店，老妈开始挑选床上用品，她一件件地看，一件件地对比，一件件地问服务员成品化纤含量。

一个钟头后，我们抱着大包小包十几件离开了专卖店。回到家，老爸接过东西，看着我们："怎么了，母女两人上街打劫去了?买这么多，不要钱吗?"

老妈丢下手里的东西："晓轩她婆家给钱买的，不买白不买！"

老爸把东西接到沙发上："对对对，不买白不买！这年头不要钱的东西就是好，我看看，乖乖，6床被子？羊毛的、丝绒的、蚕丝的，还有双人连理枝枕头，真够浪漫的！"

老妈一屁股坐在沙发上："杜生平倒水，我嘴干了。"

我跟着叫了一声："爸，我也要。"

老爸端来两杯白开水，递给我们，老妈喝了一口，立即吐了出来："你倒的是开水，想烫死我啊？"

老爸立即从老妈手里接过杯子："我去兑点冷开水，我这不是心急，想看新被子吗？"

老妈一直在吐舌头:“你想看,也不能烫我啊,叫你做点事情,真难!”

老爸兑好水,送到老妈嘴边:“好啦,喝吧! 这个温度正好,我用舌头试过了。”

老妈喝了一口,温度正好,一仰脖子全部灌进了肚子里。老爸一边看被子,老妈一边朝橱柜里放:“晓轩,嘉铭那边哪天来搬嫁妆?”

我看着老妈:“等嘉铭出差回来。”

老妈继续问:“伴郎伴娘找好了吗?”

我点点头:“伴郎是蒋宸鸣,伴娘还没有定。”

老妈继续问:“蒋宸鸣就是嘉铭他大姑的亲儿子是吗?”

我“嗯”了一声:“没错,蒋宸鸣一表人才,现在是他大姑公司的总经理了。”

老爸赞许地说道:“他大姑好心有好报,得了白血病,有亲儿子来救,身体不好,有亲儿子帮助打理公司!”

老妈看着老爸:“他大姑是呆人有呆福,老天有眼,罩着她。”

老爸白了老妈一眼:“他大姑又不是呆子! 晓轩,以后嫁过去了,对他大姑孝敬点,每年三节不要忘记送礼,平时不要忘记陪陪她,多和她说说话,她的公司丢给亲儿子管理了,时间多了,在家会郁闷的。”

我点点头:“爸,我会的,现在他大姑和奶奶全部搬进新房住了,以后和我们就是邻居了,我们靠得近,上下楼就是分分钟的事情。”

老爸放心地点了点头,这时,老妈突然放了一个大响屁,放完后,忍不住哈哈大笑。

老爸看着老妈:“放屁也不避着点孩子,还好意思笑?”

老妈继续笑,笑得前俯后仰:“有屁不放憋坏身体,有屁硬挤锻炼身体。”

我直接晕倒,老妈你太有才了! 我看了看老妈,朝自己屋里走去,还有一周就要出嫁了,心里说不出的诚惶诚恐。

终于要和自己心爱的男人一起生活了,我需要安静一下,需要梳理一下自己的情绪。

我躺在床上,看着窗外皎洁的月亮,对未来充满了美好的遐想。初为人妻,是每一个未婚女孩子的渴望,我也一样。

第二天下午，和煦的春风吹拂着大地，清凉门小区沈嘉铭的家热闹非凡。洛洛坐在司沁宁的怀里，看着婚纱照相册。

洛洛手里指着新娘子："新娘子真漂亮，哈哈。"

司沁宁点着沈嘉铭的头像："洛洛，这个是你大舅，新郎官，帅吗？"

洛洛拍着小手："大舅酷毙了，哈哈。"

司沁宁哈哈大笑："我们家洛洛真可爱，还会流行语：酷毙了，有意思！"

洛洛扒开司沁宁的手："外婆，再翻下一张。"

司沁宁继续往后翻，一边翻，洛洛一边大叫"好看、酷毙了"。看完后，洛洛对司沁宁说："外婆，我要给大舅做花童。"

司沁宁点点头："好啊，大舅的花童非你莫属了！"

洛洛高兴地拍着小手，举了两个 V 字造型："哦耶，我要做大舅的花童了……"

甄传辉拍了拍洛洛的膀子："快下来，这么大了，还要外婆抱，让外婆歇歇。"

洛洛听话地从司沁宁的怀里溜了下来，自己去一边玩了。

沈嘉雨看着母亲："妈，我哥下周结婚吧？新房都准备好了吧？"

司沁宁点点头："都准备好了，不过，我心里想着想着就窝囊。"

沈嘉雨反问一句："怎么了，妈，又出什么事儿了？"

司沁宁眉头一皱："我总感觉自家吃亏不小，他大姑虽然给了嘉铭婚房，也置办了家具和家用电器，但是，这些东西都是男方出的资产。"

沈嘉雨点了点头："那肯定是的，妈的意思是我们这边出的东西多，吃亏了？"

司沁宁继续说："我心里一直为这个事情闹心，心里很不痛快，那天我扔了 1 万块礼金给杜晓轩，让她自己看着买金了。她家陪嫁 20 万，银行存折写的还是杜晓轩的名字，那钱捏在自家女儿手里，不就等于一分钱也没有陪吗？"

沈嘉雨"嗯"了一声："妈，你也不用为这事耿耿于怀，只要我哥和我嫂两个人好，那 20 万迟早还不是我哥的。何况婚房也没有嫂子的名字，人家陪嫁 20 万已经不错了。南京有多少人家嫁女儿出得起 20 万的？妈，你知足吧！"

司沁宁手里捧着相册:“这口恶气我真的咽不下去!”

沈嘉雨安慰道:“妈,你这样的心态使不得,都是一家人了,还分什么你我呢?佛说:百年修得共枕眠。做夫妻是看缘分的,你不会看我嫂子这么不顺眼吧?”

司沁宁吐了一口恶气:“岂止是不顺眼!”

这时,沈飞歌从卫生间走了出来:“怎么了,晓轩哪里得罪你了?人家好好的大姑娘嫁给你家儿子,你还觉得吃亏了?以后再给你家生一胖小子,到底是谁占便宜,谁吃亏啊?”

司沁宁斜了沈飞歌一眼:“什么你家我家的,女人生孩子是天经地义的事情,结婚不生孩子,男人要女人干什么?我怎么觉得你们胳膊肘老是朝外拐啊?”

沈飞歌坐在沙发上:“谁站在真理一边,胳膊肘就倒向哪一边!”

司沁宁白了沈飞歌一眼:“真理?夫妻过日子讲什么真理?谁强势真理就站在谁的一边!”

沈飞歌鼻子哼哼的:“那叫无理取闹!”

沈嘉雨看着母亲:“妈,我哥还有几天就要娶回我嫂子了,你就安心做老婆婆吧,在家里等着做奶奶,吃亏上算的事情就不谈了,以后都是一家人了。我大姑给我哥那么大一套房子,现在又找到了自己的儿子,算起来不是更吃亏了吗?她都没有说什么,你就不要计较了。”

司沁宁摇了摇头:“还是我家嘉铭福气好,赶在他大姑没有认宸鸣前领了结婚证,如果迟个几个月的话,婚房说不定就跑了。谁家的财产不留给自家的亲儿子啊?侄子毕竟不是亲生的!”

沈飞歌指了指司沁宁的鼻子:“你就是狗嘴里吐不出象牙来,侄子怎么了?他大姑对我们这么好,你还背后说她的坏话,良心到哪里去了?”

司沁宁冲动地站了起来:“你才狗狗狗呢,我说他大姑什么坏话了,你像人说的话吗?”

沈飞歌不甘示弱:“我怎么说的就不是人话了?你老是对我家人指三道四的,现在我妈也去我姐家住了,儿媳妇也快进门了,家里就剩下我们两个人了,你还想怎么着?”

司沁宁狠声狠气地说:“我想怎么着关你屁事?嘉铭结婚后,我还得跟过去住，杜晓轩除了会做饭，连菜都不会做，我儿子下班回来吃什么？”

沈嘉雨拉了拉母亲的衣服：“妈，小夫妻新婚过日子，你给他们自己适应一下，不要急着干预他们的私生活。等他们实在忙不过来了，他们自然会想到你，那时你再去也不迟啊。”

司沁宁固执地说：“那不行，我放心不下嘉铭，儿子吃了我28年的饭，就凭杜晓轩那双算账的手，她会做出什么好饭菜给嘉铭吃啊？”

沈飞歌哈哈大笑：“司沁宁，你别老说人家杜晓轩怎么不好，你刚刚嫁过来的时候，会做什么家务？说句不好听的话，连碗都不会洗一个，洗一次打烂一次，最后搞到我妈看你拿碗就害怕……”

司沁宁嗤之以鼻：“我那是故意打坏的，就是不想做家务！”

沈飞歌停止大笑：“原来这样？你今天总算说人话了……”

沈嘉雨看着沈飞歌：“爸，我妈这一手厉害吧，蒙了你一辈子，没有想到吧？”

司沁宁不屑一顾地说：“我那是会做不做，杜晓轩和我不一样，她是根本就不会做！你们说，嘉铭丢给她，我能放心吗？”

沈飞歌重新坐下来，从茶几上拿起香烟，抽出两支，扔给甄传辉一支：“传辉，接着。”

甄传辉一伸手，在空中接住香烟：“妈，嘉雨和我结婚的时候，也是什么都不会做，我爸我妈在盐城，来南京住了几天就走了，你问嘉雨，现在做饭做菜是不是和饭店厨师水平差不多？”

司沁宁嘴巴一歪：“嘉雨和杜晓轩没有可比性，她从小就聪明，文化程度不高就坐上了超市前台主管。杜晓轩工作几年了，还是一个小会计，这个就是人与人之间的区别，懂吗？”

沈嘉雨看着司沁宁：“妈，话不能这么说，做官的多数是没本事的，有本事的多数不做官……”

司沁宁抢过话茬：“狗屁不通！”

一家人在一起闹了半天，谁也说服不了司沁宁。天色不早了，甄传辉和沈嘉雨带着洛洛离开后，夫妻两个人洗洗上床，屁股对着屁股睡觉。

司沁宁躺在床上，翻来覆去睡不着。沈飞歌翻过来，看着司沁宁：“怎么了，失眠了？”

司沁宁背对着沈飞歌，一骨碌爬了起来。沈飞歌看着她，跟着坐了起来。两个人对看了一眼，又相继躺了下去。

沈飞歌拉了拉司沁宁："睡吧，明天晓轩家还要拖嫁妆过来，要早起。"

司沁宁牙齿咬得咯咯响："就那么点嫁妆，也好意思拖过来？"

沈飞歌把司沁宁按了下来："好了好了，你就给了晓轩 1 万块礼金，数目也不多，人家好歹还给了 20 万陪嫁，20 万可以办多少桌酒席了？"

司沁宁躺在床上，心里的疙瘩还是解不开："20 万算什么？连嘉铭婚房的客厅都买不起。"

沈飞歌不耐烦地说："睡吧，你怎么满脑袋都是钱，无聊！"

司沁宁抢白了一句："是的，我满脑袋都是钱，钱能看出做人的态度。"

沈飞歌拉起被子，盖住头："那不就结了，舍不得孩子套不住狼，你 1 万块想套住谁啊？"

司沁宁一把拉开沈飞歌的被子："我套谁了我？"

沈飞歌拽过被子，重新盖上身："你还让不让人睡觉了？"

司沁宁哈哈大笑："你自己不睡，赖谁？"

沈飞歌掀起被子，悬空后一把将司沁宁拉了进来，司沁宁一点准备也没有，一仰脖子，倒进被窝里。

两个人在被窝里，互相打闹着，被子拱得高高的，一忽儿又瘪了下去。沈飞歌趴在司沁宁的身上，看着她："我们多久没亲热了？"

司沁宁有点害羞："忘记了，大概 2 个多月吧？"

沈飞歌一脸俏皮："呵，你想谋杀亲夫啊，把我晾了 2 个多月了啊？"

司沁宁歪过头，看着沈飞歌："不是最近忙吗？"

沈飞歌一语双关："忙忙忙，现在继续忙一会儿……"

沈飞歌说完，扑在司沁宁的身体上。床上的司沁宁，带着一种成熟女人的况味，此刻，安静得出奇。

最近几个月，司沁宁一直忙装修，累得半死，忽略了沈飞歌的感受。现在，事情忙得差不多了，自己也可以好好享受一下生活的激情了。

月亮透过云层，越过窗幔，照在沈飞歌和司沁宁的身上，洁净而柔和。每个女人，无论她年轻还是苍老，漂亮还是丑陋，都是上帝派到人间的尤物。

司沁宁，一个中年女人，一个平时强势得无以复加的女人，在床上依然是一抹霞光，照耀着沈飞歌的过往和今生。

黑色的夜里，风停止了，夜生活才刚刚开始。不久，屋子里传来两个人粗重的喘息声，夹杂着嬉笑声和交头接耳声。

4月1日这一天在期盼中，终于来了，传说中的农历2月28日，一个充满了相亲相爱、花好月圆的日子。

当天晚上5点58分，红漫天大酒店门口，炮竹齐鸣，新郎新娘隆重出场了。沈嘉铭和我手挽手，一起走在红地毯上。

洛洛穿着漂亮的粉色连衣裙，和一个叫兵兵的同龄小男孩，一人一角，提着我的白色婚纱裙裾。

我的脖子上挂着白金项链，整个人感觉银光闪闪。我和沈嘉铭一边走，一边接受着人们的真心祝福。

彩色飘带，不停地从左右两边的人流里抛出，我和沈嘉铭头上闪着五颜六色的彩带，漂亮极了。

在欢快的婚礼乐声中，我和沈嘉铭慢步朝前走去，一直走到台上。站在台上，我看见老爸老妈欣喜的眼神，他们用欣赏的眼光一直看着我。

新娘子，是世界上最漂亮的女人，是女人一生中最漂亮的时刻。我看见沈飞歌和司沁宁坐在老爸老妈的身边，他们一直看着沈嘉铭，眼神里充满了自豪。

我还看见沈嘉铭他大姑沈飞丽、蒋伟涛、蒋宸鸣和张倩倩，他们幸福地坐在一起，眼神里对我们充满了真心的祝福。

在司仪的主持下，沈嘉铭和我交换戒指。我沉浸在幸福的蜜糖里，眼睛里只有一望无边的幸福。

新人交换完戒指，司仪让新郎新娘答谢亲朋好友。司仪拿着话筒，对台下的双亲说："现在，请新郎新娘的父母上场。"

沈飞歌和司沁宁、老爸和老妈一起走上台，四个长辈上台后，司仪继续说："我们知道，在新人成长的过程中，父母付出了很大的劳动，也付出了很多的心血，作为新郎新娘，我们要懂得感恩。现在，我们请新郎新娘以中国传统的方式，对双方父母三鞠躬，以示对生养之恩的感谢。"

司仪话音刚落，沈嘉铭和我面向双方父母，深深一鞠躬。低头间，司沁宁的眼睛一直盯着我脖子上的白金项链和手里的白金戒指，她冷不防一下

子从司仪手里夺过话筒，傲气地说："杜晓轩，我就不要你拜了，免了吧。你给嘉铭他大姑跪拜就行了，感谢他大姑对你的全额赞助！"

我听见司沁宁的话，大脑一下子僵住了，接着，立即就傻眼了。我的头脑一片空白，什么婚礼音乐，在我听起来简直和哀乐差不多。

所有的嘉宾全部愣住了，不知道司沁宁唱的是哪一出戏。等到我反应过来的时候，沈嘉铭立刻紧紧地搂住了我的身体，他担心我一着急就跑了。

台下，沈飞丽立即站了起来，对着司沁宁说："弟妹，今天大喜，就不要为难晓轩了。"

这时，沈飞歌赶紧跨步上前，冲着司沁宁低声骂了一句"你发什么神经"，硬是把她拉走了。老爸老妈也顺势走下台，回到座位上。

司仪比较灵活，迅速反应过来了。他继续说："刚才是一个小插曲，现在婚礼继续，夫妻对拜！"

沈嘉铭放开我的身体，重新站好，我们两个人面对面，行夫妻对拜礼。婚礼正常进行中，欢快的婚礼进行曲音乐疯狂响起。

洛洛和兵兵两个花童，洋溢着天真笑脸，捧着花篮，送给沈嘉铭，送给我……

（本书完）